JN079034

経済成長を支えた先駆者の挑戦

小津丈夫

目次

第一章　助っ人の勧誘

昭和四十四年六月、オハイオ州のデイトン市から車で南西に約一時間、アームコスチールのあるミドルタウンという街の小さいが、小奇麗なホテルのバー。カウンターの隅で、沖山信夫は、桐田さんを待ちながらバーボンの入ったグラスの底を眺めていた。

同行の設計課長の野田さんと一緒に、もう三十分も待っており、時計の針は夜九時を廻っていた。初対面の昭和製鉄の桐田さんを如何に口説こうか。果たして彼は、このプロジェクトに参画してくれるであろうか。いや、何としてでも口説かねば……。今回東京からアルゼンチンのブエノスアイレスへの途次、わざわざミドルタウンに立ち寄った意味がなくなってしまう。まあいい、身体ごとブツカッテイクしかないだろう、と沖山はそればかり考えていた。

ミドルタウンは、この辺りの典型的なアメリカ東部の街で、全体になだらかな丘と郊外に緑が多く、大きな街路樹に囲まれた住宅街は、落ち着いた雰囲気で静かな佇まいである。市街地も大きくはないが、ホテルはその街はずれ、住宅街との境に建ち、赤茶けたトンガリ帽子の屋根が周囲の街並みに美事に溶け込んでいた。

ホテルのバーには、数人の客が居たがどれも土地の人らしく、時折り陽気な笑顔を交えて談笑していたが、彼等の喋る英語は訛りもあってその上早口なので、沖山には殆ど聞きとれなかった。二人は、桐田さんが現れるまで何時間でも待つつもりで腹を決めており、東京からの長旅の疲れよりも、これから幕が開くであろう大型プロジェクトが始まる期待感に快い興奮を感じていた。

「今日は、新しい転炉工場運転の最終テストなので何時に終わるか分かりませんが、それからでも良ければホテルのバーで待っていて下さい。終わり次第参上します。桐田」

チェックインの際、ホテルで受けとった桐田さんの書き置きを、沖山はもう一度見直した。

桐田さんは、日本を代表する昭和製鉄のニューヨーク駐在の技術者だが、昭鉄がアームコスチールに技術輸出した転炉排ガスに関する新技術を、新設備の建設に際し、今回日本から派遣された部下三人と共に、建設指導に当たっていた。

その新技術とは、昭和製鉄と沖山の会社、山中重工とが共同開発したもので、当時は画期的な発明として、幾つもの賞を獲り、鋼鉄の生産コストを削減するものとして世界的にも高い評価を受け始めていた。桐田課長は、この装置の開発チームの一員として、幾つかの発明特許を得ていたばかりでなく、昭鉄の新転炉工場の建設にも携わり、実際の操業の経験も豊富で、この分野では、世界有数の技術者であった。日本の製鉄技術が漸く、欧米の物まねから脱して、日本独自の生産性、コストを重視した新しい勢力の幕明けに差し掛かっていた。

アームコスチールの新転炉工場の建設工事は、既に概ね完了し、各機器の個別テストを重ね、その安全と機能確認を昨日完了していた。本日は朝から綜合テストである。熔鉱炉から出た真っ赤な銑鉄を転炉に移し、酸素の吹錬を実際に行いながら、個々の機械、装置、計器類が計画通りに動くか否かを綜合的にチェックし、最終調整を行う。

何しろ、千五百度近くもある真っ赤な銑鉄を扱うばかりでなく、この新技術の装置では、高温の一酸化炭素ガスを処理するので、間違って空気に触れすぎると忽ち大爆発を起こす危険がある。この技術を発明して三年前に九州の昭鉄に第一号機の火入れを行った時は、万一に備え、三十台もの化学消防車が待機していたものだった。

その後、技術も進歩改良を重ね、安全性は十分確認出来るようになったが、然し、最初の試運転を行う際の緊張感は、少しも変わっていない。

個別テストから通算すると、二昼夜以上も不眠不休で、殆どブッ通しの緊張の連続である。桐田さんの顔は、ヘルメットの下で頬もこけて眼ばかりが鋭く光って見えた。いつも事務所で見せる柔和な表情とは、全く別人のようであった。

「オイ、野村君、バルブの調子はどうや？　流量調整出来てるか」

「ＯＫです」

「ヨシ、それなら次のチャージで、もう一度ノズルのスプレーで流量を確認してくれや。それがよければ、万事完了」

「ハイ」

「俺は今からホテルで山中重工の人と逢って来るよ。もう、二時間も待たせたからな。後を頼むよ」

「了解。その代わり、明日はダウンタウンの寿司幸で乾杯といきましょうか」

と若い野村。

桐田は、ニヤリと初めて緊張した表情を崩し、左手で盃を傾けるマネをしながら、ウインクをして、工場の階段を馳け下りて行った。

夜更けのミドルタウンは少し肌寒く、時折行き交う対向車のヘッドライトが、桐田の疲れた眼にまぶしく映った。


バーのドアを開けて周囲を見廻し、素早く沖山等を見つけた桐田は、

「山中重工の沖山さんですね。桐田です。大変お待たせしてスミマセン。何しろ安全を完全に確認してからでないと離れられないもんで。東京からの長旅じゃ、お疲れでしょう」

「とんでもない。一番お忙しい時に、ご無理をお願いして。沖山です」

「設計の野田です、初めまして。ところで、火入れは上手く行きましたか？」

「お蔭さまで、思ったより順調で、フードの昇降装置やバルブの調整も上手く行ったし、冷却水の流量計の具合が悪かった程度で、それも取り替えたら直りました。ノズルを掃除して完璧です」

「アメリカの労働者はいかがですか？」

「よく働きますよ。こちらの組合のルールや慣習を識った上でキチンとやれば、問題ありません。我々が仕事の上で直接話をするのは、マネジャーが相手ですから……

最初は、六尺、百キロ以上の巨体に圧倒されてました。それに、奴等の英語はさっぱり分かりませんわ。お蔭で、クソ度胸だけは付いたような気がします」

一通り歓談した後、桐田氏はビールを一気に飲み干すと、

「ところで、御用件ですが、アウトラインはテレックスで読ませて貰ったのですが、少し要領を得ないところもあるので、ご説明願えませんか」

と沖山の方に向き直って本題に入った。本件には、可成り強い関心を抱いている様子が窺えた。

沖山は、コレが第一の正念場だ、と気持ちを引き締めながら、プロジェクトの説明に入った。

「アルゼンチン最大の製鉄所、ＳＩＭと言うのですが、ブエノスアイレスから北に約三時間、サンニコラスというところにあるのですが、現在熔鉱炉が二本ありまして、年産約百万トンです。今回の拡張計画は、百万トンの増産で、合計二百万トンにするものです」

「なるほど」

「計画の概要としては、二千立方米の熔鉱炉、製鋼設備、厚板ミルが主体で、これに付属する焼結炉や酸素プラント等を含めると、入札は、恐らく五つか六つに分割されると思われます」

「なるほど」

「我々は、製鋼設備の入札に応札したいと思っておりますが、転炉は一五〇トン二基で、範囲は、熔銑、副原料の搬入、転炉、排ガス処理装置を含む、レードル類、クレーン類、工場建屋等全てです」

「ウム」

「土木と基礎工事は、設計だけで、工事は客先手配ですが、その他の建設工事は、設備、電気計装、建屋等全てを含む、フルターンキージョブです」

注　フルターンキーとは、鍵を廻すという意味だが、鍵を廻しさえすれば、全ての設備が運転可能になる処まで、一切の工事を完了する、という意味の一〇〇%完成までの工事を指す用語である。

桐田課長は、ニューヨークに赴任する前は、昭和製鉄の九州製鉄所の第二転炉工場の建設に携わり、完成後は、その工場長として実際の操業を行って来た。その道の専門家として、沖山の話に思わず膝を乗り出して来た。

「転炉と排ガス設備を両方イケルのは、日本では、当社だけなので意欲は満々なのですが、建屋やクレーン類等は不慣れだし、何よりも鋼の生産に係わる設備の諸源を決める為の操業上のノウハウに関しては、製鉄所との協力が必要です。

それに、設備規模はともかく、こんな広範囲のプラントの国際入札も初めてなので、御社のご協力を是非ともお願いしたいのです。それに、御社と協同開発した排ガス処理装置を、この計画に組み込みたいのです」

「ウム」

「最終的にこの国際入札に勝つ為には、昭和製鉄の名声は勿論のこと、高い生産性と新技術の排ガス処理装置を全面に掲げて、良質な鋼を低コストで生産するという、最高水準の製鋼技術そのものを売り込みたいのです。

それに、客側の技術コンサルタントは、アメリカのアームコスチールとカイザースチールが担当し、技術審査を行うことになっているのです」

「フーン」

「ご明察の通り、日本側では我社しか応札出来ませんが、競争相手は、ドイツのG社が最強で、他にはフランス、イタリー、アメリカだろうと思われます。

今まで、個別の機械装置や設備の個別の入札案件は、いろいろありましたが、この様な綜合製鉄所建設の全般に亘る国際入札は、初めてですから、どのような展開になるかよく読めません。世界中が注目していることは確かなようです」

「ウム」

「資金は、各落札国側のサプライヤーズクレジット（設備供給者側が金融の斡旋をするシステム）で、日本の場合は、輸出入銀行の基本的合意が期待出来ると思います。

プロジェクト応札に関する幹事商社は、大西商事が担当しますが、現在、通産省の後押しを得て輸銀との話を進めています」

と沖山は、落ち着いて一気にそこまで喋った。

ところで、製鋼工場とは、熔鉱炉から出た熱い銑鉄の湯を、転炉と呼ばれる大きなルツボの中に入れ、別に焼成した石灰を投入して、炭素分の多い銑鉄から炭素を減らし、所謂鉄を鋼に変える装置を備えた工場である。

また、鋼に変える時に生ずる一酸化炭素を燃焼させずに処理する装置を、昭和製鉄と山中重工が共同開発を行い、この時代では、世界の最先端を行く、画期的な技術を両者が共有していた。

「なるほど、そうですか。面白そうですね。胸が騒いで来るような気がしますよ。ところで、ウチの御大は何と言っていましたか？」

「日本を発つ前に、御社の渡辺部長のところに、ウチの課長とお願いに伺ったのですが、計画そのものには、いたく興味を示され、昭和製鉄の参画には、全く異存はないようで、寧ろ前向きの質問を幾つか戴きました。

アルゼンチンへの現地調査や技術説明等への桐田さんの参加には、『アームコの火入れはどうかな。スケジュールが合うかな？』と心配されていました」

「そうですか」

「これから我々が現地調査の往途にアメリカに寄って、本人を口説いてもよいでしょうか、との質問には、黙って笑っておられました。あの方は、全く無愛想ですが、これは、出来るだけ頑張ってみろとのＧＯサインです」

「フーン」

沖山は、ここぞとばかりに、畳み込むように、

「桐田さん、地球の裏側に日本の技術で最新鋭の転炉工場を建設する。これは、男のロマンじゃないです

か、一緒にやって戴けませんか。初対面で誠に厚ましいのですが、これには、桐田さんの技術、経験、統率力、英語力が何としても必要なのです。

渡辺天皇のＯＫが出たことだし……。お願いします」

「……。もう、入札発表はあったのですか」

「ハイ。高炉関係と転炉工場だけ、発表されました」

「入札締切は何時ですか」

「九月十日です。今から三カ月あります。これから現地調査し、大型の製缶業者や現地工事のパートナーを捜し、見積りをとらねばなりません。時間が足りませんので、延期願いを出すことになると思います。入札締切の後、恐らく審査が三～四カ月は掛かるでしょうし、落札者決定は、早くても来年春ごろ以降になると予想しています」

「現地の据付工事も山中重工さんがおやりになるんですか」

「当社がプライム（プロジェクトの主契約者）になるので、最終責任を負う形になりますが、実際には森下建設とタイアップして、彼等が現地業者を下に使って、工事を行うことになります。今回の現地調査にも森下建設から一人参加して貰うことになっています。

それで、第二回の調査団に途中からでも、桐田さんに参画して欲しいのです」

と沖山は祈るような気持ちで、桐田さんの表情を凝視した。

「ウーム。アルゼンチンか」と満更でもなさそうだ。

「その場合、私に何をやれとの御希望でしょう？」

「現在、入札書類は、お宅のニューヨーク事務所に送る手配をしていますが、もし参加して戴けるなら、スペック（仕様書）に是非、眼を通して下さい。

そうすれば、桐田さんなら、計画の概要が頭に浮かんで来るでしょうから、基本計画と個々の詳細部分について、先ずご指導を仰ぎたいのです」

「なるほど」

「その上で、既にＳＩＭ製鉄所にアームコとカイザースチールの技術者がコンサルタントとして駐在していますが、彼等と客先とが、今回どのような転炉工場を期待しているのか、何に重点を置いているか等々を、先ず探り出したいのです」

「ウム」

「彼等の方針を勘案しながら、最新の日本の技術をスマートにＰＲしたいのです」

「なるほど」

「ＰＲの主眼は、生産性の高さと低コストですが、若し、我々のＯＧ装置（排ガス処理装置の呼称）を気に入って貰えば、戦いは我方が断然有利になります」

「ウム」と桐田課長も頷いている。

「現に、アームコスチールがＯＧ装置を採用しているのだし、その発明者の一人で、建設を監督している桐田さんが、ＰＲチームの核になって戴ければ、鬼に金棒です」

と桐田氏の琴線に触れるような沖山の巧みな言い廻しに、桐田氏も思わず微笑を誘われている。

「それに……」

「それに？」

「そうです。それにアルゼンチンは、肉とワインが上手いそうですから、夜の調査も十分やろうと思っています」

「ハハハ」と桐田氏も今度は、白い歯を見せて真っ黒に焼けた顔を崩した。

この後、沖山は、このプロジェクトに対する日本国内の各社の動向、話し合いの経緯、通産省や輸銀の意向、チーム内の各社の担当区分等を、三十分も説明しただろうか。

それまで、殆ど黙って沖山の説明にも口を差しはさまなかった設計課長の野田が、その如何にも穏やかな、然し真剣な表情で、また沖山の先輩の立場を意識しながら、

「いかがでしょうか。ここは一つ宣しくお願い致します」

と真っ直ぐ桐田氏を見て、静かな口調で参画を依頼した。

すると、これまでの若い沖山の意気込んだ熱意一本の口調に、返事するタイミングを見出せなかった桐田氏は、一瞬戸惑いを見せながらも、冷静な気持ちに返って、

「そうですね、……」

と暫く沈黙が続いた。その間、沖山はピースの煙を黙って見つめていた。とても長く感じられた沈黙だった。

「ヨシ！　やりましょう。確かに、これは男のロマンですな。競争入札ですから勝敗の程は分かりません

が、トライする価値は十分ありますね。精一杯やらせて戴きますよ」

「ワァッー良かった。これでこちらに来た甲斐がありました。コレハ、ヒョットしたら上手く行くかも知れませんね」

と満面に笑みを浮かべながら、三人はシッカリと握手を交わした。


「改めて乾杯といきましょう。日本から背負って来た重荷を一つ降して、ホッとしました。前途を祝して乾杯！」と沖山。

「それにアームコスチールの火入れを祝して乾杯！」と野田が付け足した。

そして暫くは、アームコスチールの火入れまでの苦労話に、日本からの二人は聴き役に廻った。


「ところで沖山さん、貴方達のスケジュールは？」と桐田氏。

「明日ニューヨークに戻りますが、そこで大西商事の人と打ち合わせる予定です。明後日ＳＩＭ製鉄所の事務所がワシントンにあるので寄ってみる所存です。アームコ・カイザーとの繋ぎをしていると思われるので、何か情報を得られれば、と思います」

「ワシントンは、初めてですか。桜はもう終わったでしょうが、奇麗な所ですよ」

「初めても何も。野田課長は海外経験もありますが、私は今回が初めての外国出張なので、見るのも聞くのも、全て眼を見張っています。さすが、アメリカが大きいのでビックリしました」

「そうでしたか。旅慣れた感じだったので、そうは見えませんね。でもこれからは、出張の連続でしょうね」

「ハイ、そうなると思います。ワシントンからは、そのまま、ブエノスアイレスに行く予定です」

「ワシントンからブエノス行きなんてあるんですか」

「ワシントンからですと、マイアミ経由でブラニフ・インターナショナルが飛んでます」

「通常はニューヨークからでしょ?」

「ハイ。夜八時にパンアメリカンの夜行便に乗ると朝八時に着きます」

「十二時間ノンストップですか。若しかすると世界最長距離便かも知れませんね。時差は零ですか」

「無しです」

「それでアルゼンチンには何日くらい?」

「多分、一カ月程度でしょう。あと四人ほど現地で合流して、製鉄所の現地下調べや、下請業者、輸送業者、輸送ルートや設備等も調査します。出来れば現地の工事会社を二、三社当たって、パートナーを捜したいと思っています」

「いろいろ大変ですね」

「来月初めには、桐田さんはニューヨークに帰っておられますか?　出来れば、帰途に現地調査の報告と今後の予定打合わせの為、何とか立ち寄りたいのですが……」

「七月の初めですか。間違いなくいると思いますよ。是非寄って話を聴かせて下さいよ」

「ハイ」

「未だお聴きし度い事も残っているような気がしますが、私、今から現場へ戻りますので、これで失礼します」

「アレ、もう午前一時を過ぎてますよ。今から現場ですか」

「ウチの連中が最後の調整をやっているでしょうから、チョッと覗いてから帰ります。本社の渡辺部長には、お宅の上層部から上手く話をしておいて下さい。何せ宮仕えの身ですから……」

「承知しました。早速、上司にその旨確りと頼んでおきます。ブエノスからは、ニューヨークの事務所の方に連絡させて戴きます。

今回は、食事の機会も無く残念ですが、これにて失礼します。前向きなご返事を本当に有難うございました」

桐田氏が、夜の闇に消えて行くのを見送りながら、二人は改めて、説得の成功を喜び合った。

第二章　製鉄プラント入札発表

沖山と野田がミドルタウンで桐田氏と逢うより約一カ月前のことである。

此処は、日比谷公園の前のプラント協会の事務所。折しも、ＳＩＭ製鉄所の入札案件に案内を受けた重機械メーカー十数社の輸出担当者達が、会議室に集まっていた。

プラ協の江本理事が定刻に現れ、各社の代表を前に型通りの挨拶を済ませた後、早速、ＳＩＭ製鉄所拡張計画に係わる国際入札案件の概要説明に入った。

イ　入札アイテムが、熔鉱炉、製鋼工場、分塊圧延設備、厚板圧延設備及び電気設備の五つであること。

ロ　また、それ等に付属した幾つかのアイテムが追加発表されること。

ハ　今回は、熔鉱炉と製鋼工場分だけが、第一段として入札発表されたこと。

ニ　資格審査スケジュール、入札スケジュールの概要。

ホ　凡そ、十年の延払要求にあること。日本からの参加社が落札した際の輸出入銀行からの融資の内諾を得たこと。

ヘ　全体の幹事商社は、大西商事が担当すること。

ト　各アイテムの応札希望を五日後までに協会に申し出ること。

等の説明が事務方より行われ、各社代表は部厚い資料に眼を通しながら、熱心にメモをとったりしていた。

続いて、ＳＩＭ製鉄所のロケーションや、既存の設備、入札書類の補足説明等の解説をして貰うべく、大西商事の古川課長を紹介した。そして、

「いろいろご質問がおありでしょうから、遠慮なく、古川さんに聴いて下さい」

と正面の席を譲った。

大型製鉄所建設としては、初めての国際入札の案件であり、一同若干興奮の入り交じった沈黙の中に、各社それぞれの思惑が交差した重苦しい雰囲気となった。

大西商事の古川課長は、国際ビジネスのベテランで、白髪の交じったゴマ塩頭の福よかな頭に微笑を浮かべながら、黒板に貼った地図を示して、製鉄所の所在地サンニコラスの説明に入った。

その間、隅の方に出席していた山中重工の沖山は、頭の中に色々な考えが去来していた。

『さあ、我社として応札するとすれば、製鋼工場だな。然し転炉や排ガス処理等の機械や装置単体なら、断然日本一と言えるけど、製鋼工場全体ともなると、クレーン類や副原料装置、それに建屋工事も範囲内だとすると、全体の取り纏めも含めて、果たして出来るだろうか。恐らく、全体で百億円を超えるだろうし……。何としてでもやりたい。やらねばならぬ。やろう』。そこでも一度冷静に考えてみる。

沖山は、山中重工は機械メーカーなので、自社製の機械以外でも、他のメーカーとタイアップすれば、機械装置そのものは、何とか出来るかも知れぬと考えた。だが、その機械の内容を決める鋼の生産に係わ

る基本的知識は、製鉄会社でなくては分からない。製鋼工場の操業に関しては、製鉄会社の協力なくしてこのプロジェクトのプライムにはなれない。それに、これだけの国際入札だ。果たして輸出営業部の上司や、技術陣がこんな話に乗ってくれるだろうか。現地調査団の派遣なんか許してくれるだろうか。でもやりたい。どうしたらやれるだろうか。沖山は、独り想いを巡らせながら古川課長の説明を聴いていた。

説明が一段落すると、質疑応答に入った。先ず、石山重工の梅本が立ち上がって聞いた。

「コンサルタントは何処がやるんでしょうか」

「アメリカのカイザーエンジニアリングです。入札の技術審査もすべてカイザー社がやるようです」と古川課長が答える。

「この入札書類に依れば、応札者は現地調査が義務付けられているようですが、プラント協会として現地調査団を出す予定はありますか?」と梅本氏が続いて江本理事に尋ねた。

「今のところ考えておりません。応札される会社がそれぞれ行うしかなさそうですね」

「その場合は、費用面でご援助して戴くこともありますか」

「そうですね。何等かの方法を前向きに考えたいと思います。今のところ、何社が応札に参加されるのか、全体で何人位の派遣になるのか、皆目見当がつかないので。それに現地での大西商事さんのご都合や日程の調整も必要になるかと思いますが、何れにしても、全体の姿が見えてからでないと、最終案はご提示出来ないでしょうね」

と江本理事は、古川課長の相槌を求めながら答えた。古川課長は、

「ブエノスアイレスには、スタッフもおりますし、一般の情報蒐集については、既に項目別に依頼してあります。調査団も派遣される場合は、個別にご相談頂ければ、万全のご協力を申し上げたいと考えております。準備の都合もありますし、月末の資格審査への応募状況をみながら、全体の日程調整の必要も生じるかも知れませんが、ご方針が決まりましたら当方にご連絡頂きたいのです」

古川課長は、この大型国際入札に関しては、既に会社トップの許可を得て、業界ナンバーワンの大西商事の面目をかけて全力を傾注する覚悟で、張り切っていた。


会議を終え、旧知の古川課長に眼で挨拶を交してプラント協会を出た沖山信夫は、山中重工として、このプロジェクトに応札する為に社内を説得することが、容易ならざることと感じ始めていた。有楽町から国電に乗り、どうすべきかを考え続けた。浜松町のホームの階段を昇っていると、国内営業部の同僚の丸山に肩をポンと叩かれた。

「オイ、どうした？　チッター輸出も商売になるかね」と丸山。

「イヤー、なかなか。ボチボチ面白そうな話が出て来たところだ」

「そうか、頑張れや。何か思いつめたような顔してたので、どうかしたかと思って声を掛けたんだ。元気だせよ。近いうちに一杯いこか。じゃ、またな」

去って行く丸山の後ろ姿を眺めながら、沖山は『ヨシ。国内に負けずに、コレを何とかしよう。彼奴等は、高度成長の波に乗って、国内の製鉄会社に次々に機械を売って来たからな。それでも、高々半期五十億だろう。見ておれ、今度の大物は百億だからな』と意気込みながらも一方で、企画部長の石頭を思い、そして、予算を握っている管理部長のシブチンを思い浮かべ、社内説得の難しさに気持ちが萎えそうになった。

第三章　応札決定に至るまで

その一

昭和四十四年当時、日本の鉄鋼業は、高度成長の真っ只中にあって、然も産業全体の中心的位置を占めていた為、学生間の人気も高く最優秀な技術者を多数抱えていた。

高度成長期に入ると共に、彼等は既に欧米から学ぶべき技術を順次吸収して自己のものとし、今や、鉄鋼業は、百パーセントの原料輸入という日本の立地条件面のハンディキャップを克服する為、幾つもの革新的技術を独自に開発し、発展させつつあった。

主原料は周知の通り、鉄鉱石と石炭であり、日本はその大部分を輸入せざるを得なかったが、その外貨を稼ぐ意味でも輸出を促進することが、国の命題でもあった。

原料を輸入して、最終製品である鋼材をもう一度船に積んで輸出して、尚且つ価格競争力を持たせるという、当初全く不可能と思われる命題に取り組んでいたが、この難題を克服しながら、この頃では、十分余裕をもって鋼材輸出を実現し始めていた。

実際には、日本の鉄鋼業は、次々に沿岸に製鉄所を建設し、原料輸入や製品輸出の輸送費を極限までに削減すると共に、設備の大型化、高速化、自動化を推進することで生産性を上げ、当時世界でも最新鋭の制御技術を採り入れて操業の省力化、効率化を実現させていった。その結果、抜群の生産性を上げるに至っていたが、世界的な評価としては未だしであり、日本の生産統計や技術情報には、欧米では半信半疑の専門家も多かった。

このような状況を背景に、日本のプラント輸出業界は、戦後の賠償特需によるヨチヨチ歩きの黎明期を脱し、テイクオフ寸前の段階に差し掛かっていた。それは、来るべき一大飛躍の前夜の様相を呈していた。然も、中進国や発展途上国は、平和の持続と国情の安定により、本格的な工業化、工場建設の気運が高まり始めていた。

そして、これ等中進国等の工場建設は、過去には全て欧米の資本と技術によって行われて来ていたが、当時の日本の技術発展と共に、幾つかの工場建設案件の引き合いも、日本に寄せられるようになって来ていた。

一方日本国内の鉄鋼各社は、競って最新の技術開発を行い、且つそれを大胆に採り入れて、可成りの分野で欧米の技術水準を凌駕するに至っていたが、欧米の技術者の中には、心情的に未だ日本技術の優秀性を認めたがらぬ風潮が見られていた。

従って、中後進国は従来より欧米諸国の指導下にあり、資金的な援助も得ていたので、自国の工場建設に当たっては、先ず欧米のコンサルタントに建設計画の作成を依頼するのが通例となっていた。

そして、欧米諸国や世界銀行等の援助を得て、国際入札を行うのが恒例であり、日本の技術に仮に魅力を感じても、資金援助まで含めると、未だ日本企業が本格的に国際入札の場に進出出来る土壌が十分成熟しているとは言えぬ状況であった。

日本の技術発展に注目した結果、海外から来る工場建設の引き合いに対し、日本の重機械業界の大手各社も漸く関心を抱き始めていた。そして近年相次いで国内に完成した最新鋭の製鉄所の建設実績と、其処で採用された最先端の技術を武器に、海外市場でのプラント建設案件にも積極的に取り組むべき機が熟しつつあったのである。

こうした状況の中で、今回のアルゼンチンＳＩＭ製鉄所拡張計画の国際入札の発表があり、応札者の募集、資格審査、入札スケジュール等が公表されたのである。世界の鉄鋼業の中で、初めての大型入札案件であり、日本の重工業各社ばかりでなく、世界中の注目を集めることとなった。

その二

一方その頃山中重工の輸出部は、セメント等の窯業プラントや小型の化学プラントが隆盛で、早くから東南アジア向けの賠償案件を中心とする機械の単体輸出が賑わっていた。この頃は、イランやトルコ等にも脚を延ばし、これ等を担当する沖山の先輩、同僚達が外国を飛び廻り、外人客の接待に銀座、赤坂のクラブを舞台に派手に動き廻っていた。

一方、製鉄機械を担当する沖山だけが、独り取り残された形で、彼らを横眼で見ながら、自分の出番が来るのをジッと待っている状況であったが、今度は、いよいよその時が米たのかも知れないのだ。

社に帰り、自分の席に着いて、「そうだ、今日は藤田課長は出張中だし、先ずは入札書類をジックリ読まねばならない。その上で問題点を洗い出し、今後の作戦を一晩考えるとしよう」。

早速厚さ十センチ近くもある英文の入札書類を読み始めた。そのまま夜八時まで掛かり、全体概要が把めたが、内容を把握するに至って、このプラントの基本設計が、工場の建設はもとより、鋼の生産に関する機器の運転と操業に精通して初めて行えるものであることを理解した。それを思う時、今更ながら、自社の技術部門の実力不足を思わざるを得なかった。

この弱点をカバーするとすれば、一流の製鉄所とタイアップするしかない、と沖山は考えた。幸い、製鋼工場の中心を占める転炉は、日本での実績ナンバーワンで他社を圧しているし、も一つ中心である排ガス処理装置は、昭和製鉄との共同開発した新技術を持っており、業界をリードしている。

入札書類を前に得た沖山の結論は、問題はいろいろあるが、入札参加にまで先ず持ち込むことが肝要だ。それには、ポイントは三つ。

第一に、上司の藤田課長を口説くことだ。そして味方に付けねば何事も始まらない。

次に、腰の重い冒険嫌いの技術部にイエスと言わせること。これは課長にも手伝って貰えるだろう。

第三に、当社の最大の弱点を補う為に、また最終的に受注に成功する為に、何としてでも昭和製鉄を、当社のチームに引っ張り込むこと。これが最大のポイントだろう。

以上であった。


会社を出て、帰りの横須賀線の中で、沖山は夢中になって口説き作戦を練っていた。

「このプロジェクトの目玉は何だろう。

何ていったって、最大の入札案件だ。百億円のプロジェクトだ。当時は未だ、山中重工のような大手メーカーでも、一件で百億円を超える案件は手掛けたことはなかった。多分、藤田課長はコレで口説けるだろう。彼は、頭脳も素晴らしいが、太っ腹で、第一デカイことが大好きだ。乗ってくれるに違いない」

「明日オーケーが取れたら、すぐに神戸に発ち、技術陣を説得せねばならない。足りない技術データは、俺が中心になって必要なものは何でも入手するとしよう。俺だって昭和製鉄や千葉製鉄にも顔はあるし、少しは国内営業の丸山にも頼めるかも知れぬ。

それに昭和製鉄の参画を条件にすれば、技術部も賛同してくれるかも知れない。案外、大浜設計部長が乗って来るかも知れないな。

問題は、応札して決着するまで掛かる費用だ。ザッと計算してみても、現地調査や価格交渉までの出張費用等で、数千万円は必要となりそうだ。これも藤田課長が上層部に上手く話をつけて貰う必要がある」

「また、昭和製鉄側のキーマンは、海外技術部長の渡辺だ。彼は天皇と言われている程のこの道の実力者でワンマンだし、気難しいので有名だ。頭が悪いと思う奴は相手にしない。大手商社の重役クラスでも、アポイントを得るのは中々難しいし、廻りの連中が遠巻きにして、気を遣っているようだ。

俺も若輩だが、通常の仕事の関係では何故か気に入られている感じがする。だが、こんな大プロジェクトへの参画を口説くには、全くの役不足、本来なら、当社の常務クラスがお願いに行くのが常道だろうが、そんな頼れる重役も部長も居ないしな。これも藤田課長に頼むしかないな。単に肩書きがあっても、頭の回転が追いつかぬと相手にして貰えないからな。藤田さんも殆ど鉄鋼業の知識は無いけど、抜群の海外経験、人柄、話術、押し出しが立派で、問題点の把み方が的確だ。ヨシ、これに賭けてみよう」

沖山は、ほぼ考えが纏まると、それを頭の中で反芻し、ホッとして窓の外を見ると、もう大船駅だった。

慌てて降りた。

その三

翌朝、プロジェクトの概要を要約して、藤田課長の出社を待っていた沖山は、十時過ぎに漸く時間の空いた課長を捕えた。

「何だ、面白い話か」

「ハイ、課長、超大物のカジキマグロです。釣れるかどうか分かりませんが、是非やらせて下さい」

「何だ、そりゃ」

沖山は、課長席の前に坐り、ＳＩＭ製鉄所入札案件の説明を始めた。

一通り説明を聴き終えた藤田は、

「そうか。コリャ面白そうだな。ところで、ウチは、こんな転炉工場全体の建設なんて出来るのか。主な問題点と、君の見通し、作戦を聴かしてくれよ」

「正直に言うと、大変難しいと思います。然し、転炉装置は数社乱立時代も決着がついて現在、当社が国内では断然トップですし、排ガス装置は、殆ど当社の独占ですから、日本から応札するとすれば、当社以外にはありません」

「そうか」

「個々の技術レベルも世界第一級ですし、世界的に見ても、全体プラントとして計画出来るのは、ドイツのＧ社グループ、クルップ社と、フランスでは、鉄鋼公社ぐらいしか無いと思います」

「そうか、世界でも他に二、三社しか無いか。神戸の設計部に纏める力はあるのかな」

「潜在能力は別としても、現時点では、とてもあるとは言えません。でも何とかやりたいんです。その為に、技術データは、私が今から集めます。それに、横浜の排ガス部隊にも協力を得て、合同チームを結成するのが良策と思うんですが……」

「それでも、建屋やクレーン等が難しいな」

「ご明察の通りです。ここは、技術コンサルタントとして、昭和製鉄の海外技術協力部を引っ張り込むのです、渡辺部長を口説かねばなりません」

「なるほど。確かに昭鉄と組めれば出来るかも知れないな、昭鉄は乗って来るかな」

「何と言っても、渡辺部長は、我社と共同開発した排ガス装置の発明者の一人ですからね。それに海技協としての新しい形の仕事だし、新分野への進出にもなる筈です。渡辺部長の得意の分野で……」

「そうか」

「この組み合わせは、十分脈があると思いますよ。海技協としても、昭鉄の技術を地球の裏側に売り込めるなら、とても名誉なことですし、渡辺部長の名声に箔が付く訳ですから……」

「それで、昭鉄の中で実際の仕事に協力してくれそうな部署や心当たりはあるのか」

「ハイ。海技協が窓口となりますが、渡辺部長の諒解が得られれば、九州の技術部が実務的にバックアップしてくれます」

「ウン」

「それに、タレントとして、現在アメリカのアームコスチールで排ガス装置の建設指導を行っている桐田課長という人が抜きん出ています。彼は、渡辺部長の子飼いで排ガス装置の発明者の一人だし、前の九州の転炉工場の建設も担当して、完成後は工場長として操業の責任者でした。それに、今はニューヨーク事務所の駐在技術者として、自社開発の排ガス装置の技術をアメリカの製鉄所に売り込んでいる人です。英語も達者ですし、彼が参加してくれれば、当社の足りない技術は、殆どカバーできます」

「オイ、そんな打って付けの人が居るのか」

「もし、渡辺部長を口説ければ、この桐田さんと、そのスタッフを起用して貰えると思うのですが……。ここは、乾坤一擲、課長に渡辺天皇を口説いて欲しいのです」

「大体のところは、分かった。でも、そう力むなよ。現地工事はどうする積もりだ」

「建設工事自体のリスクは、誰にもヘッジ出来ませんから、当社がプライムでやらざるを得ないと思います。出来れば、鹿沼建設か森下建設辺りの技術協力、そして共同参加して貰うという案は如何でしょうか。何れの社を選ぶかについては、渡辺天皇の助言を求めるのが得策と思いますが……」

「それが良いだろうな。今までの実績や相性もあるしな」

「許可を頂けるのなら、今から神戸に発って技術部隊を口説きに行きたいのですが……」

「まあ、慌てるな。これは事業部長の許可も要るだろう。俺も一緒に行ってまとめて話をしようじゃないか。明日にしよう」

「わあ！　有難うございます」

「それまでに、プロジェクト概要、問題点、今後の進め方等の説明資料を纏めておいてくれ。趣旨は君の今の説明通りでよいから」

「ハイ、分かりました」

「それに現地調査団を出すことになるだろう。その人選もせねばならぬし。沖山案も考えておいてくれや。忙しくなるぞ」

「ハイ」

「俺もこんな大プロジェクトが簡単に受注出来るとは思えないが、これから当社が本格的にプラント輸出や、国際入札に取り組んで行くときに、一度は越えねばならぬ大きな山だと思う。全力投球することによって、初めてウチ自身の実力が付いて行くのさ。仮に失敗しても、次の機会への貴重な経験にはなるさ。結果を恐れず、思い切って当たってみようじゃないか。その値打ちは十分あるよ」

沖山は、内心闘志を一杯に感じながら、多忙の藤田課長を折角捕えたのだから、この際確り説明しておこうと思った。

「支払条件、ファイナンスは？」

藤田課長の質問が続く。

「現在大西商事が政府筋を当たっていますが、客先の要求は、サプライヤーズクレジット（機器を売る国が資金の用立てをし、買主が年賦で返済して行く金融制度）で、十年延払い、金利五％と言ってるそうです」

「五％はキツイな」

「ハイ。輸銀としては、基本的にはＯＫですが、金利五％は無理でしょう。頭金が恐らく一〇％で、輸銀融資分を五・五％としても、協調融資分が今、九％位ですから、合わせると六から六・五％ぐらいが限度と思います」

「なるほど、そんなものだろうな」

「未だ、欧州勢の動きが判らないので、暫く様子を見ると言っていますが、通産省と輸銀は、マッチングベースで対応する意向のようです」

「ウン」

「この点、大西商事はイトメンなんかより、通産省の対応が遥かに上手いので、安心出来そうです」

「そうだな」

「彼等もウチが応札するのを期待しているので、近く古川課長が、課長のところに挨拶に来たいと言っています」

「そうか。沖山君、ところでサンニコラスってどこだい」

と藤田課長は、机の引出しからポケット版のアトラスのページをめくりながら尋ねた。

「課長は、アルゼンチンは行かれましたか」

「いや、ない。一度行ってみたいがね。丁度日本の裏側だろ」

「ハイ。ブエノスアイレスの正反対が浜松沖に当たるそうです」

「なるほど、正に裏側と言う訳だな。ところで、昭鉄の説得だが、渡辺天皇はゴルフはやるか」

「イヤ、やることはやりますが、上手くもないし、好きでもないようです。専ら、酒の方で、天下国家を論ずるのがお好きのようです」

「そうか、天下国家ね」

「その前に、海技協の河島係長がキレ物だし、話も分かるし、渡辺天皇の信頼も絶大なので、ＳＩＭの話は、私が午後から出掛けて、彼に根廻しをしたいと思っています。事前に河島氏から話が通っていれば、ベターでしょうし、ニューヨーク駐在の桐田さんの可能性も打診しておきます。その上で、課長からの話の持って行き方を改めてご相談したいと思いますが……」

「そうか、それがイイね。河島さんとは、この前、確かゴルフで一緒だったな、彼は出来るな若いけど。将来の有望株だな。頼むぞ」

その四

翌朝、神戸に向かう新幹線の中で、藤田課長は沖山の隣の席に坐るや否や、

「ご苦労さん、昨日は河島さんと逢えたのかい」

と少し眠そうな声で尋ねた。

「六時頃、漸く会議を終えたところを捕まえまして、一通り説明して来ました」

「そうか」

「河島氏は、ＳＩＭ計画に大変興味を示されて、渡辺部長には、確かと伝えると約束してくれました。彼のコメントとしては、このプロジェクトは、今后昭鉄が世界に出て行く際に大変な試金石になるし、製鋼工場は、本来渡辺部長の専門だし、昭鉄が山中重工と組むのも極めて自然だと思う、今後これを契機にいろいろな案件で、双方足らざるを補って、組んでやるのは、一つの方法だと思いますとのことでした」

「そうか」

「桐田さんの件も、それは妙案だ、問題は、アームコスチールの火入れとその後のスケジュールと合うかどうか、とのことでした。これも渡辺部長に事前に臭わしておくとのことで、全面的にバックアップしてくれそうです」

「そりゃ、よかった。技術陣を口説くにも重要な材料になるな。今日、神戸での話をまとめたら、明日か明後日、渡辺天皇のところへ行こう。そりゃ、よかった」

と藤田課長も安心したようで、

「今日は、技術部隊に十分説明して、設計の大浜部長が了解してくれれば、その後は小人数で、調査団の人選までやってしまおうか。いよいよ、沖山君、君の出番だぞ。製鉄設計の若手では、活きのいいのがいるかね」

「どうせやるなら、初めてのことだし、中堅と若手中心のメンバーが望ましいですね。仕事量も彪大だし、長丁場だから最後は根気と体力が物を言うでしょうから……。若手に意欲を持たせて、存分にやらせたいですね」

「そりゃそうだが、これは成功するとは限らない。その時の責任回避を真っ先に考える奴もいるから、プロジェクトリーダーは確りした奴が要るぞ。腹の坐った奴が」

「ハイ」

「東京の国内営業にもロウルサイ御大がいるし、この辺りの説得も厄介だしな。大概のことは、俺が引き受けるから、沖山君、失敗を恐れずに思い切ってやれよな」

「ハイ。やってみます」

　沖山は、待望の出番が廻って来たことや、思い切ってやれとの課長の言葉に、興奮とある種の感動で、心が逸るのを抑えることは出来なかった。移り去る外の景色を眺めてはいたが、殆ど眼に入らず、新幹線は大井川の鉄橋を渡っているところだった。

　午後からの神戸工場での会議には、設計部、電装部、工務部等の技術陣の他に、全体を取り纏める業務課長等十四、五人のメンバーが集まった。

それまでの山中重工の製鉄機械部門は、転炉関係と言っても個々の単体機械を設計製造する専門家の集合体で、転炉工場全体を考えることは無かったし、客先も国内の大手製鉄会社であった。海外市場向の輸出だとか、入札案件だとか空を把むような話は、今まで耳にしたことも無く、沖山の説明する転炉工場全体の国際入札、と言っても、当初は狐に鼻をつままれたような表情で話を聴いていた。

賛否両論と言っても、殆どが入札案件に対する質問と、自分達が技術的にも未経験分野であることを強調した消極論が大勢を占めた。それでも、アルゼンチンとか、国際入札とか未知の分野についての関心も多く、次々と質問が続いた。

議論を自然の成り行きに委ね、黙って聴いていた大浜設計部長が、藤田、沖山と事前に示し合わせた通り、最後に口を開いた。

「確かに皆さんの言う通り、問題点は多いと思う。未知の分野も多い。然し、私は、本件は一度挑戦してみるに十分値するプロジェクトであると思う。昭鉄が協力してくれるのであれば、若干頭の上がらぬこともあるだろうが、営業と技術陣が協力して、乾坤一擲やってみようじゃないかと思う。皆さん協力して貰いたい。確かに成功するかどうか疑問もある。だが、また失敗すると決まった訳でもない。仮令失敗しても、次へのステップとして、一度は越えねばならぬ山でもあると思う。それを本日の結論と致したい」

と大浜は周囲を見廻して、異論はこの際許さないとの態度を示した。

暫く間を措いて、大浜部長は、

「入札に参加することに決まりましたので、引き続き、具体的な方針を順次討議したい。ついては、その前に更に営業の方から入札に係わる諸条件等の説明を続けて下さい」

と藤田課長にバトンタッチした。

沖山は、藤田課長に促されて、ＳＩＭ製鉄所の概要、今回の拡張計画全般の話、山中重工が応札する転炉プラントの概要と添付資料の説明、ファイナンスを始めとする輸出業務全般の話、東京で慌てて調べたアルゼンチン国についての知識等を順次披歴していった。

国際入札と闇雲に言われても、何から始めてよいかも分からなかった技術陣は、沖山の話を熱心にメモをとりながら聴いていた。

従って、会議全体の流れは、自然に藤田と沖山がリードする形となって行った。また、このプロジェクトでは、昭鉄を説得することが応札の前提条件であり、それを営業部の二人に全面的に依存することになる為、藤田と沖山の意見が主流となって行く。この流れがその後もずっと続いて行き、後々主な決定を行う際に、沖山にとっては、大変有り難いこととなった。

沖山としては、今までプロジェクトの実現即ち応札の決定を目指して来たが、気がついてみると、自分が大きな流れの中心に押し出され、自分の意見が重要方針の決定の軸になって行くという実感に、快い興奮に身振いする思いであった。

「オレが主戦投手なんだ」

この流れは、その後もずっと続いて行くが、過去の延長線上でなく、全く新しい形の大仕事に挑戦するチームには、若いエネルギーが潮の流れの中心となって行く様を、横に坐っている藤田課長も感じていた。

特に、海外での大型のプロジェクトでは、若いエネルギーが重要であり、チャレンジ精神や活動力、それに語学力や国際経験等の占めるウェイトが大きい。

そんな男がいれば、自然に舞台の中央に押し出されて行くことになる。

後から振り返ると、この時代は正にプラント輸出の黎明期であり、日本の産業の一大飛躍が始まる時であった。


翌日東京に戻った藤田課長と沖山は、昭鉄の渡辺部長のアポイントを取り、協力要請に出掛けて行った。渡辺は、既に河島係長より説明を受けていたと見えて、思いの外上気嫌であった。

「これからは、日本の技術が世界に出て行く時代です。海外に進出するには、色々難しい点もあり簡単に上手く行くとは限りませんが、やって見ることですよ。ウチもマレーシアで製鉄所を現地と共同でやっていますが、それこそ全く予想もしない問題にぶつかります。それも年中ですよ」

「ホホウ」

「それでも、皆で知恵を絞って問題を解決すると、スカッとしますよ。難解な数学の問題を解いたような壮快感ですな」

「なるほど」

「とにかく今は、時代の流れでしょうから、パイオニアは苦労しても、必ず実を結ぶと思いますよ。まあ、一緒にやりましょうや」

「有り難うございます。何よりのお言葉です。当社も実力不足の面もありますが、精一杯やりますので、宜しくお願いします」

「これは、中々面白いプロジェクトですよ。私もアルゼンチンは全く知りませんが、鋼を造る工場なら、地球の裏側でも多少自信がありますよ」

「大変心強いお話で……」

「それに今後は、こんな形で両社が協力して行くケースが時々出て来ると思うんですよ。製鉄所と機器メーカーが協力して、海外に製鉄所を建てると言うのは、自然の成り行きでしょう。一昔前は、世銀の金を借りて千葉に製鉄所を作ったり、欧米の技術を必死に学んだりしたものですが、思えば、我が国の技術陣も頑張って来たものですよ」

「ところで、日本の製鉄業の技術は、もう欧米を抜いたと考えてよいのでしょうか」

と藤田課長が尋ねた。

「少なくとも、製鋼技術は日本が頭一つ抜けたでしょうね。熔鉱炉も恐らく世界一でしょうか。最新の大型高炉は殆ど日本で建設されていますからね」

「そうですか」

「アメリカは戦災にやられた訳じゃないので、昔の設備が今もそのまま使えるんですよ。だから却って技術が革新する処まで行ってません」

「なるほど」

「然し、圧延技術や特に薄板冷延や亜鉛メッキ等の技術は、未だアメリカやドイツの方が上ですよ。追い付くのにあと五、六年は掛かるでしょうね。それにこれからは、電算機が中心になると思いますよ」

「そうですか」

「特に操業面に改善の余地が沢山あるし、機械もそれに応じた精度やスピードが要求されて来るでしょう」

「製鋼工場の場合は、両社で開発した排ガス装置が物を言っている訳ですね」

「そうですね。未だコレに匹敵する技術は欧米ではありません」

「アームコ製鉄に技術輸出されていますが、新工場の建設は順調に行っていますか」

「当初の予定よりは、若干遅れていますが、まずまずですね。間もなく建設の最終段階に入ります」

「桐田さんが技術指導をやっておられるんですね」

「そうです。彼はこの技術の開発には最初からのメンバーの一人です。パテントも幾つか彼の名前にもなっていますよ」

「そうですか。ところで大変厚かましい話で恐縮ですが、その桐田さんにこのプロジェクトに参画して戴く訳には参りませんでしょうか」

「ウン。河島君からもチョット聞きましたが、さすがに山中重工さんも良いところに眼を付けられましたね。中々の名案ですね。この種の仕事は、彼にはピッタリでしょう。彼は工場の建設も操業も全て分かっているし、語学も抜群。問題はアームコの火入れが何時に終わるか、手離れは何時か、ということでしょう」

「ご同意して頂けますか」

「直接彼を口説いてみて下さいよ。私は異存ありません」

「それは、願ってもないことです。ご承知戴ければ、何れ現地調査団派遣の途中に、アメリカに寄らせます。その場合の連絡窓口は、河島さんでよろしいですか」

「結構ですよ。ところで山中重工さん、建設と操業の方は殆ど分からんでしょう。この辺りを計画にどう折り込むかが鍵ですな。桐田君もよいが、日本側のウチの部隊とも、計画段階からよく相談して、上手くやることが大事ですよ。規模からみて、ウチの大阪製鉄所の第一工場をベースにしたら良いのかな。とにかく、河島君とよく相談してやって下さい」

　と渡辺部長は、同席している河島氏の方を指しながら、気嫌よく頷いていた。

「ハイ。分かりました。その建設会社で最良のパートナーと組みたいのですが、実績、経験面で矢張り鹿沼建設ですか」

　と藤田は、昭鉄お気に入りの建設会社を名指しして貰うつもりで尋ねた。

「建屋の設計には特殊なノウハウが必要で、日本設計しかありません。日本中の転炉工場の設計をやっています。何なら、ワシが紹介してもよい」

「是非お願いします」

「後で萩野重役に電話しておくよ。建設会社は鹿沼より、森下建設の方が良いかも知れないね、鹿沼は一度マレーシアの工事で大赤字を出してから、ビビッテしまってすっかり消極的になってますから」

「そうですか」

「森下には、山本と言う後輩が製鉄関係の責任者ですから、これも後で電話しておきましょうか」

「色々とご配慮有難うございます」

　と藤田と沖山は、予想以上の昭鉄の協力姿勢に感謝し、丁重に御礼の言葉を繰り返した。それから三十分も具体的な進め方等の話をして、二人は渡辺天皇のもとを辞した。

昭鉄からの帰途、藤田課長が、

「オイ、順調だな、沖山君。これで前へ進めそうだぞ。それにしても渡辺さんはご気嫌だったな」

「助かりました。課長の話の引き出し方がバッチリでしたね。あんなご気嫌な渡辺さんを見たのは初めてです。矢張り、自分の発明した技術が、こんな形で海外に出て行くのは、技術者冥利に尽きるのかも知れませんね」

と沖山は相槌を打った。

「そうだな、そういうことかも知れんな。ヨシ、今日中に安井専務の了解を取って来るぞ。帰ったら、君が纏めたプロジェクト概要とスケジュール表をコピーしてくれ。専務のＯＫさえ取れれば、当面反対する奴もいなくなるだろう」

「ハイ、分かりました」

と沖山は喜色満面で答えた。


夕刻、藤田課長が専務室から戻って来た。沖山は、課長席に近寄り、

「如何でしたか」

と尋ねた。

「勿論ＯＫだった。いたく興味を示されて、『プラントの輸出がいよいよ本格的に始まるようだな。今までの、日本の賠償案件で東南アジアに輸出するのと、根本的に違うな、コレハ。本格的な国際入札だし、

欧米の強豪を相手にいきなり成功するのは難しいかも知れぬが、我社の可能性を試す良い機会だ。全力で頑張ってくれ』と激励されたよ」

「そうですか」

「専務は、理解が早くて的確だから、日本の国力や技術力が漸く国際競争の舞台に乗れるところまで来た、と言う認識のようだぜ」

「そうですか」

「昭鉄の協力問題や、当社のチーム編成等、一通り説明しておいたが、入札までの準備から本当の戦いまで、困難の連続だと言うことも、お見通しだから、社内で何かあれば遠慮なく何時でも相談に来いとも言ってくれたよ」

「そうですか」

　と沖山は、白髪で柔和な専務の顔を想い浮かべながら、ニンマリとした。

「沖山君、専務が、『大西商事とは初めてだな。どうか』と聞かれたよ。実際どうかな」

　大西商事は、日本を代表する大西財閥の中核を成す日本一の商社であり、同じグループの大西重工は、今回こそ競合しないが、全ゆる分野で、山中重工の強力な競争相手であった。

「未だよく分かりませんが、組織の大西商事と言われている通り、古川課長を始め、皆、紳士ですね。話も事務処理もカッチリしています。イトメンなんかと全く社風が違うようですね。イトメンや丸物(まるぶつ)のような野人風のヴァイタリティに欠けるかも知れません。恐らく横綱相撲でしょうから、蹴手繰(けたぐ)りや、小股掬いはやらないでしょうね。何れにしても、近い内に古川課長と飯でも喰って下さい。アレンジします」

「ウン。専務も昭鉄や森下等に挨拶が必要だろうから、何時でも行くからアレンジしてくれ、と言っていたよ」

「そうですね。早速アレンジします」

「そうか。早くプロジェクトチームの結成と調査団の人選を終えて準備に掛からないとな。明日は森下建設に行こうか。後で渡辺部長が電話してくれたかを確認してくれな」

「ハイ」

「それまでに当社のチーム編成のアウトラインが頭にないと、相手に頼むのも迫力が出ないな。

何れにしても、営業は沖山君、君が行くのだから、早速渡航の準備を進めろよ。十日か二週間で準備を終えて、来月初めぐらいに出発出来ればよいな。

桐田さんの件は、日本側で先に詰めておいて、アルゼンチンの往き掛けにアメリカに寄って、彼を口説けよ」

「ハイ」

「君と、設計の野田君とが先発する方がよいかも知れんな。具体的なスケジュールは、技術サイドの準備の見通しにもよるが、大西商事とドンドン話して決めて行きなさい。皆で頑張ろうじゃないか」

「ハイ、承知しました」

沖山は、自分の席に戻って胸の高鳴りを感じながら、その快感の味を噛みしめていた。

沖山が輸出営業に転じてから二年、今日まで専ら製鉄機械の輸出を担当して来たが、その大半は、世界各国の製鉄所設備の調査や、英文カタログの作成等が中心で、山中重工の将来の進むべき方向の論文を書いたりしていた。その間、装置の計画見積もりや、単体の入札案件等を手掛けたが、受注は勿論、最終ネゴにまで進んだものは無かった。

その間、同じ輸出営業部の中でも窯業プラントを担当している連中は、日本からの賠償による案件を中心に、東南アジアや中近東の市場への輸出に成功し、海外出張も多く社内でも派手な存在であった。

藤田課長も一年の半分は、それ等の案件で外国を飛び歩いている状態であった。

そのうち俺の時代が来るぞ、と心に期しながらも、実の無い仕事の侘びしさ等を、化学プラントを担当して、矢張り空振りを続けている同僚の井出等と一緒に、沖山は、時折新橋の烏森のおでん屋で一杯やりながら、ボヤき合ったりしていた。

最近では、自分より若輩の岡谷等が頻繁に海外出張等を始めると、未だ外国に出たことのない沖山は、内心穏やかならざるものを感じることもあった。長い二年間であった。

「いよいよ俺の出番だ」、と満を持した形で、今まで溜まっていたもの全てをブツけようと、沖山は腹の底より闘志が湧き上がって来るのを感じた。そして、

「これから、新しい人生が始まるかも知れない」、と思いながら、この絶好の機会に自分の全智全能を傾けて挑戦しようと心に誓った。

ここで、一般の読者には馴染みのない海外に於けるプラント建設について、簡単に説明しておく。

戦後の日本の産業復興が一応達成されると共に、日本の輸出産業は、ラジオ、カメラ等の軽工業産品から、造船、鉄鋼、自動車等の所謂重厚長大産業へとその主力製品が移って行った。然し、それ等は何れも単品或いは単体の輸出であり、日本で生産されたものをそのまま外国に売り切るものであった。

(更に十数年を経ると、輸出の中心は重厚長大産業から、エレクトロニクスやコンピューターのような高度技術を有する附加価値の高い産業に変わって行く)

昭和四十四年の今、新しい時代のスタートと沖山が感じているプラント輸出とは、繊維製品、肥料、化学原料とか、セメント、鉄鋼、更には発電所等の生産工場そのものを、まるごと外国に建設することを請け負うという仕事である。

従って、その国の歴史、文化、政情に始まり、立地条件、気候、原料の産出又は入手状況や成分等の調査を皮切りに、工場にして原料から成品を造る主力機械設備は基より、必要な電力、水、ガス、油等を供給する付属設備、更には、それ等を収納する建屋、事務所等の機械提供から建設工事に至るまで全てを、その計画段階から請け負うものである。

多くの場合、生産コストの計算や、人員計画、機械の運転指導等の工場経営の基本的な業務を含むのが常であり、更に長期に亘る建設工事の完成後、操業開始、正常運転までの業務一切の責任を負うことになる。

また、資金面でも、先進諸国や世界銀行、アジア開発銀行等が長期延払いを伴う低利融資を行うことが多い。途上国の工業化を促進する為である。

従って、通常重機械メーカーの業務範囲である機械の設計、製作等は全体業務の極く一部にすぎず、輸送に於いても現地の利用可能な港、港湾の設備、法規制等の調査は勿論、輸送ルートの決定、トンネル橋梁の輸送限界についても綿密な調査が必要となる。

また、現地工事では、現地人の雇傭、日本人の派遣、宿舎、現地事務所の設営、食糧の調達等、極めて広範囲な業務が加わって来る。これ等は趣味でやっている登山等と違ってすべて仕事であり、コスト、採算、工期と言った制約範囲の中でこなして行かねばならない。

これ等の業務を効率よく処理するには、当然のことながら、全ゆる分野の知識経験、技術ノウハウが必要であり、これ等を結集しないと、とても成功は望むべくもない。

この時代まで、世界各地で石油基地や、発電所等の建設経験を有する欧米諸国に比べ、日本には、未だこの種の経験では一歩も二歩も劣っていたと言わざるを得ない。

今回、これ等の困難を克服する為に、全勢力を如何に結集し、チームワークよろしく、幾多の問題を解決して行くべきか、それも、歴史、文化、言語、民族、宗教の異なる地域で如何に行うか、これが、プラント輸出なのである。

莫大な資金を伴う長期間の工事であり、相手国との相互理解と協力が不可欠である。

通常、新聞誌上等では、経済交流、文化交流と抽象的な言葉で簡単に論じられているが、プラント建設は、これ等すべてを包含した民族、宗教、言語、文化を超えた平和的な実践外交そのものと言っても過言ではない。

世の評論家の方々に、是非一度二週間程度プラント建設現場に滞在して、見聞を深めることをお勧めしたい。

また、日本の高度成長時の産業発展の集大成とも言えるものが、プラント輸出であり、重工業界にとって、かつてない厳しいが、華やかな時代の始まりでもあった。

そして何より、コレハ、男のロマンでもあったのである。

第四章　アルゼンチンへ

五月二十日の朝八時、ブラニフ・インターナショナルのＢ七〇七が、着陸体制に入り、ブエノスアイレス空港に滑り込んでいった。

着陸の際、沖山は窓から下を覗き、唯々草原が広く、牛らしきものが点々と見える景色を喰い入るように見詰めていた。

特に北半球とは変わってもいないな、と思いながらも、

「いよいよ、アルゼンチンに着いたか」

という思いに胸がふくらんでいる。

ジェット機が発着する大国の首都の空港とはいえ、木造の空港ビルに、吹き流しが数本見えるだけの殺風景な質素なものであった。

乗客には、久し振りに祖国に帰ったと覚しき地元の人が多く、長旅の疲れを物ともせず、心がはずんだ様子で、土産物を両手一杯に下げ、タラップを降りて行く。

五月と言えば、南半球では秋、快い朝風を頬に受けながら、沖山もタラップを降りてビルまでの短い通路を歩いて行くと、二階建の低い空港ビルの屋上に出迎えの人々が群がり、乗客の中に家族を見つけて、大声で叫んで盛んに手を振っている。呼ばれた乗客の方も、立ち上がって荷物を置いて手を振り返している。後から続く客が前に進めなくなっても、お構いなしである。

それぞれの喜びようは、全く大変なもので、それは正しくラテン民族の爆発的な喜びの表現そのものであった。沖山は、後日あちこちで彼等の喜怒哀楽を表す豊かな表現力に屡々感心させられるが、この時の第一印象は「大のオトナがナント大袈裟な」と強烈であった。

彼等の底抜けな陽気さに、思わず微笑を誘われ自分の気持ちも明るくなって行くようである。

入国手続も長い列が中々進まず、ウンザリしながら終えて、荷物受け取りの矢印を見ていってみると、未だコンベアも動いていない。万事がノンビリしている。

やっと出て来てサムソナイトのカバンを提げて税関検査を受ける（当時のカバンは未だローラーで転がすようになっていない）。

髭を顔全体にはやした堂々の偉丈夫の検査官だ。荷物を全部開けさせた上、土産物の海苔の入ったダンボールを指して開けろと言う。

「ケエスエスト」（これは何だ）

「エストエス、コミーダハポネッサ。レクエルグパラミアミーゴス」（日本の食料品で、友人への土産です）

沖山は、偶然にも数カ月前から独学していたスペイン語が通じるか、試みに喋ってみた。すると、相手は理解出来たとみえて、ベラベラ……と突然早口でまくし立てて来たので、沖山は仕方なく、アメリカの大西商事の人から教えられた通り、最新式のガスライターを取り出し、パチンと火をつけた後、そっとその検査官に渡した。謹厳そうに難しい顔をして検査していた髭の偉丈夫は、ニコリと白い歯を出して子供のような笑顔を見せ、沖山に出口の方を指し、早く行けと促した。

出口までの通路の壁は汚れたベニヤ板張りで、処々破れたりササクレ立ったりしていた。出口を出ると、空港の外は出迎えの人々でゴッタ返していた。車道までのスペースも狭く、荷物の置場もない程だった。

人込みを縫って近づいて来た日本人と見える人が、

「山中重工の方ですか、大西商事の斎藤です。長旅ご苦労様です」

「沖山です、はじめまして。朝早くから恐縮です。今回は何から何までお世話になると存じますが、ヨロシクお願い致します」

「こちらこそ。沖山さん、ここは危ないですから、荷物を盗られないよう、十分気をつけて下さい」

同行の野田課長は荷物の検査に長引き、二人は、更に十五分程待たされてしまった。

その間、「随分遅いですな」と沖山は独りイライラしていたが、周囲は、出口から帰国した人が出て来る度に、あちこちで歓声が上がり、互いに抱擁を繰り返し賑やかなこと、この上ない。全く陽気な連中だ。

「初めはイライラするでしょうが、これがアルゼンチンなのです。時計の長針は不要で、短針さえあれば、と言われています」

と斎藤氏は慣れた様子で焦る沖山をみて、ニヤニヤ笑って言った。

斎藤氏の運転する車が、市内へと向かう。土壁の汚い家や、建築中の勤労者用のアパートが途切れると牛が点々と草を噛んでいる草原。時折砂煙りの上がる埃っぽい郊外の道路から、突然、石畳の歩道が両側にあり、ウッ蒼と大きな並木のある広い舗装道路に入る。

戦前から建つ堅固な大理石のビル、あちこちに散在する緑豊かな公園、広場を威圧するような石像等々。想像以上に奇麗で立派な街並みに、野田も沖山も暫くの間ジッと見とれていた。

「奇麗な所ですね、ブエノスアイレスは」

「左手のピンクの建物が大統領官邸で、ホワイトハウスにならって、カサロサーダ、つまりピンクハウスと呼ばれています」

「なるほど」

「革命の時の銃撃戦の痕跡が見えますでしょう」

「アッ、ホント、相当な撃ち合いがあったんですね」

アルゼンチンは、二度の世界大戦の圏外にあり、大戦以前からのスペイン及びイタリア系移住者に加え、戦乱を避けて多数の人々がヨーロッパ各地から海を渡って逃れて来たし、戦後も旧ナチスの大物までが、名を秘して住んでいると言われている。

大戦中は、特需による一大好景気を満喫し、経済的に裕福となって、ブエノスアイレスの街は、欧州風の重厚な石のビルディング、オペラハウス、石畳の歩道や、プラタナス、ジャカランダの並木道、イギリス技術による鉄道網、地下鉄等の文化が流れ込み、南米大陸の中心地として繁栄した。

斎藤氏の説明によれば、パリのオペラ座にも匹敵するオペラハウス「テアトロコロン」があり、欧米と夏冬が反対な為、冬季のシーズンには、超一流の歌い手が出演して大変な人気だとのことである。

然し、第二次大戦後は、大戦景気も終息し、労働者を優遇して人気のあったペロン大統領も経済政策には失敗し、全体的にはめぼしい産業も発展せず、輸出を牧畜業に頼るだけで、工業化に遅れを取り、激しいインフレとそれに伴う慢性の外貨不足に苦しんでいた。建物や街並みが立派な割には、経済の活気に乏しく、人々の陽気さだけが空廻りしているようでもあった。

まもなくホテルに着いた。想像していたより貧相な暗い感じのホテルで、ロビーも一応のスペースはあるが、隅の方は喫茶室になっていた。後で聞くと、これでもブエノスアイレスでは、当時上から三番目のランクだそうである。

「皆さんが、どのクラスのホテルをお望みか分からないので、取り敢えずここにしました。若し別のご希望があれば、また何とかします」

沖山等は結局、最後までこのホテルで過ごすことになる。

斎藤さんから、生水を飲まぬことと現地通貨ペソとの交換に関して注意を受け、正午にロビーでの再会を約して、二人はそれぞれの部屋に入る。

天井の高い立派な部屋だが、建物が古く壁も薄汚れて、天井に小さな明かりがポツンと一つ。本を読むには暗すぎ、この国の現状も象徴しているようでもあった。

沖山は、シャワーを浴びてサッパリしたがベッドの上で横になると、午前十一時と言うのにすぐに寝入ってしまったようである。

ロビーからの斎藤氏の電話に起こされて、慌てて時計を見ると、約束の正午を十分も過ぎていた。

「今日は遠来の旅でお疲れのようなので、街の見物を兼ねて簡単な食事と行きましょうか」

野田も沖山も黙って斎藤氏の後に従った。


ブエノスアイレス駐在がもう五年になるという斎藤さんは、車でゆっくり市内を廻りながら、やがて街はずれのラプラタ河の河畔の同じ様な素朴な造りの建物が並んでいるレストランの一つに二人を案内した。こちらも樹齢の古い幹太の立派な樹木が茂った並木となっており、落ち着いた佇まいとなっている。レストランと言っても、焼肉の油煙が染み込んだ素朴で庶民的なもので、店内は焼肉の匂いが立ち込めている。

三人は窓際の席に坐り、外のラプラタ河を見た。

「これでも河ですか、向岸が全然見えませんね。それに水が流れていないみたいですね」

と驚いたように野田課長が尋ねた。

「向岸まで三粁ぐらいでしょうか、天気が良いとみえるんですがね。水源からは数千キロも流れているので、ここは河口の部分でラプラタ河と呼ばれていますが、上流は、パラナ河でブラジルのかなり奥地からパラグァイを通って来ています」

「ああそうなんですか」

「水の流れが極端に遅いし、波もないので、銀色に見えませんか。リオデラプラタと言うのは、銀の河という意味で、初めて見たスペイン人は、この河の色を見て、ここではテッキリ銀が採れると思ったようです」

「なるほどね」

「元素記号の銀はAgですよね。これはアルゼンチンのAgと同じ語源のようですよ」

「アッそうか。今日は、物すごく勉強になりましたね、野田さん」

「そうだね、中学の一カ月分の勉強だな」

「向こう岸は、モンテビデオです」

「モンテビデオって何処の国ですか」

「ウルグァイの首都です。ブエノスから西は八百キロも平らな草原が続いてますので、西から来たスペイン人が、『アッ、山が見えた』と叫んで、モンテビデオの名が付いたと言われています。モンテは山ですから」

「ハァ。こりゃ中学の半年分の勉強ですね」

「なるほど、パンパスは八百キロも続いているんですか。八百キロと言えば、東京—広島ですよね。その間真っ平ですか」

　と野田課長がしきりに驚いている。

「まあ、そうです。今日のところは、新鮮な焼肉と素朴なワインを味わって下さい。これがアルゼンチンですから……」

　出てきた肉は、とてつもなく大きく、ウエルダンと言ったのに沢山赤味が残っていた。柔らかく、美味で日本人の口に合うヒレ肉であった。

斎藤さんは、二人に赤ワインを勧めながら、最近のこの国の事情を要領よく説明してくれた。特に国全体が経済的に苦しんでいること、外貨収入の大部分を牛肉の輸出で賄っていること、日本が全く肉を買わぬこと、今年は稍雨が多く牧畜が不振であること、国営の鉄道経営が財政を圧迫していること等を、ジョークを飛ばしながら、二人がこれからこの国で仕事をして行く際の予備知識として教えてくれた。

それから、ＳＩＭ製鉄所の現況、ブエノス周辺の機械加工、製缶加工業者の状況、技術レベル、彼等の日本に関する知識の度合、契約についての考え方、納期等の約束事についての責任感等に関しても、斎藤氏は具体的な事例を挙げて上手に説明してくれた。

沖山は、今まで全く無知で且つ無関心であったアルゼンチンに来て、自分より若干若い商社マンが、こんな地球の反対側でバリバリ仕事を進めていることに、また特に気負う訳でもなく、その爽やかな態度に、或る種の感慨を覚えた。彼の話し方は、全くの無知の二人がこの地で困らぬように、そして講義調や自慢話にならぬよう極度に気を遣いながら自然に教え込もうという心遣いが感じられた。

この日本のビジネスマンの素晴らしさが、やがて日本経済を世界のトップレベルに押し上げる原動力になるに違いないと、沖山は確信した。


長い昼食を終えて、三人は大西商事のブエノスアイレス支店に赴いた。前が小さな公園になっている閑静なビルの二階だ。

支店長室で長沢支店長と、斎藤氏の上司の永井課長を紹介され、一通り挨拶、雑談の後、野田と沖山は、小さな会議室に通され、今後ずっとこの部屋を自由に使ってよいとの事であった。早速日本から持参した沢山の資料を持ち込んで、整理を始めた。

暫くすると永井課長が入って来て、

「今回の貴社の調査団のスケジュールについて、東京からの連絡をベースに、我々でこんな日程を組んでみたので、野田さん、沖山さん、一度御検討して頂けますか」

「ハイ」

「貴社のお考えに合わせて、必要あれば変更しますので、おっしゃって下さい。実際のアテンドは、この斎藤君にやって貰いますが、ミッションが二手に別れるときは、別途通訳を手配するか、私自身が同行させて頂く所存です」

「分かりました。正式には、明後日後続部隊の到着後に決めますが、本日中に概略の予定は決めてしまいたいと思います」

と沖山は調査団全体の雑用係を買って出るつもりで、早速スケジュールの検討に入った。

永井案のスケジュールでは、明後日より製缶加工業者、鋳物業者、電機工事業者、建設工事業者等が、それぞれ一日二、三社、午前と午後に各一社訪問するペースで計画されていた。

そして日程の中間でＳＩＭ製鉄所の訪問が予定され、ブエノスから約三百キロ南下する。その後、再びブエノスに戻って、現地業者訪問を続行することになっており、これは、沖山等が日本出発前に大西商事の古川課長に依頼した通りであった。

一通り検討して沖山は、野田課長の意見を求めた後、斎藤氏に向かって、

「概ね、これで結構だと思います。三日目の電機メーカーのジーメンスと、建設業者のGCSAは、電気の田部部長と森下建設の岸さんの意見を明日聞いてから決めましょう。全員でゾロゾロ廻ってもナンだから、この日ぐらいは二チームに分けたいですね」

「ところでサンニコラスは二泊ですか」

「そうです。SIM社が経営している立派なホテルがありますよ」

「汽車で行くんですか」

「汽車かバス、どちらでもよいのですが、出来れば、夕方早めにブエノスを発って、ホテルに着いて食事をする形にしたいですね」

「そうですか。よろしく」

「斎藤さん、この訪問先で英語はどの程度通じますか」

「会社のトップ、大手企業のエンジニアは大体英語は通じます。ご用意された仕様書は英語ですね」

「ええ」

「それで結構です。但し文書は英語でも、話はスペイン語でないとダメな会社も二、三あると思います。が、その時は通訳致しますから」

「ええ。是非お願いします」

沖山と野田は、用意して来た見積り依頼書、引合仕様書や図面類等を訪問先別に仕分け、整理を始めた。

沖山は、出発する前に間に合わなかったカバーレターの原稿を作り、タイプを借りて忙しそうに叩き始

めた。そして無事到着を知らせる日本へのテレックス原稿を作り、斎藤氏に打電を依頼した。

翌朝、日本からニューヨーク経由で後続部隊が到着した。山中重工のプラント部門から団長の丸山部長、工務部長の南田、重機部長の田部、それに土木建築を依頼した森下建設の岸課長、輸送関係を取り仕切る関西港運の藤山氏の五名であった。

一行は、斎藤氏に空港に出迎えられ、沖山等と同じホテルに着いて小休止した後、昼前に大西商事の事務所で合流することになっている。


山中重工の出張メンバーを選ぶに当たっては、社内では時に技術部門に対し発言力のない沖山にとって、上司の藤田課長に自分の意見を述べて、強く動いて貰うしかなかった。

然し、沖山は今回三人の部長の名を聞いた時は、正直言ってガッカリした。

今回のような、新しい未経験の領域に、大袈裟に言えば、果敢に挑戦し、幾多の困難を乗り超えて最後まで成し遂げるには、確かに過去の経験も大事だが、それ以上に頭の柔らかい新進気鋭の技術者集団が必要である。そして彼等の気力、ファイトが何よりも大切であると、沖山は確信していた。

地球の裏側という異国で、民族、言語、宗教、風俗習慣の異なる地で、長丁場を最後まで頑張り通せるとすれば、強い意志と若いバイタリティに違いない。技術の中味も大切には違いないが……。

沖山は、出来れば三十代の油の乗り切ったファイター集団と一緒に仕事がしたかった。今回の山中重工調査団の後続メンバーは、部長三人で、それぞれが温厚な紳士には違いないが、年齢も五十を超えたり、社内の調整業務には打って付けだが、情熱と気力の点で疑問あり、と断ぜざるを得ない。大会社の常として、管理職は上に行く程、日常業務や細かい仕事を部下にやらせ、専ら指揮監督が主たる業務であり、監督であってもプレーヤーではなくなる。部長ともなれば、プレーヤーを離れて十年も経ってしまう。日進月歩の技術にフォロー出来るのも、第一線の課長クラスまでである。

全体のマネジメントが主だとすれば、そんな帽子のような人は、チームに一人いれば十分であり、必要なのは長期間に亘って頑張れる元気のよい若手のエンジニアであった。

この人選が決まった後、沖山の意向を十分反映させられず、その事を気にしていた藤田課長は、日本を発つ前の沖山に向かって、

「スマンな。これでも屁のツッパリぐらいにはなるだろう。どうせ年寄りは長くは持たないし、実務が進んで行けば、主力は自然に若手に移って行くさ。それまでなんとか君がチームを引っ張ってくれよ。頼むぜ」

と藤田が何もかも理解した上で、沖山を激励してくれたので、多少は、「仕方ないな、当分は」と覚悟を決めた。同時に、この部長さん達が、遙か地球の裏側まで来て、物見遊山の気分にならねばよいが、と懸念していた。この懸念は、午後からの大西商事でのスケジュール打合せが始まってみると、早くも現実のものとなって来る。

後続部隊が、昼前に大西商事の事務所に勢揃いした。山中重工は、先発の野田、沖山を加えて五人、それに森下建設の岸課長、関西港運の藤山と計七名の大部隊となった。

皆の無事到着と再会を喜んだ後、一辺り長旅の話や、ブエノスの印象等に話がはずんだ。岸さんが、ブエノス空港で、切角日本からブラ下げて来た新茶や海苔等の土産品を、一瞬のスキに盗られてしまったことを、盛んに口惜しがっていた。

この経験で、日本ほど安全でないとの話を早速体験したことになり、岸さんには気の毒だが、全員がその後の行動に用心深くなり、結果的には、チーム全体に良い薬となったようだ。

二時間程かけた東京飯店での昼食の後、午後のスケジュール打合せは、昨日斎藤や沖山等が決めた日程で誰も異存はなく、そのまま決まった。メンバーは、各自が持参した資料の整理を行い、翌日からの業者訪問に備えることにした。

東京からニューヨークまで十七時間、数時間後にニューヨークからの夜行便に乗り変えてまた十時間。やっとブエノスアイレスに到着する。こんな長旅の直後で、また十二時間の時差もあって、全員未だ疲れた感じでぼんやりしていた。

その間、斎藤氏からスケジュールの説明を聞いて、今回の調査団の団長となった技術総括部長の丸山が質問した。丸山は温厚で寡黙な紳士だが、大勢の集団を何となく大きく包んでしまう抱容力を持っていて、団長にはウッテツケであった。神戸でのこのプロジェクトの会議で、最終的にGOの決断をしてくれた人だ。その丸山が、

「今回の調査では、恐らく斎藤さん何から何までお世話になると存じますが、よろしくお願い致します。早速、スケジュールを上手に組んで戴きまして有難うございました。ところで、午後からの打合せは、全

部三時半とか四時のアポイントメントになっていますが、一時過ぎ位にならないのですか」

斎藤氏が申し訳なさそうに答えた。

「此処では、昼休は普通、従業員は自宅に帰って二、三時間掛けて昼食をとるのです。その後、シエスタと言って、昼寝をする習慣も少なくないんですよ」

「ああ、そうですか、なるほど」

「市内では、最近シエスタは殆ど無くなって来たんですが、それでも午後からの仕事は、大体三時過ぎから始まるのが殆どなんです」

「なるほど」

「三時に約束しても、実際は三十分程度は全くの誤差範囲で、四時近くになったりすることも多いんです。初めは、皆さんイライラされると思いますが……。こればっかりは、しょうがないんですね」

「ホホウ、なるほどね」

と全員、笑い声とも感嘆詞とも言えぬ声をあげて驚いた。

「話には聞いて来ましたけど、流石ですね。先ずコレに馴れることから始めないとな」

「それじゃ、帰りがかなり遅くなりますね」

「そうなんですよ。その代わり、夜の食事も早くて八時、通常は九時ごろから始まるんですよ」

「へー、九時ですか。参ったな」

一同は、斎藤の話に半信半疑であったが、翌日から、各工場廻りを始めてみると、事実は全く斎藤氏の説明の通りであった。

丸山は、

「沖山君、藤山さんは、別行動になるの」

と尋ねた。関西港運から参加した藤山氏は、赤ら顔の如何にもベテランの乙仲業者といったタイプで、日本から輸出する機械を陸揚げして、建設現場までの輸送を担当する。従って、それに必要なことを全て調べねばならない。即ち、ブエノスアイレス港の荷役設備、通関手続き、法規制を始め、サンニコラスまでの陸送ルート、トンネルや橋の輸送限界等を調べるのが彼の役目である。

藤山氏が横から、

「ええ。私は日本汽船のブエノス支店長に、下調べから現地調査の同行を通訳を兼ねて、頼んであるので、明日から四、五日は別行動にさせて下さい。明日スケジュールの打合せをしてから、行動日程や連絡先等を御連絡致しますので……」

「サンニコラスにも行きますか」

「勿論、私はトラックに乗せて貰って走ってみないと、橋や、鉄道ガードの輸送限界を調べなければなりませんので……」


その日は、沖山を除く五人は五時すぎに事務所を出て、一番の目抜き通りのフロリダ通りの店を覗きながら、野田課長が道案内する形でホテルに戻った。

沖山は、独り残って明日からのスケジュールを本社にテレックスすべく原稿を書き、斎藤氏に発信を依頼した。

「斎藤さん、毎日食事に付き合って貰う訳にも行かないので、これに主だったレストラン等の印を入れてくれませんか。あとは、我々が勝手に行きますから……」

と沖山はホテルで貰った地図を差し出した。

「いや、皆さんが慣れられるまで、私がお附き合いしますよ。それに、料理の名をスペイン語で覚えて貰わねばならないし……。それに、今日は支店長が一席設けることになっていたんですが、急にポルトアレグレの方に出張されたので、週末にやり直します」

「そんなに気を遣わないで下さいよ」

「今日は、まともな焼肉でも如何ですか。私が御一緒します。自然に覚えられるでしょうが、肉にもいろいろありまして、一通り呼び方もお教えしておきましょう」

「そうですか、スイマセンね。そういえば、私もやっとセルベッサ（ビール）を覚えたばかりですし……。明日からは、自分達で喰えるようにします。今日はお言葉に甘えましょうか」

「沖山さん、も少し良いのがありますよ」

と斎藤氏は、見易くて主なレストラン等が載っている地図をくれた。そして、そこにホテル、事務所等に赤いマークを付けてくれた。更に焼肉、中華料理、イタリー料理等行けそうな店にも印を付けてくれた。

「日本飯屋は、地下鉄で十分、更に歩いて五分の日本人クラブと、タクシーで約十五分の遊亀という街はずれに一軒あるだけです」

「ああ、そうですか。この地図に載っていますか」

「いや、載ってませんので、別途お教えしますが、両方とも場末の汚いところですよ」

第五章　現地調査１

その一

翌日からの一行は、大西商事の車の他、ハイヤーを一台雇うこととし、現地の工場を訪問した。貯蔵槽とか風管とかの鉄板加工品の簡単な装置類が、どの程度まで現地で調達出来そうか、また、可能ならば引合を出して価格を調べるというのが主たる目的である。階段や手摺、足場等の鉄骨類も同様である。

各訪問先では、そこの機械設備を見、製品を見る、そしてどの程度の装置まで製造出来るか、規模、加工技術、精度等を判断する。その上で来訪の趣旨を説明し、引合いの図面や仕様書を見せて、彼等の意志を確認して見積りを依頼する。そして彼等が入手可能な鉄板等の主材料や、熔接棒等の副資材の内容を問い質す。入手までの納期や、製造までの工程等も、概略質問したりして、状況を大まかに把まねばならない。

現地のメーカー、加工業者達は、何れも今回のＳＩＭ製鉄所の拡張計画には興味を示し、それぞれの会社のトップや重役達が応待してくれた。この機会に、この入札の勝者と組んで、何とかアルゼンチンの工業化に参画し、一段と技術と生産規模の飛躍発展を意図しているようであった。

現地の主な会社は、殆ど欧米の有力な機械メーカーから技術供与を受けており、資本的な繋りがある会社も多く、下請としての彼等の注文を処理している場合が多いようだ。

従ってトップクラスは流暢な英語を話し、今回調査団が用意した英文の仕様書が十分通用したので、一行は、ホッと一安心であった。

工場設備は、最新の機械こそ少なかったが、上等な機械が多く、生産量からみれば、少し贅沢のようで相当なものまで作れそうであった。然し、実際に作業をしている労働者は、総じて悠然と作業をやっており、日本人の眼から見ると、如何にものんびりしているように見えた。多分、これがこちらの通常のやり方なんだろう、と一同は思った。

各社での打合せの席上、皆が日本からの来訪者は初めてだ、と調査団を歓迎して迎えてくれた。


打合せでは、斎藤と沖山を除いて英語を喋らないので、専ら沖山が質問役になった。沖山は、自分で準備した質問リストを基に、会社に関し、資本金、人数、設立年月日、売上高、生産高、主なる製品、主要設備機械等をカタログ、写真集等を貰いながら確認して行く。

更に入手可能な鋼材等の材料の種類、単価、納期等を質し、労務者についても、時間当たりの単価や能力等の質問を続けた。そして、調査団が提示した図面のうち、彼等が入手出来ない材料を確認したりしていった。

予想通り、軸受や歯車を伴う機械製品の加工能力はあっても、此等の機械部品の入手が難しそうで、欧州からの輸入に頼っているのが現状である。

このようにして、少しずつ現地業者の能力や顔、姿が漠然とではあるが判って来るようだ。各社とも見積りをする意欲は十分にあり、凡そ一カ月後の提出を約束してくれて、一応は所期の目的を達せそうな気配が感じられて来た。

これ等の打合せを通じて沖山が意外に感じたのは、現地業者ではなく、寧ろ、調査団のメンバーについてであった。

それは、同行の技術陣が、たとえ、部長であったとしても、殆ど質問、調査事項に関して事前の準備もしておらず、従って発言もしないことであった。事務屋の沖山にとって、技術的な事項には不明な点も多く、それ等の問題については、当然彼等が質問してくれるものと思っていた。

沖山が自分の質問を終えた後、同席の部長達に質問を促すのだが、誰からも質問が出ないのである。日本語でよいのだが、雰囲気に圧倒されているのか、たまに相手側から図面に関する質問が出ると、それに答える程度であった。ここでも常に喋るのは、沖山ということになり、斎藤氏が脇で補佐する形であった。皆沖山よりかなり年配なので、未だ長旅の疲れがとれていないのかも知れなかった。たとえ疲れていても、この期に及んで議論に加わらないのは、どう考えても沖山には納得が行かなかった。

団長の丸山は総括責任者であり、プロジェクト遂行上、全体を把握し、且つ若手に存分に働いて貰うという考え方だから、何も言わなくても納得出来る。然し、他の部長、課長はどうなのか。無責任なのだろうか。ホテルの部屋でその日沖山が考え至った結論は、結局のところ、どうしてよいか分からないのではないか、という事だ。

戦後、無の状態から立ち上がり、必死の努力を重ねて日本の経済を高度成長の波に乗せた原動力は、彼等の力であった筈である。年齢を重ね、既に成すべき事を成し遂げてしまったのだろうか。或いは、今迄はすべて欧米という手本があって、その目標に向かって全力投球はして来たが、悪く言えば物真似の連続であったのかも知れない。

従って、全く新しいことを自分達のリーダーシップで行った経験は、この先輩達には無いのかも知れない。まして、異国の地で異国のメーカー達と新しい仕事をするという局面は、恐らく彼等の予測を遥かに超えているのだろう。彼等の概念では捕えようもないのではないだろうか。ヒョッとすると戦後の日本が、新しい局面を迎えたのかも知れない。そして、これからは若い世代が新しい感覚で新たな問題に挑戦する時が来たのかも知れない。沖山は、大袈裟にそんなことを考えていた。

理由はどうあれ、この調子では、今後の戦力として期待出来ない。矢張り危惧した通り若い情熱に燃えた力が必要なのだ。森下建設の岸さんや、後に参画してくれるであろう昭鉄の桐田さんなら、ファイターだからもっとチームに活気が出るだろう。今は、着実に見積りを入手し、何と何をこの国で製作するかを決めさえすれば、当面の目的は達成出来る訳だ。自分がそれを先頭に立ってやれば、それでヨシとしようか。

それと、明日からのＳＩＭ製鉄所を訪問した後で、もう一度ゆっくり考えるとしよう――。と沖山は、慌てて結論を出さず、ジックリと日程を消化して行こうと思った。

一行は、三日間でメーカー八社を訪問し、六月四日の夕刻七時に大西商事の事務所に戻った。会議室に入ると、一同はホッとした表情になった。連日の外国人との会議の連続で、皆結構疲れているようだ。

沖山は、早速日本の本社からのテレックス来信を確かめに斎藤の机に行き、数本を抱えて会議室に戻って来た。

沖山は、ブエノス到着後、昭鉄桐田氏の参画を、東京本社の藤田課長に、昭鉄本社の指示が出るよう働き掛けてくれるよう依頼していた。その返事が待ち遠しかった。

そしてテレックスの中から、桐田氏からのものを発見し、貪るように読み始めて、思わずニコッとした。それは、昭鉄本社の渡辺部長から正式指示を貰ったので、アメリカでのスケジュール調整を行った後、ブエノスアイレスに行きたいとの趣旨であった。文面は紋切型の簡単なものであったが、桐田さんの心が踊っているように読みとれた。

沖山は、内心、「ヨーシ」と思い、今回の目的の一つが達成出来た気がしたが、黙ってテレックスを隣の野田課長に手渡した。

野田は、

「オッ、そうか。良かったな。これで沖山君が日本で言っていた最初の目的が達成出来た訳だ。ワザワザ、ミドルタウンに出向いた甲斐があったな。何時来てくれるかな」

とニッコリ笑って沖山を見た。

沖山は、昨日今日のメーカー廻りで、何となく気持ちがシックリしていなかったが、このテレックスを読んで、また新たな勇気が湧いて来るような気がした。

他の連中は、今回の桐田氏担ぎ出しまでの経緯を知っている訳でもないので、昭鉄からの参加メンバーが正式に決まったことだけを伝えただけだった。

部長三人を先にホテルに返し、沖山と森下建設の岸さんが、それぞれ東京の本社に連絡のテレックス原稿を書いている。それが終わると更に、今日の議事録やノートの整理をしながら、野田課長を加えて現状分析と意見交換を行った。

三人とも、各社が予想以上にやる気を見せたので、一応見積書の入手は可能との判断で一致したが、同時に果たして魅力的な価格が出るか、約束の期日に提出してくれるか、との心配でも一致していた。何れにしても入手してみるまでは、安心出来そうもない。

然しながら、一通り各メーカー、業者への引合作業が終われば、見積書の回収は、大西商事の斎藤氏と沖山とで十分出来るし、他の技術陣は終了次第、当初の予定通り帰途につけそうである。野田課長の見通しも同じであった。

森下建設の岸さんは、四十五、六歳で、土木と建築の両部門を今回受け持っているが、小肥りの温和な、真面目エンジニアである。チームの中でも仕事熱心で、毎日遅くまで頑張っている。山中重工のチームによそから特別参加した為、多少遠慮気味であった。沖山はその為彼が気疲れしないように、気を遣おうと思っていた。

「岸さん、こちらの土木建築の技術レベルは如何ですか」

「日本で想像していたより、レベルは相当上のようですね。でも、とにかく建築中のビルの鉄骨が細いのにはビックリしますね。地震が無いせいでしょうか。我々の感覚で見ると、あれでレンガ張りして十数階のビルだったら、台風程度で倒れそうな気がしますよ。信じられない位ですね。何れこちらの建築基準なんかも調べてみますが……」

「そうですか。確かに細い鉄骨ばかりですね、土木の方はどうですか」

「地質は、岩盤もしっかりして固そうです。でも工事現場で聞いてみると、二、三年前から工事を始めて、一向に建ち上がらないビルが沢山あるようですね。工期が一〜二年延びるのは、殆ど当たり前でまるで気にしていないようですね」

「ヘェッー。そうか、こりゃ大問題ですね、我々の見積りのときに、工事期間をどう予測するか難しそうですね。それによって工事費の見積金額がまるで変わって来ますからね」

「そうなんですよ」

「ところで岸さん、キリのよいところで切り上げましょうか。食事の後で夜のブエノスでも散策しましょうよ」

「そうね、未だ先は長いし、息抜きが必要ですね。でも、沖山さん、お疲れじゃありませんか」

「イャーッ。私が一番若いですから……。それじゃ、ボチボチ終わりましょうか」


その日は、皆で軽い食事の後、街を少し歩いてみたが、未だ皆疲れが残っていたようで、沖山は結局ホテル内のバーに岸さんを誘った。

沖山は、仕事する原動力は若い力と情熱だと思い込んでいるが、それを実感してくれそうなのは、今回の一行では岸さん唯一人だと感じていた。そして、本日「昭鉄の桐田さんの参画決定」の喜びを誰かに伝えたかった。沖山は、桐田氏がこのプロジェクトの鍵になる人物であることや、参画までの経緯を説明し、その決定の嬉しさを素直に岸さんに語った。

沖山の話を聞いて、

「なるほど、そうでしたか。良かったですね。沖山さんもいろいろ大変なことをやりますね」

と一緒に喜んでくれた。

「何れ、このファイターを岸さんに紹介しますからね」

沖山は、部屋に戻って、このプロジェクトの前途が明るくなって来たと思い、快い眠りについた。

五日目の夕刻、藤山氏を除いた全員を大西商事の斎藤さんが率いて、汽車でサンニコラスに向かうことになった。

アルゼンチンの鉄道は、古くイギリスが建設し、車輌や装置もすべてイギリス製の民営であったが、その後ペレス大統領の時代に国営化され、それが今では物凄い赤字経営となり、国家財政を大きく圧迫していた。

国営の為か、鉄道員の勤労意欲が乏しく、旧式だがガッシリした車輌が悠然と走っていた。日本の効率のよい時間通りの運転を見慣れた一行には、如何にももどかしく、口々に、

「これじゃ赤字になるのも無理ないよ」

等と批判していたが、後年、日本の国鉄が殆どこれと同じ運命を辿り、国家財政赤字の元凶になろうとは、当時は全く知る由もなく、思えば皮肉なことであった。

第五章　現地調査１

ブエノスアイレスの駅舎は、ヨーロッパと同じく立派な石造りの駅舎で、プラットホームの上には、蒲鉾型のドームの屋根、夕方の混雑は相当なもので、大きな荷物を持った人が往来している。

客車はコンパートメント型式ではなく、日本と同じ大部屋式で、壁は木製、電気は薄暗く、処々に空席がある程度で、殆ど満席に近い状態であった。

一行が乗りこんで行くと、周囲の人の視線を浴びることになったが、走り出すと、外はもう暗く景色も見えず、旅の疲れもあって、間もなく全員が眠ってしまったようだ。

斎藤さんに促されて気が付くと、間もなくサンニコラス。凡そ三時間余も眠っていたわけだ。

サンニコラスの駅前は、店舗も何もなく、唯ガランとした広場のようだ。暫く待つと出払っていたタクシーが戻って来て、一行はそれに分乗して、ホテルサンニコラスに到着した。外は真っ暗で何も見えないが、背の高い木立ちと澄んだ空気がヒンヤリと肌を差すようであった。

翌朝、漸く時差もとれてグッスリ眠った沖山は、部屋から外を眺めると、ホテルの前は緑も鮮やかなゴルフ場で、大きなモミのような木立ちの隙間から朝日が斜めに差し込んで、芝の朝露が光っていた。空気が澄みわたっており、これがホントのブエノスアイレス（好い空気）なのだと、すっかり壮快な気分になった。

食堂に降りて行くと、皆既に顔を揃え、トースト、卵、ハム等の朝食をとっていた。

沖山が注文を済ませると、斎藤さんが、

「沖山さん、右手に見えるのがＳＩＭ製鉄所ですよ」

と教えてくれた。窓ガラス越しに見ると、二本の熔鉱炉と何本かの煙突から赤黒い煙が昇るのが見えた。沖山は、夢の世界から一気に現実の仕事に引き戻された思いであった。

「近いですね」

「ええ、このホテルもゴルフコースも全部製鉄所のものですから」

「そうですか。なるほど」

「昼食もホテルに帰って喰べることになると思います。そろそろ行きましょうか。車がもう来る頃と思います」

一行は、九時前にタクシーに分乗して製鉄所に向かった。車でほんの二、三分の距離だ。受付で入門手続を済ませ、早速、取締役で本プロジェクトの責任者であるヒメネス副所長に、秘書を通じて来意を告げた。

応接室で五分程待たされた後、大柄なヒメネス氏が姿を表した。

型通りの挨拶の後、一同が今回の入札案件のうち、製鋼部門への応札の意志を告げると、遙々日本からの訪問にニコニコ笑いながら謝意を表して、

「最近の日本における製鉄技術の発展振りは、文献や報道を通じて承知しており、我々も大いに注目しているところです。現場を十分調査して、是非とも魅力的なプロポーザルを出して下さい。大変期待しております」

と全く如才ない態度で挨拶し、斎藤氏がそれを通訳する間も笑顔を絶やすことがなかった。

「副所長は、日本に行ったことはありますか」

「いえ、ありません」

「それでは、これを機会に是非一度日本にいらして下さい。そして最新の製鉄所をジックリと御覧になって戴きたいものです」

と団長の丸山が、一行を代表して挨拶した。

「中々忙しいので、日程を調整するのが難しいですが、時間さえとれれば、是非そうしたいですね」


ヒメネス氏は堂々たる体格で、栗色の髪が房々して眉毛も濃く、見るからに若々しい。豊かな表情と大袈裟な身振りとで、自分が如何に忙しいか、また、如何に日本に行きたいかを繰り返し説明した。

そして、技術的な疑問点については、一行が製鉄所を見学した後、本プロジェクトのチーフコンサルタントでアメリカのアームコスチール社のミスター・ロバーツを紹介するので、ジックリ打合わせをするよう助言してくれた。そして、日本からの手土産のガスライターと絹のスカーフに、驚く程喜んで、執務室に消えた。

一行は、次に廊下の反対側に陣取るアームコ社のロバーツ氏に挨拶し、製鉄所見学を終えた後、再度訪問するので、幾つかの技術上の疑問点に就いて質問したき旨を伝えて、工場見学へと急いだ。


ヒメネス氏が手配してくれたミニバスに乗り込むと、案内役の製鋼工場のエンジニアが先導してくれ、鉄鉱石、石炭の原料ヤードを皮切りに熔鉱炉、焼結工場、製鋼工場、インゴットヤード、分塊圧延機、厚板及び薄板圧延工場等を順次見て廻った。

各工場の機械装置の殆どが、イギリス、ドイツ、イタリー等の欧州製で、中には老朽化しているものもあったが、全体としては、想像していたよりも、ずっと立派な設備であった。但し、二十～三十年前の技術を基にしたレイアウトであり、各機器間や工場間での半製品の輸送が如何にも非能率的であり、各機器相互の能力のアンバランスな点も散見された。

一行は、各設備を興味深く、入念に見て廻ったが、操業している労働者は一行を見ると、思わず手を休め、ニコッと笑顔を見せたりする。日本の製鉄所では、小柄な労働者達は、たとえ見学者が訪れても脇見もせず仕事に熱中する姿を見慣れているせいか、ここでは、百キロ以上もあるような大柄な労働者達は、動作も心なしか、緩慢に見え、如何にものんびりと仕事しているように見える。そして、見学者も逆に物珍し気に見学している様が印象的であった。

圧延工場以後の流れは、山中重工が参加する製鋼工場の入札業務とは直接関係ないので、一通り見学するだけにした。工場はキチンと整備されて居り、生産状況もほぼ予想した通りまずまずと思われた。

圧延工場の向こう側に、かなり立派な機械を設えた修理工場があったので、案内の技術者に質すと、その修理工場はドイツのG社の子会社が、主として圧延ロールの交換や、圧延機部品の補修を行っており、ドイツ人技師と職工が五～六名常駐して、実際の作業を行っているとのことであった。

ドイツのG社と言えば、今回の熔鉱炉と製鋼工場の両方の入札に参加する有力会社と見られており、山中重工にとっても最大の強敵である。そのG社が既にＳＩＭ製鉄所内に根拠を持ち、修理工場を経営しているとは全くの初耳であった。その説明を聞いた沖山は、大きなショックを受け、この入札の結果に一瞬の不安が横切った。今夜のミーティングで、皆に説明した方が良いか否か迷ってしまう。

ホテルに戻って軽い昼食をとった一行は、午後からコンサルタントに紹介された。コンサルタントの総括責任者ロバーツはアームコスチールの技術部長で、恰幅がよく貫録がある。一方の製鋼工場入札を担当するミスター・キンボールは、カイザースチールからの派遣技師で陽気なヤンキーそのものの感じである。

両者とも、最近の日本の鉄鋼業、特に次々と建設が進んでいる新鋭製鉄所には相当の関心を抱いている様子であった。挨拶を終えて席に着くと、矢継早に質問を浴びせかけて来た。主として団長の丸山と、野田課長が日本の鉄鋼業の一般事情を説明すると、建設中の製鉄所の数の多さに先ず驚きを示し、次に各製鉄所の規模の大きさに驚きの声を連発した。

「リアリー？　本当か」

と何度も何度も聞き返した。

その当時、彼等にとっては、自国のアメリカの製鉄業は、全生産量や最大のＵＳスチール社の規模では世界一であったが、需要に見合う設備能力はほぼ飽和状態で、特に戦後の需要の急減で景気も悪く、製鉄所新設計画は皆無に近かった。寧ろ、斜陽産業の一となり、若い技術者は殆ど集まらず、戦前からのベテランばかりであった。そして彼等の口振りから察すると、製鉄所建設のコンサルタントでありながら実際の建設経験は遠い昔の話であって、実体験からは程遠い。

従って、極東の小国日本における製鉄所建設の数の多さと規模の大きさには、心底から驚いた様子であった。そして文献等で僅かに識り得た情報を基に、最新の技術情報を更に詳しく知りたがった。

陽気なヤンキーのキンボール氏も、自分の担当する製鋼設備に関する最新の技術について質問を重ね、その回答が新たな質問を生み、果てしない質疑応答の連続となった。

昭鉄と山中重工が共同開発した最新技術の排ガス処理設備にも質問が集中し、野田課長の説明を沖山が通訳すると、熱心にノートにとっていた。また、銑鉄を入れて鋼が出来るまでの一回の操業時間の短さには、俄かに信用せず、アメリカで一時間掛かるものが、日本で何故三十分以内で出来るのか、そんな筈はないと主張を繰り返した。野田の説明には納得せず、将来具体的な事例の詳細説明を行うよう要求された。

この他、炉内の耐火レンガの寿命や、レンガ交換作業の方法、所要時間等、彼等の過去の経験、知識とは相当に異なった説明を行ったので、「素晴らしい」との感嘆の詞と、半信半疑の感情が少し入り乱れているようでもあった。

東洋の一国、それもアメリカに敗れた小国の技術が、アメリカより進んでいる筈がないという自尊心を彼等は、中々崩そうとはしなかったのだ。一流の外交辞令で表面を取り繕っていたのかも知れない。

ホテルに戻り、夕食の後、皆で今日の感想と意見を交換するミーティングを一時間程行ったが、そのうち、ヒメネス氏が「時間が許せば日本へ行く」と言うのは、「当分は行く意志が無い、という意味であること。キンボール氏の経験は大したことなさそうだが、日本の技術には半信半疑であることで、皆の意見は一致した。

丸山は、相変わらず笑みを浮かべながら皆の意見を黙って聞いている。野田は真面目な性格でいつも控え目な態度で、遠慮がちに意見を言う。時折、沖山の意見に、「そうだろうか」と疑問を挟んだりするが……。

工務部長の南田は、会議中も半分は居眠りをしており、関心がないのか、疲れの為か、殆ど発言しない。電機の田部さんは、陽気ではあるが、も一つ製鋼プラントの知識に乏しく、自信のある意見が出て来ない。森下建設の岸さんは、ヨソ者として沖山等の分析を感心しながら聞いている。そして大西商事の斎藤氏は、自分の立場からは、余程促されないと出ようとしない。たまに質問する程度だ。従って余計な意見を言うのは遠慮したいとの気持ちのようだ。従って、工場設備の評価の話はともかく、情勢分析等の話題になると、沖山の独壇場になってしまう。丸山の質問にも、沖山自身の感想とその理由を説明する。尤も、未だ、情勢を分析する段階でもないので、殆どが感想を述べるだけだが……。

ＳＩＭ製鉄所に今まで天井走行クレーンを数基納入した実績をもつ石山重工の山下君という若手の技師が、クレーンの保守の為に日本から長期出張という形で、製鉄所内に駐在していると言う。翌日、沖山等は、この山下君に逢って一般的な話を聴くことにした。

彼は、当地に来てもう一年半とのことだが、単身駐在だ。最初の半年は、アルゼンチン、それもド田舎の余りにのんびりしたテンポに慣れず、仕事も忙しくもなかったので、終始イライラのし通しであった由。最近になって漸くこの生活のリズムに合って来たと思うようになったが、逆に、こんなに慣れてしまって、果たして日本に帰って、日本のテンポについて行けるだろうか、と心配になって来たとのこと。

沖山は、日本から見ると地の果てのようなこのアルゼンチンの田舎に、既に五年も前に日本のクレーンが納入され、その保守の為の技師が常駐していることに、素直に驚いてしまった。そして独りで、若い技師が黙々と仕事をこなしている健気な姿に、若干の感銘を受けるような気がした。

「久し振りに、こんなに大勢の日本人の皆さんにお逢いして、日本語でずっと喋れるなんて、嬉しいですね」

とニコニコ笑ってくれて、一同もやや安心した。

「日本人は、どうしても若く見られて仕舞うので、髭をはやしていますが、タマに日本の皆さんに逢う時は恥ずかしいんですよ」

とテレていた。

今回の大型の国際入札案件については、凡その事は承知しているが、石山重工が、熔鉱炉や圧延機等に入札するか否かは、事業部も異なるし、会社の方針や正式な指示が何も来ていないので、よく分からぬとのことであった。


いろいろな雑談を重ねる中で、沖山はこの好青年から幾つかの重要な情報を聞き出すことに成功した。雑談の中からそれとなく、話を聞き出すというテクニックは、最近上司の藤田から学んだ手法の一つだ。

即ち、製鉄所内にあるドイツの修理工場の責任者ウェーバーは、相当なヤリ手で、製鉄所の幹部連とは極めて親しい仲であること。

特にヒメネス副所長とは、ベッタリである。彼は、次の所長候補だが、割合に調子がよく、心を許さぬ方がよい。それに、ウェーバーは、彼を煽てながら手玉にとっているのではないか、等の感想である。そして、製鉄所の上層部といえども、日本についての知識は皆無に近く、日本の技術レベルが欧米より優れている等とは、全く思っていないどころか、そんなことは有り得ないと頭から信じているのではないかと、彼は感想を述べた。

沖山は、多分彼の意見は的を射ていると思った。

山下君を昼食に招いて、更に感想を述べあって、話は自然に今後の展開の予測に移る。

一方では、「最新鋭の日本の製鉄技術を全面に押出して行けば、十分に戦えるし、コスト面でも、競争力を発揮出来る筈だ」という期待感がある。

また他方では、「欧州勢、特にドイツ勢は、自分達の技術が日本より劣るとは、全く思ってもいないし、寧ろ日本の技術は、全て物真似だと信じている。特にアルゼンチンは、自分達の縄張りだと思っている。仮に、戦が不利になっても簡単には諦めないだろうし、特に狙ったアイテムは、全力で攻めて来るだろう。彼等の狙いが、熔鉱炉か、転炉か、圧延機か、或いは全てかも知れないが、今のところ未だ解らない。また上層部同士の繋がりが、どの程度か知らぬが、もし、想像以上に深い関係なら、容易なことでは勝てぬかも知れぬ」

果たして何れが正しいのか、全員の心の中では、未だ誰も今後の展開が予想出来る段階になってはいなかった。

その二

一行は、午後の長距離バスに乗りブエノスアイレスへと帰路についた。バスには処々に空席があったが、ワイン焼けをした赤裸顔の農家のオッサンや八十キロはあろうかという子連れのオバサン達で賑わっていた。一同を見ると、

「ハポン？」

と物めずらしそうに話し掛けて来るが、誰も答えられない。斎藤氏が全員の切符を手にして最後に乗り込んで来て、彼等の質問に笑いながら答えていた。彼等の言葉とは、

「こんな片田舎に皆で何しに来たのだ。牛でも買いに来たのか。この辺りの牛は肉付きが良く病気もないので、とびきり上等だ。よく見て帰れよ」

とのことだった。

バスがサンニコラスの街並みを抜けると、一面見渡す限りの草原、パンパであった。処々に雑木林があって、遠くになだらかな丘が僅かに見える程度で殆ど真っ平な草原であった。点々と白黒ブチの牛がのんびり草を食べている。その景色が地平線まで続いているのだ。道が一本真っ直ぐに延びているだけ。見事なまでに雄大な景色である。

一行は、この雄大さに種々の感嘆詞を発して、暫くは唯見とれていた。が、やがて全員が寝息をたてて寝入ってしまったようだ。

その間もバスは、一本道をひたすら走る。一時間程して休憩所に停車した。休憩所といっても、小さな茶店とトイレだけ、それがアチコチ舗装の剥れた埃だらけの一本道の横に淋しげに建っている。

トイレ休憩に起こされた一同が驚いたのは、もう一時間以上も走っているのに、景色が先程見た時と全く変わっていないことだ。バスから降りて、この風景を交互に写真に撮っている。それを見ていた威勢のよい現地のオバサンが、沖山に何か話し掛けて来た。沖山は片言の会話に自信を持ち始めていたのに、オバサンの言うことがさっぱり理解出来ない。斎藤さんの通訳によれば、

「お前達は、何故こんなしようもないところで写真を撮るのだ」と尋ねているらしい。

初めは、沖山はその意味を理解し兼ねていたが、ハタと思いついた。それは、

「自分達にとって感動するようなこの雄大な風景も、彼等にとっては毎日見飽きている何の変哲もないショウモナイ景色なんだ。何故写真なんかに撮るのか」という意味なのだ。それに気付いて、思わず苦笑すると共に、「そうなのだ」と全員初めて納得した。

斎藤さんの話では、この辺りは、所謂世界三大平野の一つで、この平らな草原がアンデス山脈の麓まで凡そ八百キロも続いているとのことだ。走り出したバスの窓から牛の群を眼で追いながら、沖山は、今更ながら日本という島国の小ささを痛切に思い知らされていた。

間もなくして、真っ赤な、とてつもなく大きな太陽が地平線に沈んで行くのが見える。沖山を始め日本からの一行は、皆生まれて初めて地平線に陽が沈むのを見た。

赤い太陽が刻一刻とその色合いを微妙に変えながら沈んで行く。周囲を圧倒しながら、王者の如く悠々と舞台を去って行く姿、全く堂々として、且つ少し淋しげに。それは言葉も出ない程圧倒的な感動であっ

た。

無事にブエノスに到着した一行を、出張先のポルトアレグレから帰ったばかりの大西商事の長沢支店長が上等の焼肉店に招待してくれた。

煙に汚れた丸太造りの野趣溢れる建物を中に入ると、一瞬真暗で何も見えなくなるが、更に奥に進むと左に折れたところで赤い大きな肉の塊を薪と炭火でジュージューと脂を垂らしながら豪快に焼いているのが眼に入った。皆、思わずオーッと声を上げて案内された席に着いた。そして、アルゼンチン即ち焼肉の国、生産高、輸出高の最たるものが牛肉という支店長の説明を実感を以て聴き入った。

支店長の話は、壮大なパンパと牛追いのガウチョの生活振り、腰のナイフで焼肉の塊を削り、自家製の赤ワインを飲んで陽気に踊る様子を身振り、手振りを交えて巧みなものだった。皆話に引き込まれて、熱心に聴き入っている。そしてその話の中で、第一次大戦中に、この国が物資の補給基地として望外の繁栄を享受出来たことや、未だにその時の夢が忘れられずにやがて必ず好景気が訪れると確信して、相変わらずラテン民族特有の楽天的な遊びの天才振りを発揮して、毎日の生活を楽しんでいること等を説明してくれた。

そしてそれに慣れ過ぎて、政治も経済も破綻寸前となっていることや、国民はそれを全く意に介していない等、一通りの知識を一行にそれとなく教え込んでくれた。

アルゼンチンでは、土地の人が支店長の言う通り陽気に笑い声を立て談笑している姿は、如何にも楽しそうだ。だが、北半球の先進国からは遙かに遠いし、近年の複雑な金融市場や経済の動き、科学技術の進歩に追いついて行くのは容易ではないように思われる。一方では、庶民がのんびりと働き、二〜三時間も昼休みをとって、それでこれだけ豊かな食生活をエンジョイ出来るのなら、外貨不足とか財政危機なんて何だろうか、と考えさせられる。

運ばれて来たステーキは、厚さが四、五センチもあり、ナイフを入れてみると、竹輪か蒲鉾でも切るようにスッと切れる。

「ウォーッ。軟らかいな」

「ワァー、美味い。こりゃ、神戸肉より上等かも知れないな」

「アッサリした肉ですね」

と皆、興奮しながら、肉を喰い始めた。長沢支店長は、

「美味いでしょ。これで値段は日本のほぼ十分の一ですからね。来年の大阪での万博には、アルゼンチンは、この肉を目玉商品として展示して、日本人にも十分味わって貰うと言っていますよ」

「そうですか、なるほど」

「こちらの知識人は、『何故、日本は牛肉を買ってくれないんだ』と何時も文句を言っていますよ。とにかく、安くて美味いですからね」

「そんなに安いんですか」

「この肉は、かなり上等で千円程ですが、普通のレストランなら、二、三百円で腹一杯喰えますよ」

一行の中には欧米への出張経験者も沢山居たが、丸山が言うには、

「欧州に出張しても、これ程の肉は喰べたことありませんわ。これなら、神戸の鱻皮(あらがわ)や樹(たちき)の一万円の肉と同等ですね」

としきりに感心している。

「また、この赤ワインと良く合いますね」

「そう、この渋味がなんともね」

「普通の店だと、自家製のワインを造っていて、それが素朴な味で、結構イケるんですよ。安いしね」

「そうですか、赤は何て言えば良いんですか」

「ヴィノ・ティント、です」

「ティントですか」

酒好きの丸山は、御機嫌でワインの杯を重ねている。

長沢支店長と丸山は、すっかり意気投合した様子で、愉快そうに談笑が続いた。

他の連中も、ワインと雰囲気に少し酔ってすっかり打ち溶けた様子で旅先の一夜を楽しんでいるようだった。

皆の顔にもサンニコラスでの緊張感がとれて、明るい表情が戻って来たのだ。

第六章　現地調査２

その一

次の土曜日は休日だったが、大西商事の事務所を開けて貰い、朝から今までの調査を基に、今後の方針につき討議を行った。別行動をとっていた関西港運の藤山氏も加わって、活発な意見交換を行った結果、凡そ次の方針を決めた。そして、日本で行っている設計チームや見積担当者に、丸山団長の名前で指示を行うこととした。主たる方針は、

一、建設地の地形と前後関係より判断して昭鉄大阪工場の第一転炉工場をベースとして、基本計画を行う。機械設備も可能な限り、これと同じにする。

二、現地業者を見た結果、現地鉄工所の設備及び能力は、予想以上に良いので、コンベア架台や階段等の鉄骨構造物や、スクラップ鍋、風管、煙突等の製缶物を現地製作とし、直ちに引合仕様書の作成を開始し、次回の調査団が持参する。

但し、見積を期待通り入手出来ぬときに備え、日本にても見積り計算を並行して行うこと。

三、電機品は、スイッチ、ケーブル類を含め、すべて日本製品にて計画すること。

四、輸送は、橋が一ケ所危険な所もあるが、鉄道ガードも４メートルあるので、特に配慮の必要はない。

五、港湾の荷役設備は、再度調査の必要があり、後日連絡する。

六、入札後の技術説明は、言葉のハンディ克服の為、説明すべき個所を日本側にし十分事前準備を行うこと、また、可能な限り眼に見える形のスライド、ポスター写真等を用意すること。

等が決められた。同時に今後更に調査を要する点もリストアップされ、行動計画に折り込むこととした。各自は、直ちに指示の為のテレックス原稿作りを始めた。

日本に残っている山中重工の設計のチームは、入札書類に指示された鋼の生産量や容量をベースに、実際の転炉プラントの計画設計をスタートしている。そして、プラントの基本設計、配置図、機器詳細設計に至る過程で、どうしても現地調査結果の必要なポイントや不明の個所の決定に際し、調査団からの報告、客先からの事情聴取の結果を首を長くして待っている。それがこの調査団の役割であり、日本での建設計画や、実例をベースにした設計で進めるか否かの判断をせねばならない。今回の最大の方針決定は、昭鉄大阪工場の第一転炉工場を、計画の基本としたことである。

朝からの議論で、多少の意見の喰い違いや調査の手順を廻り、堂々めぐりの論議もあったが、若干の不明点に眼をつぶっても、方針を明確に指示することが、全体計画を進める上でも、全員の意志を統一する上でも重要である。色々のテーマで議論が暗礁に乗り上げそうになったとき、団長の丸山がその都度、簡潔に且つ、淡々と方針を出したのは、さすがであった。製鉄機械の分野での経験がそれ程豊富でないにも拘らず、腹が坐っている為か、沈着冷静で、判断は的確であり説得力があった。沖山は改めて、丸山団長の存在価値を再認識させられた。

午後からは、営業面からの情勢分析を行い、次のような感触を日本にも知らせることにした。
一、工場見学及び現地調査に乗り込んだのは、山中重工チームが最初であり、今のところ、他社や他部門の動きは、分からない。
二、製鉄所副所長ヒメネスは、実力者のようだが、その上に更に決定権のあるボスがいるのではないか。この点は、大西商事に調べて貰う。
三、ＳＩＭ製鉄所としては、技術的判断は、全てコンサルタントのロバーツ以下に頼り切っている様子だが、彼等の力関係はどうなるのか。この点は未だ判断出来ない。
四、入札日に近くなれば、他社の動きも分かって来るだろうが、それまでは技術的な問題の質疑や説明や作戦の主となる為、当分の間、アームコ・カイザー社のアメリカ人コンサルタントとの接触を続けて行くことになる。何れ彼等の本心を探れる機会も来るだろう。
五、融資面では、延払い期限や金利等の条件に関し、日本の通産省及び輸出入銀行の意向は、他国の条件と同じにするというマッチングベースなので特に問題はなさそうだ。
六、入札の前後に、ヒメネス他一～二名を日本に招待して最新鋭の製鉄所を見せる作戦を検討したらどうか。これは、他の日本からの応札者やプラント協会とも摺り合わせる必要がある。
七、修理工場を製鉄所内で経営しているウェーバーは、Ｇ社グループの一員であり、要注意である。このグループは、溶鉱炉や、圧延機の入札にも参加すると思われるので、彼等がどの種目を狙っているのか、早めに見極める方法はないだろうか。
これ等の情勢分析の討議の過程では、殆どが沖山の意見に口を挟む者もなく、二、三の質問が出た程度であった。団長の丸山は、温和な眼で、この若い沖山の活躍振りを頼もし気に見ていた。

会議を終えると、外はすっかり暗くなっており、旅の疲れもあって早々にホテルに引き上げた。

日曜日は、斉藤氏からのゴルフの誘いも断って、全員自由行動とした。各自がバラバラに起き、長老の丸山は朝の散歩を楽しんだが、最若年の沖山は、寝しなのウィスキーが効いたのか、昼近くまでグッスリ眠ってしまった。顔を洗ってロビーに降りて行くと、田部部長と南田部長が揃ってウィンドショッピングから戻ったところであった。南田が、

「沖山君、田部さんには参ったぜ。ソコのタバコ屋で、『オイ、タバコくれ』って日本語で言ったら、タバコが買えたんだが、『マッチはねえのか』と言ったら、デブのオバチャンがニコッと笑って、ちゃんとマッチを出して来たのにはタマゲたぜ」

「ハハハ。だって、俺は日本語しか分からねえから。しょうがねえじゃねえか」

「ホントですか。私もやってみようかな。そりゃ凄いや」

「この国は愉快だね。ホテルのカウンターで貰った地図を拡げて、このホテルはどこか印をつけろと言ったんだ。普通なら、ハイここがホテルですって言うだろ。ところが受付のオッサン、地図を左右から見たり、逆さに見たりして散々考えた後、分からんと言ったんだ」

「ウッソー」

「アハハ。俺もビックリしたぜ。髭をはやした堂々たる体格だし、貫録もあるぜ。さしずめ日本だったら、昭鉄の専務クラスの顔だな。それが、自分のホテルも分からんのだから」

「ウソみたいな話ですね」

「沖山君、街は碁盤の眼と同じだから、判り易いと思って歩いていたら、どうも変なんだよ。太陽が差す方が南だとばかり思っていたけど、何と北なんだよ、南半球では」

「そうか、なるほど、家も北向きに建ってるわけか。そう言えば、南半球の巻き貝は右巻きだと誰かが言ってたけど、本当かな」

「そんなことは、ねーだろ」

「でも、南半球の台風は右巻きですよ」

「そうか」

「南田部長のスライスも、ここならフックになったりして……」

「ハハハ。それより沖山君、日曜日のフロリダ通りは、別嬪ばかりだぜ。胸は、こうだし脚も長いし、色も白くて凄いぜ。早く出掛けて来いよ」

「若い女は本当に奇麗だよね。南田さんは、可愛い子チャンの後を付いて行ったから、南北を間違えたんだよ」

「じゃ、私も見聞して来ましょうかな。方角なんか間違えたって、お尻を追い掛けてる方がいいですよね」

沖山は、ホテルを出ながら、皆の緊張がとれて、本来の姿に戻って来たことを感じて少し安心した。

日曜日は、小さな食堂を除いて殆どの店は閉まっているが、フロリダ通りは、家族連れや若いカップルやらで、相当の人出だ。映画館の前には長い行列が並んでいたが、老夫婦は総じてウィンドーショッピングで、装身具や輸入電機品、カメラ等を真剣に眺めている。

沖山がホテルで鍵を貰う時、ボーイが、「帰国するときは、そのカメラを売ってくれ」としきりに頼まれた。今、ウィンドーを覗くと、日本の倍以上の値段が付いている。そういう訳だったか、と沖山も納得した。

街を歩いてみると、牧畜業の国だけに、牛や駝鳥等の革製品を売る店が多く、鞄やハンドバッグ、ジャンパー等、中々素晴らしい物が揃っているようだ。帰りの土産は、コレだな、と狙いをつけた。

沖山は、可愛らしいウエイトレスが見えたので、角のイージーフードの店に入った。

「キエロ、メディアルナ」(クロワッサンを下さい)

「クワンタス」(幾つですか)

「ドゥア。ティエネウステ、レーチェコンバナナ　イ　メロン?」(バナナとメロン入りの牛乳を貰える?)

「シェルト。ナダマス」(ハイ、他には)

「ナダマス」(それで結構)

沖山は、自分のスペイン語が通じて、至極満足であった。遅い朝食を取りながら、街の人通りをぼんやりと眺めていた。

その二

日本側の設計チームは、今頃主要機器は勿論のこと、附属機械設備、例えば天井走行クレーンだけでも、熔銑用、スクラップ用の原料装入側と、製品運搬用の熔鋼鍋用やレンガ交換等の大物があり、それぞれ何億円もする機械の設計要目を決めている筈である。それ以外の機械も沢山あり、それぞれの機械の動力源となるモーターや制御装置の要目を決めて行かねばならない。必要な電力、水、油、蒸気、圧縮空気等も計算して総合的に決めて行く。修理ステーションや公害防止用の装置や水で洗い落としたダストの沈澱池等の設計も行う必要がある。

従って、日本チームは現地で得られそうな電力容量、ボルテージ等総ゆる基礎データが必要なのだ。建設工事に必要な動力源についてもデータが必要なのだ。圧縮空気が必要なのに現地調達が出来なければ、日本からコンプレッサーを持ち込まなければならない。その容量や台数もチェックする必要がある。

調査団の各員が自分の担当する分野で、これ等の入手データを整理して、設計のチームに伝えることが重要となる訳である。

会議は、極めて地味だが、これ等の入手データの確認と整理、共通資料の作成、担当区分、伝達方法等が順次打合わせによって決まって行く。

それが終わると、次の訪アチームは何を為すべきかの議論となった。一つは、客先に対する売り込み、十分に効果的な技術説明を行うこと。も一つは、現地製作機器用の図面及び仕様書による現地製作品の見積価格を取得することである。これは、工事や輸送業務を含めたものとする。従って、次回の調査団は設計の実務者を中心とすること。加えて、日本側と現地の双方を見渡しながら、その都度方針を決められる部長クラスを団長とすること等の意見が出て、全員が頷くところとなった。

討議で一段落して一行の帰国スケジュールの話になった。野田課長と沖山を除く五人は、日曜日のパンアメリカンでニューヨーク経由帰国することが決まった。野田と沖山とは、現地業者に出した質問や宿題の答を月曜、火曜に集めた後、帰国する。

そして沖山だけが、ニューヨークに一泊して昭鉄の桐田さんに概況を報告してから帰国することとなった。沖山は、野田課長にも一緒にニューヨークに寄るよう誘ったが、彼は想いの外疲れている様子で、最近夜も余り眠れないらしく、現地の食事にも参っていて一日も早く帰国したい様子だった。存外神経が細いようだ。これでは却って足手纏いになり兼ねないので、同行を断念した。

仕事の面では、概ね順調に進んでおり前途に光も見えて来たようだが、連日大の男共が六、七人も三度の食事を一緒にしていると、色々神経がおかしくなることもあり、この辺が限度のような気もする。

集合に遅れるもの、自分の好みだけを主張するもの、その都度取纏め役をやっている沖山も少し気疲れを感じ始めていた。帰国便が決まり、座席予約のＯＫが知らされると、一同は急に元気を取り戻したようで、後に残る沖山は、

「皆さん、急に元気になられたようで……」

と皮肉ると、

「そうよ、人間なんて皆単純なんだよな、ハハハ。俺は、熱い味噌汁が飲みたいよ」

「そうだね。下のカバン店で土産物でも捜して来るか」

と急に賑やかになった。

「でもテレックスが先だぜ」

会議が終わり、皆が自分の担当業務の連絡の為テレックス原稿を書いている間、沖山は、昨夜十時頃、突然ホテルに訪ねて来た日本の大手商社の一つ、イトメン商事の小島氏の話を想い起こし、少々考え込んでいた。

その三

小島は、イトメンの腕利きの営業マンだが、沖山とは面識もなかった。上司の西川支店長が山中重工の調査団がＳＩＭ製鉄所の案件でブエノスアイレス及び近郊の現地業者の調査を行っているとの噂を聞き及んで、小島に、沖山等との接触を命じたらしい。二、三のホテルを当たり、漸く調査団の滞在ホテルを探し当てたらしいが、それはおくびにも出さない。当初から全てを知っていたかのような顔をしている。

小島は、沖山に一行の今回のスケジュール等を尋ねた後、次回はどんなメンバーで来るのか、それは何時頃か、等と本プロジェクトに異常とも思える興味を示した。彼の話から推察し、足らざるを沖山の想像で補うと、凡そ、次のような図式となる。

イトメンが大西商事ともトップを争う大手の有力商社だが、財閥系列から言えば、山中重工には、極めて近い。元来繊維が専門だっただけに、重工業関係には余り強いとは言えなかったが、持ち前の行動力と強烈な商法で近年この分野でもメキメキ頭角を表して来た。今回のＳＩＭ製鉄所拡張計画の入札案件では、最終的な話し合いで大西商事が一切を取り仕切っているので、イトメンとしては、山中重工と極めて近い関係がありながら、手が出せない。

小島の話では、上司の西川支店長は、このような大型プロジェクトで、且つ諸外国が沢山参加するような国際入札案件に対して、大西商事のような全くオーソドックスに正面玄関から背広を着て入って行くようなクソ真面目な商法だけでは、勝てる訳はない。裏の裏まで絡んで来る局面では、奇麗でない事もあるだろう。何とかサイドから山中重工にアドバイスし、援助したいと思っている。ついては、沖山の滞在中、一度一緒に飯でも喰ってくれないか、との申し出であった。

これは、勿論大西商事には内緒の話であり、大勢という訳にも行かないので、取り敢えず営業の沖山と話がしたいという訳だ。

イトメンとしては、大西商事がこのＳＩＭ製鉄所拡張計画を派手に行っている外、競争相手の飯田商事と鈴本商店は、鉄道プロジェクトで日本連合チームを揮いて奪闘しているが、独り蚊帳の外というので少々焦っているのかも知れない。

沖山としては、あらゆる情報は拒まずの精神だから、月曜の午後はホテルで休むと称して、行方不明になることにし、イトメン西川支店長の話を聞いてみることにした。全員が帰国した後だし、皆には黙っていることにした。

何か役に立つ話も多少あるかも知れない。それにしても小島の口振りから察すると、商社同士の仲も難しいらしく、この狭いブエノスアイレスの日本人社会の中にも、種々雑多な問題があるらしい。商社間の軋轢に大使館の出身官庁の人脈が絡んで、結構ドロドロした話が多いらしい。

営業マンとして沖山は、出来る限り異なる視点からの情報を仕入れて、整理した上で藤田課長にしっかり報告しようと思った。それにしてもイトメンは、どこで我々の動きを察したのだろうか。

結局、日曜日の夜行便で帰る一行に、野田課長も加わることになり、沖山は五人を空港に見送った。全員を見送って独りだけ残るというのは、何とも淋しいものである。帰りの車の中で、沖山はこの淋しさを押し除けて、分からぬながら今後の展開のストーリーを想像してみた。何か良いヒントは無いか、種々の視点から、と考えてみても、何か確信出来る姿が浮かんで来ない。技術上の問題点と営業上の問題点、そして今やるべきことは何か。然し、独りになってしまった淋しさで窓から夜の街の明かりを眺めていると、突然家に残して来た二才の娘のクリッとした瞳が眼の前に現れ、帰心矢の如しの想いが募って来た。

月曜火曜と沖山は、斎藤氏と共に車で現地業者を廻り、依頼していた宿題、鋼材の種類別の単価や加工費、所有設備、納入実績表等を受け取りに行ったが、相当にガッカリさせられてしまった。

或る業者は、そんなもの頼まれていたのか、とか、明日なら出来るだろうとか、全く話にならない。また、他の業者では受け取った資料も不完全なものばかりで、相当やる気を見せていた会社でも、その程度の成果であった。同行して呉れた斎藤氏も、

「やはり、危惧していた通りでした。幹部が余り調子良く反応したので、もしや、と思ったのですが……。これがアルゼンチンなんですね。どうか怒らないで下さいね」

と仏帳面をしている沖山を見て、しきりに謝っている。これで万事上手く行くと信じて帰国した一行に、何と説明したらいいか。沖山は、改めてこの国で行うプラント工事の難しさを思い知らされた気がしていた。

夜十時の飛行機まで、斎藤氏とレストランに入った沖山は、今回の出張の総括の意味で自分の感想を述べ、謝意を表した。

出張前は、果たしてこのプロジェクトを本当に進められるものか、或いは進めてよいものか、現地の事

情はどうか、等不安というより寧ろ未知の問題も沢山抱えていた。然し、一瞬にして過ぎ去ったこの二週間を振り返ってみると、

一、昭鉄の桐田さん参画を口説いたこと。

二、ＳＩＭ製鉄所が拡張計画に十分な熱意が感じられ、着々と進行していること。

三、コンサルタントが自分達の考え方を折り込んで、実際の入札実務を捌いていること。

四、現地業者の技術レベルが予想以上に高いこと。

五、有力な建設業者が見付かったこと。

六、大西商事が一生懸命協力してくれたこと。

等を自分の眼と耳で確認出来た。帰国後、上司にその旨を報告することを斎藤氏に話した。そして、個人的にも大変世話になった礼を何度も繰り返したが、未だ入札までの道程が遠いので、今後の更なる協力を依頼した。沖山は、自分より二つ若い斎藤の誠実な態度と行動力に頭が下がる思いであった。

機上の人となった沖山は、斎藤氏の努力には感謝する一方で、彼には言えなかった幾つかの問題点を想い起こし、それがこの入札業務の今後の展開に如何なる影響を及ぼして来るのか、独りで種々想い廻らせていた。それは凡そ、こういうことなのだ。

大西商事の人達は、誰も皆一生懸命だが、彼等の働きは殆ど調査団の世話や、現地会社のアポイント、案内、通訳が主体であり、特別な知恵や創意工夫、或いは特有の営業戦略を伴うものではなく、悪く言えば全くの肉体労働の分野と言ってよかった。

少なくともＳＩＭ製鉄所への喰い込み方や特定の幹部と昵懇の間柄になるとか、夜討朝駆をするとかの作戦はおろか、外国会社との契約に必要な、例えば、入札条件の条項を如何に上手い表現で有利に書くとか、入札工事の範囲を如何に有利な解釈で行って、最小限の見積りを工夫するとかの作戦面での知恵がない。この点がいかにも物足りないのだ。

これだけの大掛かりのプロジェクトであるので、正攻法以外に別ルートからの情報源が必要な時が必ず来ると思われる。これ等の考えに殆ど思い至ってないらしく、新たに開拓する試みも皆無のようであった。現地の大西商事の人達は、東京本社の狸のような古川課長とは全く違うタイプのようで、沖山は帰国したら、一度この点を古川さんともジックリ話をする必要を感じていた。

沖山のこの危惧は、入札の直後に現実の姿で鮮やかに表れてしまうのである。

その四

沖山は、昨日の午後密かに逢ったイトメンの西川支店長の話をもう一度順を追って反芻してみることにした。西川さんは、ブエノスアイレス滞在八年の大ベテランである。

「アルゼンチンでの商売で中規模以上の案件は、建前と正攻法だけでは、絶対取れませんよ。この国では、実際の決定権のある者、実力者が誰であるかを調べ、その男を攻略しなけりゃ注文は取れません」

とズバリ切り出した。沖山は、一瞬、「何だこの野郎！」と思ったが、

「だってそうでしょう、沖山さん。常識で考えたって、何事にも裏と表がありますからね。特にラテン民族とのビジネスは、それが当たり前と思わなければいけません」

「ウーム、矢張りそうでしょうね」

「貧富の差の大きい国や、経済が上手く行っていない国の商売は、大体そういうことなんですよ。今回のプロジェクトは、本来我社も参画する心積りで、多少の現地工作も手掛け始めていたのに、東京本社の馬鹿共が、我々の忠告を無視して、次の石油公社のプロジェクトと取り引きしたので、本件から上手く降ろされちゃったんですよ。大西商事に騙されたんですわ……」

「アッ、そんな経緯があったんですか」

「こんな大型案件こそ、表と裏が絡み合った面白い商売が出来るんですがね、沖山さん。悪いですが、ＯＳＫさんでは何も出来ませんよ。今のところ、これ以上言えませんが、我が社は、山中重工さんなら一肌脱いでも良いと思ってるのですよ。帰ったら、是非藤田さんと相談してみて下さい。入札までに、我々な

りに我が社の存在価値を示すような情報を、沖山さんに流しますから……。それで判断して下さいな」

「そうですか。未だよく分かりませんが、自信がお有りのようですね。一度考えさせて下さい」

西川は、ニヤリと如何にもヤリ手の営業マンのような笑いを浮べて、自信あり気に、

「この次は、何時戻って来られますか、我々は、表には出られませんが、大使館筋にも話をしておきましょう。次回来られたときは、沖山さん、時々ウチにも顔を出して下さいな。冷たいお茶ぐらい出しますから、な、小島君」

脇に坐らせていた小島氏に合槌を求めた。そして、「特に裏の話では、言葉の微妙な表現や言い廻しが必要なので、何時も小島君に通訳して貰うんですよ。こんなにスペイン語が上手いのは、ＯＳＫにはいませんよ」

と大西商事には相当の敵愾心を燃やしているような口振りであった。

西川氏は、アルゼンチンでの普通の商売のやり方、経営者達の考え方、日本に対する評価等を独自の鋭い視点で話してくれた。特に上層部のエリートとドイツとイタリーとの関係の深さを、西川、小島の両氏が幾つかの実列を挙げて解説してくれたことが、沖山の印象に残った。

「沖山さん、こちらの有力者、経営者達のエリートは、皆ヨーロッパを本国だと思っているので、子供達が年齢頃になると殆どドイツ、フランス、スイス、イタリー等に留学させるんですよ」

「なるほど」

「卒業後数年して、その国の上流社会の奇麗な嫁さんを連れて帰って来て、すぐ重役ですよ。だから、ヨーロッパの政界や一流企業の上層とは、昔の学友とか姻戚関係とかが多いんですよ」

「ほほう」

　と沖山には少々ショッキングな話だ。

「特に牧童から叩き上げた大牧場主なんか、今ウチが半分出資して共同経営してるんだが、何万ヘクタールの日本の四国位の土地に牛を飼っていて、自家用機で廻るんだが、とても全部は廻り切れないって言ってますよ」

「フーン」

「牛の数は二千万頭とか言ってますが、何しろ、友達と言うからよく聴いてみると、オナシスとか、フランクシナトラとかだったりして、桁違いですわ」

「ウーン。すごいですね」

「こんな叩き上げの男も、嫁さんは、スペインの名門貴族の別嬪さんですからね」

「なるほどね」

「今度のＳＩＭ製鉄所は、半官半民だから、上の方もオーナー経営者じゃないので、こんな金持ちじゃないけど、自分達も、もう一段上に上がりたいと、いつもチャンスを狙っているんですよ」

「今回は、そのチャンスという訳ですか」

「まあ、そうでしょうな。それを沖山さん、この国のインフレは、相変わらずだし。見ててごらんなさい。もうすぐ平価の切り下げがありますから……」

「そうですか」

「沖山さん、長期滞在するときは、ホテル代をすぐ払っちゃいけませんよ」

「エッ、どうしてですか」

「なるべくペソに変えずに、ドルで持ってる方が得でしょ。だから、ホテルの請求書が毎週来ても放っておくのですよ。そのうち、ペソの切下げがありますから、その後にペソに交換して払えば、切下げ分が多分二〜三割は得するんですから……」

「あ、そうか。なるほどね」

「そんな訳で、こちらの経営者は、会社の金だろうと個人の金であろうと、スイスかニューヨークに預けてあるんですよ」

「ハハァ」

「国は何時も外貨不足ですから、新しい機械設備を外国から買おうと思っても、外貨割当てが中々貰えないので、一種の自衛手段でもあるんですよ」

「それじゃ、何時までたっても国の外貨収支は良くならないじゃないですか」

「その通りです。弱い通貨の国の宿命でしょうか、恐らく未来永劫これを繰り返して行くことになるでしょうね。だから、金持ち連中は誰もペソなんて当てにしてませんよ。預貯金は全部外国にあるんだから」

「なるほど、そういうことですか」

「沖山さん、いいですか。今回は百億円からの入札案件でしょう。どうやったら注文がとれるか、欧州勢に勝てるのか、彼等の本音に迫られのか、ジックリ考えないと……。それが営業担当の、貴方の本当の仕事でっせ」

　と念を押された沖山は、頭に冷水を掛けられた気がすると同時に、眼から鱗が落ちる思いで、西川の話を聞いた。西川の言わんとしている趣旨が、漸く理解出来て来たのかも知れない。これだけ言うのだから、裏の話にも余程西川は自信があるのだろう。それにしても、大西商事は大丈夫なんだろうか。物足りなさもクローズアップされて来たようだ。

ニューヨークに向かうパンアメリカン、機種は、ボーイング七〇七、当時は未だエグゼブティブなんていうクラスは出来ていない。エコノミー席の沖山は、スコッチの水割りを飲みながら、ＯＳＫの斎藤氏に対する感謝と不満が入り交じった複雑な気持ちを整理し切れないでなお考え込んでいた。

イトメンの西川支店長の話の通りだ。物価が年に百パーセントも上がる国は、必然的に通貨が弱く、弱いが故に自国で預金する者はいない。余剰金はすべて外国通貨にして外国で預金しようとする。益々外貨事情が悪くなるから、その分更に通貨が弱くなり、輸入品の価格と共に物価が上がるという悪循環を繰り返す結果になる。

外国に預金出来る金持ちは良いが、貧乏人はこの物価の値上がりに抵抗する術もなく貧富の差が更に増大する。物価も値上がりに給与が追い付かないから、役人でも平気でチップを要求するし、賄賂を貰うのにそれ程の罪悪感がないのも頷ける。

日本にいると新聞やテレビが、政治の悪口ばかり言うし、評論家達の採点が辛いので、そんなものかと思うが、こんな外国から見れば、日本は戦後のインフレや無一文の状態からよくぞここまで這い上がって来たものだという感の方が遙かに強い。

然し、沖山にとってショックだったのは、アルゼンチン経営者の殆どが、欧州の上流階級と学友や姻戚関係にあるということだった。若し、そうだとすれば、この国際入札で欧州勢に勝つチャンスはあるのだろうか。

戦後、確かに奇跡的な復興を遂げたし、少しばかり技術的に優位な面も出て来たが、我々だけがそう思っているだけで、本当に彼等が日本の実力を評価してくれるのだろうか。カメラやトランジスタラジオの様な単品で単価の低いものは、良質で安ければ売れるだろうが、大型プラントでは、そう簡単ではなさそうである。

それに加えて、敵方と客先の上層部同士が繋がっているとすれば……。

沖山は水割の杯を重ねながら、長い時間同じことを繰り返し考え続けていた。やがて疲れて寝入ってしまったようだ。

その五

翌朝八時過ぎにニューヨークのＪＦＫ空港に着いた沖山は、タクシーでパークアベニューのレキシントンホテル、平社員向きの安宿だが便利、にチェックインした。ブエノスとは時差が無いから楽だ。早速、山中重工のニューヨーク事務所に顔を出し挨拶を早々に済ませると、そのまま昭鉄のＮＹ事務所に行く。歩いて五分。受付で取り次いで貰うと、すぐ桐田さんが姿を現した。

「やあ、ご苦労さんです。今朝お着きですか」

「はい。先日デイトンでは夜遅くまで大変失礼しました。火入れは上手く行きましたか」

「お蔭様で大成功でした。殆どトラブルもなく順調に動いていますよ。評判も上々です。ところで、アルゼンチンはいかがでしたか」

「予想以上に素晴らしいところですね。いや、今回桐田さんの参加が決定して、皆喜んでいます。有難うございました。渡辺部長から正式な指示が出たとのことで、安心しました」

「今は未だ火入れのデータ整理など残務が少し残ってますが、段々気持ちがアルゼンチンに向いて来ましたよ。この際、沖山さんの描いたシナリオに乗りますからね。ヨロシク」

と改めてガッチリ握手を交わした。

沖山は、桐田さんにアルゼンチンのＳＩＭ製鉄所の概要、現地業者のレベルや調達品の範囲、建設工事等を簡単に説明したが、桐田さんの関心は、専らＳＩＭ製鉄所に関してであった。沖山は、昭鉄の大阪製鉄所との比較を念頭において説明した。

「思ったより立派な製鉄所で、転炉工場も中々のものでした。転炉はG社製の縦長のやや細長い形で、それ以外の設備もすべてヨーロッパ製でした」

「ああ、あの細長い奴ね。あれは馬力は喰うし、酸素が余り底の方に行かないので、最近は余り流行りませんがね。ところで、今度の入札する製鉄工場の生産量は、百万トンでしたね」

「ハイ、そうです」

「転炉は、何トンにする予定ですか」

「彼等の操業振りから見て、一回の作業が日本より五〜十分余計に掛かると見て、ワンサイクルを三五〜六分。百五十トン転炉二基で、年産百万トンと見てるんです」

桐田氏は、胸のポケットから計算尺を取り出して、何やら計算していたが、

「ウーム、なるほど、そんなところでしょうね」

「それで我々は、御社の大阪製鉄所の転炉工場のレイアウトが、そのまま使えると睨んだわけです。いかがでしょうか」

「そうですか。大阪ね。短期間で全体計画の設計や見積りを終えるとすれば、それが一番効率が良いでしょうね。但し、あれは全体のスペースが少し狭いのと、ヘドロの上に建てたので、余計な強度や安全率を考え過ぎた面もあるんですが、まあ、全体的には十分使えるでしょうね」

「そうですか」

「特に、スクラップの搬入方法とか、副原料設備のレイアウトとか、結構斬新なアイディアもあって、素

晴らしいと思いますよ」

　沖山は、山中重工の技術陣が一番困っている全体計画及び機器詳細についての設計問題の解決に、これと言った妙案も浮かばないので、この機会に、桐田さんに正面から相談することにした。

　昭和製鉄では、新製鉄所を建設する際には、それぞれの分野で全体計画から個々の機器の詳細に至るまで、計画の基本思想と設計値の決定までの経緯、決定した理由等を詳細に記録した建設記録書を作成している。沖山はそのことを知っていた。九州製鉄所の転炉工場にもそれがある筈だし、建設計画の中枢にいた桐田さんも記録書を一部所有している筈である。

　その建設記録書は、ノウハウの塊でもあるので、それを見せてくれとは、如何に強心臓の沖山でも言えない。そこで沖山は、一捻り考えた。彼をチーム内に引っ張り込んで、主戦投手のような役割で活躍の場を与えれば、その記録書に書いてある数値はすべて出て来るであろうし、自発的に彼の方から出して貰えるのではないか。結果的に利用する形とはなるが……。そうするには、彼に『男のロマン』の実現に情熱を燃やして貰うのが一番である。熱血漢に見える桐田さんは、もう十分その兆しを見せ始めている。そして、

「入札書類を短期間に完成する為に、ウチの設計陣も四苦八苦しているようです。細かい部分がどうしても遅れ勝ちになるので、末端機器の設計や全体のバランス調整等で昭鉄さんの御協力を戴ければ、大変有難いのです」

　と沖山は、遠廻しに彼の意向を打診してみた。

「入札期限が短いので、利用出来るものはどんどん利用した方が良いですね。技術的にも価格的にも短期

間に競争力のある計画を作らないといけませんね。それには全員で協力するしかありませんよ。山中重工さんの不慣れな点は我々も十分協力しますよ。一度電話で東京の河島君と相談しておきますわ」

「そうして戴けると大変有難いですね。帰京後、渡辺部長に報告に参上しますが、その時河島係長さんにもお願いしようと思っています。事前に桐田さんからお口添えを願えれば幸甚です」

「私も一度ジックリ考えてみますから、まあ、一緒に頑張りましょうや」

と沖山の話に乗ってくれそうだ。

「ところで、今後の入札スケジュールは、どうなってるんですか」

「現在、入札期限の二カ月延長を申請していまして、大西商事の話では、他社からも同様の申し入れがあるらしいので、恐らくＯＫになると思いますが……」

「そうですか」

「次回の現地派遣チームの目的の一つですが、今回の入札書類には、排ガス処理の方法が特に指定されてないのです。従来の燃焼式のボイラーを付けるのか、昭鉄――山中の未燃ガス処理装置を付けるのか、が大きな問題点です。我々の方式が受け入れて貰えるのか、客先とコンサルタントの最終的なＯＫを取りたい訳です」

「ああ、そうか」

「その為の技術説明をＳＩＭ社に対して行う必要があるのです。機器の設計上の資料は、勿論当社で揃えますが、操業状況の資料は、昭鉄さんの九州や大阪のものが欲しいですし、その説明を桐田さんにお願いしたい訳です」

「そうですか、なるほど」

「一回の操業時間、スクラップ比率、レンガの寿命、排ガスの集塵効率、生産性、どれをとっても世界一ですから、実際の操業データで見せてやりたいんですよ」

「そうですか。その辺りは任せて下さいよ。私の本職ですから。そうか、それは面白いですな。待ち遠しい位ですよ」

　と桐田氏は、益々やる気十分となって来たようだ。

「我々のも一つの役目は、現地調達品の見積りを入手することです。恐らく期限に間に合わないものも多いと思いますので、その場合は日本製の価格で計算せざるを得ません。然し建前上、これをやっておかないと失格の対象とケチをつけられても困るので、たとえ、開札後になっても現地の見積書を揃えておく必要があると思います」

「そうか。色々大変ですね」

「そんなことで、帰国後二週間位で、また舞い戻ることになりそうです」

「二週間とは、すぐじゃないですか」

「ハイ。スケジュールは決まり次第ご連絡致しますが、その時は桐田さん、是非ご出馬をお願いしますよ」

「そうですか。そうすると七月の第二週か第三週ですね。技術説明や転炉工場の操業のことなら、任せて下さいよ。バッチリやりますから。ところで、アルゼンチンはいかがでしたか」

「やあ、思った以上に素晴らしいところですね。肉は上手いし、ワインも良いですよ。それが只みたいに安いんですよ。ワインは、私、本当に飲んだのは今回が初めてだったのですが、肉によく合いますね」

「赤ワインですか」

「ハァ。通に言わせるとフランスやドイツのワインとは違うと言いますが、素朴な味でまた安いんですよ。それに、果物もメロンやグレープフルーツ等は、日本じゃ高くて手が出ませんが、沢山あって上手いですわ」

「フーン」

「景色も雄大だし、ネエチャンも奇麗だし。殆ど黒人は見かけませんでしたね」

「なんか、沖山さんの話じゃ、天国みたいなところですね」

「まあ、東京の雑踏から行くと、全くの別世界ではありますね。

それに、今回は出来ませんでしたが、ＳＩＭ製鉄所近くのホテルの真前が、ホテル所有のゴルフ場なんですよ。二～三〇〇円で出来るようですよ」

「余り、煽らないで下さいよ」

「ブエノスにも、ニューヨークのセントラルパークみたいなパレルモ公園という大きな公園があるんですが、ここにも十八ホールの素敵なパブリックコースがありました」

「益々、血が騒いで来ますね。ところで沖山さんは、ゴルフは上手いんでしょう。スケジュールが決まったらテレックスして下さいな」

「分かりました。ゴルフは下手ですので、一度現地で教えて下さい。決まり次第早目にご連絡しますので、その頃空けといて下さい」

昭鉄と山中重工の協同開発した排ガス処理の技術は、アメリカのケムコ社に技術輸出されていたので、沖山は桐田氏に、ケムコ社が今回の入札にアメリカ又は欧州勢と組んで応札するかどうか、探ってくれるよう依頼した。

「多分応札する可能性は、少ないとは思いますが、念の為です。もしかすれば、他社の動きや情報も入るかも知れませんし……」

「分かりました。私はケムコ社には、出入り自由ですから、ヤンセン副社長にでも聞いておきましょう。沖山さんも中々鋭いところに目を付けますね」

桐田氏に近くのハンバーグの昼食を御馳走になり、昭鉄を辞した沖山は、午後は、往路世話になった大西商事ＮＹ店の柴田課長に概略の報告を済ませ、独りになった。

夕方、五番街からタイムススクエアの辺りを散策した。

「サスガ、世界の中心地だ。ビジネスでも、劇場でも、ファッションでも世界のトップの物が揃っている。通行人も活気があるし、ブエノスとは大違いだ。然し、一ドル三六〇円で計算すると、何でも日本の倍以上の値段だな。これも、ブエノスとは違うし……。

それにしても、あらゆる人種が、それぞれ勝手な服装で歩いているな。ノンスリーブの人と毛皮のコートを着た人が並んで歩いているのには、ビックリだね。同じ雑踏でも国際色の豊かなところが、モノトーンの東京と違うな」

と沖山はティールームで疲れた脚を休め、外を眺めながら、ブエノスとはまた一味違う異国情緒を味わっていた。

山中重工ＮＹ店の山本さん招待の夕食を早めに切り上げてホテルに戻り、シャワーを浴びた。

「今夜一晩寝て、明日はパンアメに乗れば、久し振り家に帰れるな」

と急に妻と二才になる娘の瞳が眼に浮かんで来て、無性に帰りたくなってきた。一通り、今回の出張の仕事に区切りがついて、ホッとしたのかも知れない。

翌日、沖山の乗った飛行機は十一時の定刻にＪＦＫ空港を飛び立った。昼食をとりぐっすり一眠りした沖山は、すっきりした頭で、帰国後の出張報告の要点をノートに整理することにした。

要領を得ない説明や、モタモタした報告では頭の切れる藤田課長や企画部の井口課長にとても評価される訳はない。今回の出張は、沖山にとっては新人選手が初陣を飾る初登板のようなもの。その結果如何で選手として一応使えるか否か評価が下される。その意味でこの出張報告は重要な意味を持つ。彼自身、そのことを十分自覚しており、今その準備に掛かるのである。帰路といえどもぼんやりしている暇はない。

報告の要点を箇条書きにしてみると、

一、ＳＩＭ製鉄所一般

二、ＳＩＭ製鉄所建設チーム及びコンサルタントの立場

三、現地業者

四、昭和製鉄の協力度

五、山中重工のチーム編成と問題点
六、協力パートナー森下建設と関西港運
七、競争相手、独仏の動き
八、大西商事の動きと期待度
九、イトメン
十、アルゼンチンの一般事情
十一、日本輸銀ファイナンスと進め方
十二、入札に関する問題点と解決策
十三、入札の見通し
十四、次回の出張スケジュール
となった。それぞれの項目に関し、沖山は自分の見解、考え方をノートに記した。

考えねばならぬことは、多岐に亘ったが、現地情勢や諸般の事情を照らし合わせて、今後の作戦を練ることが、プラント輸出の営業担当者の仕事であり、何とも言えぬゾクゾクするような喜びと楽しさを感じる。

状況の変化や、不測の事態で戦況は刻々と変わって行くだろう。それに応じて臨機応変に最善の手段を選んで実行に移す。プラント輸出は、スケールの大きい勝負事なのだ。日本のプラント輸出は未だ黎明期だ。通産省や輸出入銀行等でも、未経験な分野が多く、特に先進諸外国の進み方を必死の眼で追っている状態なのだ。然し、問題を一つ一つ解決しながら、前向きに進んで行く、なんという気持ちの良さだ、これぞ男の本懐との思いで、沖山の心には新たな闘志が湧き始めたようだ。ボンヤリしていると、機体は既に高度を下げ始めている。そして久し振りに見る日本がとても美しかった。房総半島の山並みの線が鮮やかであった。

第七章　入札の準備

その一

帰国した翌朝、沖山は早めに出社した。既に上司の藤田課長は出社していた。

「おはようございます。昨夜帰りました」

「オオ。御苦労さん。どうだった？　あのメンバーじゃ君も大変だったろう」

「いや、皆さんにはお世話になりました」

「先に帰国した神戸の部長達から大体の話は聞いたけど、昭鉄がかなり協力してくれそうだな」

「ハイ。お蔭様で桐田さんも張り切って参加してくれることになりました」

「朝方、朝令会があるので、十時過ぎから企画課長を入れて君の話を聞かせて貰おうかな」

「ハイ、承知しました。今後の工程も詰まっているので、当面のやるべき事と、今後のスケジュールについてもご相談したいのですが……」

「そうだな。設計陣の方も人員を増強して頑張って来たようだが、附属機器の明細なんか全く分からないらしいぞ。山中製鉄に聞きに行ったりしている。転炉工場全体となると、ウチはまだ素人同然だそうじゃないか」

「そうなんです。昭鉄にバカにされない程度に何とかデータを集めたいと思ってるんです。それに、小さな附属機器等は分からなくっても当たり前ですよ。一度やってみれば、その次からは、どーってことないと睨んでいるんですが……」

「そうかも知れないな……。ところで、大西商事の古川課長が、今日午後でも君の話を聞きたいと言っているので、あとで電話してくれや」

「分かりました。では後程お願いします」


席に戻ると次々に出社して来た同僚達と挨拶を交わした。

「どうだ、アルゼンチンは」

「いいところだけど、日本が一番よ、今朝の飯と味噌汁の上手いこと」

「向こうは、可愛い娘ばかりだそうじゃないか」

「ウン。そうだな、普通はバックシャンと言うと前に廻ってガッカリするだろ。ところが向こうじゃ、前に廻ると絶世の美女なんてのがザラザラいるんだ。ビジョビジョだよ」

「ハハハッ。まるで進歩がないな、お前って奴は。スペイン語は少しは覚えたか」

「ウン。美味しいというのをサブローソって言うんだ」

「サブローソか、覚えやすいな」

「それを、田部さんなんか間違えて、リャンウーソ、リャンウーソって繰り返し言ってんだぜ」

「ウァハッハッ。ホントか。嘘みたいな話だぜ」

沖山は、バカ話で大笑いする快感を久し振りに味わった。

その二

十時過ぎから沖山の報告は、彼が事前に整理しておいた順に行われ、藤田、井口両課長から時に質問があったが、半分程進んだところでもう十二時半となってしまった。

昼食をはさんで再会された。

「そうか、やはり難敵はドイツ勢、G社だな」

と井口課長が頷いた。

「我が方は、昭鉄という強力な味方を得たので、技術的にはどこにも負けないと思います。従って、プラントの各機器まで仕様書をしっかり作成することで、優位性をアピールしたいと思います」

「そうだな」

「対客先には、全体レイアウトの独自性と排ガス装置を目玉として売り込むつもりです。それと、生産性の高さです」

「独自なレイアウトって何だ」

「昭鉄の最近の転炉工場は、スクラップの搬入経路や、焼石灰の投入等に随分工夫がされていて、運搬コストを含めて経費が大巾に削減されて画期的と評判なのです」

「そうか」

「それも売り込めると考えています。従って実際の操業の実例をベースに、数学的なデータをしっかり準備したいと思っています。明日、私、神戸に行って打ち合わせをして来ます」

「ウム、そうしてくれ」

「営業的な問題としては、入札書類作りのうち、一般条件書の作成を少し工夫する所存です。熔鉱炉を応札する石山重工とも、大西商事を仲介して摺り合わせた方が良いような気がします。日本勢が余りバラバラな条件を出すのもマズイですから……」

「ウム」

「延払金利は、先方は五～五・五パーセントと要求してるようですが、日本側は、他国の出方を見てそれに合わせる方式ですから、多分六・五パーセント程度に落ち着くと見ています」

「なるほど、分かった」

　と藤田課長。

　彼は、輸銀法の施行時に経済誌に輸銀法の解説記事を連載したことがあり、輸出入銀行にもその名を知られ、一目置かれていた。従って、彼の、「分かった」の言葉には、万金の重みがある。将来、輸銀への挨拶の際、藤田課長に動いて貰う腹であった。

「問題のG社にどうやって勝つか、ですが、今のところ、未だ決定的な手立ては、見つかっていません。先程申し上げた通り、技術的には昭鉄の力を最大限借りれば、負けないと思いますので、それ以外には、価格。それと、多分、裏工作になると思われます」

「その点、現地のＯＳＫのスタッフや動きはどうかね」

「彼等、皆紳士で人柄も申し分ないのですが、一生懸命動くだけで、シェルパですね。作戦面やゲリラ戦術、ドロドロした裏口戦争はどうも苦手のようです。そうだとしても、ＯＳＫチームにも、一人策士が要りますね。後程、古川さんと話をしてみますが、次回は、東京本社から一人出して貰う方が良いかも知れません」

「そうか。シェルパか。この点は、沖山君、我々で何か良い方法を考えてみようじゃないか」

「その為にも、先程お話ししたイトメンの話を並行して進めておこうと思っていますので、ご諒解をお願いします」

「そうだな」

「何れ、藤田課長にもご出馬の際、現地で最終的に判断して戴きたいと思ってますが……」

沖山は、昼食前にイトメンの西川支店長の話を説明しておいた。

「俺のカンでは、その線の話を活かす時が来るような気がするな。とにかく、並行して進めておいてくれよ」

「ハイ。今回の入札はクローズド・テンダー（非公開入札）ですから、入札価格の順位や技術審査結果の情報等は、まともにやっていたら全然情報が入らないことになります。最低限度、ニュースソースだけは確保しておかないと、正しい状勢分析さえ出来ないことになってしまいます」

「そうだな。技術審査だって非公開ならどんな採点をしようと、思いのままだからな……」

「そうなんです。点数配分が多少動いても勝てるとすれば、価格と技術点とで、十馬身ぐらい離しておくことが必要だと思います」

「沖山君、日本の公共事業みたいに、出来合いの談合とちゃうか」

と井口課長が口を挟んだ。

「今回は、世界中が注視している大入札要件だし、入札項目も六件以上になります。それに、英米独仏伊日等の国際資金を活用する入札ですから、全般的には、答えはノーだと思いますが……。但し、特定項目に狙いをつけて、ということも無いとは言えないかも知れませんね」

「そやろうな」

と両課長も頷いたが、

「そやけど、接戦になれば、彼等は何をするか分からんと思わなイカンやろな。その時、我が方がどない戦うかやろな。とにかく、頑張ってみようやないか」

と井口課長も少し熱が入って来た。

「ウチの設計陣の経験不足な点を、沖山君、昭鉄や山鉄から資料を入手することで、何とか補ってやってくれよ」

と藤田課長が続けた。

「先程、君が言ってた技術上のセールスポイントとその資料作りは、神戸に行って君の思う通りにやってくれや。大浜部長には、俺から電話で頼んでおくから……」

「ハイ。よろしくお願いします。次回のブエノスへの出張メンバーに、シャキッとした若手を選んでくれるよう頼んで戴けませんか」

「そうか、誰が良いのかね。今度は大浜さんが自ら行くつもりだろう。張り切ってるぞ」

「勿論、責任者は大浜部長で異存ありませんが、細かい傾斜や芝目を読んでアプローチやパット等の実務もありますので、若手のデキるエンジニアが要るんです」

「ハハハ。そうだな、大浜さんじゃ細かい点が頼りないか。ドライバーしか打たんもんな。分かった。今、電話しよう」

藤田課長は、会議室の受話器を取り上げ、

「モシモシ、大浜部長ですか、藤田です。今日は朝から、帰国した沖山君の報告を聞いていたところなんですが、仕様書作りにもいろいろ作戦があるようだし、報告を兼ねて明日、彼を神戸に行かせますので、よく打ち合わせて戴けませんか。それと、設計陣が欲しい資料は、出来るだけ営業が集めますので、遠慮なくどんどんリストアップして下さいよ」

「……なるほど。次は、大浜さんが行かれますか。沖山君がね、今回は相当量の実務を伴うので、アプローチやパットの出来る若手を選んでくれって言ってますよ。何しろ前回はロートル軍団でしたから……。ハハハ。それから先は、明日、彼の意見を聞いてやって下さいな。

……。ハイ、分かりました」

と受話器を置いて、

「沖山君、『俺だってパットは上手いんだぞ。と沖山君に伝えてくれ』って言ってたぜ、大浜部長が……」

「そうですか。弱ったな」

「いや、彼も分かってるようだ。今、優秀な若手を二〜三人投入しようと調整中で、次回の出張に何とか間に合わせるようにする、と言っている。明日、君の意見を聞きたいってさ」

「有難うございました」

「とにかく、君の考えで結構だから憶することなく、思う存分動きまくってくれや。設計陣も君の動きを評価しているようだし……。

ところで、営業サイドの助っ人は要らないのか」

「留守番役として、一人くれると助かりますね。現地からのテレックスでの連絡事項を配ってくれるような、若い人がいいですね。岡山君のような……」

「そうだな、岡山君は未だトルコのレンガプラントの仕事で出張せねばならんし……。将来一～二名スカウトするとしても、当面野山か誰か連絡業務を助けて貰うことでどうだ」

「スカウトしてる暇もないので、それで結構です。止むを得ません」

「井口課長、どうせ将来、製鉄プラントの方が忙しくなるから、二人位どこからか廻すようアレンジしてくれないかな」

「そうね。この仕事はヒョットすると、大化けする可能性もありますしね。早速考えておきましょう」

と井口は答え、心の中で、「そうか。藤田さんが、今日私を招んでこの話を最初から聞かせたのは、そういう意味だったのか、なるほど」と納得して先輩の藤田課長の策略に感心した。それに、井口は藤田が自分の部下の沖山を売り込んで、将来の査定の際に今のうちに点を稼いでおくとの作戦と睨んでいた。

沖山も一方で、当初自分の今日の報告に、何故井口課長を同席させるのか、訝っていたが、今その謎が解けて、藤田の深慮遠謀に「サースガ」と感服した。

人員増強の話は、人が本当に必要か否かも大事だが、要求する人が将来出世する人か否かの品定めによって決まることが多い。その点、藤田は衆目の見るところ、識見、人柄、度胸、海外経験とも抜群で、上層部の評価も高い。井口は、無論、それを百も承知の上だ。

人員の増強は、意外に早いかも知れない。

その三

大西商事の古川課長が午後来訪する話が延びて、結局その夜、銀座の小料理屋の二階に沖山を招んで今回の労を労ってくれることになった。

定刻より少し早めに沖山が入って行くと、もう古川氏と平山課長代理の二人が待っていてくれて、

「やあ、お疲れさま、大変だったでしょう」

「イヤー、若さと美貌が自慢ですから……」

「ハハハ、明日また神戸ですって。何日くらい？」

「二〜三日でしょうか。設計陣が神戸ですから……。却って気持ちが引き締まっていいですよ」

一頻り、アルゼンチンの肉とワインの話が出て、是非次は古川か平山が行かねばならぬと話がはずんだ。

運ばれて来たビールと付出しを見て、沖山は、

「わあッ、この、ぬたの酢味噌なんてこたえられませんね。幾ら、肉が上手いと言っても、この冷奴ですね、私は」

「沖山さんは、お若いのに和食党ですか」

「久し振りにこんな上等な日本料理を味わうと、忘れていた味覚が一気に呼び起こされるようですね。上手い」

一通り、ブエノスでの活動を報告した後、他社の動きが日本側の他項目の入札準備状況等の話がはずんだ。

「ところで、石山重工さんは、いつ調査団を出すんですか？」

「今週末に第一陣が出ます。石重さんはブエノスに事務所があるので、独自にいろいろ動かれるようですよ」

　と古川課長。

「熔鉱炉と厚板（の圧延機）もですか」

「多分、両方とも出るでしょう。現在、応札者として日野製作所と調整中ですが、日野さんは余り熱心じゃないようですね」

「先程、電話で申し上げたように、入札期限が十月二十日に延びましたので、落ち着いて準備が出来ますね。石重さんは、やる気満々ですよ」

　と平山課長代理が付け足した。

「何れ、御紹介しますが、石重に大貫さんという営業課長がいて、彼が張り切っています」

「そうですか。私は、実は入札書の一般条件等で出来れば、条件書の文言を石重さんと或る程度摺り合わせて、同じ趣旨の文章にした方がよいと思うんですが、古川さんいかがですか」

「そうですね。融資条件は、どうせ日本勢は同じことになるし、プラントの引渡し条件や、延払の起算点とか、確かに統一しておく必要もありますね」

「そうですね。出来れば保証条件等も……」

「一度、石重さんと話して、ウチが調整してみます」

「輸銀に対しても、メーカー側の統一見解を出して説明した方がよいですしね」

と平山さんも同意見のようだ。

延払の融資条件は、プラントの引渡しや、融資の開始時期、金利計算の起点等、丁度最近の住宅への融資に似ているが、これは所謂サプライヤーズクレジットと言って、機械の供給者、この場合、山中重工に融資し、返済するのは、買手側のＳＩＭ製鉄所ということになる。

「先程の保証条件ですが、完成引渡し後、実際の操業を行うのは彼等なので、当然生産量の保証までは出来ません。入札書類に明記してある保証の項目を変えざるを得ないのですが……」

「保証しないと書くのですか」

「イヤ、出来ればウチとしては、全部肯定文で、実際には否定したいのです」

と沖山が言うと、二人は一瞬とまどったようだが、

「具体的に言うと、どうなりますか」

「つまり、ノーとか、受けないと言わずに、これこれの条件を全て満足すれば、保証します、と書いて、その条件を厳密に且つ当然の条件として上手に表現すれば……。一度、ご一緒に妙案を考えて戴けませんか？」

「なるほど、名案かも知れませんね。沖山さんもいろんな手を考えられますね。我々も一度工夫してみましょう」

沖山は、ＯＳＫの作戦面での物足りなさをやんわりと指摘する度に、相手の盲点を突くような考え方を

具体例で示そうとしていた。

今後、この弱点を克服する為にも、先ず彼等に自分の弱点を認識して貰わねばならない。沖山が今回、ブエノスで物心両面で大変世話になったと、礼を繰り返していたので、両氏とも、沖山の抱いている危惧や不満に未だ気付いていなかった。


沖山は、トイレで用を足しながら、結局一番大事なことは、受注に万全を期すという事であり、その為に今後大西商事に期待することを正直に話すことが、一番よい方法だとの結論に達し、卒直に話すことを決心した。


席に戻ると沖山は、口調が鋭くなり過ぎぬよう気を配りながら、両課長の方を正面から見て、ゆっくり話し始めた。

「今回の入札で、何と言っても強敵はドイツのG社だと思うんですよ。フランス、イタリーや英国勢も出て来るでしょうが、イタリーやイギリスは技術的に問題にならないし、フランスは一応今後の動きを見ておく必要があるでしょう。でも、矢張り、最強の敵がG社であることは、間違いないでしょう。但し、G社は、高炉や厚板等の圧延機にも、応札して来ると思われるので、転炉プラントに、どれだけ力を入れて来るのか、今のところよく分かりません」

「そうでしょうね、圧延機は厚板よりバーミル（棒鋼圧延機）かも知れませんね」と古川課長。

「技術的にも価格的にも我々は、昭鉄さんのバックアップで、最善の努力を尽くします。そうすれば、相当なところまで行けると思うんですよ。仕様書もバッチリ作りますし、操業面の最新の技術も、昭鉄さんにしっかりやって貰います。資料をふんだんに使う説明は、相当の説得力があると思います。それに、現在のコストレベルで行けば日本製品の価格は、一応競争力はあると思うので、問題は、建設工事費ですね。これをどう見積るかによって、決まるかも知れませんよ」

「そうですね。建設工事費は、全体の三割以上になりますか」

「いや、恐らく五割近く行くんじゃないですか。工事会社の見積りを貰ってみないと分かりませんが、現在価格の固定ベースか、将来の物価スライドを含めたエスカレーション方式になるかさえ、未だ分からないのです」

頷く両課長を見ながら、沖山は続けた。

「工事について客先の評価が、現在価格で比較するのか、それとも工事完成時のスライド価格なのか、或いは、生産開始数年後の総合比較の方式なども、世銀の入札ではやっています。エバリュエーション（評価）が、どんな方程式で行われるかは、入札前に是非つかんでおく必要があります。これを大西商事さん、是非とも調べて戴かねばなりません。古川さん、何とかお願いします」

「そうですね。方程式を把握していないと、見掛けでどんな安い価格を見積もったって、逆になってしまうかも知れませんしね」

「そうなんです。工事費には、勿論、完成後の操業の生産コストを計算して評価するんじゃないかと思うんです。鋼生産トン当たりの電力、ガス、水道等の使用量や、必要な操業人員等も加味されるでしょう。従って方程式さえ分かれば、使用量等、最小値を狙って入れられる訳ですよ」

「今回、アームコ、カイザーが基本的な評価を行いますが、それが最終とは限りませんしね、SIM製鉄所がその辺の鍵を握っているのかも知れません。何れにしても、一番肝腎なことですから、早速ブエノスに指示しておきましょう」と古川課長は、力強く同意してくれ、沖山の考えに、改めて一目置くような様子であった。更に沖山は、

「入札して敗れてから、実は方程式が違っていたでは、我々営業として技術陣に顔向け出来ませんしね……」

「分かりました。さすがに沖山さん、核心をついて来ますね」と平山課長代理も、少し意表を突かれた様子であった。

「ところで、肝腎なのはこれからなんですよ、平山さん。今の話は、すべて技術的にも、価格的にも、正攻法、正面玄関からの入学試験のようなものだと思うのです。

問題は、今回の入札が非公開ですから、接近戦になったとき、相手が最後までルール通りに戦うでしょうか。見えないところで、けたぐりや張り手はおろか、禁じ手だって使うかも知れませんよ。いや、使うと見ておくべきじゃないでしょうか」

沖山の熱弁が続く。ウイスキーの氷を補給しに来た娘が、三人の真剣な表情を見て、黙って氷の壺を置いて、下に降りて行った。

「そんな視点で見ると、SIM製鉄所内に機械修理工場をもっているG社のウェーバーという男が何とも臭いような気がして来るのです。SIMの幹部達だって、魚心水心かも知れませんしね。とにかくその辺りの状況を今後十分探って行かないと、とても勝ち筋が見えて来ないのですよ。大西商事さんとしては、

裏情報のチャンネルや、政府高官筋のコネなんかで、何か妙手をお考えですか」

古川、平山の両課長は、沖山の質問に全く意表を突かれた形で、一瞬押し黙った形になった。沖山は、今これ以上突っ込んでも答えは出ないだろうと素早く見てとって、助け舟を出すつもりで、

「とにかく古川さんか、平山さんに次回は是非ご出馬願って、現地のその辺の事情を直接ご覧になって、出来れば、陣頭指揮をして戴ければ大変有難いと思うんですが……」

「平山さん、やはり貴方に行って貰うしかありませんよ」と古川課長が平山に向かって言った。

「ハハハハ」と平山も苦笑して、「課長、明日ゆっくり相談させて下さいな」

「沖山さん、この平山さんは、ペルーのリマに三年おりまして、スペイン語もペラペラで、今回のプロジェクトでは、大西チームの専任の責任者として、現地と日本を往復しながら頑張って貰う所存なんです。今日も、ここへ来る道々、そんなことも話してたんです」

「そうですか。そうして戴けると、鬼に金棒、平山さん、宜しくお願いします」と沖山は、どうやら話の趣旨は十分通じたようだし、大西商事にもチクリと釘を刺せたし、また面子を潰さずに上手くおさめられたので、ホッとしながら頭を下げた。

これで恐らく大西商事も、山中重工が昭鉄や森下建設等と組んで応札する大型プロジェクトに、真剣に総力を結集して当たり、裏表を問わず、情報入手には全力で取り組んでくれるに違いない、と沖山は確信した。

裏情報の入手ソースや、チャンネル作りに就て、早速ブエノスアイレス支店に発破をかけるだろうが、実際の動きは平山さんが現地へ乗り込んでからだろう。先ずは、お手並拝見と行くか。

第七章　入札の準備

二軒目の誘いを辞した沖山は、早々と家路へ急ぐ。昨夜は、久方振りの帰国に妻と二歳の一人娘晴子が羽田に迎えに来たが、娘が、恥ずかしがって沖山の方に寄りつかず、ガッカリしたが、今夜はもう寝てるだろうな。と思いながらも僅かな期待を抱いて大船駅からタクシーに乗った。家に入ると案の定娘は眠っていたが、その寝顔を覗き込んでしばらく見ていると、仕事に意気込んでボルテージが上がったままの高ぶった気持ちが、次第にスーッと落ち着いて来るのが、自分でもよく分かった。

第八章　技術チームの活動

その一

翌日、山中重工の神戸工場で今回のアルゼンチン調査団の出張報告会が行われた。出席者は、今回の入札に係わる関係者全員で、出張者以外では、設計部長の大浜を始め、プラント、機械、電気、配管等の設計担当に加え、ＯＧ装置設計の崎山課長外一名が横浜工場から参加しており、その外にも建設、工務、見積、業務の各部門から総勢三十名余りの人数であった。中には、沖山が初めて見る顔も数人交じっていた。

最初に団長の丸山総括部長が、挨拶の後、総括的な趣旨説明を調査団の活動概要の説明を行った。次に一般的な営業状況、調査の概要を説明するよう沖山が指名された。丸山は、特に今回の出張を通じて、終始沖山の活躍振りに触れ、訪問先やスケジュールの決定、昭鉄の勧誘、調査結果に対する整理を始め、雑用の一手引受けにまで、チームの要になった事を全員の前で披歴してくれた。

沖山の説明は、アルゼンチンの国情から始まり、今回の調査目的とその成果、昭鉄の参加決定に至る経緯、ＳＩＭ製鉄所とコンサルタントのアームコスチール、他国及び他社の動き、大西商事の働き、更には、日本輸銀の融資の見通し等を簡略に説明した。

これ等を通じて、終始沖山が意を用いたことは、今日の出席者の中には、未だこの地球の裏側の大型プロジェクトに参加すること自体に戸惑いを見せている者もあり、半身の体勢でチームに加わっている人々に対し、このプロジェクトが、特に将来山中重工のプラント部門の発展の為の試金石として、如何に重要であるかを理解して貰うことであった。加えて、プロジェクトの面白さ、昭鉄と組むことで、我々は世界トップの実力であること、従って最善を尽くせば十分受注の可能性が高いこと等を説明の中に強調して、チーム全員のヤル気を高めることであった。

現地に出張した者は、状況も雰囲気も分かりその気になっているが、留守部隊にも同様な意欲を持たせることが、戦力アップの為に不可欠なことであろうと思った。

社内には、一部でこんな多数で調査に行きやがって、物見遊山でもあるまいし金ばかり使いやがって、と批判する声も聞こえていた。

然し、冒頭に沖山は未確認ながら、入札期限が六十日程延びて、多分十月二十日になることを知らせた。沖山に続き設計の野田課長や電気の田部々長の説明も予想外に明確であったこと、何といっても全体計画が昭鉄の大阪製鉄所の第一転炉工場をベースにすることが決定され、一気に方針がはっきりした。レイアウトがほぼ決まり、個々の機器の能力や容量も大筋が決まったことにより、具体的な設計が可能となって来たことが大きい。

翌日昭鉄の山口技術課長、高橋技師を迎えて打合せを行うことで、昭鉄との調整事項が、若干ペンディングになったが、それ以外は、各部門の役割分担、入札書作成の工程が印刷を含めて、どんどん決まっていった。これだけの人数の会議で、これだけスムーズに基本方針と細部の問題が次々と進行して決まって行くさまは、沖山にとっても入社以来初めての素晴らしい経験であった。

全員の意気も次第に盛り上がり、次回の出張スケジュールと人選は、明日の昭鉄との打ち合わせを待って、大浜設計部長に一任された。大浜部長も全員がヤル気を見せたので、全くご気嫌であった。

そして大浜部長が「これで基本方針が明確になりました。今から本格的な作業が始まります。全員協力してこの歴史的な仕事に、全力投球で頑張りましょう。特に本日決めた個々の作業スケジュールは、キチンと守って、下流部門に迷惑を掛けないように。調整の必要が生じたときは、課長レベルで行って下さい。更に問題点が生じた場合は、私のところへ申し出て下さい。

また、明日の昭鉄との打ち合わせの出席者は、出張者の他、設計と建設関係に絞ります。打合事項は、すぐに纏めて工程班や見積課に連絡致します。本日は、これにて散会します」と締め括った。

時計を見ると既に六時を廻っていた。沖山は会議室にそのまま残って自分に割り当てられた、仕様書の序文及び日本の最新鋭製鉄所の概要を英文で書くという仕事について考えていた。「そうだ、今日中に筋書きを考えて、明日昭鉄の山口技術課長に、ご意見拝聴ということにしよう」と思いついた。

そして、次回のアルゼンチン出張に関し、目的、準備、入選、スケジュール等について大浜部長と事前の構想固めの打ち合わせを行なっておいた方がよい、それも今日中の方がよいと思い、設計部のあるビルの階段を二段跳びに駆け上って、大浜部長の席へ急いだ。

大浜部長は、帰り支度をしながら、野田課長と話をしていたが、沖山の顔を見ると「今日は、ご苦労さん。皆ヤル気が出て来て、面白くなって来たな。こんなに興奮を感じながら仕事をするのも久し振りだよ。ところで、何か話があるの？」と尋ねた。沖山が頷くと、「それなら、飯を喰いに行こうや、喰いながら話そう。野田君もどうだ？ どうせ沖山君の話は、次の出張メンバーの人選だよ、そうだろ」と大浜は沖山の方を向いてニコリと笑った。

「ええ。その前に部長！　クレーンやレードル等の仕様書は、入手済ですか。我々がどこかで入手して来る必要はないのですか」

「レードルクレーンやスクラップクレーン等は来週各メーカーを招んで説明を聞くことになっているので、大阪製鉄所向の納入図面も見せて貰えるし、問題ないと思うよ。副原料は判っているので、大物では、レンガ修理場の辺りかな。これは、明日昭鉄に資料の提供を頼んで見よう。建屋は日本設計と組むことになっているので、これも大丈夫だ」と大浜部長の説明に、野田課長も頷いた。

「そうですか。我社も結構やりますな。当初に比べると、大分先が見えて来ましたね」

「ウム。じゃ中華料理でもどうだ？」

「良いですね」

その二

大浜部長は、裕福な大学教授の家の坊ちゃん育ちで、父君の教え子達が何人か山中重工の幹部になっている。大浜部長自身も大学に残って研究室で種々の実験をやっている中に、山中重工と係わって何時の間にか社員にさせられた、とボヤイていた。個性的な点もあるが、新しい技術や、大型プロジェクトが大好きで、決断も早く、今回の入札案件の参加に難色を示した多くの技術者の中で、藤田課長と沖山等の参加提案に真っ先に賛成してくれたことで、沖山は恩義を感じていた。それに気さくで沖山等の若手でも直接物を言い易いので、今回一緒に仕事をするのは初めてだが、上手く行きそうな気がしていた。本プロジェクトの技術チームの編成でも、有力なメンバーを投入してくれたし、本日の会議でも各部門のメンバーが互いに競い合って全体を盛り上げる雰囲気が、自然発生的に出来たことも、上層部が皆気さくな雰囲気を持っている為かも知れなかった。

元町の山の手にある大きな中華料理店の一室で、料理を頼み終わると沖山は、

「今日は、部長のリードで大変上手く進んで有難うございました」と先ず礼を述べた。「元を正せば、この入札に参加出来ることになったのも、私共が相談に神戸に来たときに、技術陣が皆『こんな転炉工場全体、然もアルゼンチンなんて国に、今まで製鉄機械の輸出をした経験のない当社が、何故？』と訝っていた時、部長が『よし、やろうじゃないか』と言ってくれたお蔭ですよ。あれは、恐らく一生忘れられないかも知れませんよ』と当時の経緯に触れた。

「俺は、多少オッチョコチョイだが、細かな小さいことでゴチャゴチャするのは、好きじゃないし、何時

までも同じ技術をいじくり廻しているのも面白くないのさ。だから今回の件だって、当部は、転炉の技術はほぼ確立したし、それだけ売ったって数億円さ。排ガス装置も、ワグナーとかイルシッドとかいろいろあったが、とにかくＯＧ装置ということに落ち着いた。それを神戸と横浜の技術部同士でグチャグチャ言い合っていても始まらないじゃないか。

そんな時に、この転炉プラントは、それ等を全部包含した工場全体の建設だろ、百億円の商売を黙って見逃すこともないだろう。技術的に多少分からぬ点もあるが、日本でやれるのは、当社だけさ。それに、日本の製鋼技術は、今や世界一だし、こんな時決断しないのは男じゃないよ。本当に良いタイミングで、この入札案件を持ち込んでくれたと、礼を言いたいのは俺の方さ。

確かに、本件をイキナリ受注出来るかどうか、それは判らんよ。然し、天下の趨勢から見て、一互り日本の製鉄所が完成すれば、次は、中進国にこの種のプラントが次々に計画されるだろうし、近い将来必ず当社の主要な商品に成り得るような気がする。その意味でも、是が非でもやらねばならんと俺は思うよ。従って、必然の方向だし当たり前の決定だと思うよ。

また、こんな新しい事に全員が一致団結して必死に取り組むのは、緊張感があって素晴らしいことさ。こんな時に技術者のレベルは無意識のうちに上がるものなんだよ」

「イヤー、まさに我が意を得た思いですよ。そう言って戴くと泪が出る程嬉しいですね」と沖山は、実際胸にジーンと来るものを感じた。

「沖山君。君のことは、藤田課長からも聞いたし、今回の出張では、昭鉄への折衝、桐田さんの勧誘や、現地調査で活躍してくれたこと等野田君から聞いた。大いに張り切ってくれるのは有難いが、何せ先は長いのだから、肩の力を抜いて、ジックリやろうや。我々も君のような営業マンと仕事をするのは、大変愉快だよ」と大浜部長は激励してくれた。

「ところで、昭鉄の桐田さんとは、どういう人だい」と沖山は感想を求められた。

「野田課長にお聞きになったとは存じますが、彼は京大の冶金の出で、昭鉄本社の渡辺部長の直系です。九州製鉄所の転炉工場長をやりながら、大阪製鉄所の建設メンバーに加わり、転炉工場の計画をやった人です。今は、形はニューヨーク駐在員ということですが、OG装置の技術輸出ということで、アームコスチールで工事のスーパーバイザーと操業指導を行っています。英語ペラペラの将に中年の張り切りボーイといった感じでしょうか」と野田課長の方に同意を求めた。

野田が黙って頷くと沖山は更に続けた。

「今回ブエノスの帰途報告に立ち寄ったのですが、相当乗り気のようでした。かなり熱血漢だし、仕事も早いので、その気にさえなってくれれば、物すごい戦力になると思います。特に操業面では、本職ですから客先の質問には、何でも説得力ある説明をしてくれると思います」

「なる程、工場の経験も、国際経験も十分のようだね。それなら昭鉄と組む意義も大きいし、そんなハイレベルの人とうちの若手の技術屋が一緒に仕事すれば、当然感化を受けるだろうね。ウム、なる程」と大浜部長は、もう一度納得したようだった。

それから料理を喰べながら、アルゼンチンの話、ラテン民族気質や肉、ワインの話に一頻り話がはずんだ。特に、大きなビルの建設現場、それも街の目抜き通りの現場で、クレーンで鉄骨を吊り上げている。その作業をしている途中でも、終業時間が来ると、宙ぶらりんに鉄骨を吊したまま帰ってしまうと言う話には、皆あきれて笑いころげてしまう。工事の完成時期でも、半年や一年の遅れは、当たり前で、それに対して誰も何も思っていないし、こんな事を彼等の視点と価値観で判断が出来るようになるには、まず三年以上駐在しないとダメでしょう、という大西ブエノスの長沢支店長の言葉が想い出される。

「沖山君、次回出張の人選だがね、君の希望は分かっているよ。前回は、ロートルチームだったから、これからは、若手中心とする、こういう仕事では、実際に仕事をする者が自然にチームの中心に坐ることになって来るものさ。若手には優秀な人材も多いので、やがて当部の中心選手になる。今回は本当に良い経験になるよ」

「はい、分かりました。そして次回は部長自身ご出馬ということですね」と沖山は念を押した。

「そのつもりだ。責任者になった以上、心中する覚悟でないとな。然しそんな悲愴感はないんだよ。先程も言ったように、将来への布石を確実に一歩一歩進めて行こうと思っている。ところで野田君、林係長を留守部隊で、細かい機器の取り纏めに使えないかね」と野田課長に聞いた。一瞬言葉に詰まった野田課長は、

「部長、それは難しいでしょうね、第一、本人はもう行く気になって、準備してますしね」

「出張しろと君が言ったのか」

「いや、プロジェクトのスタート時に、彼しか空いていなかったので、最初は俺が行くが、あとを頼むぞと言ったのが、何を勘違いしたのか、次回は自分が行くと周囲にも触れ廻っているんですよ」

「アイツで勤まるのか。少しボヤッとし過ぎているぜ、アレは」

「今更下ろせないので恐縮ながら、アイツのめんどうは部長がみて下さいよ。彼が一番ラテン民族に近い

かも知れないし」

「ハハハ。ひでえな、君も。だけど野田君、彼に何も緻密な作戦を期待しちゃいないが、確実な事務処理をキチンとやって貰わないとね。大丈夫かな」

「ノートだけは、よく取るのですが、文章が冗長で何を書いているのか判らぬことも……、もうスペイン語会話集を買ったりして張り切っていますよ」

「弱ったたな。野田君、君からせめて会議の議事録ぐらいキチンととるよう厳命しといてくれよ。スペイン語は要らんから、日本語だけしっかりやれと」

「部長もきついですなあ」と野田は笑顔を見せながらも、林係長をバッチリ大浜部長に押しつけてしまった。

「実際の仕事は、大田と前原にやらせるか」

「そうですね。引合仕様書が順番に出来ますので、出来次第大田と前原を第二、第三陣と順次後から合流させることになるでしょうね」

「ウム、その点は野田君がしっかり監督してくれよ。電気は誰を出すと言ってた？」

「多分進藤係長になると思います」

「彼は出来るか」

「まずまずですね」

「ＯＧ関係は崎山課長か？」

「そうですね」と野田課長。

「昭鉄の桐田さんの件は、明日山口課長に確認とればよいとして、森下建設はどうなる？　沖山君」

「はい。東京に戻り次第、藤田課長と挨拶に行く予定ですが、もう一度岸さんに加わって貰う所存です。土木の方は我々分かりませんですし」

「そうか。頼むよ。これで大体メンバーも決まって来たじゃないか。大西商事も誰か行くのかな、次は」

「平山という課長代理の人が合流すると思います。部長、部長と私だけでも往途ニューヨークに寄って桐田さんと凡その作戦打ち合わせと、桐田さんにお願いする事項を打ち合わせする方がよいと思いますが……」

「そうだね。明日の昭鉄との打ち合わせも踏まえて、そんな段取りにしようか」

「それが良いと思いますね」と野田課長も賛成した。

その後沖山は、昨夜東京で大西商事の古川、平山両課長と話した概要を大浜部長等に話し、最終的にはG社との競争になるであろうこと及び、それが容易ならざる戦いで、現在のところは、未だ見通しが立っていないという感想を話した。

「沖山君、その辺のところは俺も理解しているつもりだ。今一番大切なことは、臆することなく入札書類作成に全力投球しながら、その後の作戦に全智全能を傾けることさ。戦っているうちに勝機も訪れて来るというものだよ。明日の昭鉄の打ち合わせでは、先ず基本的な技術上の疑問点をしっかり解決して、今日決めた方針通り進められるかを確認することが第一だ。当面はそれに集中しようじゃないか」

「そうですね。余り先のことを心配したってしゃあないですね。それより、昭鉄が大阪製鉄所とその転炉工場を計画した時に、基本思想があったと思うのです。例えば、限られた敷地内に建設するとか、原料や製品の総輸送距離を最短にするとか、高速化するとか、或いは総電力消費量を最少化するとか、そんな思想が工場建設に折り込まれている筈です。それを明日山口課長にお願いして、後日その思想を要約して貰おうと思ってるんですが、いかがでしょうか。それでそのまま英訳して仕様書の前文に掲げれば、我々のセールスポイントとして強調出来ると思うんです。即ち、プラントメーカーの計画でなく、製鉄所建設の基本思想を高らかにＰＲしたいのです」

「それは、良いところに気がついたな。それが、今回の設計思想の原点だから、個々の機器の設計が其処に収斂（しゅうれん）して行くわけだ。山口さんには、君から話してみたら、半端な技術屋より却って営業マンの方が頭が軟らかいので、面白い発想が出て来るしな。何れにしても、前文の作成は君の担当だし、君に任せるよ、沖山君。グーッと泣かせるような名文を期待してるぜ」と大浜さんも乗り気になって来たようだ。

沖山としてもホテルに帰ってから考えて纏めようと思っていたが、話をしている中に種々考えが浮かんで来て、明日に備えメモをとってホッと一息ついた。これで安心とばかりにコップに残ったビールを一気に飲み干した。

その三

三人は店を出て、三ノ宮の繁華街の方にブラブラ歩いて行く。沖山には、久し振りに見る神戸の夜のネオンが妙に懐かしく感じられた。そして大きな仕事に参画して、自分の能力を存分に発揮出来る場を与えられていることや、それが極めて創造的な仕事に満ちていることに充実感を感じて、都会の雑踏に身を置くことにも体中で快さを味わっていた。

東門筋の坂を降りて来ると、途中で、

「ヨォッー。えらいご気嫌だな、お揃いで」と突然、業務部で国内の製鉄営業をやっている坂下が、挑戦的に沖山の肩を叩き、更に、大浜部長の方に向かって、

「珍しいじゃないですか。こんな下界へ部長が来られるなんて。お忙しいと承っていたんですが……。野田さん、例の件もよろしく頼みますよ。明日書類を持参しますから」と絡むような口調で、野田と話を始めた。やがて坂下が角を曲がって姿が見えなくなると、

「何だ、アイツは」と大浜部長が舌打ちした。沖山も切角の良い気分が少し害されたと思ったが、野田課長の解説によると、この一カ月、ＳＩＭのプロジェクトが急に、事業部内で脚光を浴び始めるので、自分達が常に製鉄機械営業の主流だと思っていた国内営業の坂下にとっては、面白くないらしい。然も優秀な技術者が次々とプロジェクトの方に取られてしまうので、自分達の仕事にも支障を来すし、その苦情を野田に向かって表現したという事らしい。

「沖山君。これから嫌でも君の動きが目立って来ると、風当たりが強くなる。社内にも良い奴ばかりいる

訳じゃないので、日頃の言動には注意しておいた方が良いようだぜ」と野田課長が忠告してくれた。

「あんな奴等ホットケ、思う存分やったら良いんだ。俺が捌いてやるよ。藤田さんだって十分分かっているしな。ケツの穴の小さい奴等だ、彼奴等は。気分直しにもう一軒行こか」

と大浜は先頭に立って、近くの行きつけの店に勢いよく入って行ったので、二人も後に従った。

思い掛けない野田の解説に、沖山は、自分が自分の視点だけに目を奪われて、周囲の人々の想いに全く配慮が足りなかった事を素直に反省すると同時に、何だッという反発の気持ちが沸き上がって来るのを無理に抑えようともしなかった。

バーのカウンターに坐ると、大浜が、

「マダム、今日はこの二人の洋行帰りの慰労会ってわけさ」

「アラ、何処へ行っていらしたの」

「アルゼンチンは、ブエノスアイレス」

「わあっすてき。羨ましいわ。ブエノスアイレスってどんなところなの」と他の女の子も二人の方に寄って来た。それから暫く、野田と沖山の馬鹿話に花が咲いた。

「アチラの女の子は色が白くてね、全員美人さ。美人ハックメイと言うから八名か九名かと思ったのに全員が美人よ」と野田としては精一杯の冗談を言っている。

「それに女が積極的でね。パレルモ公園という馬鹿デカイ公園があるんだが、夕方には、アチコチでキスシーンさ。それもキスしていると段々女の方が上から被さっていくんだ。手だってこんなだよ」と沖山が

身振り手振りで、濃厚な格好を見せると、

「ワーッスゴイ。ホント？」

「何故かあちらの娘がキスするのってカッコイイんだよ」

「そうね。分かるわ。慣れてるせいかしら」

「情熱があるからだろうな。心が燃えているんだよ。それに自然体だしね。あんなところに独り身で二十日もいたら、たまんないよ」

「アタシ達だって、心は熱いのよ」

「そうか。だから急いで帰って来たのさ。ホントに熱いかどうか試してみようか」

「ウン。試して」と眼玉のクリッとした娘が唇を突き出した。沖山は舌の先でチョッと触ると、

「マダム、彼等は何やってんだ。沖山君は今この店に初めて連れて来たばかりなのに、もう真理チャンとキスしてるぞ。しっかり監督してないと危ないじゃないか」

「そうね。こんな早業は初めてよ。真理チャン、しっかりね」

「そうなの、もうハートを捕られそうなのよ。ところで、アルゼンチンって寒いの？」

「一番南は、南極に近いけど、ブエノスは丁度日本の裏側で、浜松の数十キロ沖が真裏とか言ってたよ。だから気候も日本とほぼ同じさ。但し今は晩秋ということかな」

「ああそうか」

「丁度北極星ぐらいの高さに、南十字星が見えるのよ。アレを見たときは、ちょっと感激したな」

「オオ、南十字星か。そいつはいいいな」と横合いから大浜さんが口をはさむ。

「ブラジル辺りですと、もっと下の方に見えるらしいんですが、ブエノスですと位置が高いし、空気も澄んでいて鮮やかですね。第一、ブエノスアイレスとは良い空気という意味なんですから」

「ああそうか。アイレスはエアーか。なるほど」

「なんか言ってることがカッコイイわね。アチラは何語なの」真理の眼が益々丸くなる。

「『タンゴ』、ハハハ」

「上手いわね、今の八点上げる」

「スペイン語さ」

「じゃ、スペインから来たのかしら、元は」

「いや、一番多いのがイタリー系で、次がスペイン。ドイツ人も結構多いらしいよ」

「タンゴも聴いたでしょ」

「タンゴは、余り流行っていないみたい。今のタンゴは、モダンタンゴで物凄く情熱的で、ちょっと付いて行けないね。それよりサンバが中々いい」

「アラそう。サンバはブラジルじゃないの」

「アルゼンチンのは、スローサンバで、草原の土の臭いがして中々いいみたい。今度行ったらジックリ聴いてみようと思ってるんだ」

「アラ、また行くの？」

「今度は、大浜部長のカバン持ちさ」

「部長サン。アルゼンチンへ行くんですって、お土産買って貰おうかしら。何時行くの。アタシ、カバン持ちじゃダメかしら」

「希望者が沢山いるから、明日一時から選考試験をやるよ、会社で」

「ウソッー」

「選考は、ここに居る野田君と沖山君に任せてあるから、よく聞いておきなさい」

「そうよ。先ず受験料が一万円。試験はクイズ形式で、十問中八問正解以上。最後に身体検査」

「ウアッー。八問正解は厳しいわよ」

「話し合い如何では、答えを教えて上げるよ。だけど身体検査は隈無くやるよ」

「ウァッ、エッチのイジワル。でも受けてみようかしら。ホホホッ」

と上気嫌で皆杯を重ねた。気がつくと大浜さんも角でマダムとヒソヒソ話をしている。

もう一時間以上経ったろうか。頃合いを見て野田と沖山はそっとバーを抜け出した。

第九章　昭鉄の協力

その一

翌日の昭鉄との会議は、予定通り行われ、昭鉄側の協力姿勢が、山中重工側の予想以上に好意的で、細い附属機器の仕様や、建屋設計、操業全般から、レンガの交換、スクラップの投入方法や硫黄分の除去等まで丁寧に教示してくれたのは、大変有難いことだった。

人間の習性とは、面白いもので、今まで何十回も転炉工場に出入りしている山中重工の技術者達も、転炉やOG装置等自分達の専門分野に就いては、各工場の詳細部分に至るまで知識が十分なのに自分達と関係の無かった部分、例えば、クレーンのフックの形状とか、建屋のスパンは何メートルか等とかについては全然見て来たこともなく、全く無知に等しいことが改めて分かって来た。関心のない事は全く目に入っていなかったのである。

昭鉄の好意に依り、来週主たる技術者が、改めて九州と大阪の転炉工場を見学することも決まり、酸素吹錬の操業ばかりでなく、炉体の冷却や、ノロの排出といった、裏作業の部分でも、ジックリ教えて貰うことになった。

会議の終了間際に、沖山は、山口技術課長に本プロジェクトと日本の製鉄所の類似点を挙げて、日本の適合性を強調したPR文を要約してくれるよう依頼した。

即ち、沿岸製鉄所であること、鉄鉱石と石炭を外国から輸入していること、その為に世界中の高品位の鉄鉱石と原料炭を選んでいること。欧州には沿岸製鉄所もなく、低品位の国産の鉄鉱石を使っている為、コスト高になっていること、製品の販売には大都市の消費地を近くに持っていること及び輸出用の岸壁を備えていること等、どれをとっても、このＳＩＭ製鉄所に最適であること等を強調したいのだ。これ等の条件を前提にして日本の製鉄所が建設されている。原料輸入のハンディをカバーする為、高品位原料を買うばかりでなく、製鉄所内の原料、副原料、排滓、半製品、製品の輸送距離をミニマイズする設計があらゆる機器に採用され、また熱のロスも最少限に留める工夫が為されている。それで世界一低い生産コストを達成出来たということを、我々のセールスポイントとして入札仕様書の前文に載せたいのである。

一旦は、「分かりました。書いてみましょう」と引き受けてくれたのに、最後に「それはすべて沖山さんの説明に尽くされているように思うので、そのままご自分でお書き下さいな」と体よく逃げられてしまった。どうもこれは、沖山の作戦負けのようであった。真面目なエンジニア程、具体的に、且つ定量的に説明するのは得意とするが、抽象的な文言や誇張の入った説明文は苦手だ、という習性を見誤ったようである。止むを得ない。多少おこがましいが、沖山は自分で書くより仕方ないと覚悟を決めた。が、山口さんの気分を害したとすれば、早急に直しておかねばならないと思った。

山口課長は、桐田さんと同年輩であり互いに仲の良いライバルでもある。本日の打ち合わせ内容は、桐田氏に漏れなく伝えるが、何分彼も長い間日本を離れているので、昭鉄の日本側の担当として、本日同席した高田氏が準備すべき資料を準備し、次回のア国出張に加わる予定である、と山口氏から大浜部長に申し入れがあった。山中重工としては、もとより大歓迎で昭鉄の熱意に大浜部長から謝意を表した。

昭鉄山口氏としては、将来昭鉄としても国際入札や技術輸出等に本格的に取り組むことを予想している。今回は、その為の経験を積む絶好の機会と位置付け、山中重工の入札に積極的に協力したいとの意志も表明された。

外国勢との競争が激甚であるとの沖山の説明に対し、山口氏は、ドイツやフランス勢にとっても外国に転炉工場全体を建設した経験があるとは聞いてないので、現地の建設工事は日本勢だけが苦手という訳ではなし、工事費は機械の総重量に比例し、その単価は同じなので、日本側の設計と機器コストに競争力があれば、十分戦える筈だ、と逆に激励される始末であった。恐らく昭鉄東京本社の渡辺天皇の意向や河島氏からの連絡がしっかり伝わって、確固たる目的意識を以って、本件に協力する方針が確立しているものと思われた。

実は、昭鉄の内部では、当初東京本社の河島係長からこの話を受けたとき、社内で協力すべきか否か、かなりの激論があったのである。反対派の意見としては、「何故、我々が、山中重工の受注に協力しなければならないのか。それも彼等の風下に立って。昭鉄の技術やノウハウが殆ど無料で流れてしまうじゃないか」と誇り高い昭鉄の社員としては、寧ろ当然の意見であった。特に山口より一年後輩の第二転炉工場長の甲斐が強硬に反対した。

一方、賛成派は、山口直下の高野係長で、「最近、当社にも諸外国から操業指導や、技術研修の話が来るようになったが、正直言って外国向けの仕事はどうやっていいか、さっぱり分からない。言葉だって出来る奴はほんの一握りしかおらん。今後、大きな技術輸出の仕事が来たって、すぐに対応出来ないじゃないですか。仕様書だって英文が書けますか。今回渡辺部長の意向も、先ず経験を積めということじゃないのですか。それに……」

「それに何だ」

「山中重工だって、今までいろいろ我々に協力してくれたじゃないですか。眼の敵にすることもないですよ。これからの時代は寧ろ、機械メーカーと協力して外国で工場を建設して行く時代が案外早く来るんじゃないですか。今始めれば、東海製鉄や横浜鋼管等にだって負けません。若し当社が断れば、山中重工は、他社と組むことになるだけじゃないですか」

更に議論は続き、終始黙って聞いていた山口技術課長が、「私は個人的には賛成なんだが、今日の議論をそのまま渡辺部長に報告することとしたい。結果は部長に一任したいと思うが、異議はありませんか、甲斐工場長」と長時間の激論の収拾を図った。

「結構です。若しやるのであれば、将来テーマを含め目的をはっきりすることと、当社の協力範囲を明確にして欲しいと思います」

山口課長もそれに同意し、後日渡辺部長の最終指示を仰いで、今回の参画が決められたのである。

その二

翌日の会議の為に、どうしても夜行列車で北九州に帰るという山口、高田両氏を汽車の時間待ち、と言っても十分時間はあったが、焼鳥屋のカウンターに誘って、生ビールのジョッキで遠来の客を労った。焼鳥をかじりながら繰り出す沖山の質問に、山口さんは、最近の日本の鉄鋼について、丁寧に語ってくれた。

「我々の先輩達は、つい数年前まで最新の技術を求めて欧米の製鉄所詣を繰り返して来たのはご承知の通りです。欧米の文献を眼を皿の様にして読みあさったものです。この頃は、欧米に出掛けても眼を見張るような技術に出合うことが以前程無くなってしまった気がするのです。特に溶鉱炉は、ソ連を除けば日本が一番大きくなったし、原料もスキップからコンベヤーで連続投入する方式に変わりました。炉頂の技術も世界が注目するようになったのです。それに品位の高い鉄鉱石を選んで買っているので、生産性は文句なしに世界のトップレベルだと思います」

「なるほど」

「製鋼の技術でも、転炉は欧州で開発されたのですが、今では当初採用された頃より格段の進歩で、転炉やOGの技術は勿論のこと、ワンサイクル（鋼の生産に要する一回の時間）が、何処でも三十分以下だし、レンガの寿命もグーンと延びました。見学に来る外国人が皆驚いていますよ。コンピューター制御も進んで品質の安定度でも、平炉に負けないところまで来ました」

「今でも年々向上しているそうですね」

「そうなんです。未だ未だ工夫の余地は沢山あるでしょうし、日本の各社が競って新工場の建設を計画していますし、全く日進月歩と言えるでしょうね」

「圧延関係はいかがですか」

「ホットやコールドストリップがすっかり定着して、今や大型化、高速化、自動制御化が進んで来ましたね。然し溶鉱炉や製鋼等に比べると、未だ欧米に及ばない点もいろいろあるようですよ。殊にコールドミルや仕上げラインの技術は未だ未だアメリカの方が相当上のようですね。歴史の差だからしょうがないですよ」

「自動車用の鋼板とか、メッキの技術ですね」

「そうです。それに連続鋳造とか直接還元とか、未だ未開発の分野も多いですし、そういった新技術の開発では、日本も未だかなり遅れているような気がしますね」

「じゃ、総合的に見るといい勝負ですね」

「そう、漸くほぼ欧米に並んだところかも知れませんね。何れにしても、原料を全部輸入している訳だから、このハンディを克服して行かねばいけないのですが、本当の勝負は、これからでしょうね」

「日本の場合は、昭鉄さんを始め大手各社が全産業の企業ランキングの上位を独占している感じですが、アメリカでは、USスチールといえども、石油各社やGM等の自動車産業、GEや化学会社等よりランクが下ですね。それに年々順位が下がっているような気がしますね」

「その通りですよ。鉄鋼業は、日本ではまさに成長産業ですが、アメリカでは既に斜陽産業のようですね。先日もアメリカの技術者と話してたんですが、彼等が日本の製鉄業を見て一番羨ましがっていたのは、大学のトップクラスのエンジニアが大勢製鉄会社に入社して来ることでした。最近のアメリカでは優秀なエンジニアは、宇宙産業とか、NASAや計算機の会社に入るそうですよ。設備投資とか、新製鉄所の建設とかが殆ど無いので、昔のエンジニアは、コンサルタント会社等に移ってしまったそうですね。

今の日本のように、毎年何本も溶鉱炉が建つというのは、凄いことなのかも知れませんね」

「そう言えば、桐田さんもアメリカの製鉄所には、優秀なエンジニアは余り多くないと言っていましたね。でも自動車のビッグスリーを支えている訳だし、まだまだ底力はあるんじゃないですか」

「そうかも知れませんね。USスチールだって昭鉄の倍以上あるし、何だってアメリカの国も大きいし、考えることのスケールが違いますね。工場や事務所のスペースでも大きいし、あれを見ると我々日本人の発想法じゃとても敵わないと思うことも確かに多いですね。高田君はどう思う?」

とそれまで黙々と焼き鳥をかじりながら、ジョッキを空けていた高田氏に水を向けた。

「そうですね。僕も日本の技術も相当優秀だなあ、と思う反面、発想がいつも貧しいし、コセコセしてスケールが小さい気がするんですよね。

これは日本の宿命で、ヒョッとすると永久に敵わないんじゃないかという気がしますね。今のパブリカは完成された良い車だと言っても、キャデラックとは発想の基本から全く違う訳だし……。そのパブリカでも、我々サラリーマンは中々持てないんだから」

「ハハハ。さっきは、日本の生産性は世界一だなんて景気のよい話をしていたのに、現実の話になるとトタンに淋しくなるな。今日一日男のロマンを語り、これからの夢を語っていたのに、君の一言で急に夢が覚めてしまったようだな」

「それはドウモスミマセンネ」

「矢張り、我々は焼き鳥屋が身分相応ということかな」

「アチラじゃ、大きな肉の塊を丸ごと火で焙って、ナイフで削りながら喰うんですからね。パプリカと焼き鳥じゃ勝負にならないかも知れませんね。ワハハハッ」

「そうだ、高田君、今度アルゼンチンで、軟かい肉の塊を沢山喰って来いや。ワインも旨いらしいから」

「はあ。でも余り太って帰って来ると、また日本でコキ使われてもカナワンですから、程々に」と高田氏は眼鏡の奥で笑いながら、「でも、桐田さんにまた現地で発破かけられそうだな。あの人は手抜きを知らない人だから」と若干斜めに構えたような物言いをした。

「君は桐田さんにタップリ鍛えられた口だな」

「そうなんです、第一転炉工場に移った頃、データの取り方、整理の仕方、問題点の見つけ方等、一から教わりましたね。ワタシの今日あるのも半分くらいは、桐田さんのお蔭なんですよ。本当に鍛えられましたね。不完全だと夜中でもやり直しですよ。許してくれないんですから。でも悔しいけど一〇〇パーセント桐田さんの指摘が正しいんですから、しょうがないんですよ。今思えば、本当に有難いことですね」

「彼も当時は若かったしね。物凄く張り切っていた。オイ、それで残りの半分はオレのお蔭という訳か」

「いや、残りの半分の半分ですね」

「あとは？」

「あとの残りは、赤ちょうちんの焼鳥と焼酎のお蔭ですかね」

「ワハハハッ」

「ほとんど毎晩諸先輩から、仕事の段取りから人生訓まで教わりましたから。この頃やっと身体に滲み込んで来ましたよ」

「そうか。だけど君は他人の倍は飲んでいるから十分元は取ってるんじゃないか」

「沖山さん、聞いて下さいよ。ダイタイ我々の先輩は、戦後の何もないときに青春時代を送ったでしょ。だから安酒を飲むことと草野球ぐらいしか、遊ぶことを知らないんですよ。それに共学でもないから、堅気の女の子とは碌に話をしたこともないんですよ。可哀そうに。だから、毎晩我々若い者を捕まえて、特訓と称して赤ちょうちんに連れて行くのが唯一の生き甲斐だったんですね」

「分かる。分かりますよ、それ」

「分かるでしょ。休みの日だって独身寮で寝てると、起こされて草野球の人集めですよ。自転車にバットとグローブ積んで二人乗りだから大変なんですよ」

「ハハハ」

「私なんかスマートだから、たまにはデートもしたいでしょ。上手く抜け出して博多辺りまで出掛けて、映画でも見て帰って来ると、なんと帰りの汽車の中で先輩とバッタリ逢ったりして、ツイテないんですね。遅いと汽車の便が少ないので、田舎のデートは東京みたいな訳にはいきませんね」

「それでまた、翌日の特訓が大変なんでしょ」

「そう、よく分かりますね」

「分かりますよ。高田さんもいろいろ苦労されましたね」

「そう、隣にいる人も含めて、昔の先輩は皆バイタリティがありましたね。毎日毎日を発散するボルテージがメチャクチャ高いんですよね」

「なるほどね」

「とても口答えや、反対なんか言えたもんじゃないんですよ」

「今でも、そのボルテージを引きずっているんじゃないですか」

「基本的にはそうですね。でも皆、年齢をとったし、家庭を持ったりして、段々丸くなってきたんでしょうね」

第十章　連携プレー

その一

翌日沖山は、東京に帰り、上司の藤田課長に神戸での会議の模様等を報告した。藤田課長は、大浜部長が上手に会議をリードし全員のヤル気を引き出してくれたことや昭鉄の積極的な協力振りを喜んでくれた。次回の第二次派遣チームの入選や、出張前日の大西商事との話の内容も要約して説明すると、満足気に頷いてくれて、沖山もホッとした。

「課長、今日明日の予定は如何ですか」

「何だ」

「森下建設の今回行ってくれた岸さんの上司の常務に挨拶に行って欲しいのです」

「ああそうか。岸さんには次回も行って貰う訳だな」

「そうです。現地の土木工事は、専門家でないと分からんそうです」

「そりゃそうだろう。明日の夕刻以後はつまっているが、それ以外はＯＫだ。アポイントを取ってくれや」

「分かりました」

長身の藤田は、若い頃山中重工の資金部で輸出船の輸銀融資等を担当していたが、後に機械の輸出営業に転じてその草分けとなり、東南アジアの賠償がらみで、セメント機械等の輸出を皮切りに、世界各地を廻り創世期の機械輸出を切り回し、その豪快な人柄と明るい性格から、社内でも人気があり若手の有望株として、将来を期待されていた。

特に極めて明晰な頭脳の持主でありながら、決してそれを表に出そうとはせず、相手の話を常に感心しながら聞き、相手を持ち上げる見事な聞き上手振りが人を魅きつけるのだ。

部下に対しては、決して怒らず仮にミスをしても我慢して、やりたいようにやらせ、責任は俺がとる、という態度であった。

沖山が一度、「課長は何故、部下のやり方が間違っているときでも、そうかと、そのままやらせるのですか」と聞いたことがある。

「誤りというのは、幾ら口で説明しても、本人が失敗して体験しなけりゃ、本当には解らないものさ」と藤田に言われ、その忍耐強さにいたく感心した記憶がある。

「それに、人間は失敗するとその倍くらい伸びるもんなんだよ。中にはそうでないのもいるがね」

こんなところが、藤田に抜群の人望がある理由かも知れなかった。

然し、沖山を含め部下にとっては、何も指摘されず、すべてを見通した上で黙って仕事振りを常に観察され、評価されることは、最も恐いことでもあった。

若手が遅くまで残業していたりすると、銀座のバーから電話を掛けて来て、「もう仕事を切り上げて、こっちに合流せいや」と誘ってくれ、それとなく大手商社の部課長に若手を紹介してくれたりする。顔の広さもまた抜群で、そして何処へ行っても、皆に一目置かれているようでもあった。沖山も今回の仕事を通じて、一流の国際ビジネスマンとは、斯くあるべしという姿を無言のうちに、この藤田から教わって行くことになる。

　その日の午後三時、神田の森下建設の立派な応接室に通された藤田と沖山は、暫くの間岸さんに今回の出張の礼を述べ、その後の状況を話した。次回の出張の話は、本日山中重工より、森下常務に直接正式に依頼してくれとの意向であった。

　沖山は、本日の訪問で、森下建設の本件に対する意欲の程、単に昭鉄に対する義理で行っているのか、積極姿勢なのかを探る心積りであった。その他にも出来れば、海外業務の比率、取り組み方、常務の社内での発言力、岸さんの社内の立場等を理解しておくことが、いざという時の判断の助けになると思っていた。

　暫くして、森下常務が入って来て名刺交換が終わると、

「イヤー。岸君から報告は聞いております。山中重工さんが如何に国際ビジネスに積極的に取り組んでいるか、と岸君が感心して言うのですよ。特に神戸に打ち合わせに伺っても、とにかく若手が活気があって、シッカリしていると。ウチの会社も見習わないと……。と突き上げられているんですよ、いつも」

「いえ、ウチも未だ馳け出しで、確かに若手に意欲を持たせるには、海外の仕事は宜しいんですが、中々利益に結びつくところまで行きません。下手すると道楽仕事になってしまいます。その点森下さんのように堅実に成果を挙げられている会社が羨ましいですよ」

　こんなやりとりの後、小一時間ほど殆ど雑談のような雰囲気で、藤田課長が、相手の常務より格下であ

るにも拘らず、雑談を通じて完全に相手を魅了してしまったようである。それも殆ど馬鹿話や、自分の失敗談ばかりで笑わせて、最後には、常務も藤田に心を許してしまうようなところがあった。

驚いたことに、話が終わってみると、沖山の識りたかったことは、全て知らぬうちに相手から聞き出してしまっている。全く手品のような見事な話術であった。


帰りの車の中で、藤田は沖山に、「あの森下常務はいざという時に決断出来るか、怪しいな。その上の専務というのが決定権があるようだな。そのうち、ウチの専務と、森下の専務を入れてゴルフでもやって貰っておいた方が良いかも知れないぜ」

「ハイ、分かりました。岸さんとも相談しておきます」

「それから、岸さんな、森下の社内でも彼の立場を十分理解している人が少ないから、常に我々がバックアップしてやる方がよい」

「そうですね」

「部長というのが出張中だそうだが、帰って来たら、教えてくれ。俺が挨拶に行っておくから」

「恐れ入ります」

「まずまず上手く行って、何よりだ」

社に帰って出張精算をしていると、向かいの同僚の中田が、

「沖山さんよ。お前さんも忙しくなって来たな。超大型プロジェクトだから、何かと大変だろ。何か手伝

えることがあったら、遠慮なく言えよ。尤も俺も大したことが出来るわけじゃないけど」

「サンキュー、少し前に進み出したけどね。かなり大型混成チームになるから、そのマネージャー見習いってとこかな。

　慣れないんで、時々緊張したり、考え過ぎたりするんで、中田さん、時々馬鹿話や息抜きに附き合って下さいよ」

「ウン、少し肩の力が入り過ぎているかも知れんな。ヨシ、息抜きなら、任しといて」

「アラ、息抜きならアタシも入れてよ」

　と横に居た岡田嬢が割り込んで来た。

「沖山サン、森下建設の岸さんが戻って来たら電話下さいって。それと大西商事の平山さんも」

「それじゃ、生ビールはあとにして、下でコーヒーにケーキ付きでどうだ」

「アラ、嬉しいじゃない」

「電話が終わったらすぐ行くから、先に行っててよ」

「この頃の沖山さん、まるで仕事一途みたいね。いつもの駄洒落が出ないじゃない。じゃすぐ来てよ」

　と中田と岡田嬢が出て行った。

「そうか、駄洒落も出ないか。余裕がないんだな、国際ビジネスマンは、ユーモアとエスプリのセンスを忘れちゃいけないな、少し息抜きが必要なんだ」

　と沖山はサボル口実を見つけて、手早く電話を終えて、下の喫茶店ジルバに急いだ。

「沖山さん。イイ話」と沖山が席に着くなり中田が切り出した。

「ナニ」

「藤田課長が大分君を褒めていたぞ」

「何だって」

「昨日企画の井口さんと話しているのを偶然聞いたんだけど、オマエの事、『アイツは中々やるよ。モノになりそうだよ』と言ってたぞ」

「そうか。何でだろう」

「何でも、ブエノスで大西商事とは別にイトメンとお前何かやってるだろ」

「ウン」

「『こんなことをドンドン考えてやる奴は、本当の営業向きなんだよ』とあの藤田さんが、嬉しそうに話していたぜ」

「そうか。課長のことだから、君に聞こえているのを承知で話してたんじゃないか」

「アラ、それはどういうこと」

「中田さん経由で俺の耳に入ることをお見通しということ」

「アラ、もっと素直に喜んだら」

「何れにしても、悪い話じゃないじゃないか」

「そりゃ、そうかも知れないな」

「何だ、もっと嬉しそうな顔すると思ったのに」

「そうよ」

「ソリャ、嬉しいさ」と沖山はニヤリと笑った。

「今日は、いやに落ち着いてるじゃない。何かあったの？」

「勿論褒められるのは嬉しいけど、こうやって漸く自分の出番が来て、思う存分全力投球出来ることがもっと嬉しいのさ。高校野球と同じよ」

「そりゃ、そうだね」

「明日は休暇がとれそうなので、久し振りに子供を連れて江の島にでも行って来ようと思ってるんだ」

「ウン、そりゃイイ。出張してると子供に逢いたくなるだろ。あれが一番辛いよな」

「小さいうちは、ちょっと見ないと成長してるしね」

「ワアッ。国際舞台で飛び廻っている格好良い男どもも、家庭を持つと全く小市民そのものね！」

「そうなんだ。外で幾らイイ格好したって、いつも大船で降りてバスに乗って社宅に帰りながら、痛切に思うよ。全くの小市民なんだよ。存外我々小市民が日本経済を支えてんのかなあと思ったりするんだ」

「そして帰って黙々とビールを飲みながら、ナイターを見て一喜一憂する。ジスイズ小市民、平均的なサラリーマンさ」

その二

神戸の山中重工製鉄機械設計部では、ＳＩＭ設計チームは野田を中心に、機器設計作業の最盛期に入っていた。

先ず主要機器の骨格が決まり、その周辺機器と共にレイアウト、寸法、重量等が決まって行く、そして必要な附属機器すべての能力、容量、材質、構造の基本事項を決めて、或るものは自社で、殆どのものは、各専門メーカーに引合いを出す。

競争力のあるコストを入手する為に、各機器を最低二〜三社に引合いを出す。各メーカーは、その基本仕様に従って設計して、見積りを決められた期日までに山中重工に提出する運びとなる。

機器の数だけでも七、八十あるから、設計チームの中で五人で分担しても、一人十五機種、平均三社として四十五社の計画設計書と見積書をチェックせねばならない。

各メーカーは、機器の運転状況や、具体的なレイアウト等不明な個所を、次々に設計チームの担当者に聞いて来るし、必要に応じて打ち合わせを行う。

その時点で解決出来ぬことや、他の機器の設計を得たねば決められぬことも出て来る。これ等を調整したり、見切り発車させたりする指示は、課長がやらねばならない。

野田は初めて経験することも多く、分からぬ点も多々生じて来る。不思議なもので、部下の係長や担当者も、それを承知していると見えて、分らぬこと、決定出来そうもないことは、聞いて来ない。自分達で決めているらしい。

一方建屋の設計や電気機器、配電配線関係は、これ等の機器設計からの数値を待って設計を開始するのが本当だが、それを待っていてはとても間に合わない。

トランスの容量でも、電気室のスペースでもどんどん決めて行かねばならぬ。建屋の柱のスパンや位置、寸法も適当に決めて、後日修正するしかない。

そこに各社の経験とノウハウが物を言って来るのだ。

設計チームの全員が眼の色を変えて、必死に作業を行っている。将に戦争状態だ。一つの技術打合を終えると、一時間も前から待たせている次のメーカーの技術者との打ち合わせをこなさねばならない。それも皆東京や遠隔地から出張で来ている。

その日の打ち合わせを終えると何時も、六時を過ぎてしまう。各自が自分の席で打ち合わせの整理を行い、自身の仕事を始めるのはそれからだ。自分の担当する機器の寸法や馬力等を整理して、関係者に連絡せねばならぬし、他の部課からも必要な数値を受けとらねばならぬ。

従って、毎日の残業が十時十一時になってしまう。それでも仕事は溜まることはあっても、奇麗に捌けることはない。

係長の大田や、担当の前原も次のア国への出張の準備に余念がない。今回の引合い仕様書と図面も、将来の修正を覚悟して、殆どの数値は想定で入れたり、営業の沖山等が入手した、昭鉄の図面を流用したりして作っている。皆、二十代から三十そこそこの若武者で、周囲の熱気に煽られて、頑張っている。

その中で、大田係長は、他部門との調整やメーカーからの数値の遅れ、誤り等に連日悩まされて、電気設計や工務課の連中と口角泡を飛ばしてやり合っている。少し疲れてイライラが溜まって来たのかも知れない。

一方の前原は、シャープな頭脳の持ち主で、今の時点で余り細い数値に一喜一憂しても始まらない。それに今正確な数字を入れたところで、今後客先の希望や操業条件の変更で相当の部分は変更せざるを得ないのだから、今は想定した数値を入れて、後日シッカリ修正すればよい、と鷹揚に構えていた。

この気持ちの持ちようのチョットした違いでそれぞれの忙しさが大幅に変わって来るから不思議である。

前原は悠然と仕事をやっており、それ程忙しそうでもない。然し仕事振りはキチンとしていた。上司に依っては、その鷹揚さが誤解されて評価されないこともあったが、最近ではその能力の評価がようやく定着して、重要な仕事を任されるようになって来た。要領が良いと言うのか、何時も八時前には仕事を終えて帰ってしまう。それでも同僚の五割増の仕事を捌いている。

もう一人、林係長は本人がその気になっているので、次のア国出張に大浜部長に同行することになっている。彼は数年前造船の設計から変わって来たので細い設計技術には、未だ精通していない。現在専ら、製鉄所や他メーカーから基本資料の収集にあたっている。たとえ、細かい技術に明るくなくても、この種のプラント建設では、取纏め業務や他部門との折衝、人員の確保を始め沢山の仕事で能力を発揮する機会がある。彼としては、これからの業務を通じて、どの分野で能力を発揮するか真価を問われている季節かも知れない。

三人とも、プラントとして転炉工場の機械設計を担当するのは初めてで、それが泣き所であったが、今週始め昭鉄の好意で、九州と大阪の二つの転炉工場を操業を含めてジックリ見学して来たので、一応のレベルの処まで習得出来たようである。吸収する能力も個人差はあるが、今回はその気になって観察したので、今まで知識のなかった個所や疑問点の殆どが埋められて来たようである。

野田はこの三人を含めて、現在八内至十名の陣容でスペック（仕様書）を完成させる予定である。皆思いの外頑張っているので、何とか目途がつきそうだとホッとしている。

課長として部下を見ると、このプロジェクトを通じて、係長を含めた全員の能力や欠点が焙り出しのように出て来ることを予感している。部下の適性を見極めて、適性配置を行い、将来有効に活用したいものだと、密かに考えている。

多少趣旨は異なるが、次の出張に林係長を部長に同行させれば、あの評価の厳しい部長が、何等かの判断を下すかも知れぬし、或いは、あののんびりした性格が思わぬところで長所を発揮するようなことも考えられる。今回は、また営業の沖山も同行することだし、特に心配もないだろう、と野田は考えていた。

それより、毎日遅くまで頑張っている若手が身体をこわさぬよう、気を配る必要がある。それに、本当に困るような問題にぶつかって彼等が立往生していないかを見ることにした。その為に彼もまた十時頃まで帰れぬ日が続く。

そして肉体的には多少辛いが、若手技術者との仕事上のやり取りを通じて、時折意気の上るチームプレイの素晴らしさを存分に味わうことが出来た。

仕様書完成の時点で彼等と打上げ会をやって、ストレスを一気に発散させた方がよいと思い、その費用捻出の可能性がないかどうか、机の引出しより予算書を取り出して考えてみた。

第十一章　第二次調査団

その一

七月十六日の午後、沖山は大阪空港から乗り継いで来た設計の大浜部長、林係長と羽田で合流し、ニューヨーク行きのパンアメリカン機に乗り込んだ。

書類が出来次第持って来る後続部隊とは、ブエノスアイレスで合流することとし、ニューヨークで、昭鉄桐田氏との事前打ち合わせとケメコ社に入札の挨拶をする為、三人だけが先行出発してニューヨークに立ち寄ることになったのである。

ボーイング七〇七機の機内は、比較的空いており、途中給油で寄るフェアバンクスまでは、十分寝て行けそうである。

林も沖山も、連日の残業等に疲れており、機内の夕方を待ち兼ねて、ワインを飲みそして食事が終わるや否や、そのまま死んだように眠り込んでしまった。

大浜は、年齢のせいか若い者のように簡単には眠れず、アレコレと考えながら窓の外を眺めていた。

そういえば、今頃の時刻にアメリカがアポロ十一号を初めて月に向かって飛ばす予定になっている。出掛けに下の娘が、同じ頃アポロが発射されて、空中でぶつからないかしら、と心配していたのを想い出していた。

「それにしても変ね。月へ行くロケットが一週間程で帰って来るのに、アルゼンチンだと二週間以上しないと帰れないなんて、月より遠いみたいね」

大浜は返答に困って、

「ウン、アルゼンチンの方がチョット遠いのかも知れないよ。何しろ裏の方へ行かねばならないしね」

そんな会話を思い出して、星空に月をさがしていた。


一行がニューヨークに着くと、その日は、テレビと言い、新聞と言い、人類初の月ロケットの発射で湧き返っていた。アメリカ人は誰もが、明るい顔で目を潤ませてその素晴らしさに酔っているようであった。ニューヨークタイムスの一面に載ったロケット発射を目で追っている婦人の顔がそれを象徴しているようだった。

三人は「これこそ人類のロマンだな」と歴史に残るこの一瞬にニューヨークにいることに何か興奮を覚えるのであった。

「矢張りアメリカは凄いな、この底力、この明るさ、未だ未だ前途も洋々たる気がしますね」

と林が市内に向かうリムジンの中で大浜に向って言った。

「そうだね。これは科学者にとっても矢張り画期的な大事業だろうね」

「そうですね。古来からの人類の夢を初めて実現した訳ですから、アメリカ人も久し振りに溜飲が下ったんじゃないですか。これで一歩またソ連をリードしたという事でしょうね。

「そうだろうね」

「それにしても皆嬉しそうですね、こんなに底抜けに明るい顔なんて久し振りですね。これでアメリカもまた、自信を取り戻した気がしますね」

「本当に月に上陸出来るんでしょうかね」

「あれだけはっきり予定を報道させているってことは、余程自信があるんだろうよ」

「仮に上陸出来なくったって、月を往復して無事に帰って来るだけでも、物凄い世界新記録ですよね」

「日本の造船業や鉄鋼業が頑張っても、アメリカの宇宙技術に比べると、太陽の前の星屑みたいですね。ちょっとまだまだ実力が違い過ぎるかな」

「我々の仕事もかなり雄大だと思っていましたが、チョット出鼻を挫かれたかな」

「いや、そんなことないですよ、人類初と比べる方がおかしいんで、ＳＩＭだって十分男のロマンじゃないですか」

三人がレキシントンホテルにチェックインすると、もう六時であった。


翌朝九時少し前に沖山がロビーに降りて行くと、もう大浜部長が待っていた。

「おはようございます」

「おはよう。よく眠れたかい」

「お蔭様で七時までグッスリ」

「メシは？」

「食べました」

「さすがだな。ボクは四時前から眼が開いて、ずっと本を読んでたよ。腹が減ったので朝一番に喰いに降りたよ」

「林さんは？」

「まだだ。アイツは悠然としてるからな、いつも。ＯＳＫはここから近いのかい」

「筋向かいですから歩いて二、三分です」

今日は九時過ぎに大西商事に挨拶に行き、その脚で、昭鉄に廻り桐田さんと打ち合わせることになっている。

「部長、ベコールからＯＫの返事が来たそうですね」

「そうそう。彼等は元々自分で出る力もないし、ＯＫしてくれるとは思っていたが、一応正式の手続きを踏んでおかないとね」

山中重工の転炉は、今では全く独自の技術で数段改良されていたが、元はアメリカのベコール社から技術導入したものだ。従って南米に販売するときは、形式上彼等の同意が必要なのだ。

「遅いな、林は」

九時を五分過ぎて、気の短い大浜は早くもイライラして来た。自分の部下であるだけに示しがつかないと思っている。更に五分が過ぎて、もう我慢がならんという顔で、

「沖山君、先に行こう、林に電話して来てくれや。先方を待たせる訳にも行かんだろう」

「ハイ」

と言って、ロビーの片隅から林の部屋に電話を入れた。電話に出た林は、すっかり寝過ごしたようで、大慌ての様子であった。

沖山は、ＯＳＫへの挨拶を終えて昭鉄に廻るので、林係長には用意が出来たら昭鉄に直接行くよう、道順と電話番号を教えた。

ロビーに戻って来ると、大浜が、

「林君はおったかね」

「未だ寝てたようです」

「ショウガネエヤツダナ。先に行こうか」

「ハイ。後で直接昭鉄に来るよう言いました」

「全くショウモナイ奴だ」

「今までの疲れが出たんでしょう」

二人は、すぐ大西商事の事務所に行き、芝田課長代理に挨拶の後、アメリカでの情報収集の結果を聴いた。それによると溶鉱炉と転炉部門では、アメリカからは応札する会社は無い。厚板の圧延機は一～二社が応札する模様。コンサルタントのアームコスチールでは、本件の主力メンバーは、現在ＳＩＭにて実際の業務を行っているので、質疑はすべて向こうで行ってくれとのこと。入札後の書類審査では、一部アメリカにて行うかも知れぬが主たる業務は、サンニコラスで行う由。

それが確認出来たので、山中チームとしては、アメリカでの活動は一切不要と見て、戦線をアルゼンチンに絞ることで、三人の意見が一致した。

二人は大西商事を辞して、すぐ昭鉄に廻った。パークアヴェニューの摩天楼のビルから出る冷房の暑い排熱と、ビルの合間から真夏の陽差しを受け、僅か二ブロック、五分の間に二人は汗ビッショリとなって、昭鉄のあるビルに逃げ込んだ。

受付で来意を告げ、応接室に通されて待っている間もなく、桐田さんが勢いよく入って来た。

「やあ、沖山さん、しばらく。ご苦労さんです」

「いやあ、こちらこそ、その節は勝手なことばかり言わせて貰って、お元気そうですね。早速、ウチの大浜部長を紹介致します」

「初めまして、大浜です。この度は大変ご無理をお願い致しまして」

「初めまして、桐田です。イヤッこちらこそ大変面白そうな仕事に参画させて貰って、喜んでいるんですよ」

暫し、雑談やアームコスチールでのOG装置の運転指導やその後の操業状況の話に、話がはずんだ。

アームコの現場の技術者も中々よく働き、操業も今のところ順調に進んでいる模様で、先ずは一安心とのことである。桐田さんの話では、ホワイトカラーのエンジニアは、優秀な人も中にはいるが、日本に比べると層が薄いのと、年齢層が高いし、余り現場に出たがらぬ傾向が問題だとの事であった。

桐田さん自身に対しても、五、六倍のサラリーで引抜きの誘いが掛かり、困っているとの事であった。

アメリカではエンジニアの分業がはっきりしており、桐田さんのように、機械が判り、各機器の試運転指導から工場全体の操業生産まで出来る人は居らず、オールマイティだ、とトップの幹部からも熱心に誘われているとの話であった。

沖山は、林が来るまで時間を繋ぐつもりで、いろいろ話を引き出していたが、同じ思いの大浜もシビレを切らしたとみえ、ＳＩＭプロジェクトの話に入った。

先ず、今回山中重工が応札する計画案の基本的な考え方と各機器の配置に就き、大浜部長より説明した。また、そこに至るまでの経過や昭鉄山口課長以下の助言等を採り入れた経緯等についても説明し、桐田氏も満足気に頷いた。

次に沖山が、その後の営業状況を簡単に解説し、今回のブエノス出張チームのメンバーと各自の役割、スケジュール等を説明した。

「以上ですが、東京の河島さんからもご連絡が入っていると思いますが、今回高田さんに参加して頂けるようですね。桐田さんは何時ご出発ですか」

「そうです。高田君がお宅の山さん等と月曜にニューヨークに入るので、その夜のＰＡで一緒に行きます。もう切符も手配してあります」

「火曜日の朝着ですね。ブエノス空港でお待ちしていますよ。もう少し寒いかも知れないので、長袖、セーター、コート等をお忘れなく」

「ああそうか。良い事を言ってくれました。何となく夏のつもりでしたが、アチラは冬ですね」

「向こうへ着いてからの凡その予定については……」

と言いかけたところへ、林が書類の入った大きなショルダーバッグを担いで、汗を拭き拭き入って来た。

「スイマセン」

「オイッ、お前何してたんだ」

「すっかり寝坊しまして……」

「まあいいや、後で少し油を縛るから、覚悟しておけよ。それより林君、現地での役割分担表とスケジュール表があるだろ」

「ハイ、あります」

「それで君から桐田さんに説明してくれよ」

「ハイ、桐田さんですか、初めまして設計の林です。本日は大変失礼致しました」

二人のやり取りを呆気にとられて見ていた桐田氏もニッコリ笑って、

「桐田です。確か三人と承っていたのに、二人しかお見えにならないし、私の聞き違いかな、と思っていたんです。どこか具合が悪いところはありませんか？」

「ハイ、頭を除いては何ともありません」

「ハハハ。それが問題だな。風邪なら薬で治るのに……」と大浜も少し安心したようだ。

林係長は、汗を拭き拭きカバンの中を掻き回しているが、中々スケジュール表が出て来ない。

「オカシイナ。ホテルに忘れて来たかな」

とブツブツ言っている。

大浜がまたイライラし始めているが、ジッと我慢をして待っている。沖山は止むなく話題を変える意味で、持参した土産、真空パックした魚の干物を桐田さんに渡したりした。

漸くスケジュール表を見つけ出した林係長が桐田さんにそれを渡して説明を始めた。

一通り説明が終わったところで
「実際には、大西商事が現地でこれをベースに客先や現地業者のアポイントを取っていますので、若干変わると思いますが……」

桐田氏は、スケジュール表を見て、頷きながら、役割分担表の方に眼を移す。

そこで、大浜はすかさず、現地でのＳＩＭ製鉄所見学に引き続き、今回の山中重工案の概要と操業面に重点を置いた、特徴、利点等の対客先説明を桐田さんにやって貰うべく丁重に依頼した。

大浜の今回の昭鉄ニューヨーク訪問の目的は、本件を桐田氏に正式にお願いすることであった。

桐田氏ももとより、自分の役割とア国出張の目的を十分理解していたので、

「ハイ、承知致しました。責任重大ですね。精一杯やらせて貰います」

とニッコリ笑って立ち上がり、大浜と握手を交わした。そして、

「少し、時間を下さい」

と言って、林が手渡した計画書と、昭鉄本社より直接連絡のあった資料とを照合しながら、

「ウム、なるほど……」

と頷き、胸のポケットから計算尺を取り出して、幾つかの数値をチェックし始めた。

十分程計画書と図面を睨んで、

「概ね分かりました。二、三疑問点もありますが、コレをベースに現地で説明させて戴きます」

「そうですか。それではよろしくお願い致します」

との大浜の言葉に沖山も一緒に頭を下げた。

「大阪の第一工場建設の時に、計画案を重役会で説明させられましてね、アノ時はドキドキしましたね」

と想い出すように一呼吸おいて、

「その時の説明用に作った立派な資料が残ってる筈なんですよ。今度高田君にそれを持参するよう言ってあるので、それがあれば、今回殆ど流用出来るので、完璧ですよ」

「そうですか。そりゃ有難いですね。それにしても重役会での説明は大変でしたでしょう」

「そうなんですよ。私共計画者としても必死なんですが、百億からの金を使う訳だし、生産性やコスト等経営の根幹に係わるので、重役さんも必死なんですよ」

「そうでしょうね」

「皆、明晰な頭脳の持主だし、紳士なので言葉は軟らかいんですが、次々に鋭い質問が飛んで来るので、生きた心持ちがしませんでした。朝九時に始まって、夕方五時過ぎに漸く条件付き、若干修正つきでＯＫが出たときは、身体中の力が抜けたようでした」

「説明は桐田さんお一人ですか」

「いや、隣に部長も坐るのですが、これは課長がやることになっているんです。一種の課長の品評会も兼ねているんじゃないですか」

「そりゃ大変ですね」

「計画の緻密さ、理論の構成と資料の準備、それに技術の先進性と言うか、他社より一歩先んじた技術の採用等が全部求められるんですよ」

「なるほど、先日高田さんが桐田さんに厳しく鍛えられて大変だった、と言われたのは、その当時ですね」

「アイツがそう言ってましたか。ハハハ」

「『今回も久し振りにまた鍛えられそう』と言ってましたよ。『何しろ中途半端じゃ絶対許してくれないんだから』と」

「アイツは腹が坐ってるから、少々鍛えたって応えないんですよ。そうですか、あの頃を想い出すなあ」

と遠くを見るような目付きで、些か感慨に耽っているようであった。


昼になったので、桐田氏が予約しておいてくれたクラブ風のアメリカ式レストランに案内された。品の良い格式の高そうな店であった。

話題は、専ら月ロケットアポロ十一号であった。桐田氏も一技術者として、製鉄所の技術者のレベルには若干疑問を抱いていたようであったが、今回の月ロケット打上げを見て、改めてアメリカの底力を嫌と言う程見せ付けられましたと、少々興奮気味に感想を語ってくれた。

「今回、実際月に上陸して、無事に帰還出来たら、またアメリカ人は自信を取り戻すでしょうね」

「いや、もう発射と同時に自信を取り戻してますよ」

「そうですね。そのインパクトは大きいですね。ソ連に対してだって、逆転満塁ホームランですよ」

「昨日今日とアメリカ人の眼が輝いていますよね。こんなアメリカ人の顔見たの初めてですよ。皆本当に嬉しそうですね」

「技術的にも、頭が下がりますね、すべて堂々と成功するんですから、素晴らしいですね」

「帰りだって成層圏から地球に降りて下る時の熱計算や断熱材だって、計算通り行くんですかね。無事地球に着陸するまでは、予断を許しませんよ」

「ハラハラドキドキですね」


昼食が終わってコーヒーを飲みながらも、話がはずんだ。

午後から再び昭鉄に戻り、ＳＩＭ計画書の技術上の詳細部分に就き打ち合わせを行った。

桐田氏より幾つかの質問と助言があった。三時過ぎに打ち合わせを終え、桐田氏とはブエノスアイレスでの再会を約し、別れた。


一行は、山中重工のニューヨーク事務所を表敬訪問した。ニューヨーク事務所は、所長を含め日本からの派遣社員が五、六人居るが、殆ど造船事業部の仕事と経理関係で、プラント関係の駐在員はいない。造船関係以外の出張者は、通常大手商社に世話になるか、独自で勝手に行動するのが常である。然し、ホテルや飛行機の予約を依頼したり、デスクワークに事務所を利用したり、日本とのテレックスの交信等を依頼することも多い。何しろアメリカは広いので、各地の出張先からの連絡窓口になったり、時には出張者達の溜り場になったりする。

一行が顔を出すと、所長は留守であったが、大浜部長と同期入社の原動機設計部長の村木が、丁度神戸から出張中で、部屋の隅のドラフターで何やら図面を書いていた。

ヒョッと顔を上げた拍子に大浜と眼が合って、

「ヨォーッ、久し振り。何時来たんだ。日本でも中々逢わないのに、こんなところで逢うとは」

「昨日着いたんだ。ところでお前、図面なんか書けるのか。お前が図面書いてるの、初めて見たぞ」

「バッカイエ。俺は元々図面は上手いんだぜ、但し、もう二十年近く書いてないから、四苦八苦してるわ。今日客先との打ち合わせで、少しスペックが変わったので、仕方なく書いてるんだ。若手がいないんでね。こんなところで図面を書く羽目になるとは思わなかったぜ。ハハハ。

ところでお前は、何しに来た？」

「例のシムの件さ。先程昭鉄と打ち合わせして、明日の夜行でアルゼンチンへ行く途中さ」

「アルゼンチンか。面白そうだな。この頃、漸くプラント輸出も活発になって来たようだな。シムとは転炉プラントの国際入札の話か」

「そう。これからは忙しくなりそうだよ。えーと、コレがウチの林係長、輸出営業の沖山君だ」

「オーッ、あちらでコーヒーでも飲もうか。俺も一休みしよう。シムの話でも聞かせて貰おうか」

と四人は、応接室に入った。村木の求めに応じて、大浜が今回の入札の概要を一通り説明した。

村木は、時々短い質問をしながら、熱心に大浜の説明を聞いていた。そして、

「中々面白そうだな、スケールが大きいし、地球の裏側だし、競争も激しそうだし、取れたら凄いぜ」

と羨ましそうに大浜に言った。

「そうなんだ。取れたら、お前のところにも何か頼みに行くかも知れんが、その時は頼むよ」

「ああ。取れれば、何とかなるさ、とにかく折角のチャンスだから頑張れよ」

「ウン」

「だけど、この分野では、勿論専門のエンジニアが要るだろうが、総括の責任者としては、寧ろ取り纏め屋だな、技術屋としては、取り纏め能力が要求されるだろうな。存外、お前のような雑い頭の方が向いているかも知れんよ」

「アホ。経営者とか、総理大臣とかは、専門知識だけじゃ駄目なんだよ。広い視野と先見性と決断力さ」

「それもそうだが、我々部長クラスはな、官房長官や秘書がいる訳じゃないんだから、問題の正しい理解力と雑務処理能力も要求されるだろうよ」

「俺みたいに、雑務能力だけじゃ駄目かな」

「却って何も知らないことが、武器になることだってあるさ。何れにしても、この種の仕事は、話を聞いただけでもスカッとするな」

「ウン。若しかすると、これからプラント輸出の時代が来るかも知れないよ。そんな気がするんだ。中進国や途上国が、どこもみな争って、工業化だろ。これに世銀や輸銀のファイナンスが付けば、この種のプロジェクトがアチコチで計画されることは、間違いなさそうな気がするんだ」

「そうだね。確かに当分戦争もなさそうだし、東南アジア、中南米もそうだし、中近東やアフリカでも、一次産品だけじゃなく、工業化して自国で産業を起こすことが国是みたいなものだからね」

「農業関係でも肥料プラントだってあるし、石油プラントや化学プラントも先進国の設備投資が一段落する前に、中近東では既に始まっているしね」

「そうか。これからはプラント輸出の時代か。俺みたいにタービンだけ造っていてもタカが知れているしね」

と突然、村木は沖山の方に向かって、

「君は、プラント輸出部だろ、どう思う」

と意見を促された。

「ハア。日本でも二、三のエンジニアリング専門会社は、既にその種のプラント建設を積極的に始めていますし、中近東では、欧米各社が石油プラントの他、海水淡水化装置等、相当大きな設備を建設していま す。窯業関係では、当社も東南アジアの賠償がらみで幾つか、輸出しています。今回製鉄所建設での本格的な国際入札は、初めてですから、この分野では、今後大型案件の入札が行われる可能性も大きいと思います。その点で、今は正に黎明期と捕らえており、今回の経験を活かして、早急に実力アップと体制固めを図って、来るべきプラント時代に備える必要があると存じます」

「なるほど、シッカリ考えているじゃないか。君は藤田君の下か」

「ハイ。そうです」

「確かに、これからは、君達の時代が来るかも知れないね」

「ハイ。未来は、バラ色だと思っています」

「林君はどうだ」

「ハァ、私は、今回このプロジェクトに引っ張り出されて、ビックリしているんです。製鉄設計に変わって未だ四年ですが、製鉄機械の概要が漸く、分かって来たところで、これから小さな機械でもシコシコとやろうと思っていたところなんです。それに、当社もこんなプラントがやれるなって思ってもみなかったのです。ですから、大袈裟に言えば、この仕事に加わって、私の人生が変わるかも知れないな、と感じたりしてるんです」

「フーン、なるほどね。でも人生が変わるとは、チト大袈裟だな」

「イヤ、現にこうして、ニューヨークにいて、明日アルゼンチンに行く訳ですから。つい数カ月前まで、私が一生のうちアルゼンチンに行くなんて、夢にも思っていませんでしたよ」

「ハハハ。それもそうだな。人生なんてそんなもんだよ」

皆それぞれの思いで、このプロジェクトに参加しているようだ。それはそれとして、小さなせせらぎが、あちこちの流れを抱き込んで、次第に水量を増して本格的な川の流れになって行くようだ。

来週からのアルゼンチン第二次調査団の仕事が始まると、川の流れは一層勢いを増して行くであろう。果たして最後は、ブエノスアイレスから見るラプラタ川のように、銀色の雄大な流れになって行くであろうか。

その二

初冬のブエノスアイレス空港の朝は、一層殺風景に見えたが、それ程寒くもなく、少し冷んやりした空気が心地よく感じられた。

二日前に東京から先着した大西商事の平山氏が、現地の斎藤氏を伴って、三人を出迎えに来ていた。沖山は、同行の二人を紹介して、挨拶を済ませ、全員ホテルへ向かった。大浜と林は初めて見るブエノス郊外の景気を興味深げに眺めて、時々斎藤氏の説明を受けている。

「南半球も余り北半球と変わりませんね」

と林が、ややトンチンカンな話をしている。車が市街地に入って来ると、ジャカランダ並木の広い道路や、立派なビルが建ち並んでいる景色に、二人は少し驚いている様子である。

一方沖山は、凡そ一カ月振りに見る風景が妙に懐かしく感じられ、前回滞在したときの出来事を想い出しながら、窓の外を眺めていた。

前回と同じホテルサセックスに旅装を解いた三人は、一休みして早速大西商事に出向いた。土曜日の為に事務所も閉まっており、平山さんが鍵を開けてくれた。

応接室に通され、壁に掛けてある大きな南アメリカ大陸の地図を眺めていた大浜が、突然、

「あれッ、ブエノスアイレスってのは、太平洋側にあるんじゃないのか」

とスットンキョーな声を上げた。一瞬何を言っているのか、分からなかった林と沖山は、次の言葉を待った。

「オレは、アルゼンチンって南米大陸の太平洋側だとばかり思っていた。あ、コッチ側はチリか」

林と沖山は、余りのことに爆笑してしまって、返す言葉も見つからなかった。

大浜も、我ながら苦笑して、

「どうも、俺は地理が苦手でね。昔初めてアメリカに出張したときもな、プロペラ機を乗り継いでやっとニューヨークに着くと思ったら、『悪天候で着陸出来ないので代りの空港に降りる』と言うアナウンスがあったんだ。

ところがアナウンスが半分も分からんから、とにかく着いたところで降りたわけ。外はどんどん雪が積もっていて、『ここはどこだ』と聞いたら、『ボルチモア』と言われた。

分からんから、タクシーを捕えて、『ニューヨーク』と言ったんだが、どのタクシーにも断られてね」

「どうしてですか」

「当たり前だよ、後から調べたら、ニューヨークまで、三〇〇キロ以上あるんだから。あの時も、参ったなあ。ハハハ」

「ワハハ」

「部長もやりますなあ。それを聞いて安心しましたよ」

と林がいかにも嬉しそうな顔をして頷いている。

斎藤と平山が、又器用な手付きでコーヒーを運んで来て、暫く雑談が続いた。

そして、二人から仕事の話に移るかと打診があったが、本日は休日故、持参した書類の仕訳だけにし、月曜日より仕事を始めることにした。

日曜日も観光する気分にもならず、各自寝坊して、仕事の整理を中心に過ごした。斎藤氏が四人を自宅に招待してくれた。奥さんの手料理と土地のワインで、四人は大いに寛ぐことが出来た。開戦前夜の束の間の静寂な一時かも知れなかった。

沖山は、斎藤氏との雑談の合間に、ブエノスでの日本大使館の雰囲気をそれとなく聞き出そうと思い、奥さん同伴のパーティや和服を着る機会等に巧みに話題を持ち込んだ。そして、会社上司の夫人連との付合いや、大使、公使等への気配り等、狭い日本人社会での付き合い方の難しさに話を向けてみた。

斎藤夫人は、狙い通りにその話に乗って来て、大使は立派な人だが、公使と通産省出身の参事官の仲が悪く、その為に、各商社や夫人連まで巻き込まれた派閥の争いが大変なことを、詳しく喋ってくれた。

その間、沖山は、同情した様子を見せながら、公使と大西商事が同じグループで、それに激しく対立しているのが、参事官とイトメンのグループであることを相当詳細に聞き出してしまった。

必要なことが分かると沖山は、あとは学校のこと、近所付き合いのこと等に話題をそらし、相手が喋らされたことさえ気がつかぬうちに、必要事項を聞き出した。その後は、大浜部長のブエノス太平洋側説を暴露して、皆大笑いと相成った。無言のうちに藤田に習った「相手に気づかれずに必要なことを聞き出してしまう」というやり方が初めて成功して、沖山は得心した。

沖山は、大西商事には内緒でイトメンとは付き合い、裏情報を入手する必要があるため、このような背景を予め知っておくことが大切なのである。

斎藤夫人の話を聞いて、沖山が思いたったことは、今回のプロジェクトが、通産省やその外郭団体のプラント協会の所掌である為、大使館では、通産出身の参事官の担当ということである。ところが、本件の取り纏め商社が公使グループの雄、大西商事である為、山中重工のような応札者の現地での動静や情報がさっぱり把めないのだ。それでイトメンの西川をプッシュして、山中重工に接触させたのかも知れない。

沖山にとっては、現地大使館での対立なんか余り関心がないが、両グループと上手に付き合って行くことは、特に裏情報を得る上で欠かせない。

そういうことであれば、話は単純だ。別に悪いことをする訳でないし、イトメンと山中重工は、元々同じ銀行系列の近い仲なのだ。上手に両者の間を動けばよい事になる。

沖山は、今日の収穫に満足し、この話は、何れ団長である大浜部長に話をする必要があると思っていた。


月曜日の朝、平山氏を含めて九時前にＯＳＫの事務所に顔を出すと、支店長の長沢が挨拶を済ませ、早速一行に大使館へ表敬訪問にすぐ案内するよう斎藤に指示した。どうやら参事官の出勤が遅いので、その前に公使のところに早く挨拶を済ませて来い、との趣旨の様だ。

林係長を事務所に残し、大浜と沖山が早速挨拶に出向き、今後の協力を公使に依頼したが、アルゼンチンでのＳＩＭのプロジェクトは、殆ど最重要の案件と思われたが、公使がさほど関心を示さなかったので、拍子抜けであった。

事務所に戻り、ＳＩＭ製鉄所幹部及び現地業者訪問のアポイント、スケジュールの調整等を行った。

今回のメインエヴェントは、何と言っても、SIM製鉄所幹部とコンサルタントのアームコスチールのロバーツ部長以下に対するPRである。大浜と沖山が考えたことは、今回のPRの焦点を最近の日本の製鋼工場での操業状況と排ガス装置のPRとに絞ることであった。

先ず初めに、沖山が鉄鋼連盟より借り出して来た映画「ヘドロに建つ製鉄所」を上映する。これは、昭鉄の大阪製鉄所の建設記録であり、大阪湾の埋め立てから、製鉄所完成までの記録映画である。日本と昭鉄の最新の技術が要求されており、先ず客先の視覚に訴える点で申し分ない。唯一つ懸念されるのは、これが英語版の為、アームコのエンジニアはよいとして、SIMのヒメネス副所長辺りに、受け入れて貰えるかであった。

上映についての承諾と、映写機の準備は、斎藤氏に頼むことにした。

映画上映の後、昭鉄大阪の第一転炉工場を中心に、最新の技術、コンパクトなレイアウト、最短の操業時間等を昭鉄桐田氏に説明して貰う。恐らく、豊富な資料と実際の経験、それに流暢な英語で、素晴らしい説明が出来るものと期待される。

次に、昭鉄と山中重工が、世界に先駆けて開発した排ガス処理装置であるOG装置の利点と最近の操業実績を説明する。これは、OG装置の主たる発明者の崎山課長が参画するので、沖山の通訳で行うこととする。

以上の趣旨をOSKの平山課長代と斎藤氏に説明し、二十四、二十五日の木曜日と金曜日にSIM製鉄所のアポイントを取って貰うことにした。

明日火曜日に到着する一行には、ややハードなスケジュールではあるが、今回の主目的であるから、止むを得ない。

その代わり、到着日と翌水曜日を内部会議と説明会の準備のみとし、現地業者廻りは、来週から始めることとした。平山氏もスペイン語に全く不自由しないので、斎藤氏とは、二班に別れて動けそうである。

その日の夕方、沖山は、呼ばれて、支店長室に入って見ると、ＯＳＫの長沢支店長、永井課長、平山の三人が、真剣に話をしていたところであった。平山が東京本社の意向として、正攻法だけでなく、ＳＩＭの内部情報を如何にして取るかについて、現地の支店長と永井氏を突き上げているようであった。

これは、極めてデリケートな話であるので、沖山も詳しくは話して貰えなかったが、三人の話を要約すると、凡そこんな話であった。

現在でもＯＳＫは、現地の政府筋やハイレベルの官僚等を、アドバイサーとして二、三名密かに契約しているらしい。今回ＳＩＭ案件で、これ等の筋に小当たりしてみた結果、生憎この中でＳＩＭ内部に力やコネがある者はいないことが判明した由。

平山氏が、然らばどうする心積りか、と支店長に喰い下がったらしい。支店長と永井は、相談の結果、新たにも一人適当な人をさがして、ルートを作りたい。が、差し当たり費用が掛かる。それをどうするかで、急遽鳩首協議となったとのことである。

そこまでの経緯を説明した平山氏が、

「沖山さん、そういう訳で、チトご相談なんですが、その費用の、勿論全部とは申しませんが、一部を山中重工さんで負担して戴く訳には参りませんかね。今すぐ結論を、という事でなく、一度上層部とも相談して戴けませんか」

沖山は、自分より遙かに地位も年齢も上のＯＳＫの人達が、こんな事で沖山を一人前に扱ってくれることに、大変有難いことと感じたが、返事をどう答えてよいか分からず、一瞬戸惑いを見せ、暫く黙って考えてみた。先ずは、分からぬ点を聞いてみることが先決と思い、徐々に口を開いた。

「それは、新しいチャンネル作りの為のものですか、それとも、実際の情報に対する報酬のようなものでしょうか」

「多分、両方でしょうね」

と長沢支店長が、永井氏に同意を求めるようにして即座に答えた。永井氏も、

「そうでしょうね」

と頷いた。

「情報は、例えば一件毎にとか、勝敗の結着が着いたとき、まとめてとか、どんな具合ですか」

「それは相手にもよりけりですね」

「そうですね、でも情報入手も大事には違いないですが、情報を取るだけじゃ面白くないですよね。最終的には、勝たねばね」

と平山氏が口をはさむ。更に、

「情報取りは、小者ですよね。もっと力があって、影響力がある人が良いですけどね。こういう国ですから、魚心水心でしょう」

と二人を促した。

「恐らく、先ずチャンネル作りと情報入手で始め、有力者の目星をつけておいて、応札した結果を見ながら、詰めて行くことになるでしょうね」

と永井氏。

「どのくらい要るんですか」

と沖山が聞いた。

「相手にもよるし、入札した結果にもよるでしょうが、一本か二本まででしょうね。但しこれも最終的には、相手とネゴしてみないと何とも言えませんがね」

「成功報酬でいいんでしょうかね」

「多分それでいけるんじゃないかと思いますが、これも話次第ですね」

「なるほどね。ウム」

と沖山は概要が理解出来たし、如何に対処すべきかとの考え方も頭に閃いたが、軽々しく喋る話でもないので、暫く押し黙っていた。

「どうですかね」

と平山さんが感想を求めて来たので、沖山は、考えていることを素直に、然しゆっくりと話をしようと思った。既に考えは纏まっていた。

「そうですね、中々難しいので、申し上げるのも逡巡するんですが、後の話は、成功報酬ということであれば、上とも話をしてみますが、多分何とかなると思いますよ。寧ろ、確実にその筋を早く探して欲しいくらいですよ」

「そうですね。今から探し始めても、早過ぎることもないでしょうし、我方が優位に立てば、また情勢も変わって来るでしょうし」

と平山も相槌を打った。

「それと、差し当たり、そのチャンネルを作る為に、手を打つ必要があるのですが、そちらの方はいかがでしょうか」

と永井氏が沖山の答えを促している。沖山は、余りあからさまに否定するのもどうかと思い、この場では言葉を濁しておいて、後で平山氏と腹を割った話をする方がよいと思った。

「そうですね……」

と言いつつ、腹の中では、「情報を入手するのは、商社の第一の仕事じゃないか。それに今頃チャンネルが無いというのも情け無い。ＯＳＫがＳＩＭの国際入札に応札するすべての日本メーカーの代理店になると決まったときから、何故チャンネル作りをしていなかったのだ。それを今から始めるのに、メーカーにその費用を出せとは、天下のＯＳＫの言うセリフとは思えない。それに、転炉の他にも、溶鉱炉、圧延機も含めて五社が五つの入札をする予定じゃないか」

と思っているうちに次第に、少し腹が立って来て無口にならざるを得なかった。ＯＳＫの人々は、皆紳士なので、沖山としても言葉遣いや態度は、あくまで淡然としている必要がある。

永井が、もう一度、

「入札準備で、いろいろ大変でしょうが、一つよろしく……」

と念を押した。

「どうしてもとの事でしたら、一度相談させて戴きますが……」

沖山の言葉で意向を察した平山が、話題を変えて、

「木曜日にＳＩＭのアポイントが取れましたので、水曜の夜にサンニコラスに入ることになりますけど、よろしいですか」

「分かりました。結構ですよ」

「それじゃ、汽車の切符を取らせますね。全員行かれますね」

「そうです。支店長、明日からまた大勢になって大変ご迷惑をお掛け致しますが、よろしくお願い致します」

と丁重に頭を下げた。

「いや、こんな地球の裏側に大勢来て戴けるなんて、滅多にないので喜んでいるんですよ。何でもご遠慮なくお申し付け下さいね」

「有難うございます」

「先日、日本の新聞を読んでいたら、去年の日本の海外渡航者が、三十万人を超えた程度ですよ。一日千人以下ですね。その内訳は、東南アジアが六割、アメリカが三割、ヨーロッパが五パーセントだったかな。それからアフリカ、南米と来るんですね。ですから、一パーセント以下ですよ南米に来るのは。

仮に、一パーセントとしても十人でしょ。それも南米全部でですからね。従ってブエノスまで来るのは、一日一人ぐらいですよ。それなのに、明日は、山中重工さんのチームだけで五人も来られるなんて、こち

らでは、本当に素晴らしいことなんですよ」

「一日平均一人ですか。そんなに少ないとは、知りませんでした」

「これは、日本の統計だから間違いないですよ」

「そうですか、そんなに少ないんですか。日本の海外進出と言ったって、まだまだですね」

「ですから、このＳＩＭの件と、ご存知と思いますが、ロカ線という鉄道プロジェクトを日本が受注すれば、大変なこと、将に画期的なことになる訳なんですよ」

「そうですか」

「そうなれば、今まで欧州一辺倒のこの国の姿勢に、少しは違った風が吹き込むことになるかも知れません。私は、是非そうなって欲しいと思っているんですよ。ロカ線は、当社は残念ながら参加出来ませんが、日本勢に頑張って貰いたいと蔭ながら応援したいのですよ」

「それより、矢張り、我々が何が何でも、ＳＩＭを受注することですね」

と平山が、案に先程の話を、支店長の陣頭指揮で進めて貰おうと思って、右手の握り拳で左の掌を力強く叩きながら、支店長を見て言った。


沖山の推測では、東京での沖山の話に促され、ＯＳＫとしては、本部からの指示ということで、平山が支店長に特別ルートからのアタック作戦を献策しているのだ。

一方、小規模な海外支店の宿命で、予算が限られている為、通常の経費以外の出費は、それぞれのプロジェクトが負担するという原則を述べて、山中重工に協力を求めたのだろう。

更に、日本からの渡航者の少なさを支店長が話題にしたのも、アメリカ辺りと違って、アルゼンチンでの取引量の規模が小さく、とても予定外の出費には耐えられぬと言う悲鳴と解釈すべきだろうと思った。

支店長室を辞して会議室に戻り、部屋の隅で沖山が平山氏に自分の推測を質すと、果たして彼は、

「全く、ご明察の通りです」

と一息入れて、

「チャンネル作りについては、他人様にお願いすべき筋じゃないので、我方で何とかしますのでご心配なく。

永井君には、『そんな情け無いことを言うな』と言ったんですけどね」

と沖山の腹の中まで読んでいるようであった。

「それより沖山さん、も一つの方は、何れ最終段階には出て来る話なので、お宅の社内で話を通しておいて下さい」

「そうですね。これは、要するに口銭の金額とその内訳の問題ですから、営業サイドで決められます。但し先に行って、も少し具体的な話を聞かせて下さいよ」

「そういうことですね」

沖山は、沖山だけが支店長に呼ばれて、また出て来てから平山とヒソヒソ話していたので、大浜が少し怪訝な顔をしているのに気が付いた。今回の団長格である大浜には、了解して貰うつもりで耳打ちすると、

「分かった。それは営業サイドの話だから、君が藤田課長と相談して、決めてくれよ。俺はノータッチだ」

と理解を示した。これでイトメンの話を含め、営業として具体策を自分の力で模索してみようと沖山は、また考えを廻らせた。

その三

翌朝八時過ぎ、どんよりと曇って冷い澄んだ空気の流れるブエノスアイレス空港に、後続部隊の五人が到着した。

山中重工の設計の大田係長、ＯＧ装置設計の崎山課長、森下建設の岸課長、昭鉄の高田氏の四人が日本から、ニューヨークから桐田課長が合流した。

ＯＳＫの斎藤氏と沖山が空港に出迎え、長旅の割には元気な一行をホテルに案内した。斎藤氏の手助けでチェックインを済ませた一行は、ロビーのソファーに深々と坐って、

「やっと着きましたね」

と安堵の言葉を口にしていた。

「よく来て戴きました」と沖山は桐田氏と改めてガッチリと握手した。

斎藤氏が、一行に注意事項として、生水を飲まぬこと、現地通貨はＯＳＫの事務所でまとめて交換した方が、一割程レートが好いこと、余り一度に大量に変換しない方がよいこと等を説明した。

岸氏を除く四人は、初めての訪アで、説明を聞いて急に遠足の生徒のような気分になって口々に質問した。

「水を飲むときは、どうすればいいんですか」

「アグアミネラール、シンガスと言って下さい。ビン詰めの水が来ます」

「ミネラルウォーターですね。シンガスって何ですか。炭酸ガス入りではないということです」

「シンガスね」

「当面のチップの小銭は？」

「アッ、そうそう、これを一枚ずつ渡して下さい。丁度百円ですわ」

と斎藤氏は、一ペソ札を二、三枚ずつ五人に渡して、

「汚いお札ですけどね」

「有難うございます。一ペソ百円というのは判り易くて好いですね」

「そうですね、この前デノミがあって、百ペソが一ペソになったところです」

「ホテル代は幾らですか」

「二千ペソですから、五ドルちょっとですね」

「安いなあ」

「ですから、サンニコラスに二泊ぐらいするときでも、このホテルはチェックアウトせずに、そのままにして行っちゃうんですよ」

と沖山が横から口を挟んだ。

「ああそうか。そりゃ楽でいいな。サンニコラスには何時行くの」

一行には、昼まで休息、昼ロビー集合、午後ＯＳＫ事務所で、スケジュールと各自役割分担の打ち合わせ、とその日の予定を取敢えず知らせ、二人は事務所に戻った。

昼食に中華料理の丸テーブルで全員顔合わせを済ませ、二時過ぎに事務所で打ち合わせを始めた。ＳＩ

Ｍには工場見学を含め、木曜日と金曜日の午前中が予定されている旨を伝えた後、大浜部長から、ＳＩＭ及びアームコスチールへの技術説明の趣旨、要点、それに説明の順序と説明者について、先日の打ち合わせに基づいて説明が行われた。

そして、大浜は、大阪の転炉工場建設の設計思想や新技術の採用、操業状況等の解説を改めて桐田氏にお願いした。

桐田氏もその申し出を快諾し、早速高田氏に依頼した資料を全部持参したか、確認を始めた。

また、大浜より役割分担の指示を受けて、各員が一斉に説明会等の準備を開始した。

沖山は、ＯＧの説明をする崎山の通訳として、説明の内容と資料に就て、崎山の説明を受け、細部の機械装置の英語名や機能の習得に懸命である。

大田は、神戸での設計の進歩状況や、持参の現地業者向の仕様書の説明を大浜や林に行っている。

岸氏は、平山氏を捕まえて、本日受取った現地建設会社の見積仕様書の内容、不明点の解明に余念がない。

桐田氏と高田氏は、会議室の奥のコーナーで、桐田氏が問い質す資料を高田氏が手渡し、その都度最近の操業データ追加説明を行い、桐田氏が頷いている。

斎藤氏は、探して来たスライドとフィルム映写機の双方をテスト中である。フィルムがからまったりして、中々上手く動かない。それでも苦闘の末、最後にはやっと動いて、歓声を上げたりしている。

忽ち、会議室中が活気付いて来た。

そんなとき、長沢支店長が会議室を覗いて、何か言おうとしたが、それぞれが余り熱心に仕事している様を見て、言葉を呑み込んで、引っ込んで行った。

皆、長旅の疲れも見せず、よく頑張るものだと感心した様子であった。

その日は早く終える予定であったが、アッと言う間に七時を廻ってしまい、明日持参する荷物の仕分けは、明日にすることにした。会議室の机に書類を拡げたまま、大浜が、

「外は寒いので、特に今日着いた人は、風邪を引かないように」

と注意して、コートの襟を立てて皆揃って外へ出た。フロリダ通りは、逆方向に駅に急ぐ人達が、皆早足で通り過ぎて行く。ブエノスアイレスでは、いつもならゆっくりとウィンドーショッピングする人が多いのに、今日は少し風が強いせいか珍しい光景である。

その四

翌日の夕方、五時半の汽車で全員がサンニコラスに向かった。車内の明かりは、本を読むにしては少し暗い。夕暮れの牧場の風景は、冬の為か、点々とした牛の群も何か淋しげである。外が殆ど見えなくなった頃、百キロを遥かに超えていそうな大男が、食堂車の予約を取りに廻って来た。

斎藤氏がメニューを見て、カツレツかスパゲッティの二つに絞り、全員の予約をしてくれた。その後、皆仕事を離れて雑談をしたり、居眠りをする等、全くリラックスしている。林と沖山は、後続部隊が持って来た日本の週刊誌を貪り読んでいる。やがて決められた時間、七時半になると、先程の大男が呼びに来て、皆揃って食堂車に行った。十人も日本人が通るので、周囲の人がジロジロと見る。視線が合うと殆どの人が、ニコッと笑ったり、会釈したりして感じが好い。思わずこちらも笑って、挨拶したりするようになる。

席に着くと、すぐに料理を持って来た。さすが時間にルーズなアルゼンチンでも、汽車の食堂は、こうした段取りでないと成り立たないと見える。

出された料理を見てビックリ。スパゲッティの量も多かったが、何よりカツレツの大きいことといったらない。ノート程もある。これには、一同声を立てて感嘆した。肉の好きな桐田さんや高田氏も、コリャ話のタネになると、喜んで喰い始めた。

今回二度目の岸さんも、

「何か、この国は楽しいんですよね」

と頻りに林に話し掛けている。

「このワインもウマイなあ」

「このカツレツは、揚げてこんな大きさだから、揚げる前は、もっと大きいんだろ。物凄いなあ」

「スパはいかがですか」

「最高、コリャ、イタリア並みですよ。ブエノスのクラリッジホテルよりウマイな」

「だけど、全部喰えるかな」

「そうだね。一向に減らないよね」

「確かにこの赤ワイン、いけるね」

「この大きさは、日本の四人前だな。少し、お前手伝ってくれないかな」

「その代わり、このスパも喰ってみな」

皆すっかり楽しんで、満足そうだ。後で、コーヒーの際ケーキを積んだワゴンを引いて来たが、さすがに一行の中で注文する者はいなかった。が、向こうのテーブルを見ると、現地の人々は、スパゲッティの他に、ステーキを喰い、その外にケーキをオーダーしている。

「サースガ」

と全員開いた口が塞がらない思いでその大食漢振りを眺めて感心している。

席に戻ると、ワインの快い酔心地で、皆すぐ居眠りを始めた。

第十二章　事前のデモンストレーション

その一

サンニコラスのホテルで、翌朝思い思いに食事を取り、九時に全員ロビーに集合して、タクシーに分乗してすぐＳＩＭ製鉄所に向かった。

副所長のヒメネスやアームコスチールの責任者ロバーツ等に挨拶を済ませ、午前中は、製鉄所をジックリ見学させて貰うことにした。

全員ミニバスに乗り、製鉄工場のサンチェス係長の案内で、先ず原料ヤードから始めた、原料炭と鉄鉱石のヤードが背中合わせに、並び、ドイツ製のスタッカーとリクレーマー（荷役機械設備）がキチンと動いているようである。

岸さんと沖山を除き、一行は、今回初めて見る製鉄所であり、コークス炉、溶鉱炉等を順次案内されながら、

「思ったより、立派な製鉄所ですね」

と頷き合いながら進んで行った。

転炉工場に来ると、桐田さんと高田氏は、十五分程、転炉の操業を入念に観察していたが、各作業の所要時間を腕時計で測り、予め用意した用紙に測定値を記入している。

加えて、熔銑鍋、熔鋼鍋やインゴットケース、スクラップ設備、各クレーンの能力等をチェックリストに次々に書き込んで行く。

建屋の柱のスパン、入口、高さ等も必要事項はすべて調べている。チェックリストに書き込んでいるから、調査に漏れがない。

沖山は、さすがに一流製鉄所の一流技術者は違うな、と舌を巻きながら、大浜部長の所に歩み寄り、その旨を囁くと、大浜も頷きながら、林を呼んで、早速調査用のチェックリストを作成するよう指示をした。

桐田氏と高田氏は、更に中央操作室に入り、操作盤を見ながら、時折オペレーターに質問を繰り返している。

二人とも本職なので、彼等の一つ一つの操作が気になるようであった。

結局、転炉工場には、半時間程を費やし、余すところなく観察したようであった。

余り、熱心に調べているので、第三者が話し掛ける隙もなく、沖山は、後程感想を聞いてみようと思った。

そのまま一行は、棒鋼と鋼板の圧延工場を殆ど口を聞かずに見学し、工場の出口で待っていたバスに乗って、事務所に帰って来た。

かなりの距離を歩いたので、汗ばむ程で一行には、よい運動であった。

案内してくれたサンチェスに、沖山は持参の日本製ガスライターを渡すと、眼を丸くして、大袈裟に喜んでくれたので、午後から、日本の製鉄所建設の映画と、転炉工場操業の説明を行うので、是非出席するように勧めた。

　サンチェスは、ニッコリ笑って、

「シ、セニョール」

と戻って行った。

　桐田氏は、高田氏から記入したチェックリストを受けとり、暫く見ていたが、

「まあ、こんなものかな」

と呟いた。

　沖山は、漸く話し掛ける切っ掛けを見つけ、

「いかがでしたか。随分御熱心に調べておられましたが……」

「いや、これは我々の仕事だし、キチンと調べておかないと、午後の説明で日本との比較が出来ませんからね」

「工場の操業としては、いかがですか」

「あんなものじゃないですか。個々には多少容量のアンバランスもありますが、設備は、全体に、整っているし、操業もまあまあですね。

　原料が多少悪いせいで、酸素の吹錬時間が余計掛かるのは、仕方ないですよ。

　我々だって、大阪の第一工場が出来る前はあんなものでしたよ」

「そうですか。今度新鋭の設備を新しく作るとどの位生産性がアップしますか」

「午後からの説明で、詳しく話そうとは思っていますが、そうですね、三〇パーセントは上がるでしょう

ね」

「そんなに上がりますか」

と大浜部長が感心しながら念を押した。

「本当は、完成したら暫く操業指導をするか、その前に日本でオペレーターを研修させるかすると良いんですけどね」

「なるほど、それも入札時に追加案としてＰＲしましょうよ」

「その手もあるね」

「こちらのオペレーターの質も、そんなに悪くないので、効果が上がるかも知れませんね」

「少し、スクラップの質が気になりましたが、あんなもので良いのですか」

「もう少し、質が揃うと良いのですが、止むを得ないでしょうね」

「操作室はどうですか」

「少し、特に右のスクラップの来る方が、見難いですね。前に乗り出さないと見えないですね。計器や操作盤は、少し旧式ですね。計器や操作盤は、技術的に一新されましたので、もっと精度が上がりますよ」

「ヨッ、もう昼になる。飯を喰って出直して来ましょう」

と一行は、昼食をとりにホテルに戻った。

その二

午後からの説明会の冒頭に、映画を上映するとのことで、一行が会議室に入ると、ＳＩＭの技術者が二十人ばかり、部屋の片側を陣取っていた。午後二時の定刻近くに、アームコ社の技師がロバーツを含め五人が席に着いた。

少し遅れて、ヒメネスが入って来て、今回持ち込んだ映画「ヘドロに建つ製鉄所」が始まった。

大阪湾の埋め立てを、ヘドロを取り除く作業から、英語のナレーションが入ると、こんなところに製鉄所を建てるのか、といった驚きの声が上がった。

土地の造成から、基礎工事、熔鉱炉の建設、機械設備の搬入から据付工事、それと並行した各工場建屋の建設、試運転から火入れ式まで、余すところなく建設工事の模様が写し出された。

特に、ＳＩＭの技術者達は、日本に関する情報や知識も乏しく、初めて見る日本の製鉄所に、目を見張っている様子が、よく判った。規模の大きさ、最新鋭技術の素晴しさ、建設工事の迫力とスピード等に圧倒されて、思わず夢中で画面を追い掛けているようであった。

沖山は、彼等の様子を見ながら、横に坐っている平山氏に、「後刻、ＳＩＭ技術者達の映画に関する素直な感想を聞いて見て下さい」と耳打ちした。

映画が終わり、暫くどよめきと余韻が残る中を、殆どＳＩＭの技術者達が部屋を去って、椅子の配置が会議用に並べ直されて、会議の出席者だけが席に着いた。

その間カイザー社の技師より、大変興味深い映画で、極めて印象的であったとのコメントと共に、幾つかの質問が出された。

質問から類推すると、日本で斯くも斬新な製鉄所が、それもヘドロの海を埋め立てて、建設されたことに、素直に驚いているようであった。その質問の中には、

「製鉄所の基本計画は、どこの国の会社が行ったのか？」

とか、

「本当に日本の技術だけで、計画やレイアウトを決めたのか」

「機械は、欧州からの輸入したのか」

等の質問が、ＳＩＭやカイザーの技師達から相次いで出された。

日本という国や、日本の技術に対する彼等の認識は、この程度なのだと、大浜を始め、その場に居合わせた者は、改めて思い知らされた。

その意味で言えば、今回この映画をわざわざ日本より運んで来て、上映したことは、彼等の認識を改める点で、大成功であったと言える。

更に、今から始まる、今回の入札についての山中重工業の説明には、基本的な日本の製鉄所に対する理解がその背景にないと、技術の特徴だけを羅列しても、十分な理解を得られる筈もなかった。

説明会の事前の準備には、そのような視点が全くなかったし、通常の日本のユーザーに対する説明と同様の準備だけが、周到に行われた。

ところが、単に軽い気持ちで、日本の製鉄所を理解して貰うつもりで、鉄鋼連盟から借り出した今回の映画が、これほど日本及び日本の技術水準の再認識や、次の説明会へのステップとして効果的であるとは、

全く一行が予想もしていないことであった。

また、海岸を、それもヘドロ地帯を埋め立てることは、彼等の理解を超える文化の違いをも感じさせたようである。ブエノスから西に八百キロも平らな草原の続くアルゼンチンの人々に、何とも狭く見える大阪湾の一部を埋め立てること等、全く想像も出来ないことであった。

建設工事のスピードや、短い工期等も彼等の想像を絶するものであったらしい。最近少なくなったとは言え、毎日二時間余のシエスタ（昼寝）を取る人々にとって、地球の裏側の、この神風のような建設工事、立ち並ぶクレーンや激しく動き回る工事現場のトラック等に、文字通り眼を丸くしたのは無理もないことなのだ。

映画の途中で出て来た、東京駅中央線から吐き出される人の波や山手線の混雑振りも、全く彼等のド肝を抜いたようである。

これだけ、文化の違いがあると、日本人がベストと考える計画案が、彼等にとってベストと映るかどうかは、極めて怪しいし、場合によっては、奇異に感じるかも知れない。

大浜と沖山は、複雑な気持ちで、次の説明会に入るのを待った。

技術説明会に先立ち、ヒメネスより、映写会に対する謝意、特に最新鋭製鉄所の建設記録として大変興味深かったこと、日本の技術水準や建設工事のやり方、短い工期等、大いに参考になった旨の発言があった。また、今回の説明会の為、遠路遙々日本から大挙して出張して来た苦労を労う言葉があり、説明会の開始を促した。

出席者はＳＩＭがヒメネスの外、製鋼部長、課長、建設部長、工務課長等合計七名、アームコ社からロバーツ以下三名であった。

最初に山中チームを代表して、大浜の短い挨拶の後、今回の計画案のベースとなる大阪製鉄所の第一転炉工場について、桐田氏が説明を始めた。

建設の計画時に目標とした五つのテーマ、即ち、高い生産性、低い建設費、最新技術の採用、自動化による操業精度の向上と操業人員の削減に就て、その考え方を説明。そして、このテーマに基づき、各機器の設計とレイアウトが決定されていった経緯を具体的に説明した。例えば、従来と異なる点、工夫した点等を、溶銑、副原料、スクラップ等の搬入方法や、熔鋼や排滓の搬出方法等を、旧方式に比べての所要時間、安全性等についての細かい配慮や計算式等で解説した。

他工場との比較をポスター等のカラフルに図示した資料やグラフを沢山使って説明したので、かなり分かり易い説明に思えた。

更に、現在の操業状況を、具体的なデータを用いて、ほぼ完全な形で説明したので、ＳＩＭに比べて、かなり良好な数値でも、説得力があるようであった。

アームコ及びカイザー社の技術者達も、今まで自分達が経験して得て来たデータよりも、良好な結果を見て、多少疑問を持ったようであったが、質問に対する回答に、すべてデータの裏付けがあるのを見せられて、不承々々納得したようであった。

全体としては、桐田氏のデータを駆使した説明にやや圧倒されたが、反発する点として次の三つを指摘して、若干溜飲を下げたようであった。

それは、全体に建屋に余裕が少なく、狭苦しいこと、操業時間が短すぎてアルゼンチン向きとは言い難いこと、更に日本での建設工期は、ここでは通用しないことであった。何もかも完璧すぎて、殆ど反論が難しかったので、カイザー社キンボールから、これ等の反論が出ると、ＳＩＭの技術者に少しホッとした空気が流れたのを、沖山は見逃さなかった。

然し、説明は、大成功と言えるだろう。

解説と質疑応答に三時間余り。さすがに全員少し、疲れて来たようであった。

製鉄課長の操業人員についての質問を最後にこの日の説明会を終了した。

残るＯＧ装置の説明は、翌日の午前九時からとなった。


そしてヒメネスの提案により、切角の機会なので、残りをコーヒーを飲みながらの雑談と自由討議に当てることになった。

皆一様にホッとして、ＳＩＭの人達より、日本について、気候や交通事情の質問があり、先程の電車の混雑は、本当か、車はないのか、等次々と聞かれ、皆苦笑しながら、四苦八苦の説明をしていた。

ゴルフのプレー費や肉の値段が、双方で約十倍以上の開きがあると知り、お互いに驚き合ったりして出席者全員が若干の交流を深めることとなって、その日は散会となった。

夕食後、ホテルの中二階のロビーで、山中チームの有志が、酒を飲みながら、今日の説明会の模様に就て、感想を述べあっている。

「説明会としては、それなりの成果を十分、挙げたんじゃないですか」

と平山氏が言う。更に続けて、

「あの映画が、予想以上に効果的だったんじゃないですか。あれで一辺に、日本の製鉄所のイメージが皆に定着したと思いますよ」

「ウン、あれは良かった。沖山君のヒットだよ」

と大浜が頷く。

「あれがあったお蔭で、次の桐田さんの説明が活きて来たし……。さすがに流暢な英語で素晴らしかったですね」

「余り意気込んで、技術の説明ばかりやりましたが、本当に分かってくれたかどうか?」

「十分理解したと思いますよ。何しろデータが豊富だから、迫力が違いますよ」

「我々からみると、そうかも知れないんですが、喋っていて、何か反応が何時もと違うんですよ。何故かな、と先刻から考えているのですが、思いつきませんかね」

と桐田氏が首をひねって納得がいかない表情をしている。

「それは、気のせいじゃないんですか」

「ウーン」

「或いは間違ってるかも知れないんですが……」

と沖山が遠慮勝ちに言うと、皆が彼の方を向いて、その次のセリフを待っている。

「彼等は、あの映画に圧倒されたと言うか、ビックリしたんだと思うんです。それも日本の技術じゃなくて、発想や文化の余りの違いに」

「フーン、そういう見方もあるか、例えば？」

「例えば、製鉄所を建てるのに何故、海を埋め立てるのか、それも選りに選って、ヘドロの海を。それが何故なのか、分かっていないような気がするんです」

「そうかな」

「だって、こんな駄々広い草原しか知らない人には理解出来ないかも知れませんよ」

「そうかなあ」

「それに、最新鋭の技術で、最高の生産性と言ったって、彼等には、『どうしてそんなにアクセク働かなきゃいけないんだ』という考えだとすれば、我々との説明も、ポカンと聞いているだけかも知れないんですよ」

「なるほど」

「彼等は、そこそこ働いて、昼寝をして、ワインと肉を腹一杯喰って、余暇を存分に楽しむことが人生なんじゃないですか」

「なるほど、そういう眼で見れば、日本人は、変な外人だな、と思ってるかも知れないな」

「テニスコートだってガラ空きだし、ゴルフ場だって、スタートが空いていても誰も急いで行く人なんかいないし、ゆっくりコーヒーなんか飲んでるし……。そんな連中に、日本の限界設計の機械なんかは、沖山さんの言うように、似合わないのかも知れませんね」

　と平山氏は頷く。

「確かに、東京駅の日本人は異常に見えるでしょうし、ゴルフ場や、或いは工場等の職場の日本人も異常に見えるかも知れませんね」

「そうだとすれば、桐田さんの解説した技術も素晴らしいとは思っても、あれは、地球の裏側の別世界の日本人の考えで、『我々とは全然違うなあ』と思ってるかも知れない、先程から、何故か、そんな気がしてたんですよ」

「沖山さんの言うのは、一理あるような気がしますね。私が、反応が何時もと違う、と感じた原因は、そういうことかも知れませんね」

「我々は、どうも我々自身の視点でしか物を見ないし、その視点で考え過ぎますからね」

「なるほど」

「ところで、アームコ・カイザー社の連中は、どう見たんでしょうかね」

「彼等は、彼等のやり方で物を見て、彼等の判断基準で、判定するでしょうね」

と桐田さん。

「ということは、今日のところは、日本人の考え方を一応聞いておこう、何れ欧州勢の話を聞いてから、ジックリ判断すればよい、という訳ですか」

「まあ、そうでしょうね」

「彼等も恐らく、少し違った意味で、日本流というのは、アメリカ人が考えることとは、違うな、と思ったでしょうね」

「そうだろうね」

「なるほど難しいですね」

「然し、国際入札ですから、やはり最も効率がよくて、生産性が高くて、価格競争力がある案がベストということになるんじゃないんですか」

「そうかも知れないけど、もっと辛辣に言えば、所詮東洋人の考えていることなんか、欧米人に敵う訳がないが、一応聞いてみようと」

「アメリカ人にとっては、我々の考え方が、生産性とか、効率とかコストとかに捕らわれ過ぎているように見えませんかね」

「極論すれば、キャデラックに乗ってる人に幾らパブリカの良い点を挙げて見ても、通じないかも知れないんですよ」

「でも、先程高田さんが言ったように、国際入札ですから、我々のベスト案で行くしか、仕方ないでしょうね」

「今回の曲者は、クローズドテンダーだと言うことですね」

「どうして」

「非公開入札と言うことは、仮に客先が『パブリカは嫌だ』と言えば、外部からは文句のつけようがないんですよ。公開入札であれば、一応入札価格が公表されますから、総合評価といっても、それをベースにして、首尾一幹した理由付けがないと、一番札を引っ張り下ろす訳にはいきませんからね」

「まあ、今の時点で余り悲観的な見方をしてもしょうがないので、今日の説明会を彼等がどう評価したかを、探ってみましょうよ」

「そうだね」

「もっと素直に考えれば、『日本の技術は予想以上に進んでるな、しっかり勉強してみる必要がある』と思わせたことは、確かでしょうから、成果があったと思っても良いんじゃないですか」

「そりゃそうですね」

「それより、明日のOGの説明を従来の予定通り、キチンとやることに集中しましょうよ」

「これだって、日本の技術が世界最新鋭だという象徴なんですから、正々堂々胸を張ってやりましょうよ」

「そうだね」

平山氏や、桐田さんの意見に皆賛同して、最後の杯を傾けて、皆自室に戻って行った。


翌朝九時より予定通り、OG装置の説明会が、崎山課長の解説を沖山が通訳する形で、始まった。

先ず、沖山は、崎山がこの装置の発明者の一人であり、彼のアイディアが昭鉄に採用され、共同開発されて、三七件の特許を有し、日本のみならず、各国に次々に建設されている現在までの経緯を説明した。

崎山は、従来の排熱式ボイラに比べた特質を、要領よくスライドに映して説明し、如何にコンパクトで、経済的な装置かを比較表で説明した。カイザー社の技師達も、具体的な説明を聞くのは初めてとのことで、細かい技術上の質問が続いた。

OG装置は、発明後拡販の時期に、同様の説明を種々の製鉄所やエンジニアリング会社に行っているので、解説の要領もよく、全ゆる質問にも、即座に資料付きの回答が出るまでになっている。実際の説明は、発明者の崎山がやっているが、沖山と雑も殆ど暗記している程内容にも精通しており、通訳も全く楽なものであった。

装置の価格だけでも、従来の三分の一になり、建屋等の節減を加えると数億円以上の建設費削減になるという説明は、彼等にとっても、十分魅力的であると思われた。

従って、彼等の質問は、殆ど安全性に絞られ、爆発の可能性についてのものが多かった。

何しろ、高温の一酸化炭素を処理するので、如何に空気と遮断して爆発を防ぐか、その為に窒素によるパージや、冷却の方法、ＣＯガスの回収に至るまで、次々に細い質問が出て、詳しい説明を求められた。

既にしっかり確立された技術なので、それぞれの回答が明解で、具体的なデータがその都度示され、極めて説得力の高いものであった。

さすがのアームコ及びカイザー社の技術者達も、ノートを取りながら、熱心に講義を聞き入る生徒のようであった。

崎山氏の解説は、淡々としてはいるが、山中チームの技術力を誇示するかのようで、高いレベルの話を判り易く説明し、出席者全員の注意を完全に引きつけてしまった。

最後の質問の解答が終わると、ＳＩＭ技術者達から、期せずして拍手が鳴る程であった。

この説明会は、完全に大成功であった。

最後に大浜が立ち、二日間に亘る熱心な討議に対し、丁重に謝意を表明し、日本の技術の客観的な評価をお願いした。併せて日本にて近年建設された、或いは建設中の製鉄所が、全て臨海製鉄所であることに言及し、今回のサンニコラスの立地条件に最も近いことを力説した。これは、内陸製鉄所ばかりの独仏勢にない、日本だけの経験であるので、この際、これを十分に活用されんことを切望すると結んだ。

これに対し、ＳＩＭ側は、責任者として、ヒメネスが、次の様な趣旨の答礼をした。

当初、山中チーム来訪による説明会の申し入れに接した時、わざわざ日本から、長い時間と高い費用を掛けて、ＰＲに来ることもないのに、と正直に感じていた。

然るに、昨日の映画から始まり、本日のＯＧ装置の説明に至るまで、今回の説明会ほど有意義なものは、嘗て経験したことが無い。

日本国そのもの、製鉄所建設に対する熱意と木目細かい考え方、バイタリティ、それに最新の技術を随所に駆使する技術水準の高さ、すべてに関し、教えられることばかりであった。今回の説明会で、我々の認識不足が一掃されたことで、今回の最大の成果として、山中チームも満足して戴きたい、と最大級の讃辞を語ってくれた。

この言葉に、日本側も全員が一瞬ジーンとして眼頭が熱くなるほどであった。

全員が笑顔に戻って、カイザーやＳＩＭの技師達と再会を約して、互いの心が通じ合ったように固い握手を交わし合った。

その三

一行は、ホテルに戻り、軽食をとって、二時過ぎのバスで全員ブエノスアイレスに帰ることになった。サンドイッチやオムレツ等の軽食を食べながら、一同は、昨夜と違いご機嫌であった。口々に、映画の題名「ヘドロに建つ製鉄所」が良かったとか、新宿駅のラッシュアワーのシーンは余計だったとか、説明会のスライドの回答が、全て質問を予期したようだったとか、それぞれの思いを語り、賑やかなこと。皆、ヒメネスの予想外の讃辞に胸が踊る想いであった。緊張感が長かっただけに、その開放感もまた大きかった。

その開放感とビールの入った食後の快さとで、走り出すとすぐに寝入ってしまった一行を乗せたバスが、見渡す限り草原の中の一本道を、ひたすら都に向かって走っている。道路には、勿論中央線も無いので、前方から走って来る対向車がすれ違う時に、まるで正面衝突をするようで、助手席側に乗った人は、慣れるまで恐怖感で眼を開けていられない程である。

多少の起伏はあるものの、道はあくまでも真っ直ぐである。唯々、真っ直ぐなのだ。余りに真っ直ぐの為、居眠り運転の事故が絶えないと言う。確かに日本では想像も出来ない単調な景色しかないのだ。

その夜は、衆議一決で中華料理と決定し、ホテルで、顔などを洗った後、全員いそいそと東京飯店に急ぐ。丸テーブルを十人で囲み、思わずニッコリした崎山が、

「ステーキも悪くはないが、連日だと疲れちゃうよ。やはり、箸で喰いたいもんだ、たまには」

「そうね。こんな時に中華料理は、砂漠のオアシスですよね。元来崎山さんにナイフとフォークは似合わないですよ」と高田氏。

「『砂漠のオアシス』ってのは、ちょっとヒドイんじゃないの」

と肉が大好物の桐田さん。

「じゃ、明日の晩は日本飯にしましょうか、日本酒もありますよ」

と沖山が水を向けると、

「そりゃいい。それは楽しみだな」

と崎山氏と桐田さんが賛同し、忽ち衆議一決。

「それより、今喰うものを決めて下さいよ」

「それは平山さんに一任しましょう。特に希望のある人は、言ってもいいことにして」

平山氏が、メニューを見ながら、時に皆に意見を聞いたりして、十人前の料理を選んだ。

そして、和気藹々、皆の健闘を讃え合うという良いムードの会話が続いた。

次々と料理が運ばれて来て、思い思いにビールやワインを飲みながら歓談が続く。

「上手い酒と料理は、人の心を和ませると言うが、今夜はまた格別だね」

と大浜部長が続ける。

「これも皆の健闘の賜物だから、今日は、ボクが奢ることにするよ。遠慮なくジャンジャンやってくれよ」

「ワッー、部長、そりゃ凄い。大丈夫ですか」

「じゃ、改めて、皆の健闘を祝して乾杯！」

「カンパイッ」

「ご苦労さん」

「ご馳走さん！」

「ワハハハッ」

その間、少し遅れて来た斎藤氏が、神戸からのテレックスで、設計の前原君が日曜の朝到着の連絡が入った旨、伝えた。

そんな中、沖山は、そっと席をはずし、先程ホテルに入っていたメモを取り出し、イトメンの西川支店長に電話を入れた。電話口に出た西川は、明日の土曜の昼前にでも、イトメンの事務所に、沖山一人で来るよう要請した。沖山は、時間的に何とかなると思い承諾した。

沖山が、席に戻ると、依然として皆の歓談が続き、もう一段ボルテージが上がりそうになると、周囲を気にして岸さんが盛んに皆を鎮めていた。

これで、有志が二次会に行けば、皆のエネルギーも発散出来るだろうと思った。そんなことも暗示しつつ沖山は、大浜部長に耳打ちして、今夜は若い連中中心で、ブエノスの夜を探索する旨話をし、「いいじゃないか、行って来いよ」と承諾して貰った。

次々と料理が運ばれて来て、皆も満足そうに舌鼓を打っている。

大浜部長が、平山氏に向かって、

「平山さん、ヒョッとすると、コレ取れるかも知れませんね」

と話し掛けている。

「平山さん、今回我々のＰＲ会に参加して貰って、率直な感想は如何ですか」

「大変良かったのではないですか。私としても、今回のプログラムの構成が素晴らしかったと思いますよ。初めに映画で、日本と日本の鉄鋼業の現状と、技術レベルの高さが、理解して貰えたし、日本を再認識というより、初めて認識させることが出来ましたよ」

「アレは確かに効果的でしたね」

「えぇえ。それに続く桐田さんや、崎山さんの説明も良かったですね。私も山中重工さんのやり方には、感心して聴いていましたよ」

「そうですか」

「終わってからのヒメネスの感想だって、アレは、本音だと思いますよ。かなり感銘した様子でしたよ。時々、隣の課長に質問や、確認をしながら、実に熱心に聞いていましたよ」

「フム」

「カイザーだって、自分達の知らない新しい技術を聴かされて勉強になったんじゃないんですか。彼等がどんなコメントをするかは、分かりませんが、大成功であったことは間違いないと思いますよ」

「そういうコメントを聞くと、俄かに信じられないところもありますが、とにかく心強いですな。この調子で、これからも油断なく頑張って行きたいものですね」

「とにかく、幸先よいスタートですから、スペックと価格が、しっかりすれば、十分チャンスがあると、私は思いますね」

「気分が良いとワインも料理も一味違う感じがしますね」

と沖山が口を挟んだ。そして心の中では、これで安心するのは未だ早いと思っていた。技術と価格という正攻法で先ずトップに立つ必要がある。その意味で今回のＰＲ会は、成功への第一歩に過ぎない。入札に際し、如何に技術的に優れた計画書が出せるかが問題なのである。

優れた計画書を出した際に、客先及びコンサルタントの書類を審査する眼が、今回のＰＲで、多少変わって来ることになるだろう。やっと一軍選手として認められたに過ぎないし、本番で良い成績を上げることが本当の勝負になるのだ。

「大浜部長、譬えは悪いかも知れませんが、丁度オリンピックの無名の体操選手が少しぐらい良い演技をしても認められないのに、有名選手は、そこそこの演技でも、良い点がつくようなものじゃないですか。今回のＰＲで、我々のチームも一流選手並みになったということかも知れませんね」

「沖山さん、まさにそういうことですよ。上手い譬えじゃないですか」

と平山氏が相槌を打ってくれた。

「要するに、本番が勝負、油断は禁物と言いたいのだな」

「ご明察の通りです」

「それが正しい見方だろうね。でも、今日は、精一杯飲んでくれよ、ホラ、みんな良い顔をしてるじゃないか」

「ハハハ、わかりました。それもそうですね」

二次会で、現地のバンドが入ったバーに行った後、殆どの連中は、ホテルに引き揚げた。

平山、桐田、高田、岸氏と沖山の五人が、平山氏の案内と通訳で、入口のドアに大きくKと書かれたクラブに入った。中は薄暗く、奥の席に案内された。女の子も殆どいない。カウンターの中のバーテン見習いだけだ。

平山さんが、チーフのような人と話していたが、席の方に戻って来た。

「女の子は、十二時にならないと来ないんだそうです。今十一時前ですか」

「話には聞いていたけど、本当に十二時からなんですね」

「それで、何時までですか」

「ダイタイ四時頃までだそうです」

「それ以後は、当人同士の話し合い次第で、デートも出来るらしいですよ」

「四時過ぎじゃ、身が持たねえよ、なあ」

「どうも、女の子は、ウルグアイや、パラグアイの子が多いらしいですね」

「ここはカソリックでしょ」

「そうなんです。だから法律上は、あくまで禁止だし、相当に厳しいらしいですよ。店が終わってからは、個人のデートというのが立前ですが、時々取締りもあるらしく、女の子も慎重ですね」

「相当厳しいということですか」

「いや、彼女達も、アスンシオンやモンテヴィデオから稼ぎに来ているので、そりゃ稼ぎたいんですよ。この近くだと危ないので、デートはかなり離れた街角を指定して、別々に出てそこで落ち合うらしいですよ」

「なるほど、かなり警戒してるんですね」

皆水割りを飲みながら話を始めたが、もう時間が遅いのと、女気がないのでどうも意気が上がらない。

「この国では、体力がないと遊びも出来ませんな。地球の裏側に来ると、いろいろ違うもんですね」と張り切っていた岸さんも拍子抜けの態だ。

やがて、二人、三人と女の子が出勤して来た。店の従業員ではなく、個人個人が独立して、稼いでいるとのことだ。

四人、五人とようやく女の子が、一行の席に付いて途端に賑やかになって来た。

皆顔のホリが深く、目鼻立ちがはっきりして、ラテン系の美人揃いだ。

岸さん、桐田さんが、盛んに英語で隣の娘に話し掛けているが、中々通じない。平山さんに時折助けを求めて、彼女達が川向こうのモンテヴィデオからのウルグァイ人と判った。

言葉は通じなくても、両氏はその道のベテランらしく、日本語を教えたり、スペイン語を教わったりして、結構楽しんでいる。先刻までの意気消沈振りからみると、見違えるばかりだ。

六人編成のバンドも始まり、クラブも活気付いて来た。高田さんは、元来無口な方だが、早速小柄な眼のクリッとした娘と、フロアの中央に出てダンスを始めている。

沖山は、半年余り輸出営業部の有志で自習をしたスペイン語が、どの程度通じるか、今が好機と、一生懸命隣のスサーナという娘に片言で話し掛けている。片言なので時々行き詰まるが、結構話が通じるので、急に自信が湧いて来た。

大したことを話している訳ではないのに、傍から見ると上手く見えるらしい。岸さんが、

「沖山さん、大したもんだな、スペイン語がこんな上手いとは、知らなんだ。能ある鷹ですね。食堂のボーイ相手にコーヒーを頼んでも何とも思わないけど、夜になって相手が女の子だと俄然差がついた感じだな」

「いや、片言ですよ。昼間より夜の方が、それも可愛い娘だとよく通じるみたいですね」

「口惜しいけど、大したもんだ」

平山は、独りニヤニヤしながら、適当に隣の娘をからかったりしている。商社の人は、こんな時でも、仕事の一部と心得て、決して嫌な顔もせず、乱れずに泰然としている。沖山は、改めて平山さんに敬意を表したい気がした。

店は、他の席にも客が一杯となり、盛況となって来た。六人のバンドマンも、次第に興に乗ってボルテージも上がって来て身振りにも熱が入る。これからが佳境に入る感じだ。

フロアで踊り始めたカップル達は、さながらラブシーンの如く、情熱的に、情緒溢れる見事な姿態を見せて踊っている。思わず見とれてしまう。

プロポーションの貧弱な日本の男共は、身のこなしもギコチなく、どうも垢抜けしない。踊っていても、急に貧相に見えて来るから不思議だ。

二時を過ぎると、さすがの平山氏にも疲れが見え、生あくびを始めた。沖山は、他の三人は別として、とても四時、五時までは付き合えないし、平山氏に付き合わせる訳にも行かぬと感じた。

他の三人は、絶好のチャンスとばかり、その気になっている。平山氏に耳打ちして、色々と確かめて貰

った結果、四時を過ぎれば自由に出られるとのこと、価格も纏まり、待ち合わせ場所の地図を書いて貰って、しっかり確認した。

平山氏と沖山は、喋れぬ三人を残して出るのも気が引けたが、三人とも時計を見て、引き留める訳にも行かず、二人は先にホテルに戻ることで話がついた。

店を出る前に、彼女等一人一人とも再確認して、それを三人に伝え、武運長久を祈って退散した。

平山と沖山に振られた娘がツンとして、送りもせずに他の席を探していたのも、少し憐れであった。が、二人ともヘトヘトである。午前三時前であった。

その四

翌日の土曜日は、十時にＯＳＫの事務所を開けて貰い、各自が勝手な時間に出勤し、書類の整理や、レポートの纏めをやっている。

昨夜最後まで残った三人組は、ホテルでダウンしているらしい。


沖山は、十時過ぎに事務所に顔を出した後、独り抜け出して、イトメンの事務所へ向かった。未だ昨夜のアルコールが少し残っていて、頭が重かったが、冷んやりした空気が気持ちよく、たまに老夫婦がウインドーショッピングをしている程度で、人通りの少ないフロリダ通りを南に足早に歩いて行く。


イトメンに着くと西川支店長と小島氏が待っていた。

「やあ、久し振りです。その節はどうも」

「いつも長旅ご苦労さんです。最近の日本はどうですか」

「時々、過激な学生があばれたりしてますが、全体的には、佐藤内閣にも安定感はあるし、まずは、順調というところでしょうか」

「やあ、外国から見ていると、日本の新聞は正しく日本の情勢を伝えているとは、言えませんね。国内のつまらぬ記事ばかりが満載されて、国際的視野が全くありませんね」

「そうですね。私には、日本は稀に見る安定期に入ったように見えるんですが、体質は未だ脆弱な点もありますから、着実に技術開発や生産性の向上を図って、あらゆる分野で国際競争力を付けて行くことがポイントでしょうね」

「ところで、今回はサンニコラスで、大変立派なPR会をやったようですね。SIMの上層部でも大変な評判ですよ」

と西川支店長がイキナリ沖山の度胆を抜くようなことを口にした。沖山は、「待てよ。我々がPR会をやったのは、一昨日と昨日じゃないか。それをどうして、イトメンがもう知っているんだ」と一瞬頭が混乱しそうになった。「OSKの支店長だって、恐らく未だ知らない筈なのに」と重ねて考えてしまう。

自分達の情報源の凄さを誇示して、山中重工チームを取り込もうという、西川の作戦なのだろう……。

「我々の情報ルートも半端じゃないでしょう、沖山さん」

「ウーン」

「ところで、この前の話、藤田さんと相談してくれましたか」

「しましたよ」

「何と言っておられましたか」

「未だ詳しい事も分からないし、作戦や大きさも分かりませんが、方向としては、肯定的です。よろしく、という事です」

「そうですか。それなら、少し突っ込んだ話をさせて戴きましょうか」

と西川は、タバコに火を付け、しばらく考えてから話を始めた。

「いいですか、沖山さん。我々の情報網が、キチンとしているのは、お分かりですね」

沖山は、無言で頷く。

「中間の事務レベルと、トップレベルの両方があると思って下さい。通常の情報は、事務レベルの方が実際の実務を取り扱っているので、詳しい情報が入ります。しかし、重要な案件や、決定事項は幹部会やトップで決まります。我々の識る所では、今回の入札案件の最終審議は、七人のメンバーで構成する最高幹部会で行われ、最後は、この七人の多数決で決まります」

「フム」

「七人とは、元陸軍の将軍だったオルガノ会長、フランコ社長、これは元商工省の次官、副社長のベラーノとサンチャーゴ、それに二人の常務サミュエルとホセで合計七人。ホセはサンニコラスの製鉄所長です」

西川支店長は、更に続ける。

「このうち、最も実力があるのは、フランコ社長だが、オルガノ会長の力も侮れない。二人の仲は、ほぼ上手く行っていると思われる。二人の副社長は、共に次期社長を狙っていて、ライバルと言われているし、何かあるとよく意見が分かれるらしい。サンチャーゴが経理を掌握しているし、ベラーノは、元は軍人だが、石油開発公社から次期社長含みで、一昨年ＳＩＭに入った。とまあ、こんなメンバー構成です」

沖山は、途中からすぐ手帳を取り出してメモを始めたが、書き漏らしたところを慌てて確認している。

そして、少し口惜しいがイトメンの実力を、再認識せざるを得ないなと思った。

西川支店長が、大きな口をきくだけあって、満更ハッタリばかりではないことが解って来た。

「サミュエルは、総務というか、全体の世話役をやっており、ベラーノが次期社長と睨んで急接近をはかっているようだし、また、サンチャーゴと製鉄所長のホセとは、実務派の名コンビとして、実際の経営に重要な役割を担っていることは確かだ」

「支店長、アントニオが抜けてますよ」

と小島氏が横から口を挟んだ。

「あ、そうか。技術担当常務のアントニオ、彼は、学者肌の真面目な技術者で、まあ、中立だろうが、一番読みにくい相手だ」

「我々は、今は未だ名は言えませんが、このうちの一人の大物と自由に話が出来る立場にあると思って下さい、沖山さん」

「そうですか。なるほど」

「この最高幹部会議で決まることは、間違いないのですが、その前に、ヒメネスを責任者とする製鉄所側が、コンサルタントの、『何て言ったっけ』」

「カイザーですか」

「そう、そのカイザーと相談して、答案用紙に答えを書いて、会議に上申する形をとるらしい」

「なるほど」

「私の予想では、この国のことだから、一社に決めて、上に推薦することはないだろう。必ず二社が残ると思うべきだ」

「それで、会議で決まる訳ですか」

「決まる訳だが、その前に外部の圧力が掛かる可能性が強いと見なけりゃいかんでしょうね」

「外部とは？」

「大統領筋ということはないだろうが、政府では、商工省筋と、この国際借款にからんで来る中央銀行だろうな」

「ウーン」

「従って、先ず重要なことは、この筋との関係を念頭に置きながら、この七人のうち四人を如何に取り込むかということだろうね」

「なるほど」

と沖山は、当面黙って聴くよりないが、頭の中は、めまぐるしく回転している、が殆ど空廻りに近い。

「それ以上に大事なことは、ドイツ勢が永年のＳＩＭとの関係や、政府筋へどの位、働き掛けて来るのか、今のところ、未だ皆目見当がつかないことなんだ」

「でも、それは、十分やって来ると思わな、しゃないでしょう」

と小島氏がボソッと言った。

「彼等が黙ってる訳はないな」

「それに、もう我々が知っている訳だから、今回の山中チームのＰＲ会の評判が、今頃ドイツ勢に聞こえていますよ、きっと」

「そうだな。そうすると、何れは巻き返し作戦があるという訳だ」

「そうですね」

「問題は、ドイツ勢が高炉を取りたいのか、転炉を取るつもりなのか、それとも、二カ月遅れの圧延機を狙うか、ということだな」

「そうなりますね」

と西川と小島が話すのをなおも、沖山は、黙って聞いていた。

「と、我々は読んでいる訳だが、沖山さん、いかがですか」

どうだ、と言わんばかりに沖山に向かって、西川が問い掛けたが、沖山は、自分が莫然と感じていた勝負の帰趨を、具体的に且つ明解に解析されて、少しショックを受けていた。暫く黙っていると、西川が続けて、

「今回の御社のＰＲ会が大変効果的であったことは、間違いないんだが、反面、こちらの存在を相手に教えてしまって、必要以上に、相手に警戒心を抱かせたかも知れないですね。少し酷な言い方で申し訳ないが、それも計算に入れる必要があると思うんですよ」

「ウーム」と沖山も考え込んでしまう。全く気が付かなかった事だが、或いは、西川の言う通りかも知れなかった。


余り有頂天に喜んでばかりはいられないが、これは、頑張った技術陣の責任ではなく、日本に関する基本的な知識に欠ける客先の意識を変える為には、一度は突破させねばならぬ大きな壁であったことも、また間違いのないことであった。

予想外の副作用があったところで、それはそれで止むを得ないことなのだ。

然し、これからは、更に正しい情報分析を基に、適切な手段で効果的な作戦展開を図らねばならない……。


「どうしました。沖山さん、少し辛辣なことを申し上げたので、気分を害されましたか」

「いや、そんなことはありませんよ。頭の回転が追い付かないので、中々考えが、まとまらないんですよ。確かに、おっしゃる通り、ドイツ勢に対しては、無用な警戒心を起こさせたかも知れませんね」

「思い過ごしだと良いんですがね」

「でも、仕方ないんですよ。一度は越えねばならない山なんですから」

「そうだね」


休日の為、誰も居ないので小島氏が湯を沸かして、コーヒーを入れて来た。

丁度コーヒーブレークのような格好になって、少し張りつめていた沖山の気持ちが、ゆるんで落ち着いて来た。

併せて、西川支店長の話にもジョークが入り、ゆったりした調子に変わって来たようだ。

「それでね、沖山さん。これで、山中重工さんとしては、今後入札に全力投球するでしょうから、計算書を入札価格で多分トップか、悪くても二位に残るでしょう」

「そうありたいもんですね」

「と言うことは、コンサルタントや建設本部で多少の附帯意見が付いても、予選は通ると見てよいと思うんですよ。つまり、幹部会に上申する二社に残る可能性が強いでしょうね」

「予選落ちじゃ話になりませんからね」

「そうなれば、沖山さん、先程の最高幹部会の評決になりますよね」

「我々が、入札で上位に残ればですね」

「その時の作戦を、今から練る必要がある、いや、練らなアカンと言うことですわ」

「ウーン」

「だけど沖山さん、若しドイツが入札一位で山中さんが二位だったら、正直言って巻き返すのは、不可能でしょうね」

「先ず無理だろうね」と小島さんが頷いた。

「従って、沖山さん、山中重工さんが一位になるしか可能性がない訳だね」

「そりゃそうでしょう」

「私は、これも少し残酷なようだが、現状では、たとえ一位になっても、五分五分と思うんだ。それだけ、ドイツ勢の巻き返しの力が強いと思うべきだと思うんだ」

「恐らくそうでしょうね」と小島氏も同調した。

「であるが故に、私は、入札で一位に入ったときに、ドイツ勢に巻き返されぬ為に、そして確実に受注する為の作戦展開を、今から周到に準備しておくことが肝腎だと思うんですよ」

「そうですか。漸く大体の筋書きも分かって来ました。どうぞボチボチ本題に入って下さい」

「そう。沖山さんだって、帰って御社の上司にこの程度の説明が出来ないと、中々すんなりＯＫを貰えませんよね」

　どうやら、西川の方が年齢の功で、一枚も二枚も上のようだ。

「また、この手の話は、いろんな人に話す訳に行かないので、我々が話が出来る大物一人を軸に進めようと思うんですよ」

「そうですか」

「最終的には、四人を味方に着ければよいのですが、出来れば六対一、悪くても五対二ぐらいを狙う必要があるでしょうね」

「成算はありますか」

「いや、全く分かりません。今からやってみるのですから。それに、ドイツ勢も今頃同じようなことを考えてるだろうから、すべては、これからが勝負ですよ」

「なるほど」

「多数派工作ですからね。入札前は、未だ何も見通してないので、旗色を鮮明にする奴はいませんから、本格的には、入札してからでしょうな」

「一番良いのはね、沖山さん」と小島氏が沖山の方を向いて、

「入札価格で、出来るだけ差をつけて、皆が勝ち馬に乗ろうと思わせることですね」

「そうか。そうなりゃ一番いいですね」

　と沖山は、入札でも本当に一番札をとれるんだろうかと不安が横切ったが、帰国後工場側の説得がポイントだなと思った。

そして今日の話の概要だけは、大浜部長に言わねばならないだろう。それに絡めて彼の協力を依頼することにしよう……。

「それで、沖山さん、以上の話の概要を藤田さんに話して下さい。多分成功報酬ベースで行けると思うんですが、場合によっては、多少の気付薬程度は要るかも知れません。それも入札後で結構です。これは、クローズドテンダー（非公開入札）だから、入札後の我々の情報をみて、我々の信頼度を確認して下さい。それで、その次の作戦にすぐ乗れるよう、よく打ち合わせをしておいて下さい」

と西川は自信満々に沖山の上司への説得を要請した。

沖山も、ほとんどその通りだと思ったので、

「そうですね。分かりました。どの位を考えていたらいいんですか」

「そうですね。先ず最低で一本、多くても二本まででしょうね」

「そうですか。分かりました」

「藤田さんと話された後、御社の考えを一度ご連絡下さいな」

「はい」

「実際にやるとなると、外貨と言うことになるし、結構難しいんですよね」

「ああ、そうか」

「それは、先に行ってからお話ししましょう。それまでにやり方を考えておきますよ」

「はあ」

「入札の時は、藤田さんは来られますか」
「いや、多分入札後の技術説明会のときになると思いますが……」
「アア、その時でいいや、じっくり話が出来ますな」
「そうですね」

基本的な話は終わり、雑談に入った。沖山はイトメンの口銭の話も気になったが、敢えて口にしなかった。入札の際、見積りに入れておく必要があるなと思った。

それに、外貨の絡む話は、余り触りたくないし、一括してイトメンの口銭の中に含める方が……。等と考えながら、西川支店長のゴルフの話を殆ど上の空で聞いていた。

「中島君、あそこへ行こう」
「そうですね、行きましょう」
「沖山さん、チョッと変わった物喰いに行きましょう」

と沖山を誘った。

街はずれのしもた屋で、日本人のオバサンが一人で、特定の客だけを相手にやっている日本飯屋で、思い掛けなく干物や生ウニ等をご馳走になった沖山は、三時前にOSK事務所に戻って来た。

それにしても、西川は、人の意表をつくのが得意のようで、相手を煙に巻いて悦に入っていた。ここの日本飯も予想外で、素晴らしかった。が、それだけに、これからのイトメンとの付き合い方について、沖山は一歩用心して掛かる必要を感じ始めていた。

頭も良いし、仕事も出来るのだが、裏芸が専門のようで、中々の曲者かも知れないのだ。嘘をつくことはなさそうだが、ハッタリは、時折はずれることもあるだろうし、手練手管に振り廻されるかも知れないのだ。

それに、ＯＳＫとは犬猿の仲だし、大使館との付き合い方も、微妙なものもありそうだ。

でも、止むを得ない。この辺りの話は、第三者には、解せないだろうから、沖山としては、孤独の中で、イトメンとの付き合いをして行かねばならない。

ＯＳＫ事務所へ戻る途中、沖山の頭には、様々なことが思い浮かんでは消えて行った。

西川支店長の話を反芻して行くと、裏チャンネルの動きは、どうも入札の直後から始まりそうだ、その時の情報の入り具合で、イトメンのチャンネルの信頼度が、一応判定出来るだろう……。

然し、情報が入ることと、十分な工作が出来るかというのは、別問題だろう。実際には、そんな工作が本当に出来るのか、或いは、逆に全く必要ないかも知れない。

そうなれば、全く無駄ということになるが、それは割り切って考えねばなるまい。

何れにしても、入札後の情報の入り具合で判断せざるを得ないし、ＯＳＫ側にそれ以上のチャンネルが出来るとは到底思えないので、イトメンに掛けることになるだろう……。

そう割り切ると、沖山は、少しホッとしたが、暫くしてまた別の思いが廻って来た。

これでＳＩＭ内部の動きが、半分程判るとしても、このチャンネルでは、ドイツ勢の動きが全く分からない……。

若し、ドイツ勢が動き出して、ＳＩＭの反対派と結びつくと、半分の情報しか入らないだろうし、全体の見通しも極めて不透明なものとなろう。何か別のルートでドイツ勢の動きを探る方法はないだろうか……。

そこまで思い到ると、沖山は、これは山中重工自身では難しいし、駄目で元々だから、ＯＳＫに探って貰おうと、思いついた。彼等の欧州でのネットワークもあるし、上手く行けば、通常の活動の中で依頼出来るかも知れない。その場合、指示は東京の重機部から出ることになるだろうから、機会を見て平山さんに話をしてみよう……。

その五

ＯＳＫの事務所に戻ると、皆昼食を終えて帰って来たところで、ソファに寛いで日本からの新聞等を読んでいた。

　沖山が入って行くと、

「オッ、沖山さん、どこへ行って来た？」

「いや、日本から書類や届け物を頼まれて来たんで、それを持って三社程表敬訪問して来ました」

「さすが、営業の人は顔が広いな」

「ところで、大浜さんは」

「大浜部長は、下の店で、土産物をさがしていますよ」

　と話しているところへ、大浜がニッコリ笑いながら、包みを抱えて帰って来た。

「ヤッ、何を買われましたか。部長」

「駝鳥のハンドバック二つと、針鼠の手袋。中々いいよ。皮製品は、加工が粗っぽくて、お粗末のが多いけど、下の店は、一番上等なんだそうだ。以前に皇太子夫妻が来られたとき、美智子妃殿下もここで買われたらしいよ」

「そうですか。後で一度見て来ようかな」

　午後は、皆早々に引き上げることにし、ホテルでの昼寝組と散歩組に分かれた。

沖山は、夕方大浜の部屋を訪ね、今朝のイトメンでの話の概要を、これは営業の仕事ですが、と前置きして、報告した。

「この件は、出発前に予め藤田課長と相談はして来ましたが、話が若干具体的になったので、帰宅してから、藤田課長と相談して、営業サイドで進めさせて頂きます」

「ウン、そうしてくれ」

「部長には、こんな事があるとだけ、頭の隅に入れておいて頂ければ、結構です」

「ウン、そうだな。それ以上は知りたくない面もあるしね」

「唯、来週にでもイトメンの支店長をご紹介しますので、一度逢っておいて下さい」

「そうだな、その辺りは、君に任すよ」


「しかし、今の君の話から推察すると、当面は入札書類の完成に全力投球するとして、その結果次第で、未だ未だ大変のようだな」

「そうですね」

「今回のPR会で、喜んでいても仕方ないやね。それ以降、何か手立ては考えられるかね」

「これからゆっくり考えてみますが、今のところは、先ず入札で、価格も技術でも、先ずトップになることですね」

「ウン」

「ドイツ勢の動きに関しては、OSKの東京から、デュッセルドルフにでも指示して貰って探って貰うことにします」

「なるほど」

「それに、もしトップになった時に、ドイツ勢の動きを牽制する為に、その時点で日本の大使主催のパーティーでもやって、ＳＩＭのトップの人達を招待出来ないかな、と思っています」

「そうか。妙案かもしれんね」

「何れ、ＯＳＫと相談しますが、その時は、当社からも安井専務に来て貰う必要がありますね、ホストとして」

「専務じゃ役不足かも知れんね。社長か、副社長にでも」

「でも、あの副社長じゃ、みっともないですよ、それより専務は、外国慣れしてるし、風貌も立派だし、コチラで副社長の名刺を作って置きますよ、その時は」

「それもそうだな」

「帰国後、藤田さんと相談しますけど、部長、その時は必要に応じて、バックアップをお願いするかも知れませんので、よろしく」

「そうか。分かった。何でも言って来いよ。思いついた事は」

「是非お願いします」

「ウン。お宅の藤田さんは大物課長だし、下手な部長より、余程実力があるから、彼に頼めば、大抵のことは間に合うだろうがね」

それから暫く、二人は、入札の進め方等について話し合った。

「部長、一つお願いなんですが」

「何だ、早速か」

「はい。客先の仕様書のうち、指示が曖昧な部分があるでしょう。特に範囲に含めるべきか否か明確でない部分があると思うんですよ」

「そりゃあるかも知れないが……例えば？」

「よく分かりませんが、例えば、家で言えば、そうですね、カーペットとかエアコンとか、キッチンの設備とか、垣根とか」

「そりゃ、探せばあるだろうな。それをはっきりさせろと言うのか」

「いや、違うんです。それを部長ご自身でなくて結構ですから、誰かに探させて下さい」

「それで？」

「それを幾つか曖昧のままにして、どちらにも解釈出来る表現で、仕様書に書いて欲しいんです。文章作りは、私も手伝いますから」

「それでどうするんだ」

「それぞれのコストはしっかり把んでおいて、入札後、相手との価格差を睨みながら、範囲内かどうか、質問に応じて回答するんです」

「なに？」

「つまり、それ等を除いた価格で、取り敢えず一番札になっておいて、入札後か、契約後にでも、追加工事として、その分取り戻すんですよ」

「一番札がとれないときは？」

「その時は、当方は、これこれを全部含んでいますが、相手はどうか、と聞き、範囲外でもよいとの回答なら、更に価格を下げるチャンスが出て来る訳ですよ」

「なるほど、君も結構ワルだな」

「いや、これは入札の高等テクニックの一つですよ」

「判った。その不明な部分を技術サイドで、探してコスト計算をしろという訳だな」

「そうです」

「よし、一度設計部の中で趣旨説明して、二、三のアイテムをそんな具合にしてみようか。だけど、表現の仕方が結構難しいな」

「私も、お伝いしますから……」

「ポサッとしているようで、君も色々考えてるじゃないか」

「入札は、原則的に一発勝負ですからね。この程度の逃げ道を作っておかないと、恐ろしくて……」

「契約後に追加なんか出来るかな」

「そりゃ、中々難しいとは思いますよ。然し契約後は、事務処理は、建設本部つまり現場サイドに決定権が移りますから、現場の責任者との打ち合わせとかで決まりますよ」

「打ち合わせとか、でな」

「そうです。その時は、上層部に薬が効いていれば、苦情は出ないと思いますよ」

「そんなに上手く行くかな」
「或いは、日本に招待ぐらいせねばならんかも知れませんね」
「日本へ招待か、なる程ね」

大浜は、内心営業マンとしての沖山の智謀や豊富なアイディア、取らんかなの熱意、すばやい行動等に改めて感心した。

「自分達のような、その道一筋の技術屋では、到底及ぶべくもない……。頭も軟かいようだし……。こういう営業マンと組んで仕事をするのも、楽しいし、当面の仕様書作りに全力を挙げて、期待に応えてやらねば……。

プラントの輸出なんか、この位の営業マンでないと務まらないな」と思った。

丁度、其処へ散歩組の林が、外から戻って大浜の部屋をノックして入って来た。大浜は、一瞬この男は、プラントには向かないかな、との考えが頭をよぎった。

「どうだった、林君」
「パレルモ公園へ行って来ました。広くて奇麗ですね」

それから一頻り、公園での見聞録や、スペイン語会話の本を片手に、若い娘に話し掛けて、通じたのは良いが、十倍のスピードでペラペラと答えが返って来るので、サッパリだったとか、のんびりした話が続いた。

沖山は、ようやく朝から思い詰めていた仕事の話から解放されて、時にはリフレッシュする必要を感じた。そして先程斎藤氏が提案してくれた、明日のラプラタ河船旅に自分も参加してみようと思った。


「そろそろ、飯の時間ですね」

「そうだね」

その夜は、沖山が郊外の日本人会館に日本食を喰いに皆を連れて行くことになっていた。

七時にロビーに集合して、全員で地下鉄に乗り、肌寒い夜道を歩いて、日本人クラブに着いた。元々現地に移民として移り住んでいる日本人達がブエノスアイレスの近郊で、花屋や洗濯屋等を営んでいる。その人達が中心で作っているクラブで、コンクリートの建物を入ると、壁の掲示板に、宮崎とか鹿児島とか、九州の県人会単位の掲示が眼に付く。

食堂には、当地で働いている人が、一人か二〜三人のグループで、タブロイド判の日本語新聞や、漫画を読みながら、静かに食事をしている。

日本からの出張者は珍しく、ここでは異和感がありよそ者のようだが、これだけ多勢で来ると、些か主客転倒したようで、いつもと違った雰囲気になってしまったようだ。

久し振りに見る日本語のメニューに、皆少し興奮気味で、各自が思い思いの料理を注文している。薄暗い場末の一杯飲屋の感じが、少しも気にならないようで、沖山は内心ホッとしていた。

実は、ここに来る前は、相当寂れた処だし、余り奇麗とは言えないので、口うるさい誰かから、文句の一つも出るかと、覚悟していたが、それも皆の日本食への飢餓感の強さの前には、全くの杞憂であることが判ったのだ。

こんなことで、ハードな仕事と男だけの長旅のストレスを解消することが存外大事なことなのだ。

但し、坊ちゃん育ちで場末に似合わない大浜部長だけは、独り心地良さとは遠い顔で、黙って皆に付き合っているようだった。

その六

日曜日は、午後に設計部の前原君が、現地製作用の図面を持って到着するとのことで、平山さんと沖山が、出迎えに行くことになった。

ホテルで休みたいと言う崎山さんを除いて残りの連中は、斎藤さんの引率で、ラブラタ河の船旅に出掛けた。草原と違い、これまた海と間違うような広い、向こう岸の見えない河の旅をそれぞれ楽しんで、満足気の顔で夕方ホテルに帰って来た。


午後に着く予定のカナダ航空機が二時間も遅れている。沖山は、平山さんに今後の進め方の一方法として、ドイツ勢の動きを探ることと、将来大使主催のパーティーを大使館で、やれるかどうか、一度検討して貰うよう、依頼した。

平山氏は、東京の内海常務から、然るべくデュッセルドルフに指示するよう、早速依頼するが、実際の動きが判るのは、入札してからだろうと言った。パーティーに関しては、ブエノスの長沢支店長と相談することを約束してくれた。

漸くアナウンスがあって、カナダ機が着くらしい。二人は、頃合いを見計らって、乗客の出口に行った。やがて荷物を抱えた乗客が次々と出て来たが、待てど暮らせど、前原君が出て来ない。遂に最後の乗客らしい人が出て、係員が出口を締めようとしている。

慌てた二人は、係員に外に乗客がいないことを確かめると、カナダ航空の係員を捕まえに事務室を捜して走った。

やっと捕まえて、日本から出発したとの連絡あった旨を伝えて、何故、乗っていないのか、何か、途中寄港地のバンクーバーとリマから連絡が入っていないか、と喰い下がった。

二人とも、出迎えに出て、相手が降りて来ないという経験は初めてなので慌てていた。係員は、乗っていないものは分からない、の一点張りで、それ以上は、自分の責任ではないと涼しい顔をしている。

暫く押問答の末、とにかく連絡が無かったかをチェックさせたところ、無かったことが判明した。

途方にくれているところへ、チーフ格の男が入って来た。掛員と何か早口で話を始めた。平山さんが問い質したところでは、バンクーバーで飛行機を変えるときに、日本からの便が遅れると、乗り継げぬことがたまにある。今からリマと、バンクーバーにテレックスを入れるから、返事が来次第、連絡してくれることになり、二人も了解せざるを得なかった。

二人は、暫く考えたが、それ以上妙案も浮かばないので、ホテルの名前を伝え、乗り遅れた場合の次の到着が明後日であることを確認して、取り敢えずホテルに戻ることにした。


ホテルへ帰ると、皆一緒に食事に行こうと二人と前原君の到着を待っていてくれた。

二人だけで戻って来たので、皆がロビーの隅に集まって来た。状況を説明すると、皆も余り事情が呑み込めず、心配顔になった。


結局この騒動は、カナダ航空のチーフの予想した通り、バンクーバーでの乗り継ぎ不備と判明するのに、更に一時間を待たされた。

それでも、事故でないことが判って、皆やっと笑顔を取り戻した。

それにしても、初めての海外出張の前原君は、独りでさぞ心細いことであろう。

第十三章　情勢分析

その一

前原君の到着が遅れて、現地メーカーに出す図面も未着だったので、月曜日は、現地製作の打ち合わせを中止して、計画見直しの必要性の検討会に切り換えた。

これは、全く純技術的な話が中心で、サンニコラス製鉄所見学の結果と、打合で客先から出た質問を基に、現在計画している山中重工案について、桐田さんと高田氏が先ず、レヴューを始めた。

計画図を詳細に見ながら、いろいろ話し合い、それをベースに、山中重工の技術陣とスリ合わせを行って行く。

ＳＩＭの作業者が不慣れなので、出来る丈操業が易しくなるよう、更に細かい配慮が為されて、幾つかの細部で変更が行われた。

昭鉄と山中重工の技術陣が、朝からほぼ一日掛かりで、最終結論を出した。

その間、沖山は、午前中一杯掛かって、藤田課長に詳細なレポートを書いた。特にサンニコラスでのＰＲ会の模様と、イトメンとの打ち合わせ内容につき、話の内容と沖山の私見を添えて、書き終えた。最後の二ページは、別紙として、読了後破棄して貰うことも書き添えた。

沖山の私見は、成功するか否か、現状での判断は極めて困難だが、それ以上の対策がないこと、及びそれを無視しての成功もおぼつかないことが理由で、イトメンの提案に掛けてみるべしとの意見であった。レポートを書き終えた後、暫く沖山は、独りで考えに耽っていた。若し、沖山がＳＩＭの社長であれば、どうするであろうか。

真正直に正功法で、技術と価格が一番であるものを、そのまま買うことになるのであろうか。たとえ、それが、初めて取引きする日本であってもか……。

必ずしも単純に、そうなるものではないかも知れない。

ＳＩＭ社の設立から今日に至る生い立ち、歴史、商慣習や、既存の設備を購入し、建設した経緯、それによって形成された会社同士の繋がり、そして人間関係等、更にはその背後にある宗教や文化までが、有形無形に影響して来ると考える方が、自然ではないだろうか。

同じパートナーを組むのだって、気心の知れた者と組みたいのは当然だし、それが特殊の意味を持つ時は尚更で、余程信頼出来る相手でなくては、組めないだろう。

新参者では危ないだろうし、やり方にも精通したプロでないと、何時不用意な失敗をされるかも知れない。

この種の話は、否定的に考えるとキリがない。次第に気が重くなって来る。果たして、この国の場合、ＳＩＭ社の場合は、どんな展開が待っているのであろうか。

午後からは、沖山は、ＯＳＫの支店長や、平山、斎藤両氏と、ＰＲ会に基づく現状分析を行った。平山、斎藤両氏からＰＲ会の模様の報告を聞いて、長沢支店長は素直に喜んでいた。両氏が特に山中チームの鮮やかな、会の進め方を賞讃し、ヒメネスの最大級の賛辞があったことを報告すると、細かい質問をして、その時の模様を詳しく問い質していた。

そして、早速、近日中に大使に報告すると意気込んでいた。

沖山としては、現時点では、私案に過ぎないがと断った上で、入札後のタイミングを見て、山中重工のトップクラスに訪アして貰い、大使又は山中重工主催のパーティーを催して、ＳＩＭ社の上層部関係者を全部招待する案について話し、長沢支店長の意見を質した。

長沢は、それは名案であり、大使の意向を、機嫌のよい時に打診しておこう、と頻りに頷いていた。そしてパーティーは、大使、ＯＳＫに、山中重工の三者共催がよいだろうとの意見を述べ、平山氏にも同意を求めた。

平山氏も即座に同意した。この場合同意を求めるということは、費用を東京の営業が負担するのだぞ、という意味だとは、後から平山さんから解説があって、沖山は、どこの会社もせちがらい点は、同じだなと思わず苦笑させられた。

支店長や斎藤氏は、ＰＲ会の成功を未だ単純に喜んでいるし、沖山は、先刻独りで考え込んでいた不安感や、イトメンの鋭い読み等と比較して、ＯＳＫは何と素直で呑気なんだろうと、改めてその違いに愕然とする思いであった。僅かに平山さんが、ドイツ勢の動きを気にしている様であったが……。

これでは、ＯＳＫルートの独自の情報蒐集や、舞台裏の動きを期待することは、とても出来そうもないと、いよいよ沖山も覚悟を決める時期だと悟った。

斎藤氏も、沖山とは卒業が一年しか変わらないが、訪問先のアポイント取りや、車の手配、スケジュール設定等やその他の雑務には、全く問題なく誠心誠意やってくれるが、人の良さだけでは、勝負事は勝てないのだ。唯、流れて来る仕事を無難にこなすだけで精一杯のようだ。

作戦上のことは、当分平山課長と相談して行くしか仕方あるまい。先は長いのだし、機会を見て、一度じっくり話し合ってみることにしよう、と思い、考えを切り換えた。


桐田氏と高田氏は、今日で大任を果たすことになり、明日帰国することになった。今夜はささやかな、サヨナラ会でア国の肉とブドー酒をたっぷり味わって貰うことになった。

夕方技術者同士の打ち合わせが終わると、さすがにホッとした様子の桐田氏は、同時に急に帰国することが、目の前に追って来て少し感傷的な気持ちが湧いて来たようだ。

食事の席で挨拶を求められると、立ち上って、

「今回は、本当にアッと言う間の一週間でありましたが、この素晴らしい仕事に参画出来て、本当に嬉しく思っています。幸い、ＰＲ会も成功し、それなりの成果が上がったようなので、あとは入札に向けて全力を挙げて下さい。そして、第一位になって、その技術説明会にまた、私を是非招んで下さい。

そして、再び当地で皆さんと再会出来ることを心から楽しみにしています。今回は、皆さんの温かい心遣いで、充実して愉快な一週間でした。本当に有難うございました。

日本への帰りや、日本からの往途には、是非ニューヨークにお寄り下さい。事前にご一報下されば、万障繰り合わせて、お付合いさせて頂きます。ありがとうございました。

皆様のご健闘を祈っております」

と挨拶された。

簡単な挨拶であったが、皆の気持ちも同じであったことや、少し感傷的な気持ちになったことで、全員一瞬ジーンとした気持ちになった。

それだけ、この一週間で、各社代表や各部門代表の混成部隊に、一つのチームワーク、仲間意識が芽生えた証拠であった。

翌日は、バンクーバーでの乗継不備で遅れた前原君が午後、無事に到着して、ホッとする間もなく、夕方には、夜行便で帰途につく桐田、高田氏に急遽崎山課長も加わることになり、飛行場を往復する平山氏と沖山には、大変慌ただしい一日であった。

前原君が日本から持ち込んだ資料と図面類をベースに、次の日から現地業者を手分けして訪問し、十社ぐらいに引き合いを出して、一通りの説明をすることが出来た。

前回訪問した時に比べ、SIM社拡張計画に関する関心が高まったのと、応札者としての日本チームに対する認識が、正しく為された為に、各社とも真剣に取り組んでくれるようだ。然し、見積り提出までには、最短で一週間掛かり、遅いと一カ月を要する業者もあるらしい。

引合作業が順調に進んだので、平山氏と沖山、と設計の大田を残して、大浜部長以下四人が土曜日の夜行便で帰京することになった。

藤田課長へのレポートを先日帰国した崎山さんに託した沖山は、レポートに書き切れなかったＳＩＭ社上層部攻略についての雰囲気や、凡その考えを伝えてくれるよう、大浜部長に改めて依頼した。そして、神戸工場の設計陣に、立派な内容のある入札書作成に、全力投球すべく檄を飛ばしてくれるよう、部長に強く要望した。大浜は、

「ヨシ、分かった。日本側は任しておけ、今回の一連の活動と流れを、藤田さんに詳しく話をしておくよ、後に残る方は大変だろうが、逐一情報は流してくれよ」

「分かりました。情報は入手次第お送りします。次は、神戸でお目に掛かります。今回は、大変お世話になりました。気を付けて！」

「では、元気でな」

そう言って、皆パスポートコントロールの方へ消えて行った。

残された沖山は、平山氏に向かって、

「出迎えと違って、出張先での見送りってのは嫌ですね。帰りの車の中で妙に寂しくなるんですよ」

「こんなに大勢いたのが、帰ってしまうと、『宴の後』と言った感じですね。特に最後に独り残された時なんか、独りで飯を喰う時の味気なさったら、ないですね」

「急に、家族のことを想い出したりしてね」

「こうやってみると、その時は感じなくても、人間って奴は、何かのグループとか、付合いの枠の中にい

ることで、安定感というか、何か安心してるところがあるみたいですね」

「特に、日本人は個人単位の生活とか、リズムがないから、余計そうなんでしょうかね。メダカじゃないが、とにかく群れたがることは、確かですね」


残された平山、沖山、大田の仕事は、現地業者からの質疑に答えることと、見積りを入手することであり、更にSIM社やカイザー社からの質問があれば、それに解答することである。

それが一通り終われば、大田は帰京し、平山と沖山が、その後の情報入手と、見積書を回収してから帰ることになった。

仕事のペースは、可成りスローダウンすることになるが、それが却って残された者にとっては、辛くもなる。淋しい時は、忙しい方が余程有難いのだ。そんな訳で、

「大田さんは、来週一杯だから良いとして、沖山さん、我々は、焦らず、騒がずのんびり行きましょうや」

「そうしましょう。いつも、この国では、そうしようと思っちゃいるんですが、つい、イライラしちゃうんですよね。今から精神修養のつもりで、挑戦してみますよ」

「沖山さん、余り、こっちのペースに慣れ過ぎると、日本に帰ってから全て通用しなくなったりして……」

と大田が、交ぜ返した。

「ハハハ。でも日本にいた時から、アルゼンチンペースの人もいましたよ、約一名」

「今回、大浜さんは、かなり我慢してたけど、彼には相当頭に来てたようでしたね」

「あれだけ、毎日遅刻してたんでは、しょうがないですよ。本人の責任でしょうね。日本でも、彼は、あ

んな具合なんですか」

「部長が帰国したら、野田さんに相当厳しく言うでしょうね」

「でも、これからは、我々も暫く彼を見習って暮らすことにしましょうよ。のんびりと……」

「そうか。彼のペースにすればいいのか」

「そういう訳で、沖山さん、明日ゴルフやりませんか。斎藤君も誘って」

「そりゃいいですね。でも、大田さんが未だやったことないんですよ」

「いやいや、どうぞご遠慮なくやって下さい。私は、見て廻りますよ」

「あ、そうですか。丁度よい機会だからプロについて習ったら……」


結局、大田は、隣接の練習場でプロに習うことにし、翌日は、パレルモ公園内のゴルフ場の十八ホールを三人で廻った。パレルモ公園は、ニューヨークのセントラルパークやロンドンのハイドパークのように、ブエノスアイレスのド真ん中にあり、大きな木々や、沢山の緑に囲まれた、文字通り市民の憩の場所である。然も大きさも非常に大きく、十八ホールのパブリックコースも、公園のほんの一部という程である。コースも広くて素晴らしく、丘あり、池ありで、平均的なダッファーである三人にとっては、相当タフであった。

その日は小春日和であったので、十八番ホール向こう側が、丁度クラブハウスの食堂のロビーになっており、西日を一杯に受けた人々が、ビールを飲みながら、グリーンに上って来るゴルファーの品定めをしている。良いプレーが見られると、微笑みながら拍手を送ったりして、極めてのどかな風景であった。

ゴルフの後、三人は、斎藤さんの家に招かれ、奥さんの手料理でビールで歓談と、これ以上ない程の寛いだ雰囲気で、ブエノスアイレスでの苦労話等や、珍しい話を聞かせて貰った。

パン粉にビールを掛けて、糠味噌を作る話や、小さな漁港に名も知らぬ魚を色々買って来て、鍋物に少しずつ入れて、試食をしながら、美味な魚を見つけたりした話等に、現地駐在員の奥さん方ならではの苦労が偲ばれて、面白かった。

その二

翌週、現地業者と技術上の質疑の交信を幾つか行った後、火曜日の昼から、三人は、サンニコラスへ向かった。

ホテルサンニコラスは、客の数も少ないせいか、或いは顔馴染みになったせいか、何時もより愛想よく迎えてくれた。ホテルとしての外観も、建物自体も大変立派で、時たま湯の出ないシャワーの部屋に当たることを除けば、まあ、上等の方である。

ザッと見渡したところ、ドイツやフランス等の外国勢が来ている気配もない。ホテルは、ここ一軒なので、製鉄所に来れば、すぐに判る筈である。

翌朝、早速製鉄所に出向き、先ずコンサルタントのカイザー社で製鋼部門担当のキンボールに会った。

彼は、開口一番、前回のPR会が如何に印象的であったかを語り、日本の製鉄所と山中チームの素晴らしさを再認識させられたとを口を究めて誉め称えた。そして、カイザー社としても、日本チームから出て来る入札仕様書を楽しみにしている旨を繰り返した。

そして、何か質問はないかとの問に、一般的な話として、日本の製鉄所についての質問が幾つか飛び出した。

沖山等は、その後も、日本では次々と新鋭製鉄所が建設されていること、それがすべて沿岸製鉄所であること等を説明した。更に鉄鉱石や、石炭の輸入先等の質問にも丁寧に答えた。

細かい技術の質問は、少なく、ＯＧ装置の処理ガス量が極めて小さくなる理由と、本当に煙突から赤い煙が出ないのか、等単純なものだけであったのには、大田と沖山は、少しガッカリした。

コンサルタントと称するアメリカの技術者のレベルも大したことないな、これで本当の技術審査が出来るのかなと。少々心配になって来る。

その後、平山さんが、審査のやり方や、最終結論に至る過程等について質したが、質問する度に、

「それは、大変良い質問だ」

と言う割には、明解な答えが殆ど返って来なかった。故意に答えないのか、それともよく分かっていないのか、それも解せないことであった。


それから暫くの間、山中チームの組織についての質問があり、ＯＳＫや昭鉄等との関連や、それぞれの役割について説明したが、後日、組織と役割を示す表を書面で提示することになった。

その後は、半ば雑談風で、日本の技術者の給与水準や、労働時間、休日等の話題が出て、その都度懇切丁寧に回答した。

二時間程して、帰りがけに、キンボールは沖山との立ち話の中で、

「俺は、三年契約でこのＳＩＭに来ている。もう既に八カ月経ったし、建設開始しても三年経てば、アメリカに帰る。今アメリカでは製鉄の技術者には、余り良い仕事は無いので、このプロジェクトの仕事は、悪くないと思っている」

との話があった。沖山は、

「ああ、そうか。そういうことか」

と納得した。彼は、今までコンサルタントのアメリカ人が、如何なる事情で、どの様な心構えでこのプロジェクトと参画しているのかに、莫然とした疑問を抱いていたが、キンボールの話を聞いて合点が行ったのである。

即ち、彼等にとって、ＳＩＭ製鉄所の拡張計画は、男のロマンでも、素晴らしい仕事でもなく、唯ビジネスの一つとして、一定期間の契約業務として、たまたま携わっているだけなのだ。

近い将来アメリカでは、製鉄所の新設計画や拡張計画は殆どなく、従って、この種の技術者達が新しく育った土壌がある訳ではないし、比較的年配の技術者が、過去に習得した技術をベースに、今後、中後進国に建設されるであろう製鉄所に、コンサルタントやアドバイサーとして、一定期間の契約でやって来るのだ。

それが、彼等にとって悪くない仕事なのだろう。

そうしてみれば、入札案件をドイツが取ろうと、日本が勝とうと、彼等にとっては、基本的にはどうでもよいことなのかも知れない……。

どうも何か物足りないな。暖簾に腕押しのようなのだ……。

沖山は、そんな気持ちを抱きながら、午後からＳＩＭ社の責任者達に会った。

先ず、ヒメネス副所長は、会議が待っているとかで、十分程の会話であったが、前回のＰＲ会が非常に素晴らしかったので、その模様を、最高幹部達に詳しく報告しておいたと語ってくれた。お陰で日本の技術水準の高さも理解出来たこと、入札時の山中チームの提案への強い期待を表明し、頑張ってくれと激励したりで、上機嫌であった。

そして詳細な技術の話は、製鋼部の部長と課長やカイザー社と十分打ち合わせてくれと、握手して、会議へと行ってしまった。


その後、製鋼部長のマルチーノと製鋼課長のサンチュスに個別に面会した。二人とも、技術上のことは、カイザー社任せで全く意見がなく、また、今回の入札でどこの設備を買うかは、上層部が決めることだから、自分はコメントする立場にないと言うのみであった。

沖山は、午前中に感じた物足りなさが、再び心の中に甦って来るのを感じていた。


日本の製鉄所が、新設の設備を買う時は、その選択の良否が、自社の生産性や、生産コストに直接係わるだけに、関係者を総動員して、あらゆる角度から検討させる。各部門の責任感が強く、それぞれが信念を持って、納得するまで、意見交換を行う。

従って、売る側のメーカーの技術者は、彼等の厳しい審査や、質問に一つ一つ答えて行かねばならない。競争相手に勝つ為に、常に真剣勝負になる。ユーザー側の操業関係者は、毎日その機械設備を使う立場なので、細かい部品の形状や材質にも意見を言う。

そして大手製鉄所の技術者の殆どが、東大、京大などの一流大学の出身者だから、生半可な説明では、納得して貰えない。確りした計算根拠や、操業データをベースにした回答が求められるのだ。

そして最後に、最も良い評価を得た設備だけが生き残るので、日本の技術水準は、その都度切磋琢磨されて向上して行くと言ってよい。

それに引き換え、ＳＩＭ社の場合はどうだろうか。入札後の技術説明会で関係者が全て技術審査のチームには、加わるだろうが、この新設の設備による生産性、生産コスト、操業性等も真剣に考える者がいるのだろうか、という疑問が消えない。

副所長のヒメネスは、愛想はよいが、上層部の方ばかりを向いていて、技術者のくせに、それ程技術問題に関心がない。その下の部長や課長は、決めるのは上層部だし、技術問題は、コンサルタントの所掌だと思っている。また、コンサルタントは、所詮雇われ技術者だから、契約期間だけ無難に努めを果たせば、それでよいと思っている。

従って、入札書類を真剣に検討すればする程、相手の受け止め方に手応えの無さを感じるし、拍子抜けしてしまうような予感がするのだ。これは、担当する者の責任感の違いなのだろうか、それとも日本のハングリー精神の方が異常なのだろうか。

沖山は、ミーティングを終え、ホテルに帰りがけに、その事を考えて大田の意見を求めた。大田は、今日の客先との打ち合わせに、莫然と物足りなさを感じていたが、沖山の感想を聞いて、その通りだと全面的に同意し、その説明で自分も得心がいった。と頷いた。特に、コンサルタントの立場については、今疑問が初めて解けた、との感想であった。

但し、本日は会えなかったコンサルタントの責任者のロバーツは、無駄口は叩かないし、も少し骨がありそうな気がするが……。

沖山の今回の感想が、ほぼ的を射ているとすれば、或いは、例の裏の話が決定的となって来る。彼は、また黙って考え込んでしまった。例の話は、矢張り少し気が重くなるようだ……。誰にも言えないし……。

翌日の午前中、昨日会えなかったロバーツに挨拶して、彼等の全般的な感触を引き出そうとしたが、さすがに彼は口が堅く、余計なことは、喋らなかった。それでも、山中チームの実力は、それなりに評価していることは、間違いなさそうだ。

そして、昨日の会議で、転炉部門の入札期日が、価格入札が九月末日、仕様書締切り日が十月二十日と正式に決まった、と告げられた。正式通知は、本日各社にテレックスで連絡されるとのことであった。先に価格を入札されることの理由を質したところ、仕様書作成に印刷期間を見込んだだけでほかに他意はないとのことである。見積書はそのまま金庫に保管するので、封印した後、蝋付けせよとのことであった。

三人は、ホテルに戻り、平山氏がＯＳＫブエノスに電話を入れ、斎藤氏に入札期日の決定を日本に連絡するよう指示した。三人は、ホテルで食事をとりながら、価格入札を先に締め切ることの不自然さを話し合った。

蠟付けして、金庫に仕舞うと言っても、公開入札でないので、先に開いても誰も確かめられないし、文句を言える訳でもない。

何か臭う。疑えばきりがないが、何れにしても、見積価格に関しては、一発勝負だから、この際頑張るしか仕方がない。

「平山さん。このスケジュールだと、私等は入札スペックの作成に最後まで追われてしまうと思うので、価格入札の書類は、平山さんに持ち込んで貰うことになりそうですが、お願い出来ますか」

「そりゃそうですね。スペック作成の最終段階じゃ、沖山さんも抜け出せないでしょうね。いいですよ。私が持って先発しますよ」

「その代わり、大田、沖山にて、スペックを運んで来ますから、待ってて下さいよ」

「そうしましょう」

「十月二十日か」

「ところで、大田さんよ。現地業者との話は、ソコソコにして、早く帰らないとお盆休みに入っちゃうぞ」

「そうなんだよ。金曜日になんとか、発ちたいんだけどね」

「現地業者の見積りが、一つ二つ来るだろうから、それを持って帰れよ。あとは、俺がフォローするからさ……」

「ウン、悪いけど、そうさせて貰うおうかな」

「その代わり、俺も、風管と煙突とコンベアの脚ぐらいの見積りが揃えば帰ってもいいだろ」

「そうだね。土木は、どうせすぐ出ないから、斎藤さんにフォローを頼むしかないね」

「皆、帰ってしまうと、矢張り浮き足立って来るね。帰心矢の如しだよ」

「大田さんよ、リオでバリーグに乗れば、リオ、ロス、ホノルル、東京という便があるぜ」

「そうらしいな」

「会社の規定でも、途中一泊ＯＫだから、ロスかホノルルで一泊して帰ったら……」

「ウン、調べてみよう。切符とれるかな」

「いつも、そんなに込んでないらしいよ」

三人は、ゆっくりコーヒーを飲んで、何時もの長距離バスでブエノスアイレスに向かった。

翌日、ＯＳＫの斎藤氏が、現地業者から見積書を二、三集めてくれたので、大田はそれを一通りチェックした後、早速予約した次の日のバリーグ（ブラジル航空）で、帰国することになった。英語の余り得意でない彼は、一人旅に少し不安そうであったが、リオからは直行便なので、安心しなさいよ、と平山氏に励まされて、読み残した剣豪小説の文庫本を貰ってニッコリ。

元々、米好き、日本食党の大田は、サンニコラスでも毎食肉料理を並べられて、連日ウンザリして、一人オムレツを食べたりしていたが、これで帰国出来ると、顔面一杯に笑みを浮べて、

「沖山さん、今日は俺が好きな物奢ってやるぜ、平山さんも何がいいですか」

「現金な奴め、帰るとなったら急に元気になって来たな。でも折角だから奢って貰おうか、平山さん、何にしましょうか」

「昨日のイタリア料理は、上手かったですね。私は一度、揚げたヤキソバが喰いたいですが、ここには何故か無いんですよ。あのバリバリッとしたヤツが……」

「平山さん、東京飯店で作らせてみたらどうですか」

「そうですね。面白いから一辺やらせてみましょうか。でも歓送会なのに、大田さんに奢って貰うのは、チト悪いな」

「イヤ、これからは、先に帰る奴が奢ることにしたらどうですか。まあ、残留慰労会っていうことにして……」

「それも一理ありますね」

東京飯店に入った三人は、席に着くなり、顔馴染みになったウェイターに、料理長を呼んで来させた。そして、平山さんが、スペイン語で繰り返し、揚げソバの作り方を説明して、料理長に納得させた。頷いて、やってみましょうと言ってくれたようだ。

ビールを飲みながら、オリーブの実をつまんでいると、やがて、他の料理と共に目指すヤキソバが出来て来た。見ると、矢鱈に太い。普通の倍、ウドンくらいの太さのヤキソバだ。

一同思わず笑い出しながら、

「そうか、揚げるとこんなに太くなるのか」

「ってことは、物凄く細いヤツを揚げるんですね、本物は、……」

「でも、上手いですよ。味は、それらしくなってますよ。」

運んで来たウェイターが、料理長がコレで良いか」と聞いています。と言って、答えを待っている。

『ベリーグッド、ムイビェン』と言ってくれ」と平山さん。

ウェイターは、それを聞くとニッコリ笑って奥へ消えて行った。

「面白いね。我々が素人考えでやらせたにしては、上等ですよ。ウマイ、ウマイ」

「上に乗ってる野菜なんか、日本のより上等ですよ」

「沖山さん、我々毎日こういう生活していると、負け惜しみだけが段々強くなるような気がしますね」

「ハハハ。確かにそうですね。口惜しいけど、その通りだな」

「大田さん、今頃日本に帰ったって、暑いだけですよ。も少し、延ばしたら、ここなんか軽井沢より余程涼しいんだから……。軽井沢だって、まさかコートは要らないでしょう」

「ハハハ。平山さんの負け惜しみだって、相当なもんですね。それでも明日本当に帰るの、大田さん」

「何しろ、日本へ帰ると鮨とソバが喰えますからね」

「盆休みじゃ、鮨は無いかも知れませんよ」

「どうぞ御心配なく……」

「口惜しいですね、平山さん。何とか言って下さいよ」

「そう。大田さん、日本じゃ、こんな太いヤキソバは喰えませんで」

「ワッハハハ。違えねえや」


翌日、大田が帰国してしまうと、ＯＳＫの会議室もまた淋しくなる。沖山が現地業者の見積書を読んでいると、支店長室に入っていた平山さんが、

「沖山さん、紹介します」

と言って、カッチリと体格の良い紳士を連れて入って来た。

「石山重工の営業の大貫さんです。今回高炉の入札の件で、エンジニア二人と、数日前から現地調査に来られているそうです」

「大貫です。初めまして」

「山中重工の沖山です。よろしく」

二人は、握手を交わした後、大貫氏が今までの山中重工の活動状況について尋ねたので、聞かれるままに沖山は、今までの活動振りを素直に答えた。

石山重工は、ブエノスアイレスに事務所をもち、駐在員もいるので、今回入札書類に明記してある現地調査をしろとの条件を満たす為に、来日したとのこと。

熔鉱炉設備は、転炉工場ほど機械が複雑でもないので、全部日本での製作とし、建設工事だけを、現地業者にさせるべく、今週二、三の業者とコンタクトした由。巨大な高炉の図面を見せても、彼等は、実績もないし、工法も分からないので、全体の工事の見積りも出来そうもないので、困っているとのこと。

次善の策として、仕事の種類別の工賃単価を調べて、日本での工数の五割増か二倍程度と予測して、見積るつもりとの見解であった。

石山重工と山中重工とは、様々な分野で競争関係にあるが、幸、製鉄機械の分野では、殆ど競合しないので、仲良くやって行けそうだ。

大貫氏は、沖山より少し年配のようだが、サッパリとした性格のようで、話し合う中に二人の意気が合ってきそうな気配であった。

沖山は、今まで余り同業者に知己はいなかったので、機会があれば付き合える人が欲しいと思っていた。

それに、上司の藤田と、大貫氏の上の中島さんが親しい間柄だというのも、沖山は承知していたし……。

沖山は、入札の際の日本側の条件について、両社の共通項目が沢山あるので、或る程度基本的な考え方を、合わせたいと大貫氏に提案した。輸銀の融資条件や、保証、引き渡し条件等である。

大貫氏もすぐに同意し、ＯＳＫの平山氏を入れて、九月頃東京で打ち合わせ会をやることになった。

結着まで、未だ先が長いので、お互いに情報交換をしながら、仲良くやりましょう、と言うことになったのは、収穫であった。そして、早速、翌日は、三人でパレルモ公園でゴルフをすることになった。

仲間が一人去り、代わりに新しい仲間が加わったことになる。


翌週になると、現地業者の見積りを待つしか、他に仕事もない。目指す見積りが入手出来れば、平山氏も沖山も週半ばには、アルゼンチンを離れたいと思っている。

見積りの催促は、専ら斎藤さん、平山さんに任せて、沖山は、出来るだけ一人で、他の商社を訪ねたり、土産物を物色したりで一人歩きを始めた。一人で歩かないと、地理は頭に入らないし、土地勘が全く育たない。

火曜日に、イトメンに挨拶に行くと、西川支店長が、歓迎してくれた。多分明日帰ることになりそうだと告げると、大使館の通産省から来ている岸田参事官を招んで、先日の日本料理屋で、参事官を紹介してくれた。

参事官は、沖山を見て、何だこんな若僧かという尊大な態度を露骨に表し、沖山を無視するかのようであった。

沖山は、後になって恥をかかせては、まずいと思ったので、自分の兄も通産省でお世話になっています。と述べた処、岸田参事官は、一瞬ビックリして、「アッ、君はあの沖山さんの弟か。なるほど眼元がそっくりだ」と言って急に愛想よい態度に変わった。

西川支店長も、それを見て、これで話がスッと通りそうだと、その話の成り行きを喜んで見ていた。

岸田参事官の話から判断すると、通産省から出向している彼の立場からすると、日本から見て、この僻地とも言うべきアルゼンチンに於いて、鉄道建設と並んで、今回のビッグプロジェクトで、何とか日本勢が落札すれば、本省の関心を引くことにもなり、自分の立場なり、存在感なりをアピールすることになる。従って、日本勢の為に一肌抜ぐ機会があれば、そうしてやってもよい。但し、ＯＳＫは領事派だから、俺と仕事する時はイトメンを通じて話を待って来い、という事らしい。

今回の日本勢の正式取扱商社は、ＯＳＫなので、今更止むを得ないので、イトメンに裏筋で頑張れと、指図しているのが、どうも岸田参事官なのかも知れない。

然し、商社マンと違って、彼は、唯御託を並べるだけで、何の力もないし、独自の人脈のある訳ではないので、別に頼りにする者はいない。本省に妙な情報が行って、仕事が邪魔されないように、商社連中が適当に機嫌をとっているだけなのだ。日本へ戻れば、また本省の要職につくかも知れないのだから……。

沖山は、今回の活動振りを一通り説明し、一番札に向けて、頑張るので、絶大なるご支援を、とそつなく協力を依頼した。

沖山が同僚の弟と判った為か、参事官は、極めて協力的な態度で、支援協力は惜しまない、自分に出来ることは何でもやるので、遠慮なく申し出られたい、との事であった。

そして、西川支店長を指して、

「この人は、獣道（けものみち）や蛇の道まで知っている人だから、色々智恵を借りたら良い。この国には、この国のやり方があるからね」

と頻りに裏の話の重要性を暗示するようであった。

沖山は、大きく頷いて、

「是非、そうしたいと思っています」

と述べ、更に、今回は一担帰国し、次回は入札時に書類を携えてまた、来アするので、その節は、よろしくと挨拶して辞した。

大田に遅れること五日、沖山は一ヵ月ぶりに日本の土を踏んだ。

第十四章　決戦の時

その一

沖山が日本に着いた日は、会社は既に盆休みに入っていたので、翌日の夕方、漸く藤田課長の六本木の社宅を訪ね、出張報告をした。

藤田は、逢うなり、

「ヨウ、ご苦労さん、長かったけど元気か、まあ、上がれよ」

と気さくに出迎えてくれた。

「概略は、大浜部長より電話で聞いたよ。PR会は、大成功だったらしいな。大浜さんが、大層君を誉めていたぞ、随分頑張ったらしいじゃないか」

「いや、確かにPR会は成功したようですし、当社としては精一杯だとは思いますが、客観的に見れば、これでやっと欧州勢と一線に並んだところだと思います」

「そうか」

「そうなんです。連中は、日本なんて地球のどこにあるかも知らず、地の果てから来た位の印象ですからね。技術水準の知識も皆無だし、まして当社の名前は、オートバイのメーカーとしか思っていません」

「なるほど、そうだろうな」

「それに連中は、今まで既存の製鉄所の機械は、すべて欧州から買っていますから、寧ろ、日本が元気よく応札して来るので、ビックリしてる位です」

「フーム」

「ですから、今回のPRは、彼等の日本に関する知識が零レベルから、多少上がった程度だと思います。その意味では、映画のフィルムを持ち込んだのが、効果的だったとは、思いますが……」

と沖山は、出来るだけ客観的な見方で説明した。

「そうか。大浜さんの話とは、少しニュアンスが違うな」

それを聞いて、沖山は、既にお耳に入ってるとは思いますが、と前置きして、OSKの支店長室での長沢支店長や、平山氏の話と、イトメンの西川支店長の話を、かなり詳細に話し始めた。

SIM社の最終決定が、トップ七人から成る最高幹部会で決定されること、そして七人とは、会長、社長、副社長二人と三人の常務であること、イトメンが現在このうち、一、二名とチャンネルが繋がっていること、沖山の推測では、それがベラーノ副社長らしいこと等を順に説明した。

そして、最終的には、このうち四人以上を味方につける必要があり、その為のイトメンの予測や、必要な手段、経費等、西川支店長と現地で行った打ち合わせの内容を出来るだけ、予断を交えずに忠実に説明した。その上で、沖山自身の見方として、

「基本的には、過去に購入した設備や、トップの留学先等の関係で、欧州勢とは、極く自然に繋がっていると思うんですよ。ですから、たとえ、彼等が中立だとしても、我が方に付いて貰うとすれば、我々が断然一番札になって、誰が見ても、これは日本製で行くのが順当だと思えるような、差をつける必要がある

と思うんです。その差も大きければ、大きい程良いと思います。

僅差の一位では、ゴール前で差し返されることもあるかも知れません」

すべてを黙って聞いていた藤田は、聞き終わると、

「そうか、よくやったな。君の話を聞いて、よく判ったよ」

と暫く考え込んでいたが、

「ヨシ。これはやるしかないな。専務と事業部長には、俺から話をして内諾を貰っておく。実際のやり方は、我々で考えよう。この話は、具体的にはイトメンに口銭を上げる話だから、それ程難しく考えないでもいいよ」

「口銭ですか、なーるほど」

「或いは、多少騙されるかも知れないけど、騙されたっていいじゃないか」

「ハイ」

「君の見通しの通り、当社が落札出来るとすれば、これしか方法はないだろうな、沖山君の言う通りだよ」

「イトメンの西川さんが、この報告の結果の藤田課長のコメントを待っていますので、休み明けにテレックスしておきます」

「そうしてくれ」

「入札後の技術説明会のときに、是非課長にご出馬を願って、西川さんと直接話して頂きたいんですが、そんな返事もして宜しいですか」

「説明会は、何時頃になりそうかな」

「早くて十月末、恐らく十一月の上旬と思いますが……」

「そうか。状況によっては、俺だけじゃなく、専務辺りにも行って貰わなイカンやろ」

「そうなんです。入札結果にもよりますが、有望な場合は、大使主催でOSKと当社が加わったパーティをやろうか、との話も打診して来ました。その場合は、SIM社の会長、社長等も招びたいので、当社も少なくとも、専務の出馬をお願いしたいと思います」

「そうやな、大使館筋は、パーティーをやってくれそうかい」

「OSKからの打診では、結構な話じゃないか、とのことだそうです」

「ヨシ、判った、ところで、オイ、コレ喰ってみろよ、上手いぞ」

「アッ、ヒョッとするとコレ、本物のキャビアですか」

「そうだ。結構いけるよ」

「そりゃそうでしょう。ワッ上手い。初めて喰べさせて戴きました。これでは、ファーストクラス待遇ですね。こんな高価なものを……も一つ戴きます」

「最近、時々ソ連へ行ってるからね。あそこの土産は、こんな物しかないしな」

「ソ連は、化プラ（化学プラント）ですか」

「そう、あの国も百パーセントお役所だから、中々難しいな。日本に対する認識は、アルゼンチンより余程増しだがね」

「はあ」

「ところで、先程の話だがな、イトメンの西川支店長と言うのは、出来そうか」

「先方は、藤田課長の評判を聞き及んでいるようでしたよ」

「そうか」

「もう、ブエノスに八年とかで、五十代だと思いますが、少し偏屈そうな感じなんですが、相当な寝業師のような気がします。寝業が生き甲斐のような……」

「フーン、一度イトメンで調べてみよう」

「彼の下に小島という私と同年配でやたらにスペイン語が上手い男がいて、実務の情報集めや相手方との接触をやっているようです」

「なるほど。それと、先程の話にもあったが、ドイツ勢は、かなりSIM社に喰い込んでいるのかな」

「そのようですね。アルゼンチンでは、ドイツ系は、イタリー系、スペイン系に次いで多いらしく、ナチの残党なんかもかなりアルゼンチンに逃げ込んで捕まったりしてますよね」

「あ、そうか」

「それに、SIM社の半分以上の設備は、ドイツ製のようですから、我々とは違うようです。今回は、自分達の縄張りに、突然、日本が入り込んで来やがって、と思っているかも知れません」

「そやろうな」

「もう少し、ドイツ勢の動きが判るといいんですがね」

「そんなに深い繋がりだったら、簡単には判らんやろ」

「一応OSKに頼んでは、ありますが、余り期待出来そうにないですね」

それから一時間程、話し込んで、沖山は藤田宅を辞した。盆休みの地下鉄は、何時もならラッシュアワーなのに、ガランとして、一つの車両に数人しか乗っていなかった。

その二

日本側での仕様書作りは、順調に進んでいるらしい。技術仕様書とは別に、契約一般条件書を作成するのは、輸出営業の沖山と、神戸の業務課の仕事である。

沖山は、ブエノスでの約束の通り、九月に入ると、ＯＳＫと石山重工と条件書についての三者会議を精力的に行った。

平山氏と大貫氏は、それぞれ部下の担当者を連れて出席したが、沖山は、一人でこなさねばならない。

輸銀融資の条件は、通産省が例によって、マッチングベース、即ち外国勢に歩調を合わせるという行政指導で、頭金一割、一年据置きの十二年延払、金利六・五パーセントと決まったようである。据置期間とか金利計算のスタート時期等の微妙な表現は、ＯＳＫが作成する。

大貫氏と沖山は、これ等カウントのスタートの基点を、設備の完成とすることを依頼した。これは、設備の若干のクレームや、客先側の不手際や原料不足等による運転の遅れに、金利の起算日が左右されない為である。契約金額が百億円ともなると、文章の表現の巧拙で、金利起算日が変わって来る為、忽ち一千万円単位の差が出てしまう。

事程左様に、条件書の記述事項は、各設備の実情に合わせた、英文での巧妙な表現が要求され、慎重に作成する必要がある。

幸い、設備の引渡し条件や保証事項について、石山重工と基本的な見解が一致したので、詳細は、それぞれの会社が、その線に添って独自に作成することになった。

沖山は、この一般条件書の要旨を検討し、文章の作成に掛かったが、自分の机でやっていると、電話や雑用に追われて、サッパリ前に進まない。その上、日本の沿岸製鉄所の特徴や利点を中心とした仕様書の前文も書かねばならない。四、五日以内に完了し、印刷に廻さないと間に合わなくなってしまう。

「岡田さん、俺、これじゃ仕事にならないから、明日から四、五日神戸に行って来るよ。悪いけど、出張申請出しといてくれないかな。」

「ウン、四、五日?」

「四、五日あれば、終わると思うんだけど、仕様の原稿を殆どチェックして、印刷に出すまで、やって来ないと……」

「出掛けるの、忙しいね」

「そう、今から輸銀に行って来る。帰りは夕方だね。遅くなったときは、出張旅費、机の中に入れといてよ」

「はい、分かりました」

翌日から、沖山は、神戸工場の小部屋に入り込んで、懸命に文章の作成に掛かる、東京にいると、英文の表現に行き詰まっても、沖山よりずっと英語の達者な中村や鹿児島に、知恵を借りられるが、神戸だとそれも出来ない。行き詰まると、設計部に行って、設計陣の仕事をプッシュしたり、仕様書の書き方で逆に相談されたりする。二回のアルゼンチン出張を含めて、チーム全体に仲間意識が醸成されて、全員が自分の持ち場で全力投球しているのがよく分かる。

連日の残業で、疲れている筈の設計陣が、思いの外張り切っているので、見ていて気持ちがよいし、それがまた他の人々の活力源にもなっているようだ。大浜部長は社内の種々の会議等の合間を縫って、陣頭指揮をしているし、野田課長は、仕事の指示より他部門との調整に忙しい。間もなく見積りの集計が出来て、原価計算が纏まる頃だ。

今回は、大型のプロジェクトの為、特に一度で原価が目標に納まることは、まず考えられず、オーバーした分は、恐らくすべて再検討を強いられることになるだろう、そして各部門がコストダウンの為の、一段の知恵と努力が要求される。何回か、この作業が繰り返されないと、競争力のある原価が出て来ない。

従って、見積課と機械、電機等の設計部門や、工務課等の製造部、外部から機器の購入を担当する調達部や、工事を行う建設部等との個別の折衝が激しさを増す。更に各部門間は、相互に相関関係があるので、その間の調整が大変なのだ。

沖山は、文章を作成しながら、此等のコスト算出問題に、無関心でいられる筈もなく、時折、各部門間の調整を覗いたりしている。部門間で議論している共通した問題は、上流部門に『早く設計数値を決めてくれ、予定通りに出来てこないぞ』という類の議論である。例えば、上流部門での機械装置の設計が終わらぬと、重量計算が出来ない。その為モータ馬力の計算や、建屋の設計等が遅れてしまう。時間的に間に合わず、それでも前に進めねばならぬときは、安全サイドに余裕を見込んだ数値を入れるので、それぞれの原価が高くなってしまう。

経験や実績の豊富な会社ほど、十分なノウハウを使って、短時間で設計や競争力のある見積りをすることが可能なのだ。限られた時間の中で、この複雑に入り組んだ上に、多岐に亘る機械装置の集合体を、如何に手際よく設計し、全体を取り纏め、競争力のある価格を算出出来るかが、その会社が持っているノウハウでありまたその会社の実力そのものなのである。

今、まさにその最終段階に入り、各部門間での調整を口角泡を飛ばしてやっている。それも長時間議論している暇もないから、区切りのよいところで、見切り発車して進めて行かざるを得ない。

更なるコストダウンの要請に対しては、各部門とも設計値を再検討している時間がないので、詳細検討は、将来の受注後に行うことにして、各部門の責任者は、自己責任にて腹を決めて、目標値を呑まされてしまう場合も多い。そんな交渉のやり取りの中に、各責任者は、自分の器量や実力が出てしまうので、一回一回が真剣勝負のようなものだ。

そのような局面での対処の仕方を部下たちも見ていて、自分の上司の器量を無意識のうちに評価してしまう。不適当な判断や、無理な押し付けでは、部下に対する信頼が失われてしまう。反対に、実力のある上司には、黙って部下が付いて来るのだ。

沖山が覗いた部門間の調整会議では、これ等のやり取りが、次々に行われ、それを見た沖山は、改めて仕事の厳しさを再認識させられた。と同時に皆の真剣な仕事振りに心を打たれる場面に出くわし、大変勉強にもなった。

数日して、沖山の原稿のみならず、設計仕様書の原稿が一通り完成して、印刷に廻すことが出来た。合わせて、ファイルの表紙の色を白にし、全文字の配列を決めて、一先ず沖山は、東京に帰ることにした。

印刷業者との細かい打ち合わせは、業務課の若い山口君がやってくれることになった。

来週は、見積原価の最終集計が行われ、事業部長の下に、集計された原価を基に、応札価格の決定する為、関連部課の責任者を集めた会議が行われる。

輸出営業部からも、藤田課長と沖山が、東京から参画することになる。沖山は、今回、神戸を離れる前に、もう一度、大浜部長と野田課長と事前打ち合わせが必要と考え、午後三時に両氏の時間を空けて貰い、部長席横の応接室に入った。

沖山が、先に応接室で待っていると、暫くして、二人が入って来た。大浜部長が、

「ヨオッ、ご苦労さん、前文と条件書の原稿は、出来上がったのかい」

「お蔭さまで、先程脱稿して印刷に廻しました。余り冴えない出来栄えですが、ともかく終わってホッとしました」

「いや、中々大したもんだったよ。この前、中味を少し覗いて見たけど、上出来な英語だよ、とても俺達には書けそうもないや」

「出来た時点で読んでみると、まあまあと思うんですが、後から読み返すと、赤面するような表現が多くて、知っている人には、余り読んで貰いたくないですね」

「誰でも、そんなものさ。でも、書けるだけでも立派なもんだよ」

「俺も、ホトホト感心したぜ」

と野田課長も褒めてくれた。

「ところで、例の日和見案件ですが、結局、どんなことになりますか」

沖山は、前回ブエノスアイレスで、大浜部長に、二、三の項目について表現を曖昧にして、入札後、競争相手との価格の聞き方によって、都合の良い方向で範囲内かどうかを、決める事を提案した件について質した。

「ウン。いろいろ野田君等とも話し合ったんだが、結構難しいんだよ、どれにするかが」

「そうでしょうね」

「余り、主要な機器という訳にも行かないし、さりとて小さい機械じゃ、意味もないしね。それで、結局、レンガ修理工場の修理用の機械と、集塵ダストの後処理設備と、あと、も一つ何だっけ、野田君」

「ノロの排出台車です」

「これなんか、全く指示されていないので、知らん顔で、範囲から外すことにしたんだ。始めの二つは、頼りない表現で、範囲に含まれるとも、含まれぬとも書かないことにしたんだが、原価には、入れざるを得ないだろうな」

「全部で幾らぐらいになりますか」

「まあ、大したことないよ。一億から一億五千だろう」

「でも、部長、これが全部リカバー出来れば、純益だし、もし全部コストに入れずに、後からサービスすれば、全くの持ち出しだし、数字としては、結構大きいと思いますよ」

と野田課長が、意見を挟んだ。

「そうだな。利益ベースで考えれば、存外大きな数字だな」

「そうですよ」

「さて、それでこれを原価に入れるかどうかだな」

「部長、始めから原価に入れるんでしたら、何も、お願いする必要もないし、事業部長の了解も要らないんじゃないですか。将来、営業に対して、妙な期待が掛かるだけですよ」

「そりゃそうなんだが……。沖山君も難しいこと言うな」

「やはり、一番札をとることが絶対必要なんだし、それも大差を付けて、皆が勝ち馬に乗るような形にしたいんですよ。そうすれば、重役会だって、七対零で我軍の大勝利、とこうなるんですがね」

「そりゃ分かるけどな……」

「勝った暁には、その分を営業でリカバリーしますから……」

「ウム……」

暫く、沖山が同じ意見を繰り返し、大浜が考え込む場面が続いた。沖山としては、何とか受注したい一心だし、一方、大浜としては、裏目に出れば、赤字の責任を自分が被ることになる。

「沖山君、こうしよう。ボクも君の意見には、賛成だから、会議の前に藤田さんとボクとで事業部長の事前了解を取ることにしよう。帰ったら、藤田課長によく話をしておいてくれよ」

「ハイ、解りました。見積会議は確か来週の木曜の午後ですね」

「そうだ。開始も一時半にしておくから、藤田さんと君は、早めに来て、昼食を終えてからすぐ事業部長のところに行くことにしよう」

「承知しました」

「野田君、来週の始めまでに、見積課と話して、この部分の正確な原価を掴んでおいてくれよ」

「ハイ。分かりました。工事の部分も推定して、入れておきます」

新神戸で東京行きの最終列車に跳び乗った沖山は、坐るとすぐ缶ビールと駅弁を食べ始めた。食べ終わるや否や、死んだように寝入ってしまった。

大船駅からタクシーで社宅に帰った沖山は、三才になる娘の寝顔を覗き込んで、暫く、温まった手を握ったまま、その表情を眺めていたが、やがて自分もそのまま眠ってしまったようだ。妻が布団をそっと掛けてくれたのを、ぼんやりした意識の中で感じたような気がする。

その三

翌週、ＯＳＫの平山氏と、見積書の金額以外の条件書や記述等の打ち合わせを行い、金額部分以外の文書を作成して、タイプをＯＳＫに依頼した。ＯＳＫの口銭も、漠然とまた、暗黙の了解のもとに山中重工側で、見込んで入れることとした。従って、アトは、神戸での金額決定の後、直ちにそれを電話連絡にて平山氏に伝え、ＯＳＫにて見積書を完成する手筈を整えた。

平山氏は、それを持って二十六日か二十七日の土曜日に、羽田を発って一足先にブエノスアイレスにて入札して貰う段取りである。

沖山は、これ等の段取りを終えると、藤田課長と共に、水曜日の夕方、再び神戸へ向かった。

翌朝、沖山は、大浜設計部長と野田課長より、先日の三項目で、建設工事費を含め、約二億五千万円の原価内訳の説明を聴いた。

途中から藤田課長も加わって、作戦の打ち合わせを行ったが、結局、この部分を全体の見積原価より除き、応札することで、事業部長の了解を取ろうと言うことになった。

昼前に、この四人に見積課長を加えて、川嶋事業部長に、その趣旨を説明した。

大浜部長と営業の藤田課長の説明を聴くと、川嶋は、

「君等の趣旨は、分かった。その分安値で応札したいということだな」

「はい」

「もし、一番札で、或いは落札出来たときは、後日、営業の責任で、その分追加受注すると言うのか」

「はい。その為に仕様書には、範囲内か否か判らぬ表現になっています」

「追加受注出来ぬときは、どうするんだ」

「技術サイドで、コストダウンをお願いしたいんですが、それでも駄目な時は、私が腹を切る覚悟です」

「君が腹を切っても、一文にもならぬが、当社が一番札を取れぬときは、この分を値引き代として使いたいのだな」

「はい」

「その時は、コストダウンせざるを得ないじゃないか」

「はあ」

「営業が、範囲外だと頑張って、追加受注してくれると言ったたって、少しマユツバくさいな」

「いや、それは……」

「全体の二パーセント程度だろ」

「はい」と暫く沈黙が続いたが、川嶋は、

「極めて疑わしいが、君等の熱意と、こんな作戦も考え出した創意に免じて、判を押してやろう」

「有り難うございます」

「御礼は、まだ早い。その代わり、受注したら、大浜部長、百二十五億のうち、八パーセント、約十億のコストダウンをしてくれや」

「十億ですか。ウーン」

「その位の目標を立てなけりゃ、しょうがないじゃないか。それと、営業としては、何がなんでも、受注して来いや。話は、それからだよ」

「はい」

「その趣旨で、午後からの会議を進めるから。異存はないな」

「はい」

「受注交渉の過程で、値引き交渉もあるから、コストダウン対策は、すぐ始めろよ。大浜部長、八パーセントダウンは、受注価格からだぜ。いいね」

「はあ、分かりました」

川嶋は、温厚な人柄だが、締めるところは、キチンと締めて、皆の提案を了解した。眼で笑いながら、部下の働き振りを、しっかり見ているようだ。

「皆が、ここまで頑張って来たんだから、何とか受注しようじゃないか。受注して、実際の建設工事をやることで、本当の実力がつくと言うもんだ」

「そう行きたいものですね」

「ところで見積課長、この見積精度は、通常の手慣れたものに比べて、どの程度かね」

「精度は、かなり低いですね。分からないところが多いんです」

「不安要素は、どこかね」

「最大の不安要素は、現地工事です。全体の四〇パーセントですから。それに、現地製作分。それと国内製作分も、大型天井クレーンを始め、レードル類や台車等も、初めてのものが多いし、中には、名前だけでどんな物かも判らないものもあるんです」

「その不安な部分は、どうして推定したのかね」

「基本的には、重量単価でスライド計算です。但し、未だ設計が終わってなくて、重量の不明のものも結構あります。全体的には、営業が入手してくれた昭鉄の大阪製鉄所や、山中製鉄の原価リストから推定しています」

「なるほど。それじゃ、先程の二パーセントなんかは、言わば誤差範囲だな」

「そうですね」

「分かった。それじゃ、とにかく受注することだよ。万一、赤字が出たら、俺が責任とりゃ、いいんだろ。俺は、首筋を洗っておくから、君等、頑張ってくれや、藤田課長、頼むぜ」

「そうですね。真面目な話、今回は非常に良い機会だと思いますし、日本の製鉄技術の発展と共に、この種の案件も増えると思いますので、精一杯やってみます」

と藤田課長が答えて、事前の打ち合わせが終わった。一同ホッと胸を撫でおろすと共に、川嶋事業部長の力強いバックアップに、意を強くした。


午後の会議は、関係部課の責任者、担当者が二十数名集まり、各部門が担当するそれぞれの設計思想、基本的な考え方、特に工夫した点や要注意事項を順次説明し、最後に見積課長より、全体のコスト計算の説明があった。

事前の営業とのスリ合わせの通り、若干の工作費用を含め、ＯＳＫ及び他商社口銭として原価に算入されている。それ等すべてを含め、更に利益五億円を見込み、全体の入札価格は約百二十五億円となった。最後に川嶋事業部長の裁定が出され、午前中の趣旨の指示と、更なるコストダウンの檄が飛んで、無事閉会となった。

これで、果たして、一番札になれるだろうかと、一抹の不安はあったが、これまで、電話や、直接の対話で何度も意見交換した、山本見積課長の見解に、信頼を置くより仕方がなかった。

彼は、設計からのデータが不充分で、不明な内容が多いにも拘らず、各機器毎に、或いは各部門毎に大胆に予想の推定値を入れ、これ等の点を補っていた。設計値が次第に明らかになって来て、確定的な数字が計算された後、彼の事前の予想推定値と較べてみると、不思議なことに、殆どの項目がその予想値と一致して来るのであった。沖山は、これ等の具体例を相次いで知って、改めて山本課長の実力の程を知って、舌を巻いた。それは、十分信頼に足るものであった。

沖山は、早速、項目別の販売価格を整理し、山本課長とスリ合わせを行って、見積書を完成した。

全体価格のうち、十八億の現地調達分と現地工事費を、十二億と表現して、ペソ建てとし、残りの六億円分は、円貨分の方に算入した。そうしておかぬと、現地にて余剰金が出ても外貨に換金出来ぬし、工事期間中のインフレに依る物価上昇分や、通貨切下げ分のリスクも避けねばならない。

ペソ分も、実際には、円貨との為替レートを明示し、円建ペソ払いになるよう苦心の表現を折り込んだ。

百七億円の円貨分に、現地通貨分から算入した六億円を加え、円貨分は合計百十三億円となった。山中重工始まって以来の見積価額となった。

ＯＳＫやイトメンへの口銭も、未定だし、海上輸送費も未だ、船会社と十分なスリ合わせが終わっていないが、時間がないので、見切り発車せざるを得ない。

項目別の仕分けを終えて、見積書を作成すると、もう八時半であった。

翌朝、沖山は、一番の飛行機で東京に向かい、その脚でＯＳＫ本社に向かった。十時過ぎに重機部に着くと、古川課長と平山さんが待っていた。平山さんは、夕方の羽田発で、見積書を持って、また、ニューヨーク経由、ブエノスアイレスに向かうことになっている。

二人は、沖山を見ると、

「ご苦労さまです。出来ましたか」

「とにかく、見積書をお持ちしました。事前に、種々考えていた心積りだったのですが、最後は、時間切れで、見積課の集計した価格をベースに、見積書を作るのが精一杯でした」

「そうですか」

「従って、合計金額でも、果たしてこれで一番札になれるか否かも、十分検討している暇もなかったので、自信がある訳ではありません」

「……」

「個々の価格にしても、検討不十分だったし、見積書が出来上がったあとも、未だ頭の整理も出来ていないんですよ」

「幾らになりましたか」

「何しろ、出来上がったのが、昨夜の九時前ですから、その後、少し藤田課長とも話したんですが、時間切れになりましたので、『まあ、これで行こうや』と言うことになりました。」

と言いながら沖山は、カバンから見積書を取り出して、二人の前に差し出した。

「ウーム、なるほど……そうですか。ウム」

と数字を見た二人も、高いのか安いのか、判断もつかず、唯唸っているだけだ。彼等もこれだけの見積金額は、初めてだった。

後年、化学プラント等で五百億、八百億、或いは、一千億のプロジェクトも、時折出て来たが、当時としては、百億といえども、かなりな数字であった。

「私共としても、内容は分かりませんし、コメントの申し上げようもないので、山中重工さんが、行こうという方針に従わざるを得ませんね」

「これにて、よろしくお願い致します。お宅の口銭の話もしていませんが……」

「少しでも安い方が良いですから、口銭の話は、受注れてからにしましょう」

「さすが、古川さんは、太腹ですね」

「いや、今、未だどうなるか分からないのに、ガタガタしても、しようもないですからね」

「但し、先日の打ち合わせの通り、十年の延払いで、金利六・五パーセントでの金利計算は算入していま す」

「そうですか、それなら、とにかくこれで行きましょう、沖山さん。平山さん、早速、これでタイプを打たせたら……」

「そうですね。スグやらせましょう」

「平山さん、今日の便は、何時ですか」

「夕方五時のパンナムで、ニューヨーク経由です」

「また、長旅大変ですね」

「いや、向こうで待っていますよ。仕様書は、沖山さんがお持ちになるんでしょ」

「私と太田ということになっています」

「我々も、今日は、未だ出発の準備もあるので、お構い出来ませんが、勘弁して下さい」

「とんでもない。それより、気を付けて。価格入れしたら、欧州勢の動き等も、判明した事だけでもご連絡下さい」

「判りました」

「高炉の入札も同日でしたよね」

「そうです。本日午後一番に、石山重工さんの見積りが出て来ます」

「それじゃ、平山さんも大役ですね」

「いや、飛脚便としては、無事に時間通りに着けることだけですね」

「じゃ、お気を付けて、またブエノスで一戦やりましょう」

それから十分程、見積書の補足説明を終えて、沖山は、

「では、また、ブエンビアーへ（良い旅を）」

と言ってＯＳＫを辞した。

翌々日、ＯＳＫの古川課長より、平山氏からの連絡として、ブエノスに安着後、無事に期日通りに入札を完了した、との電話を貰った。応札者は、ドイツ国のＧ社のほか、仏、英、伊及びオーストラリアから各一社、で合計六社とのこと。アメリカ勢は、部分入札とのことで、多分失格になるだろうとの事であった。

沖山は、早速これ等の情報を要約して、藤田課長に報告すると共に、神戸工場等の関係者に知らせた。皆、一様に開札の結果を知りたがったが、非公開入札の為、中々情報入手は難しい旨の説明を繰り返していた。

工場の設計陣は、図面の完成と添付資料作成の最後の追い込みに懸命であった。

第十五章　嬉しい情報

週末を久し振りに、家族とゆっくり過ごした沖山は、新たな気分で出社し、今回の国際入札に関し、通産省が国際入札への参加を奨励する意味で所掌している入札保険にも付保すべく、関係資料を取り出して、俄か勉強を始めた。やがて、その趣旨を理解し、今回の入札での山中重工が、十分この保険に入る資格がありそうなのを確かめると、必要書類作成の準備を始めようとしていた。

「沖山さん、イトメンから電話」

と隣の岡田嬢が渡してくれた受話器を受けとると、イトメン機械部の森さんからだった。

「沖山さん、ご無沙汰」

「おはようございます。お元気？」

「まあね。それより、沖山さん、ＳＩＭの入札結果知ってる？」

「いや、存じませんよ、未だ」

「凄いじゃない。お宅一番札だよ」

「エッツ、ホント」

「そうよ。ブエノスの西川支店長から、沖山さんに流してくれって、テレックスが入ってるわ」

「ホント。二位はどこ？」

「Ｇ社と書いてあるけど、これドイツ？」

「そう。幾らの差？」

「ドルポーションとかペソとか、あってよく分からないが、すぐ流すよ。お宅、これＯＳＫとやってんだろ。つまんねえな」

「そうなんですよ。とにかく、大至急流して下さいよ。私、今、これに生命懸けてんですから」

「ウン。沖山さん、向こうで西川支店長と逢って来たんだろ」

「そうなんです。種々頼んで来たんですよ。入札の準備で忙しくって、そちらに何も報告もしてなくて、スイマセン」

「何れ、ゆっくり話聞かせて下さいよ」

「ハイ」

「じゃ、今流すからね」


沖山は、受話器を置くと、テレックスの受信室にスッ飛んで行った。

イトメンからのテレックスが入るまでの七、八分の間、逸る気持ちを抑えながら受信機から出て来る他のテレックスをぼんやり眺めていた。

「沖山さん、入って来たようですよ」との係員の声に跳び上がり、それをひったくると、立ったまま貪るように読み始めた。

席に戻って、社用便箋にその要約を写し始めた。入札のルールにより、当日の為替レートを米ドルに換

算した数字を、自分で計算し直して再確認した。それを円換算すると、

一位　山中重工（日）　　　　一二五億円
二位　G社　（独）　　　　　一三一億円
三位　DAVY（英）　　　　　一三六億円
四位　メタルシデール（仏）一四〇億円
五位　SII（伊）　　　　　一五二億円
六位　クルップ（独）　　　一五五億円
七位　M&C（米）　　　　　一六二億円

であった。

これ等の金額は、それぞれ外貨ポーションとローカルポーションに分かれており、実際には、外貨分に対する各国の融資条件の差による金利差が、計算されるだろう。

日本の融資条件は、OSKが入手した各国の条件を通産省と日本輸出入銀行にて、スリ合わせを行い、各国と歩調を合わせて決定されていた。

完成後一年据置、半年賦で十年の延払い、金利は、六・五パーセントである。

基本的には、他国と同様の条件なので、原則としては、金利差は殆ど無い筈であった。

イトメン西川支店長のテレックスの最終ページに、溶鉱炉の入札順位も書いてあった。

それによると、石山重工とG社とが、ほぼ同額の七〇億円で首位を占め、それ以外の四社は、十億円以上離れている。

その結果、高炉、転炉とも日独の争いになることが、必然の方向となったようだ。

沖山は、便箋に以上の要約を書きながら、隣の岡田嬢に、

「スマンが藤田課長の居処を突きとめてよ。社内にいる筈なんだ」

「アラ、さっき、『十四階の歯医者に行って来る』って出て行かれたわよ」

「アッソウ。何時ごろ」

「三十分位前かしら」

沖山は、要約の整理が終わると、それを睨みながら、逸る気持ちを抑えながら、藤田課長の戻るのを待っていた。


藤田が長身の身体で、大股に入って来ると、沖山は、課長席に行って、黙って入札結果を見せた。

「ヨオッ！　トップじゃないか」

「そうなんです」

「ウーン。これ、イトメンからかい」

「そうです」

「こんな情報が、スグ入るなんて、サスガだな、イトメンのブエノスも」

「そうですね。ＯＳＫからは、何も入っていませんし、暫くは、入札書は全部封印したまま、金庫の中だ、と言って来てます」

「フーン。これ、全くの秘密情報だろ。どう処理しようか」

「そうですね、営業の方は、部長、専務に報告するとして、あくまでコンフィデンシャルだと釘を差しといて下さい」

「ウン。嬉しくなって喋ってしまわんようにな」

「神戸の方は、事業部長と、丸山、大浜両部長にだけ、このコピーを流すことにして、それ以外は、両部長から、一番札らしい程度の話をして貰うことで、如何でしょうか」

「そうだな、そんなことだな」

「それに、昭鉄には、一応報告しておこうと思いますが、そうするとＯＳＫにも、話さざるを得ませんね」

「いいじゃないか、それで、彼等も少し慌てるだろう」

「しょうがないですね」

「石山重工にも、一応高炉の分だけ、教えてやれよ」

「はい。そうします」

「然し、勝負は、いよいよこれからだな。Ｇ社がどうやって巻き返して来るかだな」

「そうですね。当然彼等も、入札結果を掴んだでしょうから、裏の作戦が始まるんでしょうね」

「何れにしても、価格の順位は、誰も知らぬことになってる訳だから、技術仕様書の入札後に、コンサルタントのクラリフィケーション（内容確認作業）と、技術説明会を正攻法で攻めて行くことが、当面の課題ってとこだな」

「そうですね」

「仕様書は順調に進んでるんやろ」

「ハイ。もう間もなく印刷のゲラ刷りチェックに入ります。恐らく木曜か金曜日ごろに出来上がるので、課長、スイマセンが、ページ毎のサインをお願いするのが、土曜か日曜日になりそうなんです」

「ウン。構わんよ。それで、君は何時発つんかね」

「月曜の午後のＰＡを押さえてあるんです。出来れば日曜日中に梱包を済ませておきたいんですが……」

「大田君も一緒かい」

「ハイ」

「分かった。そのスケジュールも含めて、専務に報告しておこう。技術説明は十一月かな」

「ハイ。多分後半になると思いますが、向こうへ着いてから、状況を逐次ご連絡します。今日こんな状況になったので、技術説明会の資料作成と現地に出張して貰う技術陣の人選等を早速大浜部長と相談しておきたいと思います」

「そうだね。そうしてくれや。それに君の意見を出発前によく、大浜さんに話しといてくれや」

「大筋がまとまったところで、もう一度課長に相談させて貰います」

「ウン。それで、昭鉄への連絡は、どうしようか」

「アポイントが取れれば、今日の午後にでも、課長、ご一緒して戴けますか」

「ウン、そうしよう。ヒト息いれる間もなくまた忙しくなったな」

　沖山が、神戸の大浜部長に結果を知らせると、大浜は大喜びで、スグに事業部長に知らせに走ったようだ。十分程して席に戻ると、沖山に、技術説明会の準備について、電話で意見を求めて来たが、その声にもヤル気が漲っているようだった。

沖山は、兎に角、説明会には、万全を期すよう依頼した。具体的には、

プラント全体の設計思想
主要機器に関する設計上の考え方
機器の製造上の留意点
建設工事計画、如何に短縮するか
操業上の問題、技術者の訓練等
電気、水、ガス等のユーティリティ節減
保守、点検、消耗部品の補給等

等につき、設計陣の中で一度自由討議をして貰い、万事遺漏無きを期すよう、依頼した。

また、そのうち、昭鉄の力を借りたい点を列挙して貰い、それを出来るだけ具体的な助力を依頼することを提案したりした。本日の昭鉄への中間報告の際、説明会での協力を後日具体的に依頼する事を、大浜部長にも話し、了解を貰った。

暫くして、専務室から戻った藤田が、

「専務も喜んで、『何が何でも受注しろよ』と現地のパーティーでも、例の話でも、全知全能を傾けて頑張れってさ」

「情報入手の経緯から言って、イトメンとの話を搦めて行くしかないですね、もう、こうなったら」

「ウーン。そうだな」

　と藤田は、暫く遠くを見詰めるように考えていた。

「書類の入札と、技説の準備までやりますが、その後は、課長、自ら乗り出して陣頭指揮して下さいよ。いよいよ出番ですよ」

「そうだね。折角ここまで君が引っ張って来たのだから、一緒に考えながら、一緒にやろうじゃないか」

「ハイ」

「こうなったら、社内でも注視の案件になっちゃったんだし、最後まで、全力投球するしかないな」

「これからが、ドイツとの一騎打となるでしょうが、未だ未だ油断出来ないし、本当の勝負は、今からだと思いますね」

「そうだ。面白くなったじゃないか」

「こんな仕事にチャレンジ出来るなんて、ゾクゾクする程嬉しいですね」

「こりゃ、滅多に無いチャンスだよ。専務も『失敗を恐れず、思い切ってヤレ、社内での問題は、直接、俺んとこへ相談に来い。何でもやってやるぞ』と言ってくれたよ」

「そうですか。嬉しいですね。今からＯＳＫや、石山重工に知らせようと思っています」

「そうしてくれや。それに、当分どこにでも低姿勢で行けよ」

「ハイ」

「間違っても、自慢たらしく振る舞うなよ」

「分かりました」

「それさえ、気を付けりゃ、アトは、思う存分思う通りにやれよ」

「ハイ。有難うございます」

沖山は、武者震いする程気持ちが高揚していたが、藤田の一言を改めて、噛みしめる思いで、しっかり受けとめようと思った。

周囲では、必ずしも全員がこのプロジェクトやその展開に好意を持っている訳ではないことを忘れてはならないと思った。


OSKの古川課長に、入札結果のあらましを知らせると、古川は、先ず、

「沖山さん、コレ、どこから入ったんですか」

と電話の向こうで慌てている様子が伝わって来た。幹事商社として、また、日本一の商社としての面目が丸潰れなので、そのショックが大きいようだった。

「申し訳ありませんが、今、私の口からは言えません。勘弁して下さい。高炉の結果も判りましたので、今から石山さんにお知らせしようと思っていますが……」

「ドヒャーッ、高炉の結果もお判りですか。参りましたね。どんな具合ですか」

それから、沖山は、古川課長に概要を知らせた。古川は、

「分かりました。全く参りましたね。沖山さん、コレ現地で独自に開拓したルートですか」

「いや。そんなに大袈裟なものじゃありません。お宅の支店長を始め、現地の皆さんは、今回は非公開入札だから、情報入手は無理だと言われるので、とても難しいとは思っていました。でも、ヒョッとしたら

と思って、殆ど期待もせずに、一応頼んでおいたんですよ。私もビックリしてるんですよ。却ってご迷惑を掛けたかも知れませんね」

「イヤイヤ、勝負事ですからね。以前から、時折、沖山さんから現地の動きに多少の苦情を戴いていましたが、これでは、全く当方は反論どころじゃありませんね。ショックですわ。もう一度考え直してみます」

沖山は、その後すぐ、石山重工の大貫氏に知らせた。彼も情報を聞いてビックリしていたが、その情報源を聞きたがったが、

「そりゃ、無理だよね。ドウモアリガトウ」

と納得してくれた。

後で聞いたところによると、この入札結果の情報は、アチコチで物議をかもし、特に石山重工では、この情報が幹事商社のＯＳＫでも、自社のブエノスアイレス事務所からでもなく、こともあろうに同業者の山中重工からとは、と社内で大きな問題になったとか。

そして、機械輸出の担当部長と大貫氏とが、早速ＯＳＫに出掛けて、天下のＯＳＫともあろう者が、出し抜かれて何だ、と強硬に抗議の申し入れを行ったらしい。

それを聞いたＯＳＫの担当常務の内海は、コレゾＯＳＫの恥とばかりに、烈火の如く怒り、現地は真夜中にも拘らず、即刻支店長の自宅に電話を入れろ、と命じて、雷を落とすと共に、現地出張中の平山を含めて檄を飛ばすと共に、何としてでも、今後情報戦争に遅れをとるな、と叱咤した。そして早急に独自のルートを開拓するよう厳命したらしい。

沖山は、それを聞いて少し胸が痛んだが、藤田は、

「だって、仕方ないじゃないか。奇麗ごとだけじゃ勝てる訳ないし……。それに君の話からすれば、急に叱咤激励したって、頭の悪い奴に利口になれって、言うようなもんじゃないか」

「そうですね、情報入手の点じゃ、今後も余り期待出来ませんね」

「然し、向こうへ着いたら、徹底的に低姿勢で行けよな」

「そうですね、胆に命じますわ」


藤田と沖山は、ＯＳＫの内海常務が丁度現地に電話していた頃、昭鉄の渡辺部長に中間報告に行き、これまでの仕様書作成に到る昭鉄の協力に対し、謝意を述べると共に、本日入った入札結果の概要を報告した。

渡辺部長と河嶋係長は、

「ホォーッ。そうですか」

と感嘆の声を挙げ、

「山中重工さんもやりますな」

と一番札の結果を喜んでくれた。そして、今後の技術説明会から、最後の落札までの協力を約束してくれた。

「これからが、本当の戦いと思っています」

「そうでしょう。相手がドイツとなりゃ、彼等手強いですよ。恐らく政治的にも強いでしょうから、山中重工さん、夢々油断をなさらないように。勿論、お判りでしょうけど」

「はあ、有難うございます。兎に角頑張ってみようと思っておりますので、今後のご指導をよろしくお願い致します」

「ところで、今回は非公開入札じゃなかったんですか。よく入札結果が判りましたね。さすが、ＯＳＫさんですね」

　と河嶋係長が尋ねたが、

「イヤイヤ」

と言葉を濁して、二人ともその件には敢えて触れずにおいた。そして、今後予想される凡そのスケジュールを説明し、再びニューヨークから桐田氏の現地派遣を改めて依頼した。最終予定は、現地での進捗状況を見ながら連絡すると……。

　渡辺部長も、上機嫌に桐田氏の再度の派遣を了承してくれた。

第十六章　国際舞台の雰囲気と状況

その一

霞ヶ関の本社の前で、タクシーにダンボール五ヶと、大型の旅行カバンを積んで乗り込んだ大田と沖山は、羽田空港で車を降りて、沢山の荷物をようやくパンアメリカンのカウンターの前まで運び、チェックインを済ませると、手荷物だけになり、ホッと一息ついた。

それにしても、昨日の日曜日は、神戸からの入札書類を、本社前で九時半に受け取り、藤田課長のサインを終え、梱包を完了するまでが、大変な作業であった。何しろ、技術仕様書が三分冊から成っており、営業が作成した薄っぺらな契約一般条件書と合計四冊で、約千二百ページ。それを四セット分を提出する。更に運搬途中の紛失を恐れ、念の為に、予備を一セット分追加した。

予備の分は、大田と沖山の旅行鞄に別途積め込んだが、全部で六千ページ以上を一人でイニシャルサインをするのが、思いの外大変であった。全く頭を使わず、単純な作業を延々と続けることが、全く久し振りで、実に根気の要る仕事であった。

ダンボール五ヶに詰め終わると夜の七時になってしまったが、大田は、その間ずっと仕様書の誤植を丹念にチェックして、正誤表の原稿を作っていた。

二人は、空港ビル内のバーのカウンターで、ビールを飲みながら、これからニューヨークまで十五時間、更に夜行便でブエノスアイレスまで十二時間の長旅を思い、少々うんざりしていたが、仕様書入札という重要な任務を担っているので、快い緊張感と責任感とが入り交じって、気持ちが少し高ぶっているようであった。

二人とも、連日遅くまで入札準備作業に追われて、疲れている筈であったが、気が張りつめているなか、余り眠気を感じていなかった。

やがて、ほぼ時間通りに案内があって、ボーイング七〇七の機内に乗り込んでみると、意外に空いていて、二人とも三人席を一人で占領出来て、横になれるのが有り難かった。そして、アルコールが入り、食事が終わると、二人ともグッスリ眠ってしまったようだ。

ＪＦＫ空港に同日の同時刻に着いて、コンベヤで運ばれて出て来た荷物を全部ピックアップして、二人はやれやれと思い、税関チェックを受けた。大柄の黒人の税関係員が、入札書類のダンボールを開けるように指示したので、沖山は、我々は、単なるトランジットで、夜行便でアルゼンチンに向かうのだし、荷物は、向かい側のインターナショナル・コネクションに渡すだけなのに、何故ダンボールを開けねばならないかと、暫く押し問答した。黒人の検査官は、

「コレは、規則なんだから仕方ないんですよ」

の一点張りでラチが開かない。沖山も最後は、

「仕方がない。それなら開けてもよいが、元通り梱包をするのも君の仕事だぜ」
と頑張ったが、黒人の係官は、ニッコリ笑って、ガムテープと挟みを持って来て、
「梱包は、貴方がやって下さい」
と丁重に言われて、沖山は苦笑しながら、開けられたダンボールを大田と共に、梱包しなおした。半分は、英会話の練習にと彼等とのやりとりを楽しんだようなものであった。

夜行便の時間まで、パンアメリカンが空港ビル内のホテルに部屋を取ってくれたが、出発まで五時間弱、実質的には四時間では、眠る間もない。それでもシャワーを浴びて、髭を剃ると少しサッパリした感じだ。

ブエノスアイレス行きの便に乗り込んでみると、今までとは大違い、超満員で、沖山の両隣は、それぞれ百キロは、悠々超えているアルゼンチン人のデブさんに囲まれて、殆ど身動きがとれない程である。二列ほど前に座った大田も、全く同じようだ。

おまけに、彼等は、目一杯の手荷物を機内に持ち込むので、椅子の下まで足の踏み場も無い程になってしまう。ブエノスアイレスまでの十二時間を思うと、些かうんざりした気持ちになって来る。

周囲にも同じ様なアルゼンチン人が沢山いて、皆アメリカに出稼ぎに来た帰りのようだ。久し振りの帰国を前にして、彼等は陽気に喋りまくるから、離陸までの間、蜂の巣をつついたようである。子供の遠足と同じだ。

沖山も、大田も両側に巨大な熊のような男達に挟まれて、殆ど朝まで一睡も出来なかった。
「これじゃ、船底の三等船室の方がましだぜ」

大田がトイレに立った帰りがけに、沖山に愚痴をこぼして行った。然し唯ひたすら座ったまま耐えていれば、明日の朝には着く。船よりは遙かに早い、と沖山は、疲れた頭でぼんやり考えたりしていた。時折、沖山の頭の中に去来することは、

――ＯＳＫの平山さんに、よそからの情報入手の件を、どのように説明しようか。

――平山さんや、斎藤氏を窮地に追い込んでしまったのだろうか。

――ＯＳＫを差しおいて、他の商社とコンタクトして、気を悪くしていないだろうか。

等であった。

そして、それも暫くすると、大事な商売だし、勝負事なんだから、考えた挙句に最良の手段を選んだ、という事なのだから止むを得ない、と自分に言い聞かせることで、自分を納得させていた。

その外、ドイツ勢の動向や、今後の説明会の進め方、イトメンとの話し合い等について、次から次へと頭の中で、それぞれの考えが全くまとまらないまま、勝手に移って行く。そして、とても眠れそうもないので、仕事から離れて、三つになる娘を連れて江ノ島へ行った時の事を想い浮べることにして、ソッとパスポートケースに入れた、家族の写真を引っ張り出して眺めたりしていた。

周囲の大男たちは、寝息を立てて、皆ぐっすり眠り込んでいた。機体は、安定したエンジン音を響かせて、殆ど揺れることもなく滑るように進んでいた。もう大西洋を超えて、南米大陸の上空に入ったのだろうか。

ブエノスアイレス空港に、定刻八時に着陸した。空港には、斎藤さんが、独り出迎えに来ていた。平山

さんは、一足早くサンニコラスに行っているとのこと。カートに乗せて運んで来たダンボール箱の数と自分達の荷物をもう一度確認して、車に乗り込んだ。斎藤氏は、若し異存なければ、このままサンニコラスに直行したいとのことだったので、二人は、勿論同意して、直ちに車を飛ばすことにした。サンニコラスまで、凡そ三百五十キロ、約四時間である。シボレーのトランクは、さすがに大きく殆ど荷物は収まったが、ダンボールを一つだけ、後の座席に置いたが、座るスペースは二人なので十分余裕があった。

走り出すと同時に、大田と沖山は、すぐに寝入ってしまったらしい。

「着きましたよ」

という斎藤氏の声に、二人は目を覚まして見ると、ホテルサンニコラスの前だった。

「エッ、もうサンニコラス！　ホント！　全然知らなかったな」

「お二人とも、よく寝てましたね。余程、お疲れだったんですね」

「ヘェッー」

「余りよく眠っておられたので、普通は、途中で一回トイレとコーヒーブレイクがあるんですが、真っ直ぐ来ちゃいました。こんなの初めてですよ」

「運ちゃんは、大丈夫だったんですか」

斎藤氏が、運転手に聞くと、ニッコリ笑って、大丈夫とのことで荷物を、次々に車から降ろしてくれた。チェックインの後、沖山の部屋で、客先に提出する書類だけを仕分けして、斎藤氏の部屋に移した。斎藤氏が、平山さんと一緒に、午後三時までに、正規の手続きをして、正式に提出してくれることになった。

大田と沖山は、日本から運んで来た書類を斎藤氏にバトンタッチして、取り敢えずお役御免となり、その日は、ゆっくり休むことにした。なんとなく、ぐったりして余り口をきく気も起こらない。

夕方まで、沖山は、部屋でゴロゴロウトウトしていると、ノックして平山さんと斎藤氏が入って来た。

平山さんは、沖山とガッチリ握手して、笑いながら、

「一気にサンニコラスまで直行すると、さすがに疲れるでしょ、まる二日ですからね」

「いや、今回は滞在も長くなりそうなので、ボチボチ、行きますよ。それより、他社の動きなんかは、いかがですか」

「早速、仕事の話ですね、サースガ。

書類は、先程確かに正式に提出して来ました。これが、応札完了の確認書です」

見ると、ＳＩＭ社の社用紙に、スペイン語で何か書かれており、ヒメネスのサインと、受付のスタンプが押されてあった。

「三時の締切りまでに、我々の外、英米独仏伊の各社、ドイツは、Ｇ社とクルップの二社、合計七社とも応札を完了したようです」

「そうですか」

「その後、アームコのロバーツに会って、『合計七社ですね』と確認したところ、彼は、ニコッと笑って、軽く頷いていましたよ」

「なるほど」

「そんな訳で、今日は、ＳＩＭ社へ行っても、ホテルのロビーでも、各国の連中がアチコチにウロウロい

て、まさにオリンピック会場みたいですよ」

「ソーですか」

「何しろ、ホテルはここ一軒だけですから、食事時の食堂は、圧巻じゃないですか」

「各社とも大勢来てますすか」

「二三人のところが多いですね。ところで、沖山さん、例の入札結果ね、アレには参りましたよ」

「ハァ。スイマセン」

「いや、面目ないのは、当社の方ですから、構いませんが、内海常務から真夜中に支店長に国際電話が入って、コテンパンにやられましてね。支店長も入社して三十年余りで、『アレ程叱られたことは初めてだ』と翌朝ションボリしていましたよ」

「やはり、そうですか。我々の配慮が足りず、皆さんにご迷惑を掛けてしまって」

「常務も、石山重工さんに強硬に抗議を受けて、立つ瀬が無かったんでしょう」

「スイマセンでしたね」

「我々も、今更、愚痴を言っても始まらない、情報の出処を詮索することも致しませんが、それにしても素晴らしい情報を素早く入手したもんですね」

「いや」

「勿論、我々も全く知らないことにして、盛んにＳＩＭ社や、コンサルタントの連中に探りを入れてるんですが、彼等は、誰一人入札結果を知ってる者は、いないようですよ」

「そうですか」

「正式には、本日の仕様書入札締め切り後に、社内で極秘裏に開札されることになっては、いるようです」

「開けた後でも、非公開ですから、上層部だけしか、恐らく知らされないでしょうね」

「そうだと思います。多少、サンニコラスでも、所長のホセとヒメネス副所長ぐらい、それと、コンサルタントのロバーツぐらいかも知れませんね」

「そうでしょうね。でも、審査する担当者レベルでも数字が判らないと、評価のしようが無いじゃないんですか」

「いや、彼等は多分、評価する公式、数式を作ることが、仕事だと思いますね。それが、決まってから、各社の具体値を入れて行くとか……」

「若し、設備費以外に、年間の操業費を数年分計算して、総合評価するとすれば、実際には、採点基準のサジ加減で、如何ようにも、順位をつけられますからね」

「そうでしょうかね。例えば、どんな具合にですか」

「ガス、電気、水等の消費量なんかは、概ね入札書の数値を入れるとしても、例えば、操業上の必要人員なんかは、技術の習得度やレベルによって、人数も異なるし、単価も違って来るでしょう。それに、レンガ等の消耗品や補修費の計算なんかは、採点者が自由自在に変えられると思いますよ」

「なるほど」

「それに、操業費の差を三年で見るか、六年にするかで、倍は違って来るし、……」

「なるほど、確かにそうですね」

「ですから、若し仮に、A社とB社の争いだとすれば、其処に特定の意志が働いて、B社有利の採点をしようとすれば、多分出来ると言うことだと思いますよ」

「或る種の意図があればですね。特に、これは非公開ですから、その意図があっても、誰も文句をつけられませんよね」

「そうですよ。ですから、我々は、技術的にも、価格的にも、或は、建設工期や操業費、教育訓練等の全般に互って、常にトップであることが必要だと思いますね」

「そうでしょうね。過去に購入実績があり、気心が知れて、信頼出来ると言うのは、立派な評価点ですから、G社は、その点では、断然有利でしょうからね」

「と言うことは、我々は、少しでも隙を見せたら、お仕舞と言うことでしょうかね」

「なるほど、沖山さんは、中々慎重ですね」

「いや、我々だって十分チャンスはある訳だから、これからの技説にベスト尽くすことが、当面の課題であることは、間違いありません」

「沖山さん、チャンスがあると言うより、絶好のチャンスじゃないですか」

「そうかも知れません。そう信じて、ヤルしかありませんね」

「もしかしたら、欧州勢にとって、一番気になるのは、日本チームかも知れませんよ」

「確かにそうでしょうね。ＳＩＭ社よりも、彼等の方が最近の日本の鉄鋼業の急激な発達振りに気が付いていますからね」


それから、暫くの間、三人で談笑し、各社の連中が、このホテル滞在している間は、客先や、コンサルタント辺りに余りアタックせず、音無しの構えで行くことにした。その方が却って、無気味に映るかも知れないのだ。沖山は、平山さんに、二人の安着と、応札完了とを東京にテレックスして貰うよう依頼した。

沖山は、一人になると早速、イトメンの西川支店長に電話を入れて、入札結果連絡の御礼を言い、今日日本から一気にサンニコラスに着いて、応札を完了したことを報告した。

「あっそう。日本から一気に、とは凄いね。疲れたでしょう。そりゃ大変だ。それで、ブエノスには、何時来るの」

「四、五日、こちらに滞在して様子を見ようと思いますので、多分週末になると思います」

「じゃ、来週だね。一度また、上手い飯でも喰いましょうか」

「はい、有難うございます、何れ、ゆっくりお話し致しますが、アノ情報でＯＳＫ社内は、テンヤワンヤだったそうです。石重さんが、ドナリ込んだりして……」

「ハハハ、そうですか。理論、正論よりも一つの実行ですよ。南米も南の果てまで来ると、東京の理屈だけでは、この国の核心部分には届かないこともありますわな」

「大型車で、表通りばかり走っていたってダメだと言うことですね」

「いや、ウチ辺りは、大型車なんか乗れないので、路地裏ばかりですよ。ハハハ。これでウチも、ヤル時はヤルって事が、少しお判り戴けたと思うので、今後のヤリ方なんかを、また来週にでも、ゆっくりお話ししましょうや」

と自信満々の得意顔が電話の向こう側で見えるようだ。沖山は、電話を切ったあと、技説等の正攻法とこの裏情報とを当分の間、噛み合わせて行きながら、次の作戦を立てるのがベストの対応であることを、改めて再認識した。

今回の件で、平山さんが怒っていなかったので、ホッとすると共に、今後沖山が両社と接触を続けることに理解して貰えそうなのは、有難かった。今後は、平山氏の面子だけは、潰さないように配慮する必要があると、少し反省していた。

そして、長沢支店長には、全く気の毒ではあったが、今更、謝ることも出来ないし、今後の長沢支店長への評価に悪影響が出ないよう祈るしかない、と思ったりしていた。

その二

夕食時、ホテルの食堂は、珍しく賑わっていた。

平山、斎藤両氏が、大田と沖山の無事到着と応札完了までの努力を多とし、赤ワインで乾杯してくれた。久し振りのオリーブの実の渋さが、嬉しかった。


周囲を見ると、各国の入札チームが、それぞれのテーブルに固まって、ヒソヒソと話をしている。注意深く見ると、その顔付き、姿等から、ドイツ勢、フランス、イタリー、アメリカ等のチームが識別出来る。最後に四人で入って来たのが、イギリスチームのようだ。オリンピックのスポーツ選手のような、陽気さはなく、各チーム毎に固まってヒソヒソ話だけだ。然し、さすがの国際入札の現場であり、六ヶ国七チーム、約三十名余りが、一堂に会した形となり、少し緊張感が漂っているが、やはり壮観だ。

よく見ると、それぞれのチームが同じように、別のチームの識別と品定めをやっているようだ。彼等から見ると、我々だけが東洋人であり、日本チームであると一目瞭然だ。四人は、あちこちから、各チームの視線を浴びることになったが、お互いさまだ。

やがて、焼肉料理で食事が進んで来ると、各チームの緊張感も融けて来て、テーブルのあちこちで笑い声が上がったりするようになった。

平山さんや、斎藤氏が、ボーイと極めて、流暢なスペイン語でやりとりしているのを、欧州勢がビックリして見たりしている。

言葉の苦手な大田は、少し臆するところがあるようだが、沖山も平山、斎藤両氏の堂々たる振る舞いにつられて、悠然とワインを味わい、食事を楽しんでいた。そして、滅多にない経験かも知れぬと思い、この国際入札現場の雰囲気を、しっかり味わおうと、現在、自分がこの場に身を置いて、こんな仕事に携わっていることに或る種の感慨と満足感を味わっていた。

食事が終わりに差し掛かろうとしている時、SIM社の総務課長と称する人が現れ、各テーブルを廻り、本日入札の際に、サインしたサイン帳で、各チームの担当者を確認しながら、タイプした紙を配り始めた。我々のチームは、平山さんを確認し、一枚の紙を渡してくれた。

それによると、明日九時半より、今回の応札者全員を集め、応札者の発表と今後の概略スケジュールの説明があり、午後から技術説明会のやり方等の説明と、日程調整を行うとの記述があった。

食堂を出て、一階のメインロビーを避けて、中二階のロビーで、明日の予定確認等をしていると、時折、ドイツチームや、イタリー人等が寄って来て、

——君等は、山中重工か。

——日本から来たのか。

——日本からは、どんなルートで来るのか。何時間掛かるのか。

——スペイン語が上手いじゃないか。何処で習ったのか。

とか、矢継ぎ早に話し掛けて来る。

ドイツ人は、真剣な眼付きで、真面目に話し掛けて来るし、日本チームに対してライバル意識のようなものを感じているのが判る。イタリーの連中は、全く陽気で、戦友のような感覚だ。そして、君等日本チームは、有望のようだから、頑張れよ、と全く屈託がない。

それに釣られて、平山さんや沖山が、ここではイタリー語で、殆ど通じるから楽だろうと、尋ねると、彼等は、

「ホテルや、街じゃ全く困ることはないし、女の子の喋ることも、バッチリだしね」

とウインクして、

「だけど仕事は、英語でやるから、困ってるんだ。君等は、どうしてそんなに、スペイン語や英語が上手なんだい」

と頻りに感心している。

「スリーピング・ディクショナリーさ」

と平山さんが答えると、

「寝るときは、言葉なんか要らないじゃないか」

と混ぜ返したので、一同大爆笑となった。

反対側のコーナーで、澄ました顔のイギリス人が、その笑い声に驚いて、こちらを窺っている。それを見て、そのイタリーの営業マンが、

「アイツ等は、ベッドの中でも、紳士面なのかも知れないぜ、ハハハ。じゃあな」

と肩を揺すりながら大股で去って行った。

斎藤氏が、言葉の苦手な大田に、一連の会話の意味を教えていた。


翌朝、食事を済ませて、ホテルのロビーでほぼ全員が待っていると、ＳＩＭ社のバスが迎えに来た。文字通りの呉越同舟で、各国のチームが、順々にバスに乗り込んだ。

バスの中にも、何となく緊張感が漂っているが、それを全く感じさせないのが、昨夜のイタリー人達だ。

ＳＩＭ社に着き、会場の小ホールに入ると、小さなテーブル毎に、参加者チーム名を記した小札が立っており、各社が、それぞれ自分達のテーブルに着いた。日本チームは、左側の前から二番目であった。

右側方の奥のテーブルには、既にＳＩＭ社の製鋼部の部長、課長等がこちらを向いて、座っており、右端に昨夜ホテルにて、チラシを配って説明したアロンソ総務課長が、係員に色々指示をしていた。

そして、コンサルタントのアームコ／カイザー社のロバーツ部長、キンボールを始め、五人が部屋に入り、左奥のテーブルに着いた。

最後に製鉄所長のホセと副所長のヒメネスが入って来て、中央の席に着くと、総務課長のアロンソが立ち上がって、

「只今より、今回の製鋼プラントの入札完了の報告会と今後の進め方についての説明会を開催します。先ず初めに、ＳＩＭ社サンニコラス製鉄所のホセ所長より、ご挨拶を申し上げます」と述べた。

ホセ所長は、挨拶の中で、今回の入札に世界の一流企業が多数参加してくれたこと、そして文字通り、

世界中、特に北半球の先進諸国が、この南半球の端まで出向いてくれたことに、大変感謝していると謝意を表した。

そして、今回の拡張計画が、ＳＩＭ社としての社運を賭けた大事業であるばかりでなく、アルゼンチン国としても、国家再建を企図した最重要プロジェクトであることを強調した。外交ルートを通じて、各国政府より低利の長期融資をお願いし、了解が得られたのも、このプロジェクトの重大さの故であると理解していると述べ、プロジェクト実現までの若干の経緯についても説明した。

更に、プロジェクト推進の当事者としては、大変な責任を自覚しているが、同時に、今回世界の一流企業が、挙って応札してくれたことで、技術的な点で、大変な期待を抱いていることを参加者全員に訴え、皆の共感を呼んだ。堂々たる演説であった。

引き続いて、ＳＩＭ社関係者及びコンサルタント全員の紹介があり、その後、コンサルタントの責任者ロバーツが、挨拶に立ち、審査の凡そのやり方を説明した。それによると、

審査は、明日開始し、最初は、各社仕様書のスタディ、応札者毎に質問書を随時作成し、テレックス又は手紙で発信する。各社の回答を待って、幾つかの項目別に凡その比較表を作成する。

十一月の中旬に、順次各社の技術説明会を開く。そして、本格的な審査比較表の作成に入るが、一完成までには、更に二～三カ月を要する。その間、必要に応じて、全般に互る技術解明の為に、文書に依る質問または、再度の説明会を求めることもあるとの要旨であった。

詳細については、午後からのスケジュール説明会にて説明すること、質疑は、その際受けつけるとのこ

と、等を淡々と説明した。
そして最後に、審査は、あくまで公平に行うことを約束すると宣言し、審査の過程で幾多の質問を発信する見込みなので、その都度各社の迅速な返答をお願いしたいとのことであった。

その後、ＳＩＭ社から応札者の正式発表があり、次の通りと判明した。

ドイツ国——Ｇ社
　　　——クルップ
フランス——メタルシデール
イタリー——イノセンチＳＩＩ
米国　——ドミニオン社とケメコエンジニアリングの共同入札
英国　——デイビーユナイテッド
日本　——山中重工／大西商事

若干の質疑応答の後、ヒメネス副所長の挨拶があり、午前中の説明会が終了した。
そして、再び各社の出席者は、バスに乗って昼食とりにホテルに戻った。近くに、レストランも何もないので、他に方法もない。

暫くして、一同またホテルの食堂で会し、また、同じバスに乗って製鉄所に赴くことになる。

午後からの説明会は、スケジュールの詳しい説明が中心であった。全体スケジュールの説明が行われた後、技術説明会の日取りについて、抽選が行われた。

説明会は、十一月の第三週、十日の月曜より始まり、山中重工は、七社中最後の十八日火曜日に決まった。翌日が予備日となっているので、上手く行けば二日間使えるかも知れない。

山中チームにとっては、最も都合のよい日取りであり、籤を引いた斎藤さんも沖山等と握手しながら、満面に笑みを見せていた。

その後、説明会の会場や、スライド、映写機等の使用が可能なこと等の補足説明があって、散会となった。

平山さんは、アロンソ課長の席に行き、他社のスケジュールを全部書き写して戻って来た。ホテルに戻ると、外国勢の大部分は、帰り支度をし、鞄をトランクに積み込んで、次々にホテルを去って行った。

沖山等四人は、平山氏の部屋に集まり、早速、今後の対応を協議した。

「我々が、最後とは、有難いですね、沖山さん」

「そうですよ。最初と最後とでは、準備期間も一週間、長くとれるし」

「然し、審査する方は、他社の説明をすべて聞いて、賢くなってから我々の説明を聞くことになるので、やりづらい面もあるんですよ」

と大田が、渋い顔をする。

「幾ら彼等が、賢くなったところで知れてるじゃないですか。昭鉄と当社のチームなら、アームコ・カイザーにだって負けないでしょ」

「そうね。日本の製鉄所での説明とは違うしね。やはり、最終日がベストかも知れませんね」

「それに、十九日が予備日というのも、良いじゃないですか」

「そうなんですよ。若し、質疑等で時間が足りなくなったら、翌日も使わして貰いましょうよ」と斎藤さん。

「そうですね。然し、そうなるかどうかは、彼等がどれだけ、我々の説明を聞きたがるか否かでしょうね」

と言う平山さんの説明に、斎藤氏が、

「そうか、落選者の説明を余り聞いても仕方ないですもんね。でも、若し、彼等が聞く意志があれば、その時点で、我々が、有力候補だと考えられますよね」

「そうね。ところで、このスケジュールで行けば、この週の二十七日か二十八日の金曜日に、大使主催のパーティーと言うのが良いと思うんですが、いかがでしょう」

と沖山が、平山さんに尋ねた。

「ええ、私も今、それを考えていたんですよ。明日、支店長と相談して、大使の都合を当たって貰うことにしますか」

「そうですね」

「そして、今日、東京にスケジュールを連絡する時、日本側の意向も聞くことにしましょうか」

「そうですね」

「その上で、主催者、招待者を誰にするか等の詳細を決めることにしましょう。山中重工さんは、安井専務が来られますかね」

「はい、多分、そうなると思いますが、明日ブエノスへ帰ってから、一度、藤田課長に電話を入れるか、詳しいレポートを送るか、しようと思っています」

「ところで、沖山さん、技術説明会の件で、ＳＩＭ社にもう聞くことは無いですか。無ければ、今からブエノスに帰っても良いんですが……」

「今のところ思いつきませんが、今夜一晩考えて、あれば、明朝ＳＩＭに寄るし、無ければ、そのまま明日帰るというのは、どうでしょう」

「そうしましょうか」

「いや、私は、このホテルの肉より、東京(トンキン)飯店の焼ソバが喰いたいんですがね」

「そうか、それじゃ、そうしよう。今未だ四時前だから、今からすぐ帰れば、ブエノスには七時半ごろには着くだろ。喰い物を喰うのは、何より大事だからね」

　肉の嫌いな大田氏の意向を入れて、四人はすぐ帰り支度を始めた。


「平山さん、明日、長沢支店長に何と言って謝ればいゝでしょうかね。困ったな」

　と沖山は、帰りの車に乗る前に平山さんに囁きながら、助けを求めた。

「例の件ですか。あれは、何も沖山さんが悪い訳じゃないし、純粋にＯＳＫ社内の問題なのですから、何も触れずに知らん顔していれば結構ですよ」

「そうですか。でも、合わす顔がないな」

「却って言ったら、オカシイですよ」

「そうかなあ」

結局、沖山は、平山さんの助言に従うことにした。

その三

翌日、ブエノスアイレスのＯＳＫの事務所に顔を出し、長沢支店長に挨拶した。全く、屈託のない柔和な表情で、今回の長旅の労を労ってくれたので、沖山は、自分の思い過ごしに気付いた。そして、パーティーの開催については、早速大使館とも相談して、上手くアレンジすることを快諾してくれた。

沖山は、今回は、大田と共に長期滞在になりそうなので、その間、皆さんのお世話を受けることに関し、丁重に感謝の意を伝えようとした。ところが、

「沖山さん、そんなことより、精一杯頑張って、何とか受注して下さいよ。その為のご協力なら、全く厭いませんから、何でも仰しゃって下さいよ」

と発破をかけられてしまった。


沖山と大田は、早速部屋に入り、藤田課長と大浜部長宛に、詳細な報告書を書き始めた。

入札の完了、外国勢六社のこと、技術説明会の日程、等の報告。

次に、技術説明会出席者の人選、藤田課長、大浜部長の出馬要請、昭鉄桐田課長等の派遣依頼、大使主催のパーティーの開催及びその日程、安井専務のパーティー出席要請。

更に、技説会の説明の要旨、要点の検討、説明資料の作成、項目別の説明者の人選、等に関し、沖山と大田の共通意見として、詳細な意見書を作成した。

作成の過程で、若干二人の意見が割れることもあったが、大綱において、また完璧を期す点で、異存の

ある筈もなく、主として沖山が文章を練り上げ、レポートが完成した。

平山氏にも考えを知っておいて貰う為、それを見せると、彼は、感心しながら、

「非常によく要旨がまとまっていて、判り易いのと、何より行間にお二人の熱意が感じられて、凄く説得力があると思いますよ。イイじゃないですか、すぐテレックスさせますよ」

「そうですか。何だか、我々の気持ちだけが、空廻りしているような気がして……。それを伺って少し安心しました。やはり地球の裏側ってまだるっこしいですね」

「そうですね、でも焦らず、一つ一つの情報を正確に、且つ判り易く伝えることが、一番ですね。ちゃんとそうなっていますよ、沖山さん。ところで、何を喰いますか」

「ワァ、もうこんな時間ですか、夢中で書いてたもんで…、もう昼過ぎてるんか」

「そうだね」

「大田さん、何喰う?」

「そうだね、クラリッジの隣のイタ飯なんかどう?」

「いいね、久し振りにスパと行くか」

と沖山。続いて平山さんも、

「そりゃ、グッドアイディアですね」

と応じた。

その四

たらふく喰べた満足感で、平山、大田、沖山の三人が応接室で寛いでいると、斎藤氏が入って来て、

「今、支店長と大使館に行って来たところで、未だ食事をしていないんですが、支店長が、例のパーティーの件で話をしようかと仰ってますが……」

「あ、そう。でも、先に食事を済ませて下さいよ。私からそう言って来ましょう」

と平山さんが部屋を出て行った。すぐ戻って来ると、

「食事を終えてから、ジックリ相談することにしましたよ」

「はい。その方がいいでしょう」


それから一時間後、支店長室で、支店長から宮本大使との話の概要の説明があった。

「大使も、今度の入札には、非常に関心を持っておられ、入札結果の概要等も、概ね岸田参事官から、先週末に報告を受けている、と大体のことを知っておられたようだ」

「そうですか」

「それで、各社の技術説明会の日程を見せて、来月の二十日か、二十一日にパーティーを開きたい旨申し入れたところ、快諾してくれましたよ」

「そうですか、それはよかった。支店長、有り難うございます」

と平山氏がすかさずお礼を言った。

「それで日程としては、何れも開いているので、先方の都合を確かめて、早めにセットしてくれとの事だ」

「そうですか。早速、客先の会議日程等を探って、主要人物の予定を確かめるとしましょう」

「そうね。勝手を言うようで、申し訳ないが、山中重工さんの安井専務には、その日程に合わせて貰うことになりそうですね」

と長沢支店長、

「そりゃ止むを得ないと思いますよ。早速今日のテレックスに、その旨書き加えましょう」

と沖山が返事した。

「大使が言うには、大使とＯＳＫと山中重工の三者の共催にしたらどうか、と言われたよ。三者の名前で招待状を出したら、との事だった。分かりました、と返事して来たけど、どうだろう」

「いいじゃないですか」

と平山さんが、先ず相槌を打ちながら、沖山に同意を述べた。

「念の為、本社に聞いてみますが、固より異存はないと思いますが……」

「招待者名簿については、君等で考えてくれよ。大使公邸を使わしてくれるのだが、凡その人数は、早めに知らせた方が良いだろう」

「そうですね。分かりました。早く皆で鳩首協議してみます」

と平山さんが、更に引続いて、

「それと、招待者に何か引出物か土産を考えてみたいと存じます。日本と相談して……」

「そうだね。ところで、帰り掛けに、岸田参事官が入って来て、パーティーの話を説明したら、『大変結構、是非やって下さい。出来れば、イトメンさんを招んで上げたら』とそう言ってたよ」

と意味あり気に笑ったが、平山氏も、その意味を察して、

「そうですか」

とだけ言った。

「招んであげようと思うんだが……」

「分かりました。そうしましょうか」

と平山氏もサラリと受けた。

沖山は、その間終始黙っていたが、支店長や平山氏の口惜しい気持ちを察し、それでも「黙って受けるところなんか、スゴイな」と思った。

それに、岸田参事官と、イトメンとは、極めて密着した付き合いをしていて、何かとＯＳＫやベニマル等の公使と近いグループとは、殆ど犬猿の仲のようであった。

然し、参事官は、通産省からの出向で、大型プロジェクトや貿易案件は、その所掌となるので、このような場合、無視する訳には行かない。

大使と雖も、公使と参事官の仲には、手の施しようもなく、見て見ぬ振りをするしか手立てが無かったようだ。

支店長と平山氏とのやり取りは、この等の点をすべて含んだ上、更に今回の入札結果の情報入手合戦の敗北をも抱含した複雑な気持ちを呑み込んだ上の事であったのだ。

沖山は、その心情を察した。

会議室に戻ると、平山も沖山もその事には触れず、斎藤氏も加えて、招待者の人選を始めた。

人選を始めてみて判ったのだが、平山氏も斎藤氏も、サンニコラス製鉄所の所長のホセ常務以下のメンバーは識っていたが、本社筋や、最終決定を行う常務会のメンバーについては、殆ど知識が無いに等しかった。

これには、沖山も改めて驚いたが、平山氏や斎藤氏の営業活動を促す意味で、

「私の知るところでは、最終決定は、会長以下、七人から成る常務会で行われると聞いています。出欠の如何を問わず、この七人を招ばねば、パーティーの意味がないと思いますが……」

と敢えて七人の肩書や名前を挙げることをしなかった。両氏に十分この辺を認識し直して貰いたかったからである。

平山も、そのメンバーの名を沖山に質すのを憚って、

「そうですね、その七人には、唯招待状を出すだけでなく、全員を訪ねた上で、口頭で直接頼んだ方がいいですね」

「そうですね。その方が良いでしょうね」

「そうしましょう」

と平山氏や、斎藤氏の方で向き直って、やや厳しい口調で、

「斎藤君、これは、我々でやろうや、招待状が出来たらすぐ、七人のアポイントを取ってくれや」

「ハイ」

「それに、製鉄所の方とコンサルタントのメンバーを、書き出してみてくれや」

「承知しました」

それから、手分けして、山中重工とＯＳＫ、更に大使館関係者等の出席予定者の表を書き出してみた。

その表を見ながら、平山氏は、再度斎藤氏に指示をした。

「現場の製鋼部門の技術者とコンサルタントは、これでよいか、一度総務課長のアロンソと相談した方がよいかも知れないね」

「そうですね、一度話してみますが、パーティーは、ブエノスなので、サンニコルスの連中が、わざわざ出て来るかどうか、分からない面もあるような気がしますが……」

「そうか。そりゃそうだね。ウム、少なくとも木曜の晩じゃ殆ど来ないな。金曜日なら、多少脈もあるけどね」

「そうですね。何れにするかは、ＳＩＭ社役員の会議等のスケジュール次第ですね」

「そうだね。早めに、当たってみようじゃないか」

「ハイ」

と斎藤氏の返事にも少し気合いが入って来たようだ。

日程のツメは、ＯＳＫが行うことになった。

二人は、会議室を出て、支店長室に入って行った。

二人の説明を聞いた支店長は、

「そうだね。サンニコラスから皆出て来るかな。何れにしても、ＳＩＭ社の役員達と一度接触しておいた方がいいね」

「そうですね。何か支店長、心当たりはありますか」

と平山氏が尋ねた。

「ウン、以前に鋼板の輸出の件で、販売担当のゴンザレス常務とは、面識あるよ。それと総務担当のサミュエル常務も、パーティーで二、三度会ってるな」

と名刺を引っ張り出しながら、長沼支店長は続けて、

「尤も、このゴンさんは、今回のプロジェクト役員会のメンバーじゃないらしいが、一度様子を聞いてみようか」

「そうですね、一度是非、飯でも喰って下さいよ」

「ウン。食事となると、ここじゃ、奥さんも招ばねばならんし、大変なんだよ。却って、仕事の話もしづらいしな。昼飯にでも誘ってみよう」

「お願いします。それに、我々も、そのサミュエル常務に会いたいんですが、支店長から一度電話を入れて戴けませんか」

「ウン。先に、ゴンさんに会って様子を聞いてからにしようや。アポイントがとれたら、君も一緒に行こうや、平山君」

「ハイ。そうさせて下さい。是非」

支店長は、早速秘書に、アポイントをとらせようとしたが、先方が、来客中で、済み次第返事を貰うことになった。

「この辺で、カッチリやっておかないと、またイトメンのウルトラCが入ると、俺もいよいよ、首だからね。ハハハッ」

「支店長、私にも責任の一半はあるし、今回は、これが私の仕事ですから、後のフォローは私共でガッチリやらせて貰います」

「イヤ、俺も別に、首を気にしてる訳じゃないし、君には、全く責任はないさ。気にするなよ」

「これからが、勝負ですから、序盤の一点や二点、十分挽回出来ますよ」

「ウン、そうだ。要は、注文を取りゃ、いいんだよ」

「終わり良ければ、全て良し、ですね」

「まあな」

「支店長、セニョール・ゴンザレスが電話に出ておられますが……」

と秘書が顔を出して、言った。

支店長は、電話に出て、鋼板の売れ行きや、価格値上り話、デノミの噂話等、十五分近くも世間話をしていた。やっと電話が終わって、席に戻って来ると、明日の昼食招待がＯＫになった旨、平山氏に告げた。そして、すぐ秘書を呼んで、翌日の昼にレストラン、カスカーダかラフロンテーラの席を予約するよう言い付けた。

そして、平山氏の方に向き直って、

「俺は、今から出掛けるので、明日、ゴンさんから、何を聞き出すか、考えておいてくれないか」

「ハイ、承知しました」

「カメラでも持って行こうか。そうか、彼はカメラには、確か、いろいろウルサイから、今回は、時計にしよう」

と言って、秘書に土産用のセイコー腕時計を一個用意するよう、指示した。

「ハイ、分かりました。支店長、もう時間ですよ」

「そうだね。じゃ、平山君、頼むよ」

と慌てて、外出して行った。

その五

　残った平山氏は、斎藤氏に向かって、

「斎藤君、明日は、そんな訳で、ゴンさんとやらと飯を喰って来るが、そのゴンさんと、更にサミュエル常務とのルートを、何とかするから、その後のフォローを君と俺とで、しっかりやろうぜ」

　人脈作りや、腹を割った付き合い方が余り得意でない斎藤氏を、叱咤するように、平山氏が話し始めた。

　如何にして、人脈を作り、親しい附き合いをし、心の通い合う友人を作るかということを諄々と話した。

　そして、そこから如何にして情報を取ることが大事であるか、それで初めて大きな仕事が受注出来るのだ、という事を噛んで含めるように説明した。

「はい。お話は、非常によく分かるんですが、どうも、情報をとることが、苦手でしてね。具体的にどうすればよいですか」

「今回は、僕が手本を示すから、一緒にいて、よく僕のやることを見てろよ」

「ハイ」

「だけど、それには、モサッとしているだけじゃ駄目なんだぜ。

　先ず第一に、必ず必要な情報は取ってやるんだという、強い意志を持つこと。

　次に、どうしたらそれが取れるかを、四六時中、考え続けること。

　そうすれば、何処から、どうやって等の手段や方法論は、自ずから自分の工夫や知恵が湧いて来るもんだよ。

残念ながら、斎藤君には、その強い意志と考え続ける執念が足りないように思う」

「そうですか。大変厳しいご指摘で、口惜しいですが、考えてみるとその通りかも知れません」

「忙しいので、ツイ目の前の事務処理や雑用を片付けることで、仕事が終わったと錯覚しちゃうんだよね。然し、一流の商社マンとしては、特に君のように一流の大学を出たエリートとしては、事務処理能力や業界の知識も重要だけど、それだけじゃ、全く不十分で、仏造って魂が入っていないようなもんだよ」

「はあ」

「特に、他社と競争して勝つという事だからね。敗けてばかりじゃ、話にならないしな」

「……」

「その為の第一歩が、情報入手さ。それが苦手だなんて弱音を吐いてる場合じゃないぜ」

「……」

真剣な顔付きの二人の話に、愛嬌のある美人の支店長の秘書が、遠慮がちに、二人にコーヒーを運んで、黙って離れて行った。

「最高の情報入手のテクニックは、相手に全く気付かれずに、自分が喋ってしまったことさえ覚られずに入手することさ」

「へえー」

「ウン、次に上手いのは、進んで相手が喋ったり、資料をくれたりすることさ」

「そんなこと出来るんですか」

「別にスパイのようなことをしなくたって、スケジュールや、相手は誰かなんてことは、秘書と心安くなっていれば、聴き出せるじゃないか」

「なるほど」

「その為に、普段からの人脈作りや、種蒔きが大事なんだよ」

「そうですか」

「時には、先行投資や、気付け薬が要るときもあるさ」

「……」

「だから、支店長だって、時計やカメラを用意してある訳だろ」

「あ、そうか」

「兎に角、強い意志と粘りだよ。今回、一緒にやってみようじゃないか」

「ハイ」

「口惜しいけど、今回のイトメンの情報は、敵ながら、天晴れだったじゃないか。我々も唯見てるだけじゃ、メーカーに逃げられちゃうぜ」

「そうですね」

「君が、本件の担当なんだから、イトメンに負けないよう頑張らないと、口銭だって値切られてしまうぞ。山中重工だって、イトメンには、幾らか払うだろうし……」

「そうですね。よろしくお願いします」

「強い意志と粘りが持てそうかね。持てるんなら、僕の知ってるだけのことを教えて上げよう」

「やってみます」

「もし、僕が見てて、コリャダメだ、と思ったら、放って行くから、悪く思うなよ」

「そんな、冷たいこと言わんで、トコトン教えて下さいよ」

「それは、君次第だよ」

「そうですか。確かに、今までは、気合いが十分ではなかったかも知れません。今晩一晩よく考えてみます。そして、強い意志が本当に持てそうか、を考えて見ます」

「そうか。君だって奥さんを口説くとき、強い意志と粘りがあった筈だぜ」

「参ったなあ」

その六

翌日、営業部長のゴンザレス常務と昼食を共にした長沢支店長と平山氏が、帰って来ると、斎藤氏が、支店長室に呼ばれた。

彼が部屋に入って行くと、ワイン焼けした二人が、ソファに坐っていて、「ココに坐れ」と手招きされた。

「斎藤君、少し、判って来たぞ」

「そうですか」

「ゴンザレスの話によれば、今回のプロジェクトの最終決定は、七人から成る委員会で最終決定されることになっているそうだ」

と支店長が切り出し、後を平山氏が引き取って、メンバー構成や各役員の経歴、出身母体や現在の担当業務等、基本的な情報を説明してくれた。

「ゴンザレスは、この七人委員会のメンバーではないが、凡その情報は、入って来るらしい。一度、入札の情況を調べて、また来週にでも、会うことになったよ」

「そうですか。スゴイですね」

「それで、パーティーの話だが、日本勢が、パーティーをやることは熱意を示す意味でも、欧州勢に比べ、馴染みの薄い日本を認識して貰う為にも、大いに意義があろう。とゴンザレスは言っていた」

「日程や、招待するメンバー等も、サミュエル常務に相談するのが、一番よいだろう、との助言があったよ」

「そうですか」

「明日の三時に、サミュエルのアポが取れたので、三人で表敬訪問することにしよう」

「ハーそうですか」

「その時、支店長から、日本勢のパーティーの話を持出して、相談しようと思うんだ」

「ハイ」

「山中重工の沖山さんには、その後、話をすることにしようか」

「ハイ。分かりました」


その日の朝、昨夜打ったテレックスの返事として、ＯＳＫの東京本社や、山中重工の東京より、返電があった。

それによると、東京で両社の連絡も取り合った上で、技術説明会スケジュール了解、早速、準備をスタートし、説明会出席者の人選に入ったこと、昭鉄にも桐田氏以下の出張要請を申し入れたこと等の連絡があった。

更に、パーティーに関しては、日程及び招待者の人選を含め、全面的に現地側に判断を一任するとの連絡が入っていた。


日本側でも、現地からの連絡を受けて、技術説明会の人選、と言っても、凡そ大浜部長の腹の中で、人選は終わっていたが、説明資料の作成準備と、予想質問事項とその解答の作成をもう一度、本格的にやり直すことから始まった。

また、大使が主催し、大使館公邸を使って客先の会長、社長を招待するとなれば、山中重工としても、出来れば、社長、副社長クラス、悪くても、安井専務の出席を考慮しておく必要があった。

何れにしても、現地から入札六ヶ国七社の出席する合同ミーティングの雰囲気等が伝わって、一番札と意識している山中重工社内では、熱意が、一段と盛り上がって来ているようだった。

その頃、沖山は、下痢を起こした大田をホテルに残して、イトメンの西川支店長を訪ねていた。

沖山の印象では、西川支店長は、前回の入札前に比べ、実際に山中重工が一番札になったことで、この案件に対する熱意が倍加しているようであった。と同時に、イトメンが本件の担当商社になれなかった事を、しきりに口惜しがっていた。

「沖山さん、我々としても少し口惜しいけれど、こうなった以上は、委員会の多数派工作をやらざるを得ませんね」

「上もOKしていますので、上手くやって下さいよ」

「ウン、二人は、もう間違いないので、あと二人を何とか獲得すればよいのだ。週末にそのキーパーソンと逢うことになっているから、彼と作戦を練ってみようと思っているところだ」

「やはり、色々派閥があるんですか」

「表面上は、勢力争いをしている訳ではないようだが、会長、社長に近い者がそれぞれいて、残りの重役連は中立を装っているが、実際のところは、分からないな」

「なるほど」

「今のフランコ社長も、社長になってから五年経つので、そろそろ後継者争いが始まる頃かも知れないしね」

「確か、社長は商工省出身でしたね」

「そう昔の商工次官だ。今のオンガニア政権とも近いしね。相当のやり手だよ」

そして、西川が紙に書きながら説明してくれたところによると、フランコ社長に近いのは、経理担当副社長のサンチャゴと、製鉄所長のホセ常務で、一方、軍人出身のオルガノ会長に近いのがベラーノ副社長で、総務担当常務のサミュエル、技術本部長のアントニオ常務、販売担当のゴンザレス常務等は、それぞれ生え抜きで、中立だと言われているらしい。

「なーるほど。そういう訳ですか。このメモは戴いておきます」

と沖山は、素早くメモをポケットに突っ込みながら、これは昔一度聞いたような気がした。

「だけど、今回の判定は、派閥力学だけで決まる訳でもないんでしょうね」

「そりゃ、そうだ」

「技術評価を公正にやってくれれば、当社は十分、勝ち目があると思うし、報告書での採点結果が問題ですね」

「建前は、その通りだよ。だから技術説明会は、しっかりやっておく必要があるよ。だが、沖山さん、客観的に見て、今までＳＩＭ社が、ずっとドイツ中心の欧州製の機械を買ってきたという歴史的事実は、大きな要素だよ」

「それは、そうですね」

「ウン。だから、日本製に決めるとなると、それなりの評価と、政府筋に対する説明が必要だろうね」

「SIM社だけで決められないんですかね」

「何て言ったって超大型プロジェクトだし、政府間の借款を受ける訳だから、関係筋にもそれなりの合意が要るだろうね」

「そうですか」

「それに、この国だからね、すべてが公正とは限らないって訳さ」

と、西川は、ニヤッと微笑んだ。

「そこが腕の見せどころって訳ですか」

「いや、そう言う訳でもないが、世の中に一〇〇パーセント公正な判定なんてものは、有り得ないからね。それに、歴史や文化、習慣の違いで、判断基準は異なる訳だから、我々日本人の物差しでは測れないことだってある訳さ。

従って、我々は、先ず彼等がどんな思考方法で、どんな基準で価値判断するかを、彼等と付き合いながら、ジックリ観察して行くことから始めるんですよ」

「なるほど」

「我々は、米の飯が上手いと思っても、彼等は、肉が主食だし、米の味を教えても余り意味がないやね」

「はあ」

「私が心配なのは、日本人が未だその点を十分認識していないという事ですよ。つまり、昭鉄さんや山中重工さんの技術力は、そりゃ優秀だろうと思うけど、設計思想や技術説明の視点が、日本人の枠から一歩も抜け出られない点なんですよ」

「具体的には、どういうことですか」

「これは、日本が漸く国際市場に出始めたばかりで、止むを得ないことなんですがね。戦後の何も無い時代から、臥薪嘗胆して、やっとここまで来たんですからね。

つまり、設計思想がすべて、コストミニマム、燃費運転費の極小化ばかりを考えて来た訳です。この価値判断の基準は、十分理屈があるんだが、果たしてこちらの人々に、一〇〇パーセント受け入れられるだろうか、と言うことですよ」

「ウーム」

「キャデラックに乗っているアメリカ人に、日本の小型車の燃費を幾ら説明しても、漫画じゃないですか」

「そうか、なるほど」

「私は、製鉄機械のことは、よく知りませんが、同じ様なことは無いだろうかと、少々心配しているんですよ」

この国は、ご承知の通り、第一次大戦の際の各種資源の輸出で、空前の好景気をエンジョイしたなごりが、未だ残っていますからね。

それに、ご覧の通り、牛肉は有り余って、我々の三倍も五倍を喰ってますからね。とても、臥薪嘗胆からはほど遠いんですよ。彼等は、金が無いくせに、豊かな暮らしをしているし、生活実感としては、寧ろ豊かなアメリカ人に近いですよ」

「確かに金が無い割には、良い生活してますね」

「それに、コンサルタントだってアメリカ人でしょ」

「そうです。何だか心配になって来ましたね」

「でも、沖山さん、客観的に見れば、この辺りが正しい状勢判断かも知れませんよ」

「冷水を浴びせられて、少し眼が覚めたような気がしますが、ご指摘の通りかも知れませんね」

「そういう視点が大事なんですよ」

「でも、我々日本人のやり方も急に変えられませんからね。我々のやり方で行くしかないような気がしますが……」

「そうなんですよ。この種の問題は、すぐには変わりませんよ。日本がやがてもっと豊かになって、せめて百坪ぐらいの家に住んで、六気筒で四千ＣＣぐらいの車に乗れるようにならないと……

　あと二、三十年は掛かるでしょうね」

「百坪、四千ＣＣか。それでもアメリカ人の半分ですよね」

「そうだね。話が元に戻るようで悪いが、歴史や文化の違う彼等の判断基準や価値感で、もう一度見直してみることだね。

　技術的なことは、山中重工さんに任せるしか無いが、我々も、もう一度、出来るだけ彼等の視点に立って、七人委員会の作戦を練ってみますよ。どうすれば、良いのかを」

「そうですね」

「一応、我々の作戦が出来たら、その時点で相談しますので、その旨話が通るようにしていて下さいよ」

「そこのところが難しそうですね」

「我々から見て不公正でも、彼等から見れば、公正という事だってありますからね」

「そうですか。よろしくお願いします」


その後、各社の説明会のスケジュールや、大使主催のパーティーは予定者等を、沖山は概ね説明した。西川氏も、パーティーの話は、大使館筋から聞いていたとみえ、凡そのことは知っていた。

「沖山さん、我々は、今回はあくまで黒子だし、ＯＳＫさんの面子もあるでしょうから、無理にパーティーに招んで戴かなくても結構ですよ」

「本件は、私からは、何とも言えませんね、今のところ……」

「パーティーに出るより、黒子に徹して成果を挙げることだと思ってますから……」

「はい。何か尋ねられたら、その旨お伝え致します」

「ウム。それより沖山さん、私はどうもサッカーという奴は、分からんけど、今回、貴方の滞在が長そうだから、その間、是非観ておきなさいよ。何たって、サッカーを識らないと、アルゼンチンが分かったことにならないんだから」

「はい。是非そうします。ボカジュニアが巨人で、リバプレートが阪神みたいなものだ、と教わりましたんで……」

「そう、そう。その国の核になるものは、肉でも、サッカーでも、自分から進んで入って行くことだね。尤も、このところ、アルゼンチンは、ウルグァイに連敗したりで、もう一つだけどね」

その七

翌朝、ＯＳＫの会議室で、沖山が日本からのテレックスを読んでいると、平山氏が顔を出して、

「おはようございます、早いですね」

「オハヨオッス」

「人選も決まったようですね」

「そうですね。こんなもんでしょう。概ね、予定通りです」

「沖山さん、大田さんのほか、山重さんが、五人、昭鉄さん二人ですね」

「そうです」

「説明会の日取りも決まっているし、サンニコラスのホテルは、すぐ押さえておきましょう」

「ああ、そうして頂けますか」

「ところで、大田さんは、大丈夫ですか」

「ええ、昨夜も一食抜いたので、下痢は治ったようですよ。もう来ると思いますよ。大した仕事もないから、ゆっくり寝てろ、と言ったんですがね」

「いや、それが、仕事が入ったんですよ」

「何ですか」

「キンボールから、テレックスで、十項目程の質問状が入りましてね。コレですよ」

沖山が見ると、仕様書上の不明点、疑問点が羅列してあった。

「二三日中に回答すりゃ、いいんでしょ」

「そうです」

「神戸に相談したいのも、ありそうなので、大田くんに見て貰いましょう」

間もなく、大田が出社して来たので、質問状の処理を一任した。

大田は、自分で解答出来るものは、解答書を作成し、それ以外についても、自分のコメントを付けて、質問状と共に神戸にテレックスを流すことにした。


その間、沖山は、支店長に招ばれて、一昨日のゴンザレス、昨日のサミュエルとの話を支店長、平山、斎藤の三氏から説明を受けていた。

「我々も、遅ればせながら、七人委員会のメンバー等が判って来ましたよ、沖山さん」

「そうですか」

「昨日、サミュエル常務に逢って、話を聞いたんですが、彼の話では、今回のプロジェクトは、外国の借款を得て行う大型プロジェクトだし、ＳＩＭ社の命運を賭ける重要案件なので、あらゆる角度から、悔いを残さぬように検討する。そして、その為の指示を社長自ら製鉄所長に行っている、との事でした」

「そうですか。その意味するところは、中々含蓄がありそうですね」

「そうなんですよ。どんな意味かは、分かりませんが、私もそう感じましたよ」

と平山さんが相槌を打った。

「サミュエルとは、どんな人物ですか」

「私の印象では、一見ヌーボーとした感じで如才ないんだが、実は、中々頭の切れる男で、腹の中は白いか黒いかは、未だ判りませんね」

と支店長が、印象を述べた。

「そうですね、自信満々の態度でしたね」

「ウン、彼が委員会の切り廻しをやるのかも知れないね」

「私も、そんな気がしました。ヤリ手であることは、間違いありませんね」

「来週、ゴンザレスに逢ったら、彼の意見も聞いてみようか」

「そうですね。ところで沖山さん、パーティーの話ですが、我々の提案にサミュエルは、全面的に賛成してくれましてね」

「アッそうですか、そりゃ、良かったですね」

「我々が、主な役員全員と、製鉄所の主たる関係者を招待したいと、彼の意向をサウンドしてみたんですよ。そしたら……」

「そしたら……?」

「そしたら、役員全員が出られるかどうか、判らないが、それでよいんじゃないかと」

「但し、日取りにもよるが、サンニコラスからは、そんな大勢来られないと思う、とのコメントでした」

「なるほど、ちょっと遠いですからね」

「招待者名簿については、我々日本側の出席者を含めて、我々の案を持って、もう一度後日、彼に相談に行くことにしました」

「そりゃ、グーですね」

「それで、パーティーの月日、十一月の二十日か二十一日の何れにするかは、二、三日中にサミュエルの返事待ちと言うことになってるんですよ」

「木曜又は金曜ですね」

「多分社長の都合を聞くんだと思いますが」

「いや、奥さんの意見を聞くのかも知れんぜ」

　と支店長が混ぜっ返した。

「アハハ、そうかも知れませんね」

「だって、彼等にとっては、金曜の夜というのは、一番大事な日なんですよ。自分達の予定を入れるか、日本大使館でのパーティーにするかは、大問題じゃないんですかね」

「なるほど、そうか。奥さん連は、パーティー、嫌いじゃないですからね」

「奥さん連は、特に喜ぶと思いますよ。日本料理と、土産物も出るしね。だから、私の予想としては、彼の返事は、多分二十一日に金曜日と言って来ると思いますよ」

「そうか。じゃ、何か喜びそうな引出物を考えないといけませんね」

「それは、君達、一つ知恵を絞って欲しいな」

　と長沢支店長が、平山さんと斎藤氏の方を見ながら言った。

その八

沖山が、山中重工に割り当てられた小会議室に戻ると、大田が、丁度テレックス原稿を書き上げたところだった。

「これで打電しようと思うのだが、ちょっと目を通してくれないか」

と大田が沖山に原稿を見せた。沖山が見ると質問の趣旨や、大田自身のコメント、更に解答は、こういう形で英文で打ってくれ等、全くぬかりなく要領よくまとまっていて分かり易かった。

「ペルフェクト（完璧）だね」

「そうか」

「回答期限は、明後日と明記したら」

「どうしようか、迷ってるんだ。早過ぎないかな」

「だって、客の要求だろ」

「そりゃ、そうだ」

「客の要求通り、日本へ伝えるのは、我々の義務だよ。間に合うかどうかは、日本側で判断して、無理なら、その旨言ってこさせた方がいいよ」

「それもそうだな。それじゃ、そうしよう」

それから、殆ど毎日のように、カイザー社のキンボールから、テレックスで質問状が届く。大田は、それに自分のコメントを付けて神戸に送り、神戸から回答を貰って、それをキンボールに流す。それから暫くの間、それが大田の日課のようになった。

沖山は、少し時間的な余裕が出来たので、隣のチリ国のサンチャゴに行くことにした。ラテンアメリカ鉄鋼協会の年次総会が、今年はサンチャゴで、十二月の初めに行われる。山中重工の大浜部長が、「最新の製鉄技術」というテーマで、講演を頼まれているので、協会の事務局との下打ち合わせの為であった。沖山が、日本を発つ前に、もし時間があれば、と大浜に依頼されていた。

二泊三日の一人旅だったが、沖山には、格好の息抜きになった。本来は、一泊の予定だったが、帰りの便が、機械故障で、フライトキャンセルになって、一日遅れたのだ。

サンチャゴも、ブエノスに似た綺麗な街で、古い石造りで、中々趣がある街並みだったが、ブエノスに比べると、少し暖かみに欠け、寒々とした雰囲気があった。経済的に更に苦しい故だろうか。ホテルのボーイが、いきなりドルを欲しがったり、街角に娼婦が目立ったりして、何となく戸迷いが起こる。

その代わり、ホテルのレストランでネクタイを要求されたりで、多少の緊張感もある。

大西洋側と違ってチリは、アンデス山脈から陸地が一気に海に落ち込んでいる為か、アワビや海草等の魚貝類が豊富なのが嬉しい。

政情が不安で、観光客もチラホラ程度であったが、帰りの飛行機で一緒になった、ブエノスアイレス大学に数学講師として赴任すると言うアメリカ青年から、日本のミウラというプロスキーヤーが、アンデスのアコンカグアを滑り降りるという事で、話題になっていたと聞かされ、沖山は、「ホー、三浦雄一郎だな、ナカナカやるな」と思った。

第十七章　説明会準備と作戦

その一

十一月に入り、技術説明会の日程も間近に迫って来た。

山中重工の設計陣は、入札までに間に合わなかった詳細部分の設計や数値の辻褄合わせもようやく終わり、今は説明会資料の作成準備に大童であった。

今回は、説明会に参加しない野田課長が、陣頭指揮で、連日遅くまで若手のエンジニア達に指示を飛ばしていた。

或る時は、指示に従って若手が纏めている構想の相談に乗ってやり、また或る時は、出来上がりかけた資料の不備をスパッと指摘して作り直しを命じたり、電機部の作成したシーケンス図の表現の仕方に苦情をつけたりで、全く休むゆとりもない。

その間、現地の大田君から入って来るテレックスへの回答書を要求期日通りにこなして行かねばならない。技術陣に余裕がないので、テレックスの回答書は、野田課長が自ら、表現に気を配りながら毎日作成していた。

その間も、常に微笑を絶やさず、部下のエンジニア達を実に上手く乗せて行く手腕は、誠に見事なもので、今回の仕事で野田課長の評判が上がったのは、誰が見ても納得の行くものであった。

一方、不慣れとはいえ、理解力が乏しく、その都度判断基準が揺れ動く林係長の立場は、自然に弱くなって行った。時には、部下の優秀な若手の信頼を失うような判断ミスが続いたりして、実際の業務が二重手間になる等、幾つかの問題を起こしたりしていた。

時折、若手のエンジニアの鋭い質問に立ち往生するのは未だ止むを得ぬことだが、その時、強弁して自分を無理に正当化しようとして、忽ち彼等の信頼を失ってしまう。

野田課長は、そのやり取りを脇から見ていても、救いの手を差しのべられぬケースが多く、黙って見ているほかはなかった。

この様に、チーム全員の総力を結集せねばならぬプロジェクトでは、個人々々の実力が、自ら表面化するのは自然の成り行きである。年功序列とは別に、実際は、実力の勝負になって来てしまう。

今回は、初の本格的な国際入札、それも大型プロジェクトということで、それぞれの仕事分担に起用された若手のエンジニア達の意欲は、全く素晴らしいものであった。新しいものへの挑戦の意欲が、彼等の乏しい知識や経験を補うに十分であった。

そしてこの入札書類や説明資料の作成に、彼等は全智全能を傾けて常にベストなものを完成させようと、技術者同士の間で時に激しい論争もあったが、雰囲気は、あくまで明るく、共通の目的に向かって進む快い興奮に包まれていた。

大浜部長が、野田課長席に来て、

「相変わらず、連中、よくやってるな」

と感心すれば、野田課長は、

「そうなんですよ。今までに無かったプロジェクトですからね。彼等、張り切ってるんですよ。こんな盛り上がりは、初めてですね」

「そうだな」

「最初に、役割分担した頃のオドオドした態度も消えて、少し自信も出来て来たような気がしますよ」

「彼等は、今、夢中で仕事をしてるだろう。コレが素晴らしいんだよね。後になって振り返ってみると、人間が一番進歩するのは、夢中になって仕事と取り組んでいる時なんだよな」

「確かにそうかも知れませんね。彼等自身、余り気が付いていないけど、ここ数カ月間の進歩は、過去二、三年分に匹敵しますね」

「当社全体が、レベルアップするって訳だね。やはりどんどん実際の仕事に取り組んで行くのが一番だな」

「その意味でも、この入札に参加した意義がありますよね」

「そう言うことだね。でもね、これで失注して見ろ。皆、何言われるか分かったもんじゃないぜ」

「そうですね。その為にも、彼等若手の連中の為にも、是非受注したいですね」

「どんな社員教育よりも効果が挙がるしな」

「ところで部長、資料がかなり出来上がって来てまして、隣の会議室に積んでありますので、一度、眼を通しておいて下さい」

「そうか。明日の午後の予定がキャンセルになったので、明日ジックリ見せて貰うよ」

「はあ、お願いします」

「君等全員の労作だからね。俺も気合を入れ直して読ませて貰うとするか」

翌日、大浜は、夜十時過ぎまで資料に目を通していた。時折、不明個所に紙のシオリを挟んだり、書き込んだり、熱心に勉強しているようであった。

その二

十三日の朝、山中重工の技術ネゴチームが、昭鉄の二人を含めて合計七人、ブエノスアイレス空港に到着した。

平山、斎藤、沖山の三人が、車三台で出迎え、幾つかの書類や土産のダンボールを積んで、サセックスホテルに運び込んだ。

稍々、薄暗いホテルのロビーは、それ程大きくないので、七人が順次チェックインを済ませる間、彼等の荷物で溢れる程であった。

立派な恰幅の男が悠然と、一人一人のチェックインカードをパスポートと照らし合わせて確認したりで、着いてからもう三十分近くも掛かっているのに未だ終わらない。

皆が、日本から到着すると、俄然賑やかになり、雰囲気もガラッと変わって来た。

「沖山君、御苦労サン。ブエノスアイレスって思ったより、落ち着いた雰囲気の街だね」

と上司の藤田課長が改めて、沖山に握手を求め、日本のタバコや週刊誌、ツマミ等を土産にくれた。

「あ、コリャ有り難うございます。嬉しいな」

「大田君も元気かな」

と大浜部長が聞いた。

「ハイ。彼は、一度下痢をして、食事を抜いたこともありましたが、もう、すっかり元気になって、今日は、もうＯＳＫで仕事をしています」

「沖山くんも元気そうじゃないか」

「ハイ。一昨日、十五パーセント程の通貨の切り下げがありましてね。皆さんのホテル代も安くなったんですが」

「そうか、前回は、確か、一ペソ百円ぐらいだったんですよね」

「そうなんです。それが、今、八十五円ですよ。私等、ホテル代を三週間分、溜めておいたので、昨日ドルで払ったら一五パーセントも儲かっちゃったんで、一辺に元気になっちゃったんですよ」

「へえー。時々切り下げがあるんですか」

「そうですね。貿易収支が万年赤字で、常に外貨不足ですからね。時々あるようですよ」

と平山氏が説明する。

「ですから、長期滞在する人は、必要なだけ、ペソに変えて、残りは、ドルで持っていた方が良いですよ」

「なるほど、それで幾ら儲かったんだね。沖山君は」

「高々一万円ちょっとですが、それでも革のスーツケースの上等の奴が買えますからね」

「フーン。それで、金のある連中は、財産を自国じゃなくて、皆外国で持ちたがるんだな」

「そうなんですよ。契約代金の一部を外貨でニューヨークやスイスの口座に振り込ませる訳ですよ」

「それじゃ、益々、外貨が入って来ないし、外貨不足とインフレで、全くの悪循環になるね」

「ご明察の通りです。それで、更に通貨価値が下がり、通貨引き下げをやらざるを得ない訳です」

「多少程度の差があっても、中南米の国は、ほとんど、同じようなもんですね」

「そうですね。一度この悪魔の循環に陥ると、チョットやソットの政策では、中々元に戻らないんですね」

「なるほど、そうか。日本は、インフレが無くて、通貨が安定していることの有難さを、我々も、もっと認識しないといけませんね」

「そうですね。こういう事は、通貨の弱い国に滞在してみると、肌で実感出来ますね」

「そうなんだよね。日本の新聞は、政治の悪口ばかり書いてるけど、この点は、日本の官僚が、優秀だったことを認めて上げる必要があるね」


「やあ、お待たせしました。やっと終わりましたよ」

と斎藤氏が、皆のパスポートを返しながら、部屋の番号を確認して、それぞれの鍵を配った。

「皆さん、お疲れでしょうから、シャワーでも浴びて、ゆっくりして下さい。我々、十二時過ぎに迎えに来ますので、その頃、またここに降りて来て下さい」

「今、何時ですか」

「十時十分前です」

「ペソは、ウチの事務所で換えますので、後程……」

到着した連中は、ホッとして、手荷物だけ持ってエレベーターの方へゾロゾロ歩いていく姿も、長旅の疲れが見えていた。

エレベーターの前で、沖山は、桐田氏と何度も固い握手を交わし、説明会での互の健闘を誓い合ったりして再会を喜んでいた。

その三

近くのレストランで軽食を取り、ＯＳＫの事務所で、支店長等との挨拶と各自の簡単な自己紹介や歓談を終えて、早速、最初の打ち合わせに入った。

藤田課長が、一座を取り仕切る形で、口を開いた。

「皆さん、長旅でお疲れのところ申し訳ありませんが、今から全体のスリ合わせの打合わせを致したいと思います。

人数も大変大勢ですし、それぞれ仕事の分担も違うので、先ず始めに、双方の情報交換をやりましょう。

現地情報については、ＯＳＫの平山課長と沖山君、日本側の準備状況を、大浜部長と私がやります。

その上で、明日からのスケジュールを決めましょう。

スケジュールが決まれば、今日は終わりにして、後は、各自で資料の整理等をして下さい」

皆が頷くのを見て、藤田課長は、

「じゃ、平山さんから、お願いします。皆、未だ頭がボーッとしてるようですから、日本語でお願いします」

と言って、緊張しかかった雰囲気を巧みに和らげた。

「平山です。ご苦労さまです。我々は、いよいよ、皆さんが到着されて説明会が近付いたのを実感して、緊張が高まって来るのを感じております。

　早速ですが、ご承知の通り、各社の技術説明会は、既に、今週の始めから始まっており、本日は、確か、宿敵G社の説明会が行われている筈です」

　と皆の気を引き締める。更に続けて、

「月曜日に予定されていた、アメリカのドミニオンは、説明会を辞退した模様で、その理由は判りませんが、噂によれば、プラントの重要部分に欠落というか、計画漏れの機器があり、事前のカイザーの質問状にも、余り忠実に答えられなかったとの話です」

「もう、脱落ですかね」

　と桐田が聞いた。

「説明会を降りるということは、失格でしょうね。おそらく」

「そりゃ、そうですね。先日、ドミニオンと組んでいるケメコの連中に逢ったら、一応やる気を見せていたんですがね」

「ひょっとすると、アメリカ人同士なので、カイザーから、とても無理だとの情報でも入ったのかも知れませんね」

　と桐田も納得顔になった。

「なるほど、それは、有り得る話ですね」

　平山氏は、更に続けて、

「昨日のクルップは、予定通り行われたようです。詳しい事は判りませんが、クルップからの技術者は、二人だったようです」

「アッ、そう」

「それと、来週の月曜日、我々の前のイタリー勢が、昨日現在、説明会参加の返事を未だ正式にしていないとの事です。若しかしたら、中止になるかも知れません」

「フーン」

「それ以外は、予定通りのようです」

「沖山君、何か付け加えることはないか」

「ハイ。人数は、我々が一番多いようで、欧州勢は、どこも概ね四、五人のようです。その他、申し上げ難いこともありますが、現地の下馬評では、ドイツのG社と当社の評判が高いようです。我々も、イイ線行っていることは、確かで、この説明会が、大きな山場になることは、間違いありません」

「と言うことだそうです。皆さん、頑張りましょう」

と藤田が、空気を軟らげるのに気を遣う。

「パーティーの件は、後ほどスケジュールのところで、平山さんから説明して貰うことに致したいと思います」


その後、大浜部長から、準備の状況の説明があり、これまでの技術陣の労を労うと共に、『今回は、十数年振りに、真剣に技術の勉強をさせられて久し振りにスカッと、さわやかな気分になった』と半分実感のこもったユーモラスな挨拶があった。

　続いて、桐田氏から、説明会での説明の要旨、力点の置き方等の披露があり、その詳細については、大浜部長以下技術者同士のスリ合わせを終えてから、再度解説して貰うことになった。

　スケジュールとしては、明日十四日は、技術者同士と営業関係者間の打ち合わせを個別に行い、十五日土曜日に総合スリ合わせ会を行うことになった。

　そして、日曜日は、ゆっくり休日とし、月曜の昼食後に、全員汽車でサンニコラスに移動することになった。

「それじゃ、この辺で今日のミーティングは終わることにします」

と藤田課長が締め括ると、皆ぐったりと椅子の背にもたれて、溜息をついている者もいる。

皆が、思い思いに資料の整理や、雑談を始めると、ガヤガヤと結構賑やかになった。

沖山は、藤田課長に、

「課長、幾つかご報告したいこともありますが、何時にしましょうか」

「そうだね。例の話もあるしな。今晩、飯を喰った後、俺の部屋に来ないか」

「ここの晩飯は、九時頃まで掛かりますよ。今日は、お疲れでしょう」

「構わんよ。どうせ、一～二時間で終わるだろう」

「そうですか。じゃ、後でご報告します」

「ウン」

「ところで、専務の到着は何時ですか」

「エート。チョット待てよ、調べるから……」

と手帳を見ながら、

「二十七日の朝着だな」

「そうですね。一応、その予定で、そこのクラリッジホテルを予約してあるんですが、課長も、サンニコラスから戻ってから、クラリッジに移って戴くことになってますので……」

「アッ、そうか。そうだね、専務一人で泊まらす訳にも行かないからな」

「そうなんです。テイクケアをお願いします」

「わかった。このビルを曲がったところの奇麗なホテルだろ」

「そうです。一泊二十五ドルだそうです」

「そうか。我々のサセックスは、幾ら？」

「今度のレートだと五ドル弱ですね」

とそこへ、昭鉄の桐田さんが、

「お話し中、スイマセンガ……」

と言いながら、割って入って来た。

「今、客先からの想定問答を考えているんですが、営業マンの鋭い感覚で、客先からどんな質問が出るか、考えて戴きたいんですが……」

「そりゃ、難問ですね。我々素人には。沖山君どうだい」

「そうですね。外れても許して下さるなら」

「結構ですよ。明日の準備の参考にしたいんです」

「恥を書くのを恐れずに申し上げれば」と沖山は話し始めた。「先ず、一般論として、プラント全体や、個々の機械の仕様や、性能の説明については、彼等は、殆ど一方的に聞くだけだと思うんです。技術レベルが全然違いますから。

但し、コンサルタントのカイザー等は、日本の設計思想には、一〇〇パーセント賛成しないこともあるでしょうね」

「それは、どういうこと?」

「一言で言えば、日本特有のコンパクトデザインが、恐らくアメリカ人にとっては、戸惑い、或いは、異和感を感じる可能性もあり得ると言うことです」

「そうか」

「その点で、多少シニカルな質問が出るかも知れませんが、それ以外は、彼等のどんな質問だって、桐田さんのキャリアを以ってすれば、大学教授と小中学生みたいなもんじゃないですか」

「…………」

「寧ろ、沢山質問がある方が、当方の優秀性が浮かび上がるし、説明不足を補えるので、大歓迎じゃないでしょうか」

「そうだと嬉しいけどね」

「従って、第一の問題は、建設工事だと思いますね」

と沖山は、二、三週間前から、漠然と考え始めていた、日本との文化の違い、彼等の日本に対する違和感から生ずる理解不足、或いは、場合によっては、或る程度の拒絶反応のようなものが、生まれやしないか、と危惧していた点を説明し始めた。

「桐田さん。ブエノスでの建設工事は、ご覧の通り、実にのんびりやってますよね」

「ウン」

「課長、そこに見えるビル工事だって、もう一年以上掛かってるらしいですが、何時出来るか、誰も分からないんですよ。ビックリするのはクレーンで鋼材を吊り上げてる途中で時間が来ると、空中に吊したまま、帰っちゃうんですからね」

「まさか」

「ソレが本当なんですよ」

「そうなんですよね。アレには驚いたね。アメリカも相当イイカゲンのところがあるけど、あれ程じゃないな」

とオハイオの現場経験の長い桐田さんも相槌をうった。

「従って、日本の建設工事工程表を、幾ら実績をベースにしたもの、と実例を挙げて説明しても、彼等は俄かに信じられないと思うんですよ」

「なるほど」

「我々の工程は、確か、日本の五割増で計画してますよね」

「そう。その通りですよ。現地工事が延びると、物凄いコストアップになるので、それ以上は、延ばせないですからね」

「ということは、彼等の眼から見れば、日本勢の見積もり価格が安いのは、実際に実行不可能な工事工程で計画してある為で、見せかけの安値入札じゃないか、との疑いを抱くかも知れない、という点なのですよ」

「なるほど、そりゃ鋭い指摘だね」

「実際にやってみなけりゃ分からないんですが、日本の二倍以上掛かりそうな気もしますしね」

「ウーム」

と桐田氏も唸っている。

「沖山君は、我々の工事工程が、計画通りに行くことを、懇切丁寧に説明しろ、と言いたいんだな」

と藤田課長が、沖山の方を向いて、結論を促した。

「そうなんです。日本で実際にやりました、という説明では、不十分のような気がするんですよ。我社のスーパーバイザー（工事監督）が、実際に如何に現地人を使い、ＳＩＭ社の協力を得れば、十分達成可能であるかということを説明する必要があるかも知れませんね」

「ウーム。多分正しいでしょうね。だけど難しいな。文化の違いだからね」

「そうなんですよ」

「先程話の出た、コンパクトデザインも、もしかすると、同種の問題かも知れませんね。さすがに、営業屋さんの話は、方程式で解けないだけに、難しいな。何しろ（時計の）長針の要らない国が相手ですからね」

「そうね。東京駅の朝のラッシュと、パンパで牛がゴロンと寝ている国の違いだからね」

「そうですよ。草原での夕陽を見ていると、長針どころか、時計も要りませんよ。悠久の世界ですね。私もいろいろ感じさせられました。『こんな世界に、何も製鉄所なんか建てることもないのに』なんて思いますよね」

「そうだね。あの夕陽を見てると、日本人なんて、小さいね。アクセクしてね」

「心が洗われる気がしますね。確かに」

「それを聞いて、益々気が重くなったな。建設工事が短期間で済むなんて話は……」

「判るね、その気持ち」

と藤田課長も珍しくしんみりしてしまった。

「沖山さん、他には、何かありませんか」

「そうですね。ひょっとすると、操業指導と技術者に対する教育訓練について、何か要望が出るかも知れませんね。彼等にとって、最終的な、年間生産高を達成することが、目標ですからね」

「ウン、そうか。でも、操業指導や教育は、この見積りには、入っていないので、依頼があれば、別途、有料で引き受けるとしか、言えませんね」

と桐田課長が、少し渋い顔をしている。

「それで結構なんです。但し、その言い方としては、我々にプラントを発注して戴けるなら、如何に素晴らしい操業指導と、効果的な教育訓練を提供出来るかを、上手くPRして欲しいんです」

「なるほど」

「これは、昭鉄さんの仕事ですし、後日、それで、ジックリ儲けて下さいよ」

「営業の人は、抜け目ないですね。確かにそれは、当社の技術協力部が目指してるところでもあるんです。

そうか、なるほど」

「それに、我々だけなんですよ、昭鉄さんのような製鉄所が、ジョイントで参加してるのは」

「ウーム」

「ですから、実際の操業面や、教育等について十分な話が出来るのは、この際桐田さん、貴方しかおられませんし、さすがのG社が逆立ちしたって、勝てませんからね」

「確かに、そうかも知れませんが、上手いなあ、沖山さんは。『豚もオダテりゃ、木に昇る』って感じで、木に昇らされそうですね」

藤田課長は、このヤリトリをニコニコしながら眺めていたが、「この混成チームは予想外に上手く行ってるな。これなら問題なさそうだ。アトは、例の話がどこまで詰められるかだ」と心の中で考えていた。


一方の部屋の隅では、大田が、今までキンボールから来た質問状に対する回答の説明と報告を、大浜部長以下の到着組に行っていた。

平山氏は、入札前に日本で沖山等と行った融資条件のうち、据置期間、金利の起算日、引渡し条件等を再チェックし、一応打ち合わせに備えて、事前の予習を行っていた。そして、時折、斎藤氏に注意を促しつつ、補足説明を行ったりしていた。

藤田は、再び煙草の煙が充満して来た会議室を眺めながら、来週に迫った説明会に向って、皆が気力を集中させて、それぞれの仕事に取り組んでいる様を見て、「こりゃ、行けるかも知れないな」と新たに闘志が溢いて来るのを感じていた。

藤田課長は、山中重工の機械輸出の草分けとして、これまで、東南アジア向けの賠償案件を始めとして、フィリピン、台湾、韓国、インドネシア、タイ等のアジア諸国から、イラン、トルコ等の中近東まで、窯業機械等の輸出業務の先頭に立って活躍しており、経験も豊かで、有力商社の間にも名うての輸出営業マンとして名が通っていた。

その藤田が、今回のプロジェクトは、これまでとはスケールもチーム編成も一段と大きくなって、気合いを入れざるを得ない。それに、彼の余り得意でない製鉄業、それも日本一の昭和製鉄を巻き込んでの戦いだ。余り無様なマネは出来ない。そう思って、当初より、若干の不安を抱きながらこの案件に携わって来たが、今日のこの会議の雰囲気を見て、

「これなら、最後まで悔いの無い戦いが出来そうだ。今までやって来たどの戦いよりも、難しかろうが、この混成チームが、ここまで密度を高めて来たのは、立派なものだ。予想以上だ。現在の当社の実力から見て、これ以上は望めない。彼等の為にも、精一杯、やってやろう」

と本来楽観的な藤田にしては、珍しく慎重な作戦の展開を頭に描き始めたようだ。

その四

夕食の後、沖山は軽装に着替えて藤田の部屋をノックすると、

「ヨーッ、入れや」

とすぐにドアを開けてくれた。

「ここのワインも結構イケルじゃないか」

「そうですか。私は、ここで初めてワインというものを飲ませて貰ったんで、未だ本場の味を知りませんので……」

この頃は未だ日本には高級ホテルやレストランを除いて、一般用のワインは殆ど入って来ていなかった。日本にワインブームが起こるのは、それから十数年も後のことであった。

「今日の赤ワインなんか、渋くて旨かったよ」

「ここは、物価が安いので、長期滞在でも安心して過ごせるのは、有難いですね」

「そうらしいな。ところで、長いこと本当にご苦労さん。疲れたか」

「イヤーッ、今は、仕事に本当のやりがいがあって、張り切ってますから、疲れなんか感じている暇ありません、ご心配なく」

「そりゃそうかも知れないな。これだけの仕事を担当出来るのも、見方によっては、物凄くラッキーだもんな」

「見方によらなくても、ラッキーですよ。つくづく思うんですが、全ての局面局面で考えねばならないこ

とが、無限にあるんですよね。そして、その都度自分で創意工夫して前に進んで行くので、これ以上の楽しさもこれ以上の勉強も、恐らく無いと思うんです」

と沖山は、改めて眼を輝かせながら、一気に喋ってしまった。

「そう言うことだろうね。今日の会議でも、皆着いたばかりだと言うのに熱気が感じられたよ。それに明るい雰囲気なのが良いね」

「そうでしたか」

「混成チームなので、心配してたけど全く杞憂だったな。皆若いせいかな」

「ハア」

「ところで、例の話はどうかな」

「ハイ、それなんですが……」

と沖山は、イトメンとの話を中心に、最近のOSKの動きを含めて、一通り藤田課長に報告した。

「そうか。七人委員会か。アト二人と言うが、七人が全員同等の発言力という訳ではないんだろうよ」

「そりゃ、そうですね。西川氏は明確には、言わないんですが、繋がりがあるのは、このベラーノ副社長らしいんです。彼は、次期社長を狙ってるらしいんですが、どちらかと言えば、オルガノ会長寄りのようです」

「ウム」

「鍵を握るのは、私の感じでは、矢張りフランコ社長とその下のサミュエル常務のような気がします」

「俺もそんな気がするね」

「まあ、先入観も禁物ですから、課長、明日の午後にでも先ず西川支店長に逢って下さい」

「ウン。そうしようか」

「尤も、その前に午前中にでもＯＳＫの長沢支店長の話を聞くことになりますが……」

「そうだね」

「それで、出来ればＯＳＫのアレンジで、サミュエル常務にパーティー等の表敬訪問をお願いしたいですね」

「そうか」

「それに西川支店長経由で、ベラーノ副社長に別途逢って戴くというのはいかがでしょうか」

「なるほど。その上で作戦を考えろと言うことだな」

「ハイ」

「この二人はパーティーにも来るんだろ」

「ハイ。その予定です」

「然らば、サミュエルには事前に表敬訪問しておいて、パーティーの時はもう一度、次のアポイントをとろう。ベラーノ副社長は、西川さんに任せておいて、先ず、間違いなかろう。パーティー後に西川氏にアレンジして貰えばいいな」

　沖山は、藤田の頭の回転の速さに感嘆して、『この人は、ナルホドと何時も感心したように他人の話を聞いているが、実は、俺の考えてることなど先刻お見通しで、その上で、常に次の事も考えているんだ。

スゴイなあ！』

と何時も漠然と感じていることを再確認する思いであった。

「どうだ、沖山君。君が先程言ったように、プラント輸出って仕事は面白いだろ」

「そうですね。何といっても百億ですからね。どうやって受注まで持って行けるかを考えているだけでも、ゾクゾクして来ますね」

「受注するまでのプロセスが、恐らく一番面白いだろうな。実際には、決まってから完成するまでが本当の仕事だし、一番大変だがね」

「それは、技術屋の領域ですからね。完成した時の喜びは、恐らく一生忘れられないでしょうね」

「ウン、そうだな。それは凄いと思うよ。我々は営業屋だから、受注するまでが一番の腕の見せどころよ」

「そうですね」

「果たして、イトメンの西川さんに全面的に頼れるかだな。君は、どう思う？」

「そうですね。断定的なことは言えませんが、あと二人味方に出来るかどうか、まあ五分五分でしょうか」

「そうか。俺は、七人と言ったって、四対三で決まるって訳でもないと思うんだ。も少し研究してみないと判らないが、フランコ社長とサミュエルを味方に出来れば、恐らく七対〇だよ」

「そうですか」

「先ず、サミュエルを味方にして、彼を通じて、フランコ社長を何とか出来れば良い訳だ」

「ハア」

「社長は、商工省出身だから政府関係から横槍が入ることは、まあ、無いだろう。有るとすれば、大統領府かな」

「…………」

「今は、とてもそこまでは手が届かないから、社長攻略が目標だな」

「なるほど、そうですか」

「そんな事にはなるまいが、ドイツの政府筋から大統領府に何等かの圧力が掛かるとすれば、それは諦めるしかないな。我々の力では、どうしようもないしな」

「フーム」

「まあ、そんな事もないだろう」

「攻略方法は、実弾ですか」

「さあ、それは分からない。西川氏にも聞いてみようか」

「ウーム」

　と沖山は、心の中で若干忸怩たるモノを感じていると、藤田は、それを察したらしく、

「沖山君、道徳規範とか、価値観とか言ったものは、すべて相対的なものだから、同じ方程式で解けるとは限らないのさ。歴史や時代、国や文化、宗教等が違うと、みんな違うのが当たり前のような気がするな」

「そうなんですかね」

「この国の場合は、よく判らないけど、全く潔白という事はないだろう」

「そうでしょうね」

「日本だって、佐藤首相は、指揮権発動とかで生き延びたわけだし、田中幹事長なんて、裏で何してるか、分かったもんじゃないだろう」

「そりゃ、そうかも知れませんね」

「だけど、秀吉や家康の頃は、最高権力者が貢物を貰うのは、罪でも何でもないし、それによって国替えなんかも決められたんだし……」

「なるほど、それも確かですね」

「だからと言って、何でも有り、という訳じゃないけどね」

「程度の問題ですか」

「郷に入ったら、郷に従えと言うことかな。も一杯、いこか」

「ハイ」

「オイ、氷と水は、何て言んだ」

「氷は、イエロで、水は、アグアミネラル、シンガス、と言って下さい」

「シンガスって何だ」

「ウィズアウト・ガスです。それを言わないと炭酸ガス入りの水が来ますから……」

「ああそうか。イエロとシンガスか」

突然ドアにノックがあって、

「藤田さん、お休みですか」

と声がして、ドアを開けると、

「ナンダ、沖山さんもこちらでしたか。先程ノックしたけどおられなかったと思ったら。お邪魔ですか」

とジョニ黒の瓶とツマミを持って、桐田さんが、高田氏を連れて入って来た。

「ドウゾ、ドウゾ」

と藤田も立ち上がって、

「ヨウコソ、時差のせいか、全く眠くないもんで、大歓迎ですよ」

早速四人で、酒盛りとなってしまった。

その五

翌朝、長沼支店長の話、サミュエルについての印象等を聞いて、藤田は自分の眼でこのキーマンの男を確かめてみたくなった。傍らの沖山にその旨囁いていると、丁度そこへサミュエルから支店長に電話が入り、パーティーの件を打ち合わせたいから、出来れば直ぐに来てくれとのことである。

早速、支店長、平山氏と藤田、沖山の四人が、支店長のベンツでＳＩＭの本社に向かった。

車の中で、支店長と平山氏は、パーティーの日取りや、ＳＩＭ社側の出席者や、段取り等を話していたが、一方、藤田と沖山は、どうしたらサミュエルを攻略出来るのかを、それぞれ考えながら、沈思黙考の状態だった。

少しグリーン掛かった何とも魅力的な瞳の秘書の案内で部屋に入ると、サミュエルは、立ち上がって、両手を一杯に拡げて、笑みを浮かべながら歓迎してくれた。

支店長が、藤田と沖山を今回の主役と紹介して、藤田が英語で挨拶すると、しばらく英語での歓談が続いた。

その間、彼は、日本について、工業化の技術革新の早さ、勤勉さ、教育制度等の質問を矢継ぎ早に行い、その関心の高さを示した。

「最近まで、全く不勉強で日本に関する知識は、殆ど皆無だったのですが、前回サンニコラスで、日本の鉄鋼業の映画を見た連中が、余り絶賛するものですから、大変興味が湧いて来たのですよ」

一同が頷くと更に、

「それで、少し調べてみると、全ゆる分野で、貴国の発展振りに気が付き、今は、どうしてそうなるのか、知りたいと思っているんですよ。特に、外貨不足や物価上昇に悩んでいる我国と比べてですね……」

「これは、中々一口で説明するのは、難しいし、皆さん、色々御意見もあるでしょうから……、サミュエルさん、一度、是非とも日本を見て下さいよ、如何ですか」

とすかさず支店長が水を向けた。

「ウーン、日本ね。是非行ってみたいな。でも、中々機会もないしね」

「本件の最終ネゴを日本で行う、と言うのは、如何でしょうか」

「ウン、それは、素晴しいアイディアだね」


その後、パーティーの話になり、昨日の重役会でも話題となり、日時は、二十一日金曜日、夜七時半と決った由。また、技術担当のアントニオを除き、残りの六人は、多分夫妻で出席する模様であること。更に、フランコ社長よりの要望で、商工省の局長二人を加えて貰えぬか、との話あり。長沢支店長は、その場で快諾した。

その間、彼は終始笑顔を絶やさず、時折冗談を交じえながら少しも尊大振らずに温厚な態度を崩さなかった。あくまで、日本の工業技術や文化に、敬意を払いながら、謙虚な姿勢であった。

そして帰り際には、日本が鉄鉱石と原料炭を外国から輸入しながら、何故、世界一安価な鉄鋼品を生産出来るのかを、盛んに知りたがっていた。

その為、長沢支店長と野田が、我々滞在中に、その理由を要約して、文書にて提示することを約して辞去した。

帰りの車の中で、パーティーの段取りが、ほぼ整ったことに長沢は喜んでおり、早速、午後から大使に報告に参上すると張り切っていた。

一方、藤田は、その話を半分上の空で聞きながら、サミュエル攻略の難しさに想いを廻らせていた。

藤田は、腹の中で、

「彼は、思っていたよりズッと大物のようだ。考え方も態度も確りしている。日本についての関心もまともだし、生産性の高さに関する疑問も鋭いものだったし……。

もしかしたら、魚心水心かも知れぬが、今日のところは全くそんな態度を見せなかったな。このままでは、付け入る隙が見当たらない。ラテン系にしては、珍しい。

次回のパーティーで、とにかく、もっと打ち解けて、本音の一端を把むしかないな。

尤も、彼は、未だ日本についても、日本人についても理解出来ていないので、理解を深めるには、絶好の機会と、素直な気持ちでパーティーに出て来るだろう。それが、パーティーの本来の趣旨でもあるのだから……。

最初は、正攻法で行くか……」

と考えたりしていた。

その頃、ＯＳＫの事務所では、朝から、大浜部長以下の山中重工技術陣と、桐田、高田の昭鉄メンバーが、最終的な技術の詰め、予習会を行っていた。

桐田氏は、高田氏に日本から持って来させた昔の資料、即ち、大阪製鉄所建設の際、製鋼工場計画の担当課長として、その承認を得る為、計画詳細を重役会にて説明したときの資料である。

当時の緊張感を思い出しながら、全体の設計思想や、各機器の設計基準、建設工事計画、運転、保守点検等すべてを網羅したその資料をもう一度丹念に見直していた。そして、時々、独り当時の状況を想い起こして、感慨に耽り、ぼんやりしていた。

各機器のスリ合わせは、完璧に出来たと自信を持てたが、昨日、沖山が指摘した現地工事についての問題だけは、どう考えても、上手な説明理由が思いつかない。

先程も、大浜部長とも話したが、妙案も出ず「出たとこ勝負で、行くか」と言ってみたものの、気になる点ではあった。

その六

午後の三時に、藤田と沖山は、イトメンに西川支店長を訪ねた。

応接室で顔を合わせた藤田は、名刺を出しながら一瞬、間を置いて、

「支店長とは、昔、どこでしたかね、お目に掛かったのは」

「あれは確か、マニラじゃないですか」

と当時のフィリピンでの賠償案件の話をするうち、藤田も記憶が甦って来て、話がひとしきりはずんだ。

「私は、あの時から、藤田さんが若いのにヤリ手で、然も肝っ玉の太いのに感心してたんですよ。今回、沖山さんから、上司が藤田さんと承ったので、私も少々、チョッカイを出してみたくなった次第です」

「アーソーですか。西川さんは、当時から既に大先輩で、とても近寄れませんでした。ブエノスには、もう何年になるんですか」

「もう、間もなく丸八年になります。今じゃ、一番の古手になりましたかね」

「そんなになりますか。今日は、ジックリ、アルゼンチンについて、教えを乞いに伺ったですが、色々教えて下さいな」

「話し出したら、キリがありませんが、現在は、国家財政も貿易収支も赤字で、毎年記録を更新しているような国ですよ」

「元々、農業国ですよね」

「そう、牧畜業でしょうね。今の市内に残っている立派な建造物は、すべて第一次大戦時の物資供給国と

して稼ぎまくった遺産ですよ」

「大手の商社の狙い目は、何ですか」

「アルゼンチンとしては、牛肉と革製品を売りたいんですが、日本は、どちらも輸入禁止のようなもので、買いつけるものが、余り無いのですよ」

「なるほど」

「従って、大手商社は、今回のＳＩＭプロジェクトとか、鉄道敷設の大型案件が二、三ありますが、それを追っかけています。

然し、ペロン政権以後の財政赤字のかなりの部分を国鉄の赤字が占めているのと、大型プロジェクトは、何と言っても時間が掛かります。先ず、日本の倍じゃ足りないでしょうね」

「やはり、そうですか」

「ですから、駐在員も三年、四年の駐在じゃ、プロジェクトの途中で交代になったりして、難しいんです」

「なるほど」

「ですから、比較的コンスタントに商売になる銅や錫などの鉱山資源を、主にチリ等に買付けに出掛けたりしている連中も多いんですよ」

「それじゃ、今回のＳＩＭは、注目案件な訳ですね」

「そりゃ、そうですよ。彼等としても、工業化というのは、国の基本政策だし、本件は、乾坤一擲の国家プロジェクトなんですから」

「そういう訳ですか」

「ですから、普段は、全く暇を持て余している通産出身の岸田参事官も、在任中の初めての仕事のようなものなんです。

元々、彼は、余りＯＳＫとは相性がよくなかったんですが、今回、輸銀融資に絡んで、日本得意のマッチングベース（他国の融資条件に合わせること）をやる際に、ＯＳＫからの他国の情報が、殆ど入って来ないので、最後は、遂に怒ってしまったんですよ」

「ああ、そうですか」

「それで、我々イトメンに、裏からでも動いて、なんとか、このプロジェクトを追い掛けろ、とケシ掛けられましてね。山中重工には、俺からも話してやるから……と言われまして……」

「なるほど、そんな経緯があったんですか。それで、判りましたよ。お宅の意図が」

「狭い社会は、それなりに難しいんですよ」


「ところで、例の七人委員会ですが、上手く行きそうですか」

と藤田が、水を向けると、西川は、

「我々の話は、十分聞いてくれると思うんですよ。何とか、社長の筋も抑えたいと思ってるんですが……。

確かに、お宅の価格も良いいし、技術的にもそれなりの評価が出そうですから……。

但し、問題は、ドイツ勢がどの程度、巻き返して来るかですね。特に政治的な圧力が、どの程度まで掛かって来るのか……。

でも、やるだけ、やってみるしかありません」

「自信の程は」

「もし、我々の要望をお宅が呑んでくれるのなら、今のところ七〇パーセント。それをこれから、九〇以上にしたいと思ってるんです」

「要望とは、どれ位ですか、ズバリ」

「四本乃至五本。それと当社の分を少々」

「分かりました。お任せしますよ」

と藤田は、合計八千万円と踏んで答えた。

西川は、それを聞くと、ニコッと笑いながら、藤田に向かって、

「何れにしても、成功報酬ですが、その一割程は、先行して使わせて戴きたいんですよ」

「結構ですよ」

「それを承って、安心しました。じゃ、ボチボチやらせて貰いますわ」

「ところで、今の社長は、確か商工省出身でしたよね」

「そう、元次官ですね」

「ベラーノ副社長は、石油公団の出ですか」

「そうです。元の軍人で、オルガノ会長が将軍の頃、副官だったらしいのですが、彼の引きで、石油公団から抜かれて来たようです。次期社長の含みでね」

「社長とも上手く行っているんですか」

「特に悪いことは、聞いていません。も一人のサンチャゴ副社長は、銀行出身の実務肌ですね」

「サミュエル常務は、どうですか」

「藤田さんも、中々研究しておられますね」

「イヤ、昨日、沖山君に教えて貰ったところですよ。ハハハハ」

「彼は、現在は、社長の右腕の感じですが、中々頭もよく、仕事も出来るし、如才もないので、評判も良いようです。それに、ベラーノが次期社長と睨んで、彼とも上手くやっているようです。将来の社長候補かも知れませんね」

「そうですか」

「彼が、社長の意を汲んで、上手に切り廻すのかも知れませんね」

「彼を口説き落とせそうですか」

「実は、私は、ベラーノとは、もう相当長い付き合いでしてね。勿論、サミュエルとも面識はありますが、今回は、ベラーノを通じて、私が会いたいと申し入れる所存です。多分話は聞いてくれると思いますよ」

「なるほど、そうですか、是非とも頑張って下さい」

西川は、ニヤリと笑って頷いた。藤田は、

「私は、今度のパーティーでも逢えるので、精一杯、正面玄関から、正攻法でやってみますわ」

「そうして下さい。お宅の技術説明は、何時でしたか」

と沖山の方を向いて、西川が尋ねた。

「十八日の火曜日です」

「パーティーは」

第十七章　説明会準備と作戦

「パーティーは、二十一日です」

「その時、また、お目に掛かりましょう。私も少し顔を出させて貰いますから」

「そうですか」

暫く、歓談の後、二人は、ＯＳＫの事務所に戻った。

第十八章　勝利への試練

その一

金曜日の夜のブエノスアイレス市街は、フロリダ通りを中心に、物凄い賑わいになる。それも、夜の十時を過ぎた頃からだ。

中々この夜の遅いペースに慣れぬ日本からの出張者達は、夜八時と共に、待ち切れぬ形で、レストランに飛び込むが、未だ開店早々で客は誰もいない。何時も一番乗りである。

席に坐ってオーダーしても、料理が運ばれて来るまで、二十〜三十分近く掛かるので、皿に出されたオリーブの実を噛りながら、味の薄いビールを飲んで待つしかない。

始めのうちは、間が持てなくてイライラするが、一週間もこれを繰り返すと、段々そのペースが掴めて来る。渋いオリーブの味にも馴染んで来て、お代わりを頼むようになるから不思議だ。

日本の出張者達の食事が、ほぼ終わりに近付く九時半過ぎになると、いろいろと着飾った恋人達や、家族連れの客がどんどんレストランの空席を埋めて行く。

御婦人連の半数以上が、豪華な毛皮のコートを着たり、また、半ズボン姿の幼い子供も連れていたりする。皆が陽気に週末を満喫しているのだ。

最近でこそ、日本でもファミリーレストランが盛況となり、あちこちで類似の風景が見られるようになったが、当時は、日本の中流階級の収入にも余裕がなく、また、法外に高い都心のレストランに家族連れで出掛けるなんて、思いもよらぬ時代であった。

一行は、ブエノスアイレスでのこの活況を見て、何が日本は経済大国か、慢性赤字に悩むアルゼンチン、インフレが激しく、ストの絶えないこの国の庶民が、これ程豪勢な食事を皆が楽しんでいるとは。何とも解せない、何かが違っているぞ、と思った。

食事の量だって日本の三倍から五倍はある。前菜だって、牛の腸や内職を焼いた大皿山盛りで二人前。日本人なら四人でも喰い切れない量で、それでダウン。然るに、隣の二人連は、それを軽く平らげ、その後、豪快なステーキを軽々と喰べている。

若しかすると、日本の経済成長は、各企業の内部蓄積や、次なる投資ばかりが中心となり、個人所得や社会資本に殆ど廻っていないのかも知れない。一行は、皆揃って同じような事を考えさせられてしまう。

十時を過ぎる頃から、フロリダ通りは、人、人、人で埋まり、とても真っすぐ歩けない。映画館は、どこも長蛇の列が続き、カフェバーは満杯になる。

但し、それ以上活動的な娯楽がある訳ではなく、食事とお喋り、ウインドーショッピング程度だ。タンゴも昔の隆盛振りは、影をひそめ、サンバ系のフォルクローレにとって代わられてしまったようだ。

彼等の屈託のない、陽気な振る舞いや、心底から人生を楽しんでいる姿を見ていると、何もこの楽園を無理に工業化するような計画が、何か場違いで罪深いことのような気がして来る。

日本での建設工事工程をベースに、同様の工程の可能性を一生懸命に追求することも、どこか、ピントの狂った仕事のような気がして来るのだ。これが文化の違いなんだろうか。

桐田は、沖山の言った事に思いを浮かべ、繁華街をボンヤリしながら歩いていた。

その二

月曜日の午後、汽車でサンニコラスに向かった一行は、夕刻予定通り、ホテルに落ち着いた。総勢十一名、即ち、ＯＳＫ二名、昭鉄が二名、山中重工が営業二名と、技術関係五名であった。非常に立派であっても、こんな片田舎のホテルに日本人が大挙して訪れると、自然に周囲の眼を引く存在となり、一挙手一投足が注目を集めてしまう。

旅装を解くと、それぞれ思い思いに、ホテルの前のゴルフ場を散策したり、右前方に見えるＳＩＭ社の熔鉱炉の煙に眼を止めたりして、明日への英気を養う為に、夕刻の一時を過ごしているようだ。ＯＳＫの平山氏が、早速仕入れて来た情報によると、本日のイタリーのＳＩＩ社の技術説明は、彼等の辞退で中止になったとのこと。いよいよ、ドイツ勢との争いになって来たようだ。

翌朝の技術説明会は、ＳＩＭ社サンニコラス製鉄所の第二会議室で、定刻通り九時から始まった。最初に、アロンソ総務課長が立ち、ＳＩＭ社及びコンサルタント側出席者の紹介があり、我々応札者側も、ＯＳＫ平山氏が我方出席者全員の紹介を行った。

次いで、ホセ常務取締役、製鉄所長の挨拶があった。彼は先ず、地球の真裏からの遠来の労を犒った上、今回の山中重工の仕様書は最新技術の結集であり、且つ苦心の労作でもあるので、この機会に後に悔いを残さぬよう、存分に技術説明と討論を行って欲しい旨の激励があった。

特に、昨日までの各社の技術説明が終わり、本日が最後であり、必要とあらば、明日の予備日を当ててもよいから、双方が納得が行くまで、打ち合わせを行うようにとの助言が、彼等の意志表示の一つとして、印象的であり、緊張感が少し盛り上がるようであった。

技術説明は、計画全体の設計思想、計画の基本概念及び全体のレイアウトの説明から始まり、大浜部長の説明を、桐田氏が通訳する形をとった。

続いて、レイアウト詳細と各機器の詳細を、桐田氏が流暢な英語で説明を進めて行く。

製鋼プラントは、単純に説明すると、原料は熔鉱炉から出て来る熔銑、即ち炭素分の多い溶けた銑鉄に、別に用意されたスクラップ、それに石灰焙焼炉で焼かれた焼石灰を同じ転炉の中に投入する。

千度以上の転炉の中に酸素を投入すると、炉の中は真っ赤よりやや黄色い光を帯びて、温度は更に千四百度以上に昇る。

転炉から産出する生産物は、炭素分が除去された鋼であり、副産物として、熔滓と一酸化炭素ガスが生ずる。これ等を別個に、鋼は鍋に取り出してインゴットにし、一方、排滓と排ガスを処理する設備が、製鋼プラントである。

更に、それ等を処理する為に、幾つかの天井クレーンや、ガス洗条設備、建屋、煙突等が、附属設備として、その一体を為している。

桐田氏の説明は、先ず、年産百万トンという目標生産高を基本にした、計画の基本数値とその計算根拠を解説する、次に、レイアウトの基本的な考え方、留意点を説明する。

この辺りになると、彼の英語にも淀みが無くなり、コンサルタントであるカイザー社のキンボールも、ＳＩＭ社の技術者達も、大学教授に対する生徒のように、必死に聴き入っている。

スライドに映し出される表や図面を、喰い入るように見詰めている。

次に、生産の流れに沿って、原料から順に各機器の説明に入る。容量の計算根拠、レイアウト上の特徴、運転上の留意点等の説明が、一つ一つのスライドに示され、その豊富なデータと説得力のある説明に次第に、圧倒されて行く姿が見てとれた。

藤田も、沖山も、彼等が聴き入る姿や表情の変化を見逃さぬよう、その理解度や疑問点等がないか、終始怠りなく注意深い観察を続けていた。

機器の説明を終えたところで、凡そ一時間四十分程掛かっていたので、これまでの説明に関する質疑を問うてみた。

皆、圧倒されたとみえ、何も質問が無い。僅かに、今までスライドで見せた資料の幾つかについて、コピーをくれぬか、その依頼があったのみである。

小休止の後、コンサルタントチームの責任者、ロバーツから、今回の山中チームの特徴の一つである新型の排ガス処理装置を、旧タイプのボイラ型との比較について、も少し、詳しい説明が求められた。

桐田氏は、今回、自分達が最も得意とするところ、待ってましたとばかり、説明を始めた。

先ず、隣にいる崎山技師を、この装置の発明者として紹介し、この装置は、山中重工と昭鉄の共同開発であり、開発の当初から、現在までの歴史を、簡単に物語風に語った。若干の紆余曲折を繰り返し、パテントの数も三十を超えた。そのうちの幾つかは、この崎山氏と共に、自分自身も発明者の一人として名を連ねているのを、大変誇りに思っている、と素直に話をし、聞き手にも好感を与えた。具体的な技術説明は、全く淀みがなく、これまでの経験をベースに、具体的な数値を入れて説明するので、迫力がある。

また、聞き手が抱くであろう疑問点も、この装置を発明した時から今日まで、日本の鉄鋼会社を始め、欧米諸国の多くの技師達に説明した経験から、それ等を意識して、上手に解説を加えて行く。時折、スライドや、写真集を見せながら、ロバーツ等から出た質問を、余すところなく説明をして納得させてしまった。

更に、昭和製鉄の各製鉄所の製鋼工場の操業状況を概略説明し、特に大阪製鉄所での詳しい運転状況を説明した。一回毎の操業時間の短さや、生産性の高さ、生産される鋼の性状等、すべてが、ロバーツの属するアームコ社やSIM製鉄所での実績値を大幅に上まわっていた為、数値が示される度に、単位を何回も確認したり、ホーッ、と溜息をついたりしている。時折出る疑問にも、明解にグラフ等で追加説明を受けると、納得せざるを得ないようだ。

但し、生産性の高さについても、頭では理解したが、俄かに信じ難いといった表情を見せていた。

出席者達は、殆どSIM製鉄所の実際の操業者であり、実際の運転に最も関心を抱いている。そして、今までの他社の説明は、機器メーカーの装置や機械の説明が殆どであった。

それに対し、昭和製鉄という世界でも有数の、それも新興日本のリーダーでもあり、技術的には、今や世界の最先端を行くと自負する技術者が、鉄鋼の生産者として、操業の実際を具体的に解説したことになる。

ＳＩＭ社の技術者も、生徒の如く一言一句を正確に理解しようという態度となり、それまでの説明会とは、可成り異なった雰囲気の、さながら勉強会のようであった。

ＳＩＭ社の現場の技術責任者は勿論、カイザー社のコンサルタント達も、この雰囲気に呑まれ、反論するどころか、各社の技術比較をすることなく、これで製鋼部門は、日本勢に決まったと考えるのが、当然のような雰囲気となった。

ロバーツは、コンサルタントの責任者として、他の出席者より、若干冷静であった。

日本勢の優秀さは、素直に認めるとして、これを報告書の中で、如何に表現し、数値的に採点すればよいか、と考えながら桐田の説明を聞いていた。

そして、彼等の技術説明に圧倒されながらも、日本勢を採用する場合の問題点は何か、皆が気が付いていない盲点は無いだろうか、等を考えていた。

そして、最大の問題点は、現地工事ではないかと思い至ると、この点での日本勢の考え方を聞いてみたくなった。

一応の質疑が終わると、周囲も、もう暗くなりかけている。桐田氏を始め、大浜や藤田も、これで説明会を成功裏に終わることが出来たと、皆ホッとした表情を浮かべて、互いに顔を見合わせていた。

するとロバーツが立ち上がって、

「本日は、大変有意義な技術説明会を催すことが出来て、皆さんの努力に敬意を表したい。そして、我々の確信をより強固なものにする為に、明日の午前中、再度、この会議室において、ＯＳＫ・山中重工チームの現地工事に関する計画概要の説明を承りたいと思うが、異存はないでしょうか」

と提案した。

一同、素より異存のある筈もなく、代表して、大浜部長が、

「承知致しました。明日は九時からでしょうか」

「そうです」

一同が頷くと、

「それでは、本日の説明会は、これにて散会と致します」

とロバーツが取り仕切った。

会議は、興奮した余韻を残したまま、皆立ち上がって三三五五と引き上げていった。

ホテルには、マイクロバスで送ってくれることになり、それを待つ間、大浜や崎山等は、今日の会議の成功したことに、少々興奮気味であった。特に、桐田さんの説明振りや、それを熱心に聴き入っているカイザーの技術者達の予想外の感心した素振りを、繰り返し、話し合ったりしていた。

沖山は、同じ感想を抱きながらも、最後のロバーツが希望した建設工事の説明に、一抹の不安を感じてもいた。

山中重工としても、当地での現地工事の経験もなく、未だ現実に、どこの工事会社と組んでやるかも決まっていない為、細い点に質問が及ぶと、本日盛り上がった聴き手の興奮が醒めてしまう恐れもある。沖山は、そう思ったが、口には出さなかった。


ホテルに着くと、藤田の提案で、そのまま会議室を借りて、会議の反芻と明日への準備の打ち合わせに入った。

本日の説明会の評価は、概ね、「良」としても、明日は問題の建設工事が中心だし、本日の説明に対する質問も出るかも知れないし、未だ、決して息を抜けないとの点で、全員の意見が一致し、全員引き締まった気分であった。

三十分余で意見交換を終わると、技術陣は、もう一度、技術仕様書と図面に眼を通しながら角々で打ち合わせを始めたりしていた。試験中の生徒達のようであった。


翌朝九時から、会議の第二日が始まった。冒頭、ロバーツから、会議が二日に及ぶのはＯＳＫ・山中重工チームが初めてだとの話があり、ニコリと笑った顔が、日本の出席者達には何とも好意的に映った。

会議が始まると、建設工事の前に、機器やレイアウト等についての質問から始まった。

比較的単純な質問が二、三続いた後、カイザーの技術者より、

「今回のＳＩＭ社向のレイアウトは、大変素晴らしいと思うが、全体に少しスペースが小さいような気がする。転炉廻りの作業スペースは、まあ良いとしても、裏側に廻る通路の幅が狭いし、通路の途中を横切るダクトの高さが、低すぎて頭をブツケルのではないかと心配する」

との意見が出された。桐田さんは、早速、昭鉄の二、三の製鋼工場の図面を取り出し、

「ご指摘の点は、尤もな点もありますが、最新の大阪製鋼所の場合と、寸法は殆ど同じにしてあります」

と図面を見せた。彼等は、ナルホドと頷きながらも、

「少し、狭いなあ。通路を歩くのに、何故、身体を縮めなけりゃいけないんだ。先日の映画で見た時も、そう感じたのだけれど……」

「確かに、設備の予算が、たっぷりあれば、広くすること自体は、問題ないことですが、全体コストとの関係ですね」

「この計画書の問題点は、コレだけなんだがな。最終的な検討の段階で、当方の希望寸法に変更して貰うことは可能ですか」

「ハイ。必要な時間を戴けるなら、それは可能です」

と大浜部長が答えた。

引き続いて、建設工事の説明を求められ、工事担当の北の説明を桐田氏が通訳する形で始まった。

やがて途中から、桐田氏が昭鉄の例を中心に、実際の段取りを逐一解説しながら、具体的な経験談を交

じえて説明したので、ＳＩＭ社の連中も頷きながら納得したようであった。

更に、最近のアームコ社での工事の実際も説明したので、アームコ及びカイザー社の技術者達が、苦笑しながら、

「我々の会社のことを、我々より遙かに詳しく識っているじゃないか」

と眼を丸くするシーンも見られた。

何しろ、豊富な経験を基にした実際的な説明が多いので、緊張感より寧ろ、余裕の為か、ユーモラスな明るい雰囲気に終始した。


最後に、現地のどこの工事会社を起用する予定か、との質問があり、

「現在二、三の会社と折衝中であり、受注の段階で最終的に決定したいと思っている」

と大浜部長が答えると、ロバーツが、

「それ等の現地の工事会社は、十分な能力があると考えられるか」

と尋ねた。

「我々としては、十分な工事経験のある会社を選ぶ所存であるし、日本からスーパーバイザーを始め、必要な人員を派遣するので、特に心配な点があるとは、考えておりません」

と答えたところ、彼も満足した様子であった。

その後は、実際に工事を始めた時を想定した細かい問題や、雑談等になり、和やかな空気の中に会議が

終了した。

終了に際して、ロバーツより、遠方からの、然も大挙した人員の出席、用意周到な準備、更には、明解な説明等に丁重な挨拶があり、ガッチリと全員に握手して別れた。

別れ際にも、受注まで頑張るようにとの激励の言葉もあって、全員ホッとした表情で製鉄所を後にした。

ホテルに帰った一行は、遅めの昼食を取って、午後のバスでブエノスに帰ることにした。誰もが、入学試験を終えた受験生のように、長い緊張から解放された安堵感と虚脱感の入り交じった疲れた表情を見せていた。

未だ当分結果は判明しないだろうが、出来るだけの事はやったのだから、後は、静かに判定を待つだけであった。

エンジニア達は、大浜部長や桐田氏を始め、サバサバした気持ちで、

「これで俺達の仕事は、一応終わった」

と単純に割り切っていた。

一方、営業の仕事に携わる藤田や、沖山、ＯＳＫの平山氏等は、自分達の本当の仕事は、これからが勝負だと思い、皆沈黙を守ったまま、それぞれが頭の中で、様々な想いをめぐらせていた。

明解なスポーツの勝負等とは違い、これ程大きな国際入札では、公正な判定以外に、種々の政治的な要素が複雑に絡むことも考えられ、今後、どの様な経過を経て最終結論が出されるのか、俄かに予想がつか

ない。

難しい顔をした三人に比べ、営業の中では一人斎藤氏だけが、涼しい顔で、毎日のスケジュールが予定通り進んで行くことで満足の様子であった。

平山氏の話では、カイザーのキンボールから話があり、再度山中重工の仕様書を読み直して質問をまとめるので、次週もう一度、補足説明会をサンニコラスでやって貰えないか、とのことである。勿論即答にてＯＫしたので、それまで技術者達は待機している必要があると言う。

早速、皆で協議した結果、今週は週末のパーティーに全員出席して、その後実務メンバーが再度サンニコラスに出向き、数日滞在することとした。

第十九章　大使館でのパーティー

その一

十一月二十一日、大使館公邸を借りて、宮本大使、ＯＳＫ、山中重工の三者主催によるパーティーが午後七時半より始まった。料理は、大使館専属のコックが朝早く市場で新鮮な材料を吟味して仕入れ、腕によりを掛けて準備している。

主催者側は、一時間前より準備状況を細かい点までチェックし、テーブルや料理の配列や飾り付け、マイクのテスト等を念入りに行った。

森公使夫妻、長沢支店長夫妻、山中重工の安井専務等が、入口で出迎えるべく入口近くの控室で待機している。

ＯＳＫの永井課長、斎藤氏の和服姿の夫人達もコックと料理を出すタイミングなどを打ち合わせに余念がない。

一方、山中重工や昭鉄の技術者達、平山氏、沖山等は、会場の隅で手持ち無沙汰風に雑談したりしている。

藤田課長は、部屋の隅で岸田参事官と何やらヒソヒソと話し合っている。

定刻を十分ほど過ぎて、到着合図の鈴が鳴り、一斉に入口付近に皆並んだ。最初に到着したのは、遠来のヒメネス副所長夫妻。続いて営業のゴンザレス常務、サミュエル常務が現れ、やがて、ベラーノ副社長、フランコ社長も夫人を伴って到着し、出迎えの皆とにこやかに握手を交わして、公使夫妻の案内で会場に入って来た。そして、宮本大使とガッチリ握手を交わし、今夜の招待に謝意を述べたりして挨拶を交換した。

来客の婦人達は、早くも夫人の和服姿に眼を見張り、素晴らしいを連発している。

ＯＳＫの永井課長の司会は、スペイン語と日本語で始まり、先ず、大使が挨拶に立った。大使は、今回の国際入札に日本の各社が招聘されたことに対するお礼と、参加することの光栄、喜びを述べ、近年の日本経済、特に鉄鋼業の飛躍的な発展ぶりを強調して、それに是非眼を向けてくれるよう要望した。

そして最後に、アルゼンチンでは中々日本の文化をお目に掛ける機会が少ないが、今日は、和服姿の御婦人もいるし、日本料理も並んでいるので、特にご婦人たちに是非賞味して貰い、感想を聞かせて欲しいと頼んで挨拶を終えた。

続いて、フランコ社長が、答礼の挨拶をし、最近の日本経済や鉄鋼業の発展には、特に注目をしており、アルゼンチンとしても、また、製鉄会社の経営者としても、如何にすればそのように発展出来るのか、その秘密を知りたいと思っている。

日本料理の方は、ご婦人ばかりでなく、我々男性軍も賞味した上で感想を述べさせて欲しいと、混ぜ返して、皆の笑いを誘った。

このために日本から来た山中重工の安井専務の音頭で乾杯の後は、賑やかなパーティーとなった。

料理では、天ぷら、おでん、そば等も有ったが、何と言っても人気があったのは、焼鳥と牛肉の炭焼き醤油味であった。

話題はどうしても、夫人達の着ている和服の話になる。次々に質問の矢が飛ぶが、この手の話は、男共は全く苦手で夫人達の説明をスペイン語に通訳しようとして、苦戦の連続である。

日本酒の熱燗にも人気が出て、お代わりが相次いでいる。遂に、日本語を覚えて、「オカワリ！」と叫んで催促してご機嫌だ。彼等のピッチが早くて大変である。

乾杯の直前にイトメンの西川支店長と小島氏も加わって、岸田参事官等とおでんをつつきながら熱燗で一杯やっている。

そんな中で、藤田課長は、サミュエル常務を捕まえて、英語で国際情勢やアルゼンチン国の経済動向、

ＳＩＭ製鉄所の経営状況などをジックリ話し合っている。藤田の質問に対してサミュエルは、丁寧に自分の見解を説明するが、藤田はその都度しきりに感心しながら頷いている。

「それで初めて疑問が解けました」とか、「なるほど、そういうことでしたか」と言ってまた核心を突いた質問をする。相手は更に詳しい説明をする。全くの聞き上手だ。

これですっかり、藤田課長はサミュエルの心を掴んでしまったようである。最後には、来週のアポイントを取ってしまった。

一方、フランコ社長は、商工省の局長二人と宮本大使、長沢支店長、安井専務等に、頻りに日本の歴史や文化について質問している。「アジアの中で、何故日本が近代化に成功したのか。今の教育制度は？」そして、義務教育制度や就学率の高さを聞いてビックリしている。

パーティーは、あちこちで笑いの渦となり、相当盛り上がった。ＯＳＫやイトメンのスペイン語の達者な連中がそつなくあちこちの話の輪の中に入って巧妙に笑いを誘っている。さすが、商社マンだな、と沖山や他のエンジニア達も感心している。

話題は、「パレルモ公園などで、仲の良い二人連れを見掛けるが、タイテイ女の方が積極的なのは、どうしてですか」等と平山氏がご婦人に聞くと、「日本でも同じでしょ」「とんでもない」「じゃ、女の愛の方が強いからじゃないの」とたわいのない話とか、アルゼンチンの世界的に有名なギタリスト、ファルーとかジュパンギを聴ける店とか、最近のフォルクローレのグループの話等である。

沖山も、デ・ビセンゾがマスターズでスコア誤記のため惜しくも二位になってしまったことを残念がってみせ、話題作りに一生懸命である。

やがて、九時半を回る頃、フランコが腰を上げたのを皮切りに、商工省の局長達とＳＩＭ社の役員達は、土産に貰った博多人形を大事に抱えながら、順々に帰っていった。

後に残った邦人達を見て宮本大使が、「まだ料理も沢山残ってるし、酒もウイスキーもたっぷり有るから、今から身内だけで、ゆっくり飲みましょうや。山中重工さんの方もお疲れでしょうが、今からは、気楽にやって下さい」と気遣いを見せながら、柔和な笑顔で勧めたので、皆一様にホッとした表情を見せ急に元気になったようだ。

「異人の偉いさんばかりだと、固くなっていけねえや。まあ、折角だから一杯いきましょうや」技術者連中も、早速背広を脱いで、おでんで日本酒という具合に、赤提灯の雰囲気にかわって、アチコチで話の輪が盛り上がってきた。下町の居酒屋のようである。

沖山は、藤田課長に呼ばれて行ってみると、大使や岸田参事官達とアルゼンチンに無くて残念なモノの話になっている。

「沖山君、よく憶えておいてくれよ、大使には、俺の推奨の胃の薬、岸田さんには背広の裏地、奥さんには、新巻の鮭を約束したからな」

「ハイ、わかりました」

「沖山さん、藤田課長も相当回ってますから、気にしない、気にしない。それより、ＳＩＭのヒメネス副所長が山中重工は、よくやると感心していましたよ。何かお手伝いする事があったら遠慮なく言ってくださいよ」

　と岸田さんが、助け船を出してくれた。


大使や通産省から出向の岸田さんも、この大型案件の応援団なのだ。

地球の裏側で、思いがけない居酒屋ムードとなって、話は尽きないが、夜は更けていく。

最後まで残って酩酊した藤田を車に乗せて、沖山がホテルに帰ろうとすると、藤田は、今から先に帰ったイトメンの西川支店長の家に連れて行けと言う。沖山が、もう二時半だから明日にします、と何回言っても、言うことを聞かない。

止むなく、郊外の西川邸に行って、呼び鈴を押した。ナイトガウンを着て出てきた西川氏に、沖山は平身低頭して事情の説明をし始めると、それまで寝ていた藤田が、ガバッと起き上がって、車から出てきて、「西川さん、俺がここへ連れて行けと無理矢理駄々をこねたんだ。夜遅くスイマセン。例の件、くれぐれも頼みますよ」

「まあ、お上がり下さい。例の件は、必ずやりますから」

「そうですか。よろしくお願いします。これで安心しました。じゃ、失礼します」

と車に戻るやいなや、バタンキューと高鼾をかいて寝入ってしまった。

沖山は、西川に恐縮して何度も頭を下げながら、ほうほうの態で西川邸を辞した。そして、「これは、ヒョットすると俺に対する教育なのかもしれないな」と、藤田の凄さに改めて驚嘆した。

その二

パーティーの翌々日、安井専務が帰国し、続いて技術者達も大浜部長と大田、前原を残して順次帰国の途についた。

藤田課長も火曜日のサミュエルとの会談の後に帰国することになった。

大勢で賑わっていたＯＳＫの会議室も急に寂しくなってしまった。

火曜日の午後三時に、藤田と沖山は、平山氏と共にＳＩＭ社の本社ビルにサミュエルを訪ねた。数分してサミュエルが現れ、彼の部屋に案内された。

彼は、パーティーのお礼を述べたあと、日本の文化は、今まで彼が経験したことの無い非常に興味有るものだと判った。今後歴史や文化をもっと勉強したい、と頻りに関心を示した。

平山氏が、「何か英語で書かれた日本の本を探して献呈致します」というと、非常に喜んで、「歴史と文化が判るヤツを是非」とご機嫌であった。

暫く雑談のあと、入札の話に入り、今回の入札で一番驚いていることは、日本勢の頑張りである、とのコメントがあった。特に、山中重工の健闘によって、我々は、改めて日本の製鉄技術のレベルの高さを識り、社内でも急に日本経済の発展振りに関心が集まっている、との話であった。

そして、現在コンサルタントを中心に慎重且つ入念な技術審査を行なっており、その結果を待って、最終決定を行う予定とのことである。

技術審査は、各社と現在テレックスにより質疑応答を行っているが、応札者が多いのと、各社の技術仕様書が膨大のため、当初の予定より大幅に遅れ、多分来年の秋ごろになるだろう、という。

三人は、来年の秋と聞いて驚いたが、再度問い質すと、三月頃という。「そうだ、ここでは三月は、秋なのだ」と三人は納得。

ＳＩＭ社にとっても、今回の増設計画は社運を掛けたものなので、最善の手立てを尽くしたい。最終的には、経営幹部による建設委員会で結論を出す事になっているとの説明があった。

そして、「その委員会で審議するのは、コンサルタントの技術審査と建設費、操業費、維持費を含めた総合経済評価で上位二社に残ったものだけがその対象となる。従って、上位二位までに、出来れば、一位になることが最も重要なので、それに向けて頑張って下さい」と激励してくれた。

委員会のメンバーや人数等を質したが、少数の最高幹部としか、答えは得られなかった。当然であった。

また、各国の融資枠や融資条件については、既に話はついている、と言う。

最後に、日本訪問の可能性を確かめたが、当面は多忙で時間が取れそうもないと、やんわり辞退されてしまった。

三人は、丁重にお礼を述べて辞去したが、サミュエルについての印象は、「タイシタ人物で、全く如才なく、隙も無い」事で一致した。その見事な対応に舌を巻くばかりであった。


ＯＳＫに戻って、三人で今後の作戦会議を行った。百戦錬磨の藤田課長も嘆息して、

「ウーン、あれじゃ当面打つ手無しだが、歴史の本を届けたり、日本からの土産物でも持って行ったりで、少しずつ親しくなるしかしょうがないな」

「そうですね。少し口実を見つけて通いますかな」と平山さん。

「そうして下さいな。私はまもなく帰国しますので、平山さん、沖山君と一緒に頼みますよ」

「そうしてみましょうか。だけど、ああいう人を落とせれば、本当に凄いんですがね」

「そうなんですよね。まあ、時間はあるし、ゆっくりやって下さいよ」

「ハイ、分かりました」

「ところで俺は明日か明後日の飛行機で帰るが、君はどうする？」

「ハイ。明日から技術陣と一緒にサンニコラスで、キンボールの質疑応答の手伝いをしてその後も一週間か十日くらい様子を見てようかと思っているのですが」

「そうだね。そうしてくれないか。技術の話が済んで、大浜部長等は帰国するだろう。その後、よその動きを一応探ってくれや、ご苦労だが」

「ハイ」

「その後は、君の判断で帰る日を決めたらよいが、また、来年どのタイミングで来るか、平山さんや、斎藤さんとよく打ち合わせする必要があるね」

「そうですね。そうさせて戴きます」

「沖山さん、兎に角二人になりますから、我々で、よろしくやりましょうや」

「そうですね、課長がいなくなれば、こっちのもんですから、ハハハ……」

「まあ、ブエノスじゃ、羽目をはずしても、大したことないだろ。何か、奥さんに伝えることは無いか」

「有り難うございます。特にありません」

「そうか。何れにせよ、勝負はこれからだ。もう少し頑張ってくれや」

「わかりました」


ブエノスアイレスを離れる前に、藤田は空港で沖山にイトメンの線も十分フォローするよう言い置いて、ニューヨーク行きのパンアメリカン機の機内に消えた。彼はニューヨークで、この度羽田行きに初めて就航したジャンボ機に乗るんだ、と言って張り切って帰って行った。

翌日沖山は、斎藤氏と先行してサンニコラスに入っていた大浜部長、大田、前原と合流して、カイザー社のキンボールの質問に終日付き合った。細かい技術の質問が殆どで、沖山は、専ら通訳に終始した。

時折、その場で解答出来ない建屋の強度計算とか、クレーンのブレーキシステムとかの質問もあるが、大概は淀みなく答えるだけでなく、何故そうなるかの技術的根拠を説明して相手を説得する。

たまに、競争相手の某社はコウ主張しているが、貴社の意見はどうか、等と聞いて来る。その都度、確りとした意見を明確に述べる。こんなやりとりを夕方までやると少し疲れるが、終わった後は、仕事をした満足感と少しずつ前進しているとの手応えで、キンボールも、三人の技術者と斎藤、平山、沖山等も皆不思議な仲間意識が芽生えて来たような気がした。そして、山中重工に対する信頼感も増したようだ。

次の金曜日も要請があり午前中に宿題の解答を提出して、更に話し合ったが、尚幾つかの疑問点があるので、それが終わるまで待機していて欲しいとのこと。但し、日本への問い合わせが必要な場合もあり、質問状をテレックスで送信して貰い、ブエノスにて待機しそこから解答することを了解して貰った。

彼も、余り長く日本人がサンニコラスに滞在しても目立つので、その方が好都合のようであった。

第二十章　忙中閑

その一

南米で一、二を争う大都市と言っても、ブエノスアイレスは、アメリカやヨーロッパとは相当な距離がある。夜の繁華街や週末の行楽地といっても大した所もない。

山中重工の四人は、待機の状態なのでやや暇になったし、夜はフォルクローレを聴き歩いたり、ビリヤードで遊ぶぐらいしかすることがない。

フォルクローレは、ギターと太鼓をベースにした上手なコーラスグループが幾つかあってガウチョの歌が中心だが、これが情緒があって素晴らしいし、入れ代わり出てくるギター弾きが、どれも目茶苦茶に上手い。時折タンゴの名曲が混じる。

また、素朴な竹笛でアンデスの枯れた民謡も味があるし、パラグアイのアルパ（ハープ）の曲も爽やかだ。

四人は、毎夜あちこちの店を聴き歩いて、段々と通になっていく。これらの曲は、何故か日本人の情感に訴えるものがあるようだ。

聴き歩いた帰りに未だ開いているレコード屋で、今聴いた曲を漁ったりして買って帰る。四人はそんな生活を繰り返す。

週末はホテルのボーイの推薦で、四人は郊外のティグレという運河が迷路のようになった行楽地へ行くことにした。

船着き場で、上をガラス張りにした小型の船をチャーターして、運河を遡って行く。ベニスよりも寧ろ緑の多い水郷のような感じだ。所々に金持ちの別荘が水辺にあって、ボートを繋いであったり芝生の庭で男女が寛いでいたりする。

少し行くと両岸の樹木が鬱蒼と繁っていたり、水鳥がスイスイと泳いでいて、予想以上に景色が素晴らしい。船頭が頻りに何かを説明してくれるが、殆ど分からない。それでも、皆が喜んでいる姿を見て、船頭も嬉しそうである。

幾つか迷路のような水路を縫って、船は細いレーンを通りまた大きな水路に出たりする。やがて、船を係留出来るレストランに上がって、水辺の芝生の上で昼食となる。勿論、豪快な肉料理である。

「ナカナカ良いところじゃないか。こういうところで喰う肉も上手いが、赤ワインがまた格別だね」と大浜部長が満足そうにグラスを傾けている。

「そうですね。僕は、ビリヤードよりこっちの方がずっといいですよ」と昨夜の負けが未だ悔しいらしい。

「君等は来週の週末には帰れるだろう。いいな。ワインの味も覚えたけれど、そろそろお茶漬けも喰いたいな」と珍しく沖山が弱音を吐いた。

「そうかな、来週中に帰れるかな。僕もなんとか帰りはジャンボに乗りたいな」と前原。

「この前、部長に飛行機が飛ぶ理屈を説明して貰いましたが、私は、未だにあんなジャンボのような化物が空を飛ぶなんて信じられませんよ。それに就航したばかりだから、何時事故があるか、わかったもんじゃないぜ。よく、あんなジャンボなんかに乗りたがるな」と沖山が呆れ顔で前原を見る。

「沖山サン、大丈夫だから就航したんですよ。あれだけ金を掛けて事故でも起こしたら、ボーイングといえども潰れまっせ」

「そりゃそうだろうが……」

「ところで、大田君、元気無いじゃないか」と大浜が心配そうに聞いた。

「僕は、もう肉を見るとゲンナリですわ。やはり麺類か飯、炭水化物がないと、アキマヘンのですわ」

「もう少しの辛抱でんがな」と沖山が慣れない関西弁で巻き返す。

「もう、ホラ、腹が一〇センチも縮まってズボンがブカブカですわ」と大田がズボンを揺すってみせると、確かにブカブカである。

「わっ、本当だ。凄いね。それじゃオムレツにじゃが芋でも喰いなよ」

「ウン。でも身体の動きは、随分楽になった気がするよ」

「そうだろ、それで普通の健康体になったってことよ」

「そうも言えるかもね」

「そうだろ、俺は余り同情しないよ。どうせ今週には帰っちゃうんだから」

「オイ、見ろよ、あの鳥。鮮やかな色だね」と大浜部長の指差す方を見ると、上体は緑で背中から尾にかけて鮮やかな赤と黄色と青の縞模様のスマートな鳥が枝に止まっている。

「ココはヒョットすると天国に一番近いところかも知れないね。この空気、この空、この緑」と大浜。

「蝿がいなけりゃ、そうかもしれませんね」と沖山が混ぜっ返す。

「僕は、初め蝿がうるさいと感じたんだが、慣れてくると、これも可愛いもんさ。牧場があれば蝿がいるのは、当たり前で、こんな自然なことは無いと思うよ」

「なるほど、それで一番天国に近いという訳ですね」


フルコースの昼食を満喫して、船はまた水路を奥の方へ遡って行く。午後の陽差しに水遊びしたりカヌーを漕いでいる人達が、すれ違う四人に笑顔で手を振ってくれる。

「あの溢れるような笑顔をみてよ。みんな楽しそうだな」

「東京の満員電車なんか、みんな仏頂面だもんね」

「そうだね。こんな平和で天国みたいなところに、製鉄所は場違いですね」と沖山が言うと、大浜が、

「僕も同感だよ。そんな売り込みに来ている我々は、地獄の使いかも知れないよ」

「地獄の使いか、我々は」

「確かに、そういう見方も出来るかもしれませんね」と前原が続けて、「折角先週コンサルタントのロバ

ーツやキンボールと意気投合して最新鋭の製鉄所の建設をと張り切っていたのに……、我々がやろうとしている事が悪魔の仕事とは気が付きませんでした」

「別に、そう決めつけなくてもいいさ」

「日本じゃ、昔天女が羽衣を着て降りて来るような、松原の灘浜にもとっくに製鉄所が出来ているんだから……」

「私は、今回の一連のアルゼンチン出張で色んな経験をさせて貰いましたが、一番考えさせられたのは、人間の生き方、幸福とは何か、ということですね。こちらの人々は本当に楽しそうに、天真爛漫に暮らしてるんですよね。アクセク残業して、土日も潰して働いてばかりいる我々は何なんだろうかと……。大袈裟に言えば、人生観が変わりましたね」と沖山が言う。

「確かに考えさせられるね。日本人として。これまでの生き方、これで良かったんだろうか。遊び方も知らないで。一見、遊んでいるように見えるのは、みんな社用族なんだから」と大浜。

「ホントにそうですね。こちらの人は、何故か心が豊かに見えるですよね」と前原も同意見のようだ。

「なんか、見窄らしいですね、日本人は。国民性なのかな」

その後、船は草の繁った迷路のような水路を幾つも抜けて、気が付いてみると、元の船着き場に戻って来た。三時を過ぎたところであった。降りしなにチップをはずんでやると、船頭は、ニッコリ笑って、「グラシアス、グラシアス」と大きな手で、力一杯握手を繰り返して喜んでくれた。これだけ喜んでくれるとチップの上げ甲斐もあろうというものである。

ホテルに戻ると、平山氏が沖山を待っていた。今日ゴルフの後の支店長の話では、昨夜本社の内海常務から電話が入り、なんとしてでもこの仕事を取れ、との訓令があったそうだ。特に、入札時にイトメンに出し抜かれているんだし、これ以上無様な姿は許さん、と言われて、頭を抱えていたらしい。それで、平山氏に何か知恵を絞って欲しいと相談されたとのこと。本来、当地駐在の永井課長がなんとかすべき仕事だが、彼はＳＩＭ社に人脈が有るわけでなく、この手の話は得意ではない。それを見込んで支店長は平山氏に頼んでいるのだ。

ロビーの隅の喫茶室に坐ると、平山氏は、

「沖山さん、私も色々考えたんですが、当面サミュエルを攻めるしかない、と思うんですよ。それで、一緒に考えて戴きたいんです」と真剣な表情で早速切り出した。

「これは、固より私の仕事でもあるんで、願ってもないことです」

「沖山さんのお考えは、いかがですか」

「そうですね、先ず、コンサルタントですが、彼等は、技術的な審査をするだけで、実際の決定権は無いと思うんです。但し、決定の時期を探る意味で、常に彼等と接触して審査の進捗状況を把んでおく必要がありますね」

「そうですね」

「工場側では、所長のホセとヒメネス副所長でしょうね。それ以下の技術者は、無視できると思います。然し、少なくとも、ヒメネスは、Ｇ社とツーカーじゃないですか」

「そうでしょうね」

「ホセだって解りませんよ。下手に攻勢を掛けると相手側に筒抜けになりかねませんね」

「そうね」

「やはり、サミュエルということでしょうね。彼が信頼する課長級の部下がいませんかね。彼の右腕の……」

「成程、一度探ってみましょうか。秘書のアントニエッタに聞けば分かるでしょう」

「そう。秘書のアンには絶えずコタンタクトしておく必要がありますね」

「その部下を落とせば、恐らく情報源として使えるからね。ヨシ、分かりました。取り敢えずその線を当たってみましょう」

「それから先は、もう一度ジックリ考えてみますよ」

「そうですね、その線で行きながらまた考えることにしましょうか」

「何れにしても、最終的にはG社とウチの争いでしょうから、一つは、エバリュエーション（技術審査）の結果でどういう評価が出るかで、もう一つは、ドイツがどこまで政治的な攻勢を掛けて来るかでしょうね」

「そうね。彼等にしてみれば、ここは自分達の縄張りだと思っていますからね」

「それと、来週からは失礼ですが、アチラの線も当たってみます。平山さんには、出来るだけ報告しますから」

「是非そうして下さい。目的は同じですから」

「私も、月曜からさっそく動いてみますが、当分の間は平山さんと私が、一緒にやるしかないですね」

「やりましょう」

「ところで、ティグレは如何でした？」

「それが、期待以上にいいところなので びっくりしました。水郷のようなんですが、両岸が奇麗な芝生だったり、鬱蒼とジャカランダが繁っていたりで、ナカナカなものですよ」

「そうですか。そりゃ良かったですね。皆さん、元気があったら、今夜辺り、久し振りにボカにでも繰り出しましょうか」

「平山さんも、お元気ですね。彼等は来週末には帰国しますから、ボカは最後の晩の送別会にしましょうよ」

「そうですか、ウルティマ・ノーチェ（最後の晩）に取っておきますか」

「ところで、沖山さん、今朝のニュース見ました？　日航機がハイジャックされたらしいですよ」

「えっ、本当ですか」

「日本のレッドアーミーがサムライSWORDで機長を脅かしている、と言っていましたよ」

「へーッ。驚いたなあ。日本じゃハイジャックなんか起きないんだ、とのこの前ロバーツに説明したばかりなのに」

「その中続報が入るでしょう」

その二

月曜日の十時過ぎに、沖山はイトメンの事務所を訪ねた。そして、西川支店長に先日の真夜中訪問の非礼を平身低頭で謝った。

西川は、そんなことには、一言も触れようともせず、いきなりベラーノ副社長からの情報について話し始めた。

「この前のパーティーは、山中重工の存在と熱意をＳＩＭ社幹部に示す意味で、大変良かったそうだ」

「そうですか」

「誰もがＧ社と山中さんの競争だと思っているが、今まで日本とか、山中重工とか言っても余りピンと来ていなかったが、これで、幹部全体に認知されたことになったらしい」

「なるほど。やっと入口に入れたという事ですね」

「そうですね。でも、彼が言うには、今までは日本勢を推すような論拠も雰囲気のカケラも無かったのだから、対応の仕方も無かった訳で、これで漸く、対等に戦える根拠が出来たのだそうな」

「なるほど。日本勢を推す状況ではなかったわけか。言われてみるとその通りでしょうね」

「これで、技術審査の結果が確り出れば、堂々と山中サンを推せると、彼は言ってたよ」

「そうですか」

「技術説明をきちんとやって、少しでもドイツに差をつけると好いが……、そうすれば、日本を推す者も出てくるだろうし、反対する方が難しくなって来るはずだ、と言ってたよ」

「そうですか」

「今から焦らずに、社長や会長の意向も探ってみるが、当分は自然体で注意深くウォッチして行くと言ってたよ」

「そうですか。有り難うございます」

「それと、少なくとも今のところ、ドイツからの圧力は無いとのことでした」

「そうですか。でも、油断はなりませんね」

「審査には、予想以上に時間が掛かるらしいね。多分、来年の三月位までは、終わりそうもないと言ってましたよ」

「どうもそのようですね」

「それまで、沖山さん、ずっと当地に滞在されますか」

「それはちょっとキツイですね。暫く様子を見て、淡々と審査が続くようなら、一度帰国して、来年また出直して来ますよ」

「ずーっとおられるなら、南の方のバイヤブランカ辺りで駝鳥狩りとか、西のアコンカグアのトラッキングとか色々有るんだがね」

「えーっ、駝鳥狩りですか」

「私は、やったことないんだが、うちの小島君なんか時々行くらしいよ」

「でも、私は、駝鳥のハンドバッグでいいすよ」

「ハハハ……」

「どうせ、こちらでもクリスマスは、休みですよね」

「そう。だからここの日本の会社は、クリスマスから正月まで、殆ど休みだね」

「じゃあ、も少し様子を見て十二月の中頃には帰りますよ」

「パタゴニアにでも遊びに行って来たら……」

「そうも行きませんよ」

「お宅の藤田さんなんか、マニラ滞在中しょっちゅう行方不明になってたんだから……」

「そうらしいですね。でも、あの人は超大物だから……、許されるんですよ。私なんかそんなことしたら、帰ったら席が無くなっていますよ」

「そんなもんですかね」

「今日は、色々有り難うございました。また、ご連絡します」


ＯＳＫの事務所に戻ると、大浜部長以下技術者三人は、斎藤氏と共に午後からサンニコラスに向かうと言う。沖山は、一日遅れで現地で合流することにした。

彼等の出発を見送った沖山は、独りになって、土曜日の平山氏との話と先程のイトメンとの話を要約して藤田課長に報告すべく、レポートを書いた。


書き終わったところで、平山氏が外出先から戻って来た。

「沖山さん、ご明察の通り、サミュエルの右腕の男はロドリゲスと言って若いのに中々の切れ者らしいですよ。秘書のアンが教えてくれました」

「やあ、ご苦労さま。もう行ってきたんですか」

「アンが言うには、彼は非常にクレバーだが、気をつけた方がよい、とのことでしたよ」

「そうですか。ちょっとイミシンですね」

「今週の前半は、商工省や中央銀行に計画の概要や採算計画等の説明で忙しいらしいので、後半か来週にでもアタックしてみますよ」

「気をつけろとは、どういうことでしょうか」

「未だよく分かりませんが、出世欲が強いのかも知れませんね」

「なるほど……。ひょっとすると、色んなところか、思わぬところに情報が筒抜けになるのかも知れませんね」

「そう。それがドイツだったりね」


沖山もイトメンで聞いてきた概要を平山さんに説明した。平山氏も頷いて、

「概ね順調のようですが、万事これからですね。取り敢えず、パーティーの意義と彼等の評価も織りませて、支店長と内海常務に報告しておきますわ」

「内海常務は、独身だそうですね」

「そうなんですよ。何時も笑顔を絶やさないんですが、結構キツイこと言うんで、彼に発破かけられるとズシンと来ますね」

「そうですか。私も今藤田課長にレポートを書いたところです」

翌日、二人はサンニコラスに行き、技術陣が細かい打ち合わせを行っている間、アームコのロバーツに会いその後副所長のヒメネスとも面談した。

ロバーツは、コンサルタントの責任者として、計画全体を統括している。二人の質問にも肝腎の点には当たり障りのない答えしか返って来ないが、気さくで陽気な典型的なヤンキーといった感じだ。

平山氏が技術審査について、「設備の他に建設費や工期、操業費等も評価の対象になるのでしょうか」と質しても、「その通りだ」と短い返事しか返ってこない。

ゴルフ好きで腕前もシングル。丸太のような太い腕でアイアンを上から叩くと、ドスンと響くような音がしてボールが潰されたあと、ロケットの様に飛んで行く。

仕事が退けた後、毎日のようにホテル前のゴルフ場で何ホールか廻っている。

沖山が飛行場で買ったスポーツ雑誌スポーツイラストレイテッドを渡すと、サンキュウと言ってゴルフのページに眼を通している。

逆に、日本の製鉄業界の現状について色々な質問が出る。大手製鉄所の名前、序列、粗鋼生産高、主たる製品、人員等、時折メモをとりながら熱心に聞いて来る。

普通鋼のトン当たり単価を聞いて、驚いて聞き返したほどだ。

また、鉄鉱石や石炭の輸入先にも関心を示して、そのバイタリティに感心したようだ。

沖山は、すかさず日本の沿海製鉄所の特質を挙げ、サンニコラスの立地条件に最も合致するのは、日本の製鉄所であることを強調した。ロバーツは、「なるほど、それは考慮に値する一理ある見解だ」と理解を示した。


副所長のヒメネスに会うと、先日のパーティーのお礼のあと、「あれから、帰宅して土産の博多人形を見て、自分の日本に対する知識の少なさを改めて痛感した」と、「これから、少しずつ勉強したいので、初歩的なことから種々教えて欲しい」とお世辞ともとれるような言い方で二人に握手を求めて来た。

二人もそれに応えて、日本の政治体制や社会情勢などを、思いつくままに説明した。

二人は、説明しながら頷くヒメネスを見て、極東の小国としては、多少の経済発展をしたからといって、世界各国に認知されるには未だ程遠く、世界の広さを改めて再認識させられていた。


二人は、ホテルに戻るためのタクシーを待ちながら、どうすれば彼等にもっと日本や日本の社会を理解して貰えるかを話し合った。

「我々だって、こちらに来るまではアルゼンチンに関する知識は皆無に近かったんですからね」と沖山は、平山氏に同意を求めて自らを慰めた。

そして、ＳＩＭ社の幹部達が日本に関心を持ち始めたのは、山中重工を始め日本勢が有力になった為と、素直に解釈することにした。平山氏もそれには同感で、来年大阪で開かれる万国博覧会のＰＲでもしようと、東京本社にＰＲ映画やパンフレットを送る等の協力を依頼することを思いついた。

ホテルに戻って独りになると沖山は、先程の会話を思い出してもう一度復誦してみた。ロバーツもヒメネスも、今は技術審査の結果を待っているが、未だ暫くは掛かるだろうと言っていた。一つだけ気になるのは、ロバーツが、山中重工の図面によると工場の操作室のある二階の操作床の風管の下を歩く時、何故頭を下げて通らねばならないという設計にしたのか、とのコメントであった。もっと余裕を持ってゆったりした設計にしろとの暗示かもしれない。

日本の工場建屋内の、それも裏側の通路等は、細くて狭いのは当たり前で、全体の建設費節減の見地からは、こんなところに余裕を持たないのが常識であった。

日本のエンジニアは、こんなところを指摘されても、機械の性能や工場の操業と全く関係のないことで、どうでもよいと思ってしまう。ところが、アメリカのホテルに馴染んでいる人が日本の所謂ビジネスホテルの部屋を見てどう思うか、という問題なのかも知れない。

この辺りが、文化の違いなのだろうか。

我々日本人だって、西洋文明には寛容だが、アジアの日本と異なる習慣には相当の違和感を感じるし、抵抗感がある。まして、地球の裏側の人々が突然やってきた日本人の提案を抵抗感もなく受け入れてくれるだろうか。

現に俺だって、出張疲れで、ボチボチお茶漬けや味噌汁が恋しくなっているではないか。これも異なる文化圏に居るために違いない。駄々広い部屋で、高い天井を見ていると、沖山は、珍しくも段々悲観的になってくる。

間もなくすーっと寝込んでしまったようだ。

一方、技術打ち合わせを終えて戻ってきた技術者達の話によると、内容はさほど重要なものは殆どなく建屋入口の大きさを決めた根拠とか、スクラップの搬入方法とかの話が中心らしい。

「彼奴等、肝腎のことが判らんもんだから、ツマランことばかり聞いてくる」と、前原がブツブツ言っているが、大浜部長が、

「そんなもんだよ。エンジンの性能や燃費なんか分からない女の子は、色と形で車を選ぶだろ。それも一つの決め方さ。燃費なんかどうでもいいのさ」

「そうか、転炉工場も鋼がでりゃいいんですね」

「そうさ。コストや生産性なんかより、操業が簡単な方が良いのさ」

「そういえば、ＯＧなんか操業が複雑ですからね」

「そうよ。通路だって広い方がいいんだよ」

「部長、それ、なんだか説得力がありますね。ショックだなあ」

「そうなんだよね。彼等は話をしていると、傾動装置のモーター馬力が少ないとか、ドロマイト煉瓦の寿命が長い等の技術説明は、殆ど空回りしている感じで、そんなの彼等にとってはどうでもいい事なんだね」

「そうか。そう思って今日の打ち合わせを反芻すると、確かにそうですね」

「気のない女の子を口説いてるようなもんだぜ」

「それじゃ全く脈が無いみたいじゃないですか。小学生に大学の講義をきかせている……」

「そう。その方が適切かな」

「このまま帰国するのは、少し心残りですが、しょうがないですね」

「とにかく、今まで我々がやってきたことは、ベストだし、これ以上のことは出来なかったのだから。悔いはないだろう」

「そりゃ、そうですね」


沖山はその会話を傍で聞いていて、先程の自分の考えを重ね会わせると、一抹の不安を覚えるのであった。が、それを打ち消すように、

「そんなに悲観することはないですよ」とブエノスアイレスで仕入れた話の概要を大浜以下の技術者に説明して元気付けた。皆はそれ聞いてまた俄に元気を取り戻したようだ。

そして、明日の朝、宿題を出せば晴れて帰国出来るので、大任を終えた安堵感で明るい笑顔となった。

そこへ平山さんが現れて、「今、ゴルフ場を散歩してきたんですが、蚊が多くて大変ですね。一度叩く

と、十四位取れますよ」

「まさか」

「ホント、ホント。それでもロバーツの奴、練習してましたよ」

「フーン。好きなんですね、アイツは」

「先程、この辺りに気のきいたレストランでもないかと探したんですが、見つかりませんでしたね」

「無いですか、やはり」

「ええ。今夜もここで喰うしかないですね」

「しょうがないね。じゃあ、今夜は、僕が奢るよ。赤ワインでも飲もうか」

と、大浜部長。皆はその後に続いた。

その三

技術のクラリフィケーション（疑問点の解明）が一通り終わったので、技術陣も一先ず日本に帰国するとの挨拶を終えて、一行は翌日の木曜日にブエノスアイレスに戻った。

技術者三人は、土曜日のニューヨーク行きの夜行便が取れたので、今日はＯＳＫの事務所で朝から資料と自分用のノート整理に余念がない。心もルンルン気分である。

後に残る平山氏と沖山は、少々寂しげだ。

午後から、その五人に斎藤氏を加えて、これまでの情勢分析を行った。

それによる皆の見解を要約すると、未だ技術審査の段階ではあるが、勝負はＧ社と山中重工の二者に絞られたとみられる。然し、何れとも言い難い。価格と技術面では山中も精一杯やった。その結果、彼等の当初の予想を超えて山中が健闘しているので、日本に関する関心が俄に高まっている。

当面、技術審査の結果を静観せざるをえない。問題点があるとすれば、文化の違いによる価値観の相違とドイツ勢の政治的な巻き返しであろう、ということに落ち着いた。

そして、次の山場は審査の最終段階となる来年の二月、三月に一回と、その後の最終決定に至る委員会の討議の頃であろうか。

念の為、なお一週間ほど様子を見て情勢に変化が無いことを確かめてから平山氏と沖山は当地を離れることにした。

打ち合わせが終わると、皆の話題は急に日本のことばかりで、帰巣本能が出てくる。早速、皆で土産物を漁りに街に繰り出すことにした。

先ず、皇太子夫妻が訪アされた時に買い物をされたと言う、ＯＳＫ事務所の下にある店で駝鳥や鰐皮のハンドバッグや針鼠の手袋等を物色した。さすがに一流の店だけあって、他所で間々見られる荒っぽい仕上げや縫目の粗末な物もなく、良い物が沢山並べてある。

皆、思い思いに品物を選んで買い込んだようである。

特に、駝鳥のハンドバッグの評判が良いようだ。

ホテル代が安上がりで滞在期間も長かったので、土産代ぐらいは浮いたようである。

フロリダ通りに出て、ブラブラ歩いてみても、いざ買うとなると、魅力的なものは皮製の鞄か牛の毛皮の敷物くらいしか無い。

やがて買い物にも疲れ、手に手に大きな袋を下げて皆ホテルに辿り着いた。全員が大きな袋を下げているのを見て、ボーイが大きな眼を丸くして、両手を派手に開いて驚いている。

前原が、「これで、アルゼンチンとも暫しの別れだな」

「そうだね」と大浜部長も柄になく少し感傷的な表情になる。

「もう少し、滞在されますか？」

と沖山が、意地悪く聞くと、

「そうだね。また、来年戻って来るよ。好いところだね、ブエノスは」と軽くいなされてしまった。

「じゃ、今夜は盛大にパーッと行きますか」

「そうだね。ボカだね」


ボカと言うのは、タンゴの発祥地のカミニートに近い街外れの、下町の場末の盛り場である。レストランとキャバレーを兼ねたような観光客目当ての店が入口に裸電球を赤や緑色の原色で派手に飾り付けて、三、四十軒も並んでいる。

どの店もアメリカ人や南ア、ヨーロッパ等からの観光客で結構賑わっている。

その中でも、一番大きなネオンの付いた店に一行に斎藤氏を加えた六人が入って行くと、この辺りでは日本人も珍しいらしく、バンドがすぐにスキヤキソングの演奏に切り替え大歓迎である。先客の各国からの観光客も一斉に手を振って迎えてくれる。

粋なカウボーイハットを冠った男達、年齢のわりに派手な服装の大柄な女性の一団は明らかにアメリカからの観光客と一目で判るし、スラリとしてスマートな紳士に品の良い女性達は、恐らく南アから来たに違いない。

更に向こうの方を見ると、スペイン本国かイタリア人の一団や、メキシコ人らしい人達も大声で騒いでいる。皆、底抜けに陽気だ。彼等の歓声に、大浜部長や前原も手を振って応えている。未だビールも来ない内に意気が高揚していくようである。

皆、酒を呑んで、食べて唄って踊って、どの席も盛り上がって行く。バンドもアチコチの席を順番に持ち上げたり唱わせたりして、自分達の演奏を聴かせたりで、サービス精神満点。

一行六人もビールやワインの杯を重ねて、久し振りにリラックスしている。特に明日帰国する三人は、斎藤さんに教えられて楽団に『ウルティマ・ノーチェ（最後の夜）』なんかをリクエストして悦に入っている。

暫くすると、ホールの明かりが薄暗くなり、音楽がスロウバラードやブルースに変わり、アチコチの席から中央のホールに出てきてダンスが始まった。男同士で来ているのは、一行の六人だけで、

「やはり、日本人は野暮ったいな。こんなときは」

「しょうがねえよ、仕事で来ているのは俺達だけなんだから」

二時間半ほど、楽しんで酔いも程よく廻って来たようだ。


「ボチボチ、帰るとしますか」

「いよいよお帰りですね。明日は」

「そうだね。次は最後の勝負に勝って、ココで皆で勝利の美酒を味わいたいもんだね」

「そうですね。その時は、シャンペンなんか開けて景気よく！」

「その時は、ウチが市内のホテルブエノスアイレスでも借りて豪勢にパーティーをやりましょうよ」

「そうなれば嬉しいだろうな」

「そうね、心底から喜びたいもんだね。明日帰るなんてのは、心の底からの喜びからは程遠いものね」

「そうよ、仕事は完結しない中はダメよ」

「ヨーシ、その日を楽しみにまた明日から頑張るとしますか」


技術者三人が、帰国してしまうと、残った平山氏と沖山は急に寂しくなってしまった。

日曜日は、早速パレルモ公園のパブリックゴルフコースで憂さ晴らしを試みたが、久し振りのためか、二人とも池の中に何発も打ち込んで散々の体たらくであった。

月曜日にＯＳＫの事務所に着くと、会議室には書類や図面は沢山残っているが、残った人は、平山氏と沖山の二人だけ。

すぐに取り組む仕事があるわけではないが、二人は相談して、この一週間で状況を一応見極めようと、サミュエル常務周辺とイトメンの線を当たってみることにした。


沖山がイトメンに出掛けている間、ＳＩＭ社の本社に行ってきた平山氏が帰ってきた。

「どうでしたか、平山さん」

「特にめぼしい話は、ありませんね。あのロドリゲスね、……」

「アッ、サミュエルの部下の？」

「ウン。彼奴は、休暇を取ってヨーロッパに行ってるらしいんだが、チョット気になるんですよ」

「どうして？……」

「あの秘書に聞いてみると、彼奴は学生時代にドイツに留学していて、その時の学友が今の奥さんで、オーストリアの貴族の末裔らしいよ」

「フーン、そうですか」

「今後十分注意しておく必要がありますね」

「もっと突っ込むと、何か匂って来るかも知れませんね」

「あの秘書は、彼がドイツ勢に近いから気を付けろ、と言いたいようなんですよ」

「なるほど」

「沖山さん、あちらの方はいかがでしたか」

「ええ。例の筋では、今はコンサルタントの技術審査の結果を待っている段階だし、さしたる動きも無く、当分は静かな状態だから安心しろとのことでした」

「そうでしょうね、今のところは」

「念の為、もう一度サンニコラスに行って、何も無ければ、週末にでも帰りましょうか」

「ボチボチ飛行機便でも探しておきましょうかね」

その四

ドイツのデュッセルドルフから数十キロ程北にあるエッセン。十二月の北ドイツは、日が短く、毎日どんよりした雲が立ち込めて、雨模様の日が多く、午後三時には辺りが暗くなってくる。

街外れにあるGグループの本社には、通常ドイツの大手企業が備えているように、二十階建ビルの最上階に役員来客用の小奇麗な食堂がある。殆どが個室に分かれていてジュウタンを敷きつめた各部屋には、蝶ネクタイのウエーターが付き、古風なワゴンには殆どの酒類を揃えている。

今日は、G社の販売促進担当重役ケラーのゲストとしてSIM社のロドリゲスを迎え、サンニコラス製鉄所内で修理工場を経営しているG社のウエーバーと共に、昼食をとろうとしている。

重工業を中心とするGグループは、葡萄畑を持っていて、自家製のワインを作っている。その上等な白ワインとペッパーステーキを食べながら、三人は小声で話をしているが、その表情は固い。

「今は、何しろコンサルタントの技術審査中なので動きようがありませんよ」

「それはそうだが、審査の結果が出てからでは遅すぎることはないかな。一旦出た答えを変えるのは難しいとも思えるが……」

「然も、我が方が劣勢ときてるんだから」

「最高委員会は、審査結果が出てから検討に入るので、それまでに余り妙な動きは却って怪しまれますよ」

「それは分かるが、このまま黙って見ているわけにも行くまい」

「社長は、ご承知の通り極めて真面目で公正な人ですから、なかなか御しにくいし、ほかの連中は皆勝ち馬に乗りたがっていますよ」

　と二人が何とか解決策を考えようと少し焦っているが、ロドリゲスも名案が無いまま、今はその時期ではないと余り乗り気でない様子である。

「然し、何か手段を考え出さないと私の首も危ないからね」

「幸い未だ時間がありますから、年明けまでに何か妙案を考えましょうかね」

とウエーバーが意味ありげにケラーの顔を覗きこんだ。

「何か、名案でもあるかね」

「名案というわけではないのですが、先ず技術的な問題について、我々の何か割り切れない思いを冷静にぶつけてみたいんですよ」

「……？」

「第一、機械の技術で我々ドイツが日本なんぞに負ける訳がないじゃありませんか」

「ウム……」

「車ひとつとっても、日本車なんてチャチなもんでしょう」

当時の日本車の、国際的な評価は確かに未だ極めて低いものであった。

「まして、製鉄機械は重量もあり、スピードや高度の制御を伴う機械のシンボルみたいなものだし、一朝一夕に良いものが出来る訳がないじゃありませんか」

「ウム……」

「貧弱なすぐ壊れるような機械を安く買ったって、すぐ使えなくなりますよ」

「なるほど」

「だから私は、サンニコラスに戻ったら副所長のヒメネスをまず説得しようと思うんです」

「ウン」

「重機械の本場は、このドイツだと。日本の妙な説明に誤魔化されるな。個々の機械の機能は勿論、信頼性や安全性、耐久性を含めて評価してくれと」

「そうか、なるほど」

「それに、実際に操業の責任はヒメネスが負うわけだから、機械が故障したら誰が修理するのかと。修理工場を持っているのは我が方だけですからね」

「結局、安くつくのはいずれなのか、よく考えろ、と言う訳だな」

「そうです。その点についてコンサルタントのロバーツともよく話をしろ、と言うつもりです」

「ウン」

「そして、少なくとも審査の結果は、日本とドイツの二つを残して貰い、何れでもよいという形に持ち込みたいですね」

「なるほど」

「それから先の手段は、今から考えますよ」

「そうか、分かった。そうしてくれ。俺も最近のアルゼンチンに対する借款とか、技術援助、貿易等も一度洗ってみようかな。何か良い手がないか考えてみよう」

「そうですね。ところでロベルト、最近貴国でこれ以外に一番関心が深いプロジェクトは何かね」

とウエーバーがロドリゲスに尋ねた。
「そゃは、何といってもパタゴニアの石油開発でしょうね」
「なるほど、そうか」
とケラーは、独り頷いていた。

食後のコーヒーを飲みながら、ケラーは相変わらず独り何かを思案しているようだったが他の二人は、今後の技術審査や幹部会議等の情報交換の仕方について小声で話し合っている。
ケラーは、ふと立ち上がり部屋の角の受話器を取ると彼の友人である外務省の南米局長に秘書を通じてアポイントを取るよう依頼した。明日ボンに行くつもりである。

外は、小糖雨でもう薄暗くなっていた。

その頃、平山氏と沖山は、サンニコラスに行き、所長のホセを始め、ヒメネスやコンサルタントの技術者達を訪ね、懸案の事項が無いかどうか尋ねて廻った。そして、特に宿題も無いのを確認出来たので、暫く帰国することを伝えた。その間何かあれば、ＯＳＫの事務所にコンタクトするよう依頼して、一月の再会を約して、製鉄所を後にした。

二人は、留守中のフォローを斎藤氏に託し、二日後に久し振りに日本への機上の人となった。

第二十一章　先人の教え

年が明けて、一月も半ばを過ぎると正月気分が払拭されて、ビジネスの世界にも気合いが漲って来る。営業マンにとって恒例の年始の挨拶廻りが漸く終わって、藤田課長は久方ぶりに自分の席に落ち着いた。早速沖山を呼んで、

「その後の状況はどうかね」

「ハイ、今のところ特に変わった情報は無いようです」

「そうか」

「OSKの斎藤君がフォローしてますが、南部戦線異状なし、と言ってます」

「彼は善い人なんだが、真面目過ぎて相手の真意とか、裏情報を探るには余り向いていないような気がするな」

「そうなんです。善い人なんですがね。それにイトメンの筋からも未だ新しい話は入っていません」

「そうか。ところで、君は何時から行くつもりかね」

「平山さんが、来週の火曜日に発つので、私は来週の週末ころを予定してます」

「暫くは大した動きは無いかも知れないが、当分は見張って貰うしかしょうがないね」

「ハイ、そのつもりです」

「君が、行くときにいろいろ持っていって貰いたいんだ」と言って藤田課長は、手帳を取り出して、

「新巻きが五本」

「エッ、五本ですか」

「そうだ。大使と岸田参事官、イトメンの西川支店長。それにＯＳＫに長沢支店長を含め二本。これは、匂いがキツイから三越で真空パックにしてもらえよ」

「ハイ」と沖山は答えたが、後日余りに重いので、半分に切った物を三本分に減らしたが……。

「大使と岸田さんの奥さんに約束したからね。それと、大使にこの胃の薬」

と机の引出しから大きな薬の箱を出して沖山に差し出した。更に、

「岸田さんに洋服の裏地、これは既に買って家に置いてあるので明日持ってくるよ。斎藤君には、魚の干物を持ってってやってくれや」

「ハイ」

「途中アメリカで買えたら、ゴルフボールを二箱くらい」

等、幾つかの追加があった。

「分かりました」

と沖山は答えながら、藤田に改めて感服せざるを得なかった。これ等の品は、藤田が酒や食事の席で駐在している人達に、ブエノスに住んで、コレが欲しいなとか、今度日本に帰ったら何をしたいかとかを皆から巧みに聞き出して、

「じゃ、今度私が持って来ましょう」

と一見安請け合いか、空手形のようにその都度約束したものばかりであった。沖山は何時も同席してそ

の約束を聞いており、それも藤田はその後酔い潰れて寝てしまったりしたケースが多かったのだ。藤田は、それを後でキチンと整理していたらしい。これなら、お土産としても効果てきめんだ。

「そうか。本来ならば、俺がそれとなく手帳に記しておいて、次に行く時に黙って用意をしておけということか」

　沖山はそう感じて、

「この人の教えも厳しいな、それに気づかぬ奴は、恐らく落第なのだろうな。でも教えられるな。ウーン」

　現地の下請けから正確な見積りを取るための資料を受け取って、明日は出発だ。

　沖山は、今流行っている〝黒猫のタンゴ〟をタンゴの本場で配ってやろうと、シングル盤を十枚ほど買ってきて荷作りしていると、それを見て、隣の岡田嬢が、

「アラ、良いアイデアじゃない。コレお土産？　あたしにも一枚頂戴よ」

「ああ、いいよ」

「黒猫のタンゴって、スペイン語でなんて言うの？」

「タンゴデルガートネグロかな」

「ガートネグロか。何故か格好いいね。ガートって、猫？」

「そう。昨日、一枚分けてくれって言うから渡したのに、帰ったらカミサンに叱られたんだって文句を言ってる奴がいるんだぜ。頭にきちゃうよ。アノヤロウ、金も払わずに陰で文句を言いやがって」

「ソレ、章介さんでしょ。あの人ケチなんだから」

「ケチかどうか知らねえが、俺は文句言われる筋合いじゃねえや。分けてくれと言うから渡したんじゃねえか。文句あるなら、金を払ってからにして欲しいよ」

「あんな人相手にしなさんな」

「そう。アイツは下手なくせに麻雀が好きなのはいいけど、負けても払わないんだから……。だから、相手にしないのさ」

「オイ、沖山、何ブツブツ言ってんだ。何時出発なんだね」と中田が前の席から覗き込んで、

「下のサテンに行こか」

「それは、好いアイデアね。あたしもいいかしら」


ビルの地下の喫茶店に入った三人は、岡田嬢だけクリームケーキが付いて、

「悪いわね。お先に」

「オイ、章介の奴、去年の負けをボーナスでも払えなかったらしいぞ」

「そうか、それで評判が悪いんだな」

「ところで、お前さん土産を沢山持って行くらしいな」

「そうなんよ。藤田課長にはつくづく感心したぜ」

と沖山は、藤田課長に土産を頼まれた経緯を二人に説明した。

「さすがだね。あの人は、直接こうしろ、とは決して言わないけど、身を以て示すんだな」

「そうなの？」

「そうよ。だから、ボサッとしてると気がつかないんだよ」

「そうなんだよ。気がつかない奴は、多分失格なんだよね。だから恐いのさ」

「そうなの」

「それに、何時も他人の話を感心したように聞いてるけど、実際はすべてお見通しなんだよね。それで聞き出したいことも全部聞いてしまうんだ。その点じゃ、天才的だね」

「そうなんだ。相手は喋らされたことさえ気がつかないからね」

「そうなの、知らなかったわ」

「だから、今度のお前さんの仕事も大変だろ」

「ウン。間抜けな事は勿論出来ないけど、通り一遍の仕事じゃ、とても合格点という訳にはいかないかな」

「そうだろうな。ところで、製鉄の国内営業の連中が、君が脚光を浴びてるんで妬いているようだな。気をつけろよ」

「そうか」

「そうさ、今まで鉄に関しては、自分達が本流を自負していたのに、急に馬鹿デカイ大物プロジェクトが浮上してきて、主な技術屋を浚ってしまったので、面白くないのさ」

「なるほど、そうかも知れないな」

「それも、初めはどうせ獲れるわけないって思ってたのが、有望になってきたので慌ててるのさ」

「そうか」

「だから、仮に獲れてもデカイ面なんかするなよ。あくまで、謙虚でおとなしくしてるんだぜ」

「そりゃそうだね。その忠告は有り難く心に刻んでおくよ。有りがとう」

「それに、今度来たお前さんのところの係長も面白くなさそうだぜ」

「そう思うか」

「そうさ。藤田課長はドンドン直接お前に指示するし、お前さんは、勝手に出張の日程を決めて手続きを進めてしまうし、面白い筈がないじゃないか」

「ヤッパリそうか。でも彼が来る前からそうしてきたんだから、しょうがないやな」

「彼が普通の人間なら全く問題ないがね」

「そうじゃないって言うのか。彼が？」

「お前さんだって、分かってるだろ」

「やはり君もそう思うか」

「十分気をつけろよ」

「彼とは、何れ衝突するな。俺は本能的に分かるんだ」

「どうしてなの、沖山さん、山本さんと合わないの？」

「俺も人間が出来てないからね」

「彼は、相当な野心家で、小心者だからね」

「いや、俺が一番我慢出来そうもないのは、邪なところが見え隠れするとこなんだよ」

「そう、フェアじゃないな」

「いつも面白おかしく、話をするんだが話の筋をほんの少し自分の都合の好いように味付けして、当面の敵を陥れるんだ。事情を知らない人は信じるからね。九割五分は本当なんだから。ストーリーテラーとしては天才的だよ、彼は」

「そうよ、この前なんかグリーン上でボールをマークして置き直すとき、十センチも前に置くんだからな」

「俺は、そういう奴を心の底から軽蔑するからね。その気持ちが何れ相手にも判ってしまうんだな」

「余り付き合いたくないね」

「そうだな。それに彼は、今英語コンプレックスだよ。輸出部には、東さん、忠さん、章介とか英語の達人揃いだろ」

「でも暫く慣れるまでは仕方ないじゃない？」

「彼は、自分より出来る奴が憎いのさ。自分の上司だって、邪魔なら平気で寝首を掻くぜ。用意周到にね。松永弾正だよ」

「そうか、矢張りお前さんとは合わないか。誰だ、彼を連れてきたのは」

「井口課長よ。合う訳ないだろ、相手は邪念の塊なんだから。これで失注したら、何言われるか、分からないな。俺は」

「喜ぶ奴が一杯いるな。その上、初めから駄目なモノを沖山の奴がホラを吹きやがって、ケシカラン。まあそんなところかな」

「何故か、女の腐ったような、蛆虫どもが沢山いるようだな。そのうち、俺を飛ばそうと画策するだろうな」

「でも、藤田課長がいるうちは、大丈夫だろ」

「そうかな。俺は自分のペースで仕事するだけさ。偉くなるとか、出世するとかは、結果であって目的じゃないんだよ。でもそれを目的にするどころか、そのために手段を選ばないような奴とは余り付き合いたくないよな」

「そうだよな。お前さんもあまり偉くなれそうもないな、その分じゃ」

「彼の事は、喋りたくないと思っていたけど、とうとう喋らされたな」

「時々憂さを晴らしたほうがいいぜ」

「そうだな、暫く出張している間は忘れられるからね」

「彼の方は忘れてはいないぞ」

「余り、脅かすなよ」

「ハハハハハ。それで、明日発って何時着くんだい?」

「午後三時に羽田を出て、同じ日の同時刻にニューヨークに着くだろ。それで夜の八時のパンナムに乗ると、翌朝八時にブエノスアイレス着さ」

「長いな」

「大変ね、でも好いわね」

「これが商売だから、しょうがないよ」

「向こうは、夏かね?」

「そうなんだ。多分、三十度以上あるので、着いたらすぐ、新巻を配りに廻らないと腐っちゃうからな」

「なるほど」

第二十一章　先人の教え

「それに、途中のニューヨークじゃ、雪でも降って多分マイナスだぜ」

「ああそうか。結構大変だな」

「そうね、大変ね。身体おかしくならない？　風邪を引かないように、気をつけてね」

「ウン、ありがとう。大丈夫だよ」

翌日、沖山は予定通り独りで羽田を発ち、NY経由でブエノスに着いた。案の定、朝から強い陽射しで、冬支度の長袖では、ホテルまでのタクシーの中で汗びっしょりである。

チェックイン後、シャワーを浴びて半袖に着替えると、すぐに待たせていたタクシーで新巻を配りに廻った。生憎土曜日のため、殆どの人がゴルフで留守をしており、メイド等に土産物をすぐ冷蔵庫に入れるよう頼んで次々に廻ってホテルに戻った。タクシー代を払おうとして、未だ現地通貨のペソに交換してないのに気がついた。代わりに多めのドル紙幣を渡すと、運転手は「グラシアス、セニュール」と言って小躍り帰って行った。


沖山は、部屋に戻るとすぐに寝入ってしまった。

第二十二章　サミュエル邸にて

平山氏と沖山は、早速その後の状勢を探るべく、サンニコラスへ向かった。

コンサルタントのロバーツやキンボールに久し振りに挨拶して、審査の進捗状況を質した。

それによると、各社の計画内容、詳細仕様は概ね解明出来た模様だ。その結果、自ずからかなりの技術評価が行われ、今纏めに入っているとのこと。

また、上位と雖も計画全体に満足している訳ではなく、その一部の変更を求める点がどうしても出てくるので、近く山中重工にも、幾つかの変更と改定見積りを依頼することになるとの話であった。

その内容については、今は言えないので、後日纏めて知らせる、と言う。

変更依頼の内容によっては、技術者が直接承る方がよいと思うが、との問いに対し、その方が好かろう、とのサジェストを受けた。


今日はもう、二月の三日だが、変更依頼が出るのはいつ頃か、との質問に、多分二月の半ばの予定だが、も少しずれ込むかも知れぬとの返事であった。

その後、ヒメネスを始め、ＳＩＭ社の関係者に挨拶しながら状況を探ってみたが、誰もが極めて愛想が好く、山中重工を落札の有力候補と感じているそぶりであった。特に問題点も感じられず、全てが順調に進んでいると判断出来そうであった。

ホテルに戻って、二人は状勢分析の擦り合わせをしてから、日本に報告することにした。

「特に変わった事も感じられませんね。沖山さん」

「そうですね。皆の話の中からも別に気になることも見当たりませんね。まあ、順調と見ても好いんじゃないですか」

「一部の変更要求も自然の成り行きでしょうからね」

「変更の内容にもよりますがね」

「変更箇所の見積りには、細心の注意が必要ですね」

「そうですね。特に敵さんは、変更を値引きの絶好の機会として利用するかも知れませんからね」

「そうか、その手も有りますね、確かに」

「そうなんですよ。審査が公平なら、余り理不尽な値引きは認めないでしょうが、気心が通じていれば、何をするか分かりませんからね」

「そこが確かに問題ですね。でも考え過ぎのような気がしますけどね」

「そうだといいですがね。匂うとすればその辺りかな」

「何れ、変更の内容や要求の出方で、その辺の推測も多少はできるかも知れませんね」

「そうでしょうね。それに、要求が出る頃にはエンジニアを呼ばねばなりませんね」

「キンボールの話じゃ、そうせざるを得ないでしょうね」

「そのつもりで、準備するようにテレックスしますわ」

「それじゃ、ブエノスへ帰って、本社の偉いさんを当たってみましょうか」

「そうですね。それと明後日から下請けに製缶物の引き合いを出しに行くので、下請け連中の反応の仕方で、また違った見方が出来るかもしれませんよ」

「そうね。まあ、先が長いので慌てずにゆっくり行きましょうや、沖山さん」

「そうですね。斎藤さんが、我々の留守中、殆ど変わった事も無かった、なんて言うので、ホントかなと思いましたが、本当のようですね、どうも」


二人は、ブエノスに戻ると、現地製作物の仕様書と図面を携えて、郊外の下請工場を二日で四社廻った。各社の社長や経営者達も、日本勢の評判を聞いているようで、二人が渡した図面を熱心に見て、すぐに見積りに掛かることを約束してくれた。

少なくとも、落札の可能性を予想していると思われた。

そして、これを機会に、ＳＩＭ社に入り込み製鉄所の仕事を狙っているようでもあった。


金曜日に漸くサミュエルのアポイントが取れて、逢いに出掛けた。

一通りの挨拶のあと、入札のその後の状況を聞くと、

「先日、委員会を開き、コンサルタントから中間報告を聞いたところです」

「どうでしたか」

と思わず、二人が膝を乗り出すと、

「一通り各社の検討がまもなく終わるので、近く、上位二社に絞って詳細の検討に入りたいとの要望があったので、委員会としては、それを了承しました。私たちもその二社がどこかは存じませんが、時間の節約のためには止むを得ないと思っています」

そして、スケジュールとしては、概ね順調に進んでいるとのコメントがあった。


雑談の後、帰りしなに平山氏が、往途にNYで手に入れた日本の歴史や社会に関する英文の本二冊を土産に差し出すと、サミュエルは相好をくずして喜んだ。

「私もあれから、少し日本の事を勉強してみました。でもどうして、百年前に近代化が成功したのか、それと、第二次大戦に負けたのに、今日の繁栄を築いて来たのか、サッパリわかりません」

「そうでしょうか」

「我国は、第一次大戦では、連合国の支援に廻って勝利のおこぼれにあずかって、大変経済的に繁栄しました。然し、第二次大戦でも、同じように戦勝国を支援してきましたが、戦後は、経済が全然上手く行ってません」

「そうですか」

「それに、引き換え、何故日本が上手く行ったのか、その秘密を知りたいのですよ」

「なるほど。幾つか思い当たることもありますが、ナカナカ説明が難しいですね」

「恐らく、色々な要素が絡み合っているのだと思いますが、どうですか。明日お暇でしたら、午後にでも我が家に来て、ゆっくり率直な御意見を聴かせてくれませんか？」

二人は、思わず顔を見合わせて、相談した。

「沖山さん、折角の機会だから、この際招ばれましょうよ」

「そうですね。これは、有難いことですよ」

「でも、我々だけでは、アルゼンチンの事情に疎いので、支店長をなんとか引っ張りこみましょうか」

「ああ、それが良いですね。グッドアイデアですよ」

平山氏が、その旨サミュエルに聞くと、是非そうしてくれ、と早速秘書を呼んで、自宅の住所と電話番号を書いた地図を持ってこさせ、

「それでは、明日三時ごろにお待ちしていますよ」と笑みを浮かべながら、

「必ず、ミスター長沢も誘って下さいね」

と念を押された。

帰りの車の中で、二人はやや興奮気味でＯＳＫの事務所に着くと、急ぎ足で支店長室に入って行った。

長沢支店長は、意気込んで入ってきた二人を見て、驚いたように立ち上がって、応接用の椅子に誘って、

「どうした、そんな意気込んで」

「支店長、明日は空いてますか」

「何だね、ゴルフかい？　郵船の山本さんと約束があるがね」

「いいえ、そうじゃないんです。今、ＳＩＭ社のサミュエルのところに行ってきましてね」

と、平山氏が事情を手際よく説明した。

「なるほど。そりゃ良いじゃないか」

「そうなんですよ」

「三時なら、ゴルフを早めに切り上げて、君等をホテルに拾いに行けばいいだろ」

「行って戴けますか？」

「当たり前だ。こんな有難い話はないぜ」

「……？」

「だって、そうだろ。こう見えても俺だってどうして彼を誘い出そうかと、いろいろ思い巡らしていたんだぜ」

「そうですか」

「これで、結構親しくなれるぜ。この機会を活かさなくっちゃ」

「そうですね」

「彼は、入札全体のキーマンだから、当面の最重要人物だよ。これで、少しは内海常務に顔向け出来そうだな」

「その節は大変失礼致しました」

と、沖山が昔の非礼を思い出して謝ると、

「いやあ、あれは沖山さんが悪い訳じゃないよ」

と長沢は苦笑して、

「それより、戦後の日本復興の歴史を今夜勉強して考えを纏めておいた方がいいな」

「そうですね。彼も結構勉強してますから、生半可な説明じゃ納得してくれませんよ」

「そうだね。頭もシャープだし、社長の信頼も厚いようだし、間違いなく将来の社長候補だね」

「そうですね」

「次は、ＯＳＫとして正式な招待する口実も出来るし、その後は定期的に逢える段取りを考えてみよう」

と長沢が予想以上にすっかり乗り気になったのを見て、平山氏も安心した。

「そうか、君が日本に関する本を持っていったのが良かったのだね。良い切っ掛けを作ってくれたね。有り難う」


翌日、迎えに来た支店長の車に乗って、三人は三時過ぎに郊外のサミュエルの家を訪問した。サミュエル自身が、門まで迎えに出てきて車を誘導してくれた。

彼は市内にアパートを持っており通常は、そこから通っているが、週末はこちらの家に戻って来ると言う。

高い吹き抜けのポーチを抜けて、応接間に通されると、ベランダから芝生の庭に降りる石段へと続いている。

芝生の向こうは、鬱蒼とした樹木が繁っていて、真夏でも涼しげである。

皆誘われるままに、石段を降りてまだ陽射しの強い芝生の上に出る。

日陰に入ると、そよ風が頬に心地よい。

木立ちに囲まれた庭は千坪ではきくまい。さらに丸太の階段を少し降りて行くと下の方に、小川が流れている。三人は、すっかり感心して、こんな家に住んでみたいものだ、と口々にその素晴らしさを誉め称えた。

応接室に戻ると、気品のある夫人が待っていた。三人とも以前にパーティーで逢っているので、にこやかに挨拶を交わした。

支店長が差し出した九谷焼の花瓶を、夫人が大層気に入って、感嘆の声を上げながら、撫で回してご満悦の様子。本当に嬉しそうであった。こんな贈り物を常時用意しているのは、さすが一流商社のＯＳＫである。

日本の陶芸についての質問があって、そのような伝統的な産業と現代の最先端を行く工業技術との共存振りについて、いろいろ具体的な質問から、この日の本題が始まった。

教育制度、職業の選び方や伝統技術の習得の仕方、所謂丁稚奉公の現状、文盲率の低さ等にサミュエルは眼を丸くして驚いていた。

そして、日本の政治制度、官僚制度、資本主義や市場の実情を説明すると、熱心に何度も確認しながら頷いたり、時にはメモをとったりしている。

主に長沢支店長が説明するが、スペイン語の上手い平山氏が、具体的な例をあげて解りやすく補足説明をする、というパターンである。

汚職やスキャンダル等の質問が出たが、長沢さんの説明では、日本が東南アジアや中南米に較べ、それが少ないのは、官僚の見識が高く正義感や自尊心も強いので賄賂などは、殆ど通用しない、と述べた。然し、平山氏が、今の佐藤首相も党幹事長時代に政治献金絡みの汚職事件に巻き込まれて、危うく逮捕を免れた話をし、実体を正確に掴むのは極めて難しいと、少し異なる意見を述べると、彼は興味深そうに頷いていた。

サミュエルは、

「日本人は、非常によく働くと聞くが、それは何故だと思いますか、長沢さん」

「多分、貧しいからですよ」

「でも、もっと貧しい国は沢山あるでしょう。それに最近は、もうお金持ちではないですか」

「でも、日本は歴史上豊かであったことは有りません。確かに、ある意味では今が一番豊かなのかも知れません」

「平山さんは、どう思いますか？」

「そうですね、向上心が強いかも知れませんね」

「沖山さんはどう思います？」

「働くことが好きなんではないでしょうか。日本人は」

「まさか、それホントですか」

「ええ。先程の陶芸の職人でも、カメラの技術者でも、レストランのコックでも、みんな自分の仕事に誇りと愛着を持っているので、働くことが、或る意味で楽しいのですよ」

「そうでしょうか」

「欧米人でも、エリートの経営者や芸術家は楽しんで仕事してるじゃないですか」

「フーム」

「食事の時間も忘れて、絵を描いてるでしょ。アレと同じですよ」

「日本の人は楽しんで仕事してるんですか」

「かなりの人は、ですね。ここにいる我々三人だって、仕事は嫌いじゃない筈ですよ」

「そうですか。一般の労働者でも、働くことが好きなんですか。驚いたなあ」

「でも、私がこの国に来て一番感銘を受けたのは、アルゼンチンの人は実に人生や日常の生活をエンジョイしている事ですね。その点では、日本人は遠く及びません」

「それは、確かだね。我々は楽しみ方を知らないのでしょうね」

「そうでしょうか。アルゼンチンは地理的には、先進文明から離れているのに、楽しんでばかりでは今後益々置いて行かれますね」

「いや、こんなに自然や食料に恵まれて、生活をエンジョイ出来れば、何も製鉄所なんか要らないじゃありませんか」

「ハハハ。なるほど、そういう意見もありますか」


それからサミュエルは、最近完成した日本の湾岸製鉄所の内容を具体的に聞きたがった。堺、水島、福山を初め、各社の新鋭製鉄所の設備の概要については、直ぐに資料を取り寄せることとし、建設中の君津、川崎、鹿島等に就いても詳細な質問が相次いだが、三人とも答えられなかったので、調査した上で後日回答することにした。


余り彼が熱心に聞くので、平山氏が是非一度日本への訪問を勧めると、満更でもなさそうであった。更にサミュエル常務の質問が続く。

「セニョール長沢もご存じと思いますが、昨年我国は、貨物船を買うに当たって、日本の船にすべきか、スペインの船を買うべきかで国論が二分されました。その際、スペインは我々の母国の一つであり、ア国の主力製品である牛肉を大量に買ってくれるが、日本は一片の肉さえ買ってくれない。従って今回は、スペインを選ぶとの最終決定がされたわけですが、私は、これは正しい決定だと思いますが、皆さんは、どう思われますか？」

「それは、正しいとは言いえないのではないでしょうか」

と直ちに平山さんが、反論した。

「何故ですか？」

「船を買うに当たっては、それが技術的に最良のものを選ぶべきで、それを如何に安く買うことが大切で、それがどこの国であるかは二の次でしょう。スペインの方が技術的に優れているなら、正しい決定と言えます」

「然し……」

「貴国の肉が売れないのは、品質が悪いわけでも、値段が高いわけでもありません。売り込み方が足りないのではないでしょうか」

「いや、政府も再三申し入れをしているようですよ。でも、なかなか実現しません」

「それだけでは、足りません」

「間もなく始まる大阪の万国博覧会には、アルゼンチンからは、沢山の牛肉を出品するとのことです」

「そうですか。よく考えて下さい。例えば、ここブエノスにも日本の商社は、六社が店を出して駐在員が常駐しています。それ以外にも現に我々のように、機械を売り込みに大勢の人が出張してきています」

「フーム」

「アルゼンチンだけではありません。殆どの中南米諸国にも、欧米、アジア、アフリカにも支店や出張所を置いて社員を派遣しています」

「ウーン」

「貴国は、肉を売りたい国にどのくらい営業マンを派遣していますか」

「痛いところを突きますね」

「大変失礼ながら、十分な努力をせずに相手国を恨んではなりません。最先端の優れた技術を採り入れることが重要で、それをしないと、究極的に貴国のためになりません。大局を誤ることになります」

「ウーン」

「今回のご決定がそうでないことを祈ります」

「そうか、それは説得力がありますね。そのご意見は、一考に値しますね」

「失礼な事を申し上げましたが、お許し下さい」

平山氏の意見は、今回の入札審査の基本方針をも暗示した巧妙な見解でもあった。端で聞いている沖山も、なかなか上手い言い回しだな、と感心していた。

「いや、率直なご意見、有り難うございます。少々考えさせられますよ」

「そうですか。それを承って安心しました。是非一度お仲間でも、議論をしてみてください」

「そうですね。我々は、営業努力というか、行動力が足りないのかも知れませんね。長沢さんも、同じご意見ですか」

「我々が長年駐在しても、失敗することも多いので、少々の失敗で挫けることなく、地道な努力を継続することが大切ですね」

薄暗くなった庭の片隅でバーベキュウが始まった。大きな肉の塊を豪快に焼いたのを、各自がナイフで切り刻みながら皿に取り、赤ワインを飲みながら、ほうばる。ペミエンタという小さな緑の唐辛子が、上手い。

第二十二章　サミュエル邸にて

その後も中味の濃い議論や夫人からの着物に関する質問などがあって、楽しい食事となった。サミュエル夫妻も、非常に有益な話が聞けて素晴らしいパーティーだったと喜んでくれた。また、長沢支店長から次回の招待の申し出でを快諾して、楽しみに待っているとの返事があり、支店長もご機嫌であった。

木陰を渡る涼しい夜風が、ワイン焼けの頬に快く、再会を約してサミュエル家を辞したのは、十時を回っていた。

第二十三章　G社の動き

時が四、五日ほど遡るが、沖山等が引き上げた後、サンニコラス製鉄所内にある修理工場G社の社長室では、社長のウエーバーとGグループから出張してきたケラー重役が話し合っていた。

「その後、工場幹部には、君の意見を話してみたかね」

「ええ。先ず副所長のヒメネスに説明したんですよ。機械の本家本元は世界中でどこか知っているかと。それも高温に耐える精度の高い重機械だぞ、と」

「ウン、それで」

「操業する立場で、どんな設備を買いたいのか。良い機械がいいに決まっているじゃないか、と」

「ウン」

「機械は、何といっても性能が第一だし、チャチな安っぽい機械じゃ、すぐ故障するぞ。もし、故障したら誰が直すのかね、と」

「ウン、そうしたら、彼はなんて言った?」

「彼が言うには、それはそうかも知れないが、技術審査は、コンサルタントが行う事になっており、今は彼等が技術審査の最中なので、私は意見を言う立場にない、と言うんだ」

「そうか」

「だから言ってやったのさ。実際に工場を操業する責任者が、購入する設備に関して意見を言わないで、どうするのかね、と」

「なるほど」

「一旦故障したら、忽ち立往生じゃないか。そしたら誰が責任を取るのかね。その頃はコンサルタントも帰ってしまっていないぜ。結局、君の首が飛ぶことになるぞ、と脅かしたんだ」

「そしたら？」

「そうしたら、彼も深刻な顔つきになって、その意見を所長のホセにも直接言ってくれ、と言うんだ」

「そうか」

「だから、翌日ホセにも同じ意見をも少し具体的に、ラインシュタールの事故の例を挙げて説明したのさ」

「少しは反応は有ったかね」

「趣旨は解ったが、抽象論では委員会の了解を取るのは難しいって言うんだ」

「そりゃそうだね」

「そこで、二人に別々に策を授けたんだ」

「……？」

「あくまで一般論としてだが、何れが一位に決まっても、設備の細部に関しては使い手側から、若干の変更要求が出てくる筈。それを全面に出して、審査の最終段階で両者に変更の要求を織り込むことの必要性を委員会に説明してＯＫして貰うという線だ」

「なるほど」

「ＯＫが出たところで、製鉄所側から山中重工のスペックに色々注文をつけさせようと思ってね」

「そりゃ、ナカナカ名案だな」

「故障の修理方法なんかも、意地悪い質問をさせる訳さ」

「来週、本社で委員会があって、コンサルタントのロバーツが、中間報告をして二社に絞って審査を進めることの了解をとるらしい。その際、それに引っ掛けて今の話をホセとヒメネスからさせるつもりだ」

「色々考えたな」

「それで、そっちの方はどうかね」

尋ねられて、ケラーは暫く考え込んでいたが、低い声でボソボソと話し始めた。


「色々調べてみると、アルゼンチンの大型プロジェクトは、鉄道もあるが、これは五、六カ国が入り乱れての戦いになるので、製鉄プラント以上に我国の参画は難しい。

従って、やはり狙いは、パタゴニアの油田開発ということだね。現在、ドイツはイギリスと張り合っているようだが、何とか彼等の牙城の一角を崩したいんだ。

今のところ良い勝負をしているようだが、予断を許さない。アルゼンチン政府は、融資金利を五・五を四パーセントにしろと迫っているらしい。

ドイツ政府もイギリスのＢＰに一泡吹かせたいが、とても呑める数字ではない。

これは、製鉄所と違ってア国政府の開発プロジェクトだから、政府筋を攻略するか、ドイツ政府を説得する必要がある。

これと、この製鋼プラントを如何に結び付けるか、今、策を練っているところだ」

「何か手立てはあるのか」

「無いことはないが、話の進め方が難しいのと、若干の資金も要る」

「そうか。それ以上聞くのは遠慮するが、どの道簡単に行きそうもないやな」

「そういうこと。諦めずに知恵を絞ってみるよ。ところで、あの常務の秘書はどうかね。使えるかい？」

「ロドリゲスか。あれは、頭は良いが度胸が無いな。情報源としては役に立つが、すべてサミュエルがお見通しのような気がするな」

「そうか」

「ウン。だから、余り彼ばかりに頼るのは危険だな」

「その辺を識った上で彼を使っているのか。ナカナカの人物だな、サミュエルは」

「あの男は、出来るぜ。腹の中は絶対に見せないだろうが、最後にはちゃんと勝ち馬に乗ってるだろうね。そういう男だよ、彼は」

「ロドリゲスの話では、日本チームもそれほど上層部にコンタクトしている様子も無いようだな。評判が良いのを察知して、正攻法で行こうと思ってるのではないか」

「そうか」

「昨日営業マンが二人、製鉄所内を一通り廻って情報を集めていたらしいが、それだけのようだ。すぐにブエノスアイレスに戻ったらしい」

「確かに、今はここに長居していてもしょうがないよ」

「とにかく、来週の七人委員会でロバーツの報告が大筋で了承されるだろうから、その後、ホセが上手く話してくれれば、設備仕様の一部を変更させるチャンスがある筈だ」

「なるほど」

「プラント全体の総重量では、我が方が一割ほど重いらしい。どこが違うのかよく分からないが、彼等の強度が弱いところがあれば、槍玉に挙げられると思うんだ」

「何か、取っ掛かりが見つかるといいな」

「そう。何とか技術審査の最終報告にそれを盛り込みたいんだ」

「良い話を待ってるよ。来週の委員会の様子が分かったら、また連絡してくれや」

とケラーは、薄くなった髪を掻き上げながら、立ち上がって、ウエーバーの肩を叩いて激励して部屋を出て行った。

第二十四章　委員会の様子

沖山は、月曜日の昼食にイトメンの西川支店長に招ばれた。週末をベラーノ副社長と過ごした西川氏の話の概要は次の通りであった。

ＳＩＭ本社では、先週の木曜日に七人委員会があった。主題は、コンサルタントの責任者ロバーツによる技術審査の中間報告であった。

報告の内容としては日本とドイツが抜きん出ている。また他の応札者は、この二者に較べ格差があり今回採用する対象とは成り得ない。その証例を幾つか挙げて、説明した。

委員から二、三の質問があったが、この趣旨は全員に理解された。従って、コンサルタントとしては技術審査の効率を上げるために、爾今審査をこの二社に絞って進めることにしたいので、委員会の承認を得たいと申し入れた。委員会はこれを了承した。

更に、両者の計画は基本的には採用可能だが、細部に関しては、実際に操業する立場よりみて、若干修正を要求したい箇所がある。その点を修正した上で、最終審査を完了したいので、委員会の正式な了解を得たい旨の申し入れがあった。

委員会はこれも了承した、とのこと。

また、溶鉱炉については、複数の応札者より計画仕様上の不備を指摘されたが、検討の結果、その部分の変更をせざるを得ないので、変更部分のみを再入札することにした。現在変更部分の入札書類を準備しているので、スケジュールが二、三カ月遅れるとの報告があり、委員より質問が出たが結局了承された由。

また、ホセ所長から、次のような発言があった。

「製鉄所を預かり実際の操業を担当する責任者としては、プラント完成後、設備の操業、安全、維持に万全を期したいので、その点より設備の細部について、幾つかの意見と要望を述べる機会を与えて欲しいのです」

議長を務めるフランコ社長が、

「操業を行う現場の責任者が意見を言うのに、何の遠慮も要りません。審査の最終段階で、ロバーツ氏とよく相談してまとめて下さい」

「はい、解りました」

「但し、本件は多くの国が絡んだ国際入札なので、技術審査はあくまで公正に行って、コンサルタントの責任において正式な報告書を提出して下さい。それに対して、現場の意見があれば、意見書を作成して、当委員会で説明して下さい」

「はい。解りました」

西川氏によると、ベラーノの解説では、表面では現場責任者の顔を立てながら、勝手なことは許さないぞ、と言う社長の強い姿勢の表れなのだそうである。

委員会への報告も終わり、雑談に入った時、フランコ社長は何気なく喋り出したそうだ。

「一昨日、商工次官に逢ったのだが、彼は来月大阪で始まる万国博覧会の打ち合わせで日本に行ってきたそうだ」

「そうらしいですね」

「時間があったら、日本の製鉄所を是非見てきて欲しいと私も頼んでおいたのだが、見てきたそうだ」

商工次官は、フランコが商工省にいた時の嘗ての部下である。

「彼の話では、水島と福山の二つの一貫製鉄所を見たそうだが、それは、全く素晴らしいの一語だそうだ」

「へーっ、そうですか」

「どちらも沿岸製鉄所だそうで、広大な埋立て地に、鉄鉱石と原料炭の荷揚げヤードから製品の出荷に至るまで、それは素晴らしいレイアウトで完璧だ、と言っている」

「フーン」

「面白いことに二つの製鉄所は、全体レイアウトが全く違うが、両方とも完璧なんだそうだ。どちらもよく考えられていて、熱や運搬の無駄が殆どないらしい。それに労働者もよく訓練されていて、その生産効率は当社の二倍以上で、間違いなく世界一だろうと言っていた」

「そうですか」

「ロバーツさんは、見たことがおありですか」と社長が尋ねた。

「残念ながら、未だ見てません」

「彼が言うには、欧米でもあんな立派な近代製鉄所は見たことがない、と大層な惚れ込みようだったよ」

「そんなに立派なんですか」

と一同驚いて聞いている。

「私にも、是非見てこいと勧めるんだが、誰かを派遣することを考えるべきかも知れませんね」

「そうですね。今は時期的にデリケートなので、何れ機会をみて考えるべきでしょうね」


ベラーノの解説では、これは、次官の口を借りて彼が日本をサポートしている事とコンサルタントといえども最新鋭の製鉄所を見たことがない事を皆の前に曝したことに意味があるのだそうだ。

これで、コンサルタントの意見は、技術的にも必ずしも絶対的ではないことが委員全員に印象付けられたのである。

フランコ社長は温厚な紳士ではあり、何時もニコニコしているが、押さえるべきところはキチッと押さえてしまう、頭の良さである。

「というような訳で、沖山さん、すべて順調に進んでいるようですね」

と、西川支店長が、沖山にコーヒーを勧めながら、ニッコリ笑った。

「いや、有難うございました。それにしても、詳しい情報ですね。会議の内容がよく判りますよ」

「結構みんなやるでしょ？」

「そうですね。色々感心のしどおしです。フランコ社長も大した人物ですね」

「そう。彼は商工大臣の有力候補だからね」

「そうですか。このコーヒーを戴いて、今日はもう帰らせて戴きます」

「何だ。まだいいじゃないですか」

「いや、未だ興奮してますが、帰って今日の話を整理して、早速東京に報告したいと思いますので……」

「そうですか。来週はどうするの？」

「ああ、カーニバルですか。四日も休みなので弱っちゃいますよ」

「何かご希望があれば、アレンジしますよ」

「有難うございます。ＯＳＫや他の仲間がいるので、一緒に考えますよ。では、また」

沖山は、急いでイトメンの事務所を出た。そして、ＯＳＫに向かう途中、何度も人とぶつかりそうになりながら、今日の話を頭の中で復習していた。


ＯＳＫに戻ると、沖山はすぐに藤田課長へのレポートを書き始めた。十分には上手く表現出来なかったが、どうにか概要を纏めるのに四十分も掛かってしまった。


丁度書き上げたところに、平山氏が顔を出して、

「どうですか。沖山さん、何か良い話でもありましたか？」

沖山は、返事をする代わりに、

「社内のレポートですが……」

と言って、書き上げたテレックス原稿を平山氏に差し出した。

彼は、暫く黙って眼を通していたが、

「なるほど、そうでしたか。さすが沖山さんは、良い情報を取られますね。これでサミュエルの話と完全に辻褄が合いますね」

「この文章で、前後を知らない日本の連中が理解出来ますかね？」

「ええ、分かりますよ。特に藤田さんなんか、この裏の裏まで分かるんじゃないですか」

「平山さんもさすがですね。仰る通り、うちの課長は私の説明を聞いてその背景から何から全部分かるんですね、何故か」

「ハハハ。その情報は支店長にも喋って宜しいですね」

「勿論、結構ですよ」

「時期を見計らって、ＳＩＭ社の幹部を日本に招待する線を探って行きましょうかね」

「そういう事でしょうね。特に最新鋭の製鉄所を見せたいですね」

「そうね。これだけ評価してくれるんですからね。支店長は先程出張したので、帰ってきたらじっくり相談してみますよ」

「このレポートが届いたら、日本でもその話が持ち上がるかも知れませんね」

第二十四章　委員会の様子

「ところで、今度のカーニバルどうする、沖山さん？　ここはブラジルと違って別に大したお祭りもないしね。五日も休みじゃ、何か考えないと……」

「そうすね。駐在員の人たちを煩わせちゃ悪いし、石山重工の大貫さんでも誘って、連日ゴルフでもやりましょうか」

「そうね。やはりそれしかないか。今更イグアスとか観光地は満員だしね」

第二十五章　パレルモ公園、炎天下のゴルフ

カルナバールの休みに入り、昼間の街は閑散としている。

二人は、石山重工の出張者の大貫さんを交えて、連日パレルモ公園のパブリックコースでゴルフと洒落込んだ。

パレルモ公園は、とてつもなく広く、パブリックコースとはいえ、樹木は欝蒼と繁り随所に大きな池があり、ナカナカ風情もあって楽しいコースである。

池の側では、大の男が海水パンツ姿で待機しており、プレーヤーが池に打ち込むと待っていましたとばかりに、胸まで水に浸かりボールを探す。そして二、三ホール後にその池の反対側を通るのを待っていて、「セニョール」と言ってボールを差し出すので、一ペソ、約百円を払ってボールを受け取る仕組みだ。

キャディフィーが五ペソだから、悪くない商売のようである。

三人は、プロのように四日間で勝負を決めると張り切って、休みになるのを待って出かけた。

然し、当初の思いと異なり、初日こそ勇んで出かけて行ったが、思いのほか暑くて息苦しい。その上、各々がお誂え向きに池に打ち込んだりして、脚の引っ張り合いとなってしまった。あとはビールだけが楽しみである。

それでも、最終の十八番ホールは、途中からドッグレッグになって、然も逆光で見にくいが、先に上がった人達が、クラブハウスのロビーからビールを飲みながら見ているので、張り切らざるを得ない。

平山氏が、残り二百ヤード近くを物の見事にウッドで乗せたので、グリーンに近づいて行くと、皆が大声で「プロフェッシオナール」と叫びながら、拍手喝采である。

陽気そのものだ。

平山さんも心得たもので、帽子をとりガッツポーズを交えて、大袈裟に拍手に応えている。

ホールアウトした後、ロビーでビールを注文していると、お前はプロか、幾つで廻ったのかと、聞かれて平山さんが、そうだ、俺はプロだと言って一〇〇も叩いたのを見せて、今日は調子が良かったと言うと、彼等も大喜びで爆笑となった。

沖山も負けじと、何せ今日は暑くて気温も三十度もあったが、もし明日気温が半分になれば、スコアも多分半分になるだろう、と言うと、彼等も日本のプロは、大したものだ。明日は雪が降るのを祈るよ、と混ぜ返して、乾杯と笑いの渦となった。

二日目になると、久し振りのゴルフという感激も薄くなり、スコアも却って前日より悪くなったりして変わり映えがしない。

ハーフが過ぎたころから、ひたすら暑さとの戦いとなった。

皆めっきり口数が少なくなり、日陰を選びながら歩いている。

こんな筈ではなかったと思いつつ、それぞれゴルフを辛いと感じ始めるようになってしまった。スコアも二の次である。

それでも、ホール毎に勝ち負けだけはつけている。

やっとの思いでホールアウトして、ビールとなったが、少し暑さ負けをした大貫さんが、元気なく下をむいて口もきかない。十五分程して漸く元気を取り戻して、二人の顔にも笑顔が戻って、冗談が飛び出すようになった。


シャワーを浴びてすっかり元気になった大貫さんが、早速スコアの勘定を始めたので、あとの二人は、

「鬼の大貫さん、それでも我々から金を絞り取るつもりですか?」

「ソウデスヨ。勝負の世界は厳しいですからね。平山さんには、ナッソ勝ちで、十ペソ。沖山さんは、十五ペソの戴きです」

「厳しいな。これじゃ鬼もビックリですよ」

「今日は昨日より暑いんだから、日本のプロも辛いよ」

「でも、明日こそ雪が降るかもしれないよ。平山さん」

「まだ、明日も強奪するつもりですか、大貫さんは」

「いや、勝敗は時の運だから、誰が勝つか分かりませんよ。沖山さんの最後のティーショットなんか素晴

らしかったじゃないですか。明日に繋がるショットですよ」

「大貫さんはゴルフも上手いけど、口もそれ以上ですね」

「そうね。勝負事は相手を選ぶことが大事だね。沖山さん、今度は考えないとね」

「そうですね。さっきまで暑さで口もきけなかったのにね。思わず同情してたのに、あれに騙されちゃったな」


三日目の朝、沖山は未だ連日の疲れが残っていたし、また暑くなりそうなので、朝飯に平山さんを誘って、

「今日もやりますか？　暑くなりますよ」

「いやあ、しんどいですね。大貫さんが何て言うかな。彼だってシンドイ筈ですよ。電話してみましょうかね」

彼は、二人とは別の近くのホテルに泊まっている。

ロビーの隅で電話を掛けて戻ってきた平山氏は、笑みを浮かべながら、

「オッサン、張り切ってるんですよ。勝負は四日間の約束だからね、当然やりますよ、って」

「やっぱり……。エライ人を誘っちゃいましたね。また日射病になっても知らないから」

「そう言ったんですよ。そしたら、今日は麦藁帽子と濡れタオルを用意するから大丈夫だ、だって。タフだな、あのオッサンは」

「そうですか。シャーナイですね。じゃーやりますか。何とか負かしてあげたいけど、こう暑いと闘志が

湧いて来ないんですよね」

クラブハウスの周りは、高い樹木に囲まれて涼しいが、ティーグランドに立つと真夏の陽射しが強烈だ。さすがの大貫さんも、こりゃ、暑いの連発だ。やがて皆無口になって、ヒタスラ我慢会のようだ。相変わらず、海水パンツのおじさんが、木陰で池ポチャを待っている。

その期待に応えるように、平山氏と大貫さんが二番の池越えのティーショットを池に打ち込んでしまった。特に大貫さんは二発連続である。

ハーフを終わると誰言うとなく、今日はもうこれで終わりにしようか、と話が纏まった。朝あれほど主張した大貫さんも、最早何も言わない。

暑い上に、身体の方も連日の疲れが溜まっていて思うように動かない。中止が決まると、沖山は急に元気になって、

「大貫さん、お疲れのご様子ですね。試合放棄ですか」

「許して上げようと思ってね、親心ですよ。余り毎日やると、ゴルフも面白くなくなるね」

「そう、もう当分いいやって感じになるね。それにしても、プロって大変な職業だね」

「四日間、それも毎週だもんね」

「やってられんね。雨でも風でも止められないしね」

「ショットが乱れれば、飯も食えなくなるし……」

「ところで、今日の沖山さんは、調子良かったじゃないですか」

「まあね」

「長足の進歩ですね」

「と言うのは、僕みたいな短足は、進歩しないっていう訳ですか、大貫さん？」

「また、僻んでるね、平山さんは。沖山さんだって、別に脚が長い訳じゃないでしょ」

「ハハハ……」

というわけで、三人とも遂に試合放棄で無事終了となった。

第二十六章　審査の中断

三月に入ると、風が爽やかになり、すっかり秋の気配となった。神戸から機械設計の大田と前原、電機設計の進藤課長が再度訪アして、コンサルタントからの設計仕様の変更要求に関する打ち合わせが始まった。

平山氏と沖山は、通訳を兼ねてサンニコラスでの技術打ち合わせに参加している。

要求の内容は、本質的な問題は殆どなく、工場建屋の開口部の間口をもっと拡げろ、とか、風管の取付け位置を高くして人が屈まずに下を通れるようにしろ等の単純な話が多い。中には、操業パネルの文字は英語とスペイン語を併記してくれ等の要求もある。殆どその場でＯＫ出来ることである。

が、時折、石灰用のホッパー（供給用の入れ物）を操業床と同じ二階の高さに出来ないか、等の訳も分からぬ要求が出たりすると、何故そうするのかの疑問があり、その議論だけで半日も掛かってしまう。

それ以外は、日本での実際の操業方法についての質問、例えば原料の一つであるスクラップの種類とか挿入のタイミング等や、また、転炉用のドロマイト煉瓦の交換、補修について等である。

連日、サンニコラスのホテルと製鉄所を往復して、一つ一つ彼等の質問を片づけて行く。時々、コンサルタント内部の会議とか、彼等の都合で半日中断したりする。その間、技術チームも日本との連絡や事務の整理をしたりして、結構忙しい。

打ち合わせは、一週間続いた。そして気がついたことは、ロバーツを初め、このアメリカ人コンサルタント達は誰も未だ近年に建設された最新鋭の製鉄所を実際に見たことがない、ということである。従って、彼等の知識はかなり古いものが多く、戦前に建設されたUSスチールが彼等にとって絶対的な判断基準となっていたようだ。

そのため、時々日本の方式に彼等が疑問を抱いたまま判断してしまう恐れがあった。それを避けるために、彼等の質問には日本から実際の操業データを取り寄せて、実例で示す必要がある。

幾つかの宿題を残して、ひとまず打ち合わせを終えた。仕様変更箇所については、価格の変動部分の再見積りが必要となった。

その見積金額は、後日提出することにして、五人は一週間振りにブエノスアイレスに引き上げることにした。

ブエノスに戻ると、日本側に会議内容を報告し、必要事項をすべて連絡して、改定見積りを依頼した。翌日返事が来て、二、三日中に見積書を送るとのこと。

各自の業務が一段落したので、技術会議に出席した五人で、状況分析をしてみた。特に、問題点はなく順調に推移しているとの見解で全員の意見が一致した。日本には、「南部戦線異状なし」と報告することにした。

週の後半は、現地業者の訪問や見積りのチェック等に追われ、全員多忙であった。

十四日の土曜日もＯＳＫの事務所で書類の整理等をして早めにホテルに戻ると、ボーイが、「今夜八時半から日本からのテレビ中継がある」と、言うので、何の放送か分からないが、晩飯を遅らせて皆で見ることにした。

時間になって、ロビーの隅のテレビ室に入って行くと、もうコマーシャル放送が始まっており、奇麗な着物を着た女性が日本語を喋り出した。遠い異国で見る久し振りの着物姿に、沖山も平山氏もジーンと来るものがあった。それは、ゼロックスのコマーシャルであった。

恐らく、世界中にこの着物姿を流しているのだろう。凄いＰＲだな、と感心していると、大阪での万国博覧会の開会式の放送が始まった。

「そうか、万博だぜ」

佐藤首相の開会の演説が、日本語のまま流れたので、皆感慨をもって聴いている。

「こうやって見ると、佐藤さんって結構立派だね」

「歴代の首相の中でも、立派な方じゃないですか」

「そうですね。ところで万博は何時までやるんですかね」

「半年ぐらいは、やるんじゃないか」

「じゃ、見に行こうかな」

「ウン。アルゼンチン館では、肉をたっぷり食わすらしいよ」

「別に大阪で食わなくたって、今から食いに行きましょうよ」

「ヨシ、行こう。丁度いい時間になったぜ」

遠い異国での日本語の放送は、五人の帰巣本能をくすぐるものがあった。

十七日の火曜日に漸く日本から変更箇所の見積金額が来たので、それに現地での製作費と必要経費を加えて見積書を作った。前原が日本製作分を、大田が現地製作分を、必要経費と最終価格を沖山が分担して作成した。

ＯＳＫの口銭は後日ゆっくり取り決めるとの東京での話に基づいて、沖山は平山氏に、内容を説明して了解を求めるとともに、最終文案のタイプを依頼した。

翌日、それを携えて皆でサンニコラスに赴いた。午後から、コンサルタントの本件担当のキンボールに見積書を渡して、概略を説明したところ、概ね分かったが、今から検討するので明日の午後にまた来てくれとの要請があった。

因より断る理由もないが、

「相変わらず、のんびりのマイペースだな。アイツは」

と、沖山は大分ラテンのスロウペースに慣れたつもりだが、余りの遅いペースに思わず愚痴が出てしまう。然し、それは、未だ驚くには早すぎたようだ。


翌日の午後、再びキンボールと打ち合わせに入り二時間程で無事完了した。そして、今後の進め方と今後のスケジュールについて聞いたところ、キンボールは、

「来週から四週間、私は休暇を取るので、暫く仕事は中断することになる」

と言う。

驚いて、平山氏と沖山が交互になおも問い質すと、その間彼は、アメリカに帰ってしまうとのこと。勿論、代わりにこの仕事をする者はいないので、審査業務を再開するのは、四月の末となろう、と言う。

日本では考えられぬことだが、北米南米ではこれが普通なのかも知れない。

事実、その後SIM社の他の連中に聞いても、誰も不思議がってはいないし、休暇だからしようがない、との感覚であった。


平山氏が大田等の技術者達に事情を説明すると、皆ポカンとした顔で、言葉もない。

「どうなってるんだい、これは」

「ウーン。アクセクしてるのは、どうも我々だけみたいですね」

「話には、聞いてたけど、成程これがアルゼンチンのペースなんですかね。参ったな」

と少し間をおいた後、皆が拍子抜けした気持ちを次々に口にした。

彼の説明では、再開後は、据付工事についての必要事項を打ち合わせたいので、然るべく準備をしておいて欲しいとのことであった。

五人は、四週間以上もブランクが出来るのでは、一旦日本に引き上げざるを得ないので、翌日製鉄所の幹部達に挨拶してから帰ることにした。

一カ月の休戦になっても、山中チーム関係者の気が安まるわけもないが、残る現地据付工事に就いての万全の準備をする必要がある。拍子抜けしかけた気持ちを引き締める意味で、その晩夕食後、五人で作戦会議を開いた。

いろいろな意見が出たが、結論としては、この一カ月の間に日本で、工事用の仕様書を作成することにした。その中には、港での荷卸し作業から現地までの輸送を初め、現地工事に必要な建設機械、工具類、事務所、人員、スペース、車両類や、電気、ガス、水道、空気、蒸気等のユーティリティの計画を示し、同時に詳細な工事工程表を作成して、工事の順序や人員の配置等を明示するのが、良かろうとの結論になった。

実際の工事が若干違っても、今は取り敢えず合格点を貰うことが肝心である。彼等の期待以上の仕様書を作らねばならない、とまた新たな闘志で挑戦することにした。

帰国する前に、ブエノスで工事業者と打ち合わせが必要で、建設機械や工具類等の価格やリース代等を調べておく必要がある。大田と進藤が残って沖山とともにこれを詰めることにした。

翌日挨拶に出向いて、彼等の見通しを聞くと、

「やがて結論が出るから、そんなに慌てなさんな。それまで待ったらどうですか」

とあっさりしたものである。

ドイツのG社の動きもそれ程大したことはないようだ。或いは、暫く休戦に入ることを彼等がもう察知しているのかも知れない。

挨拶を終えて、五人は昼過ぎのブエノスアイレス行きのバスに乗った。

涼しい秋のそよ風に、無心に草を飯んでいる牛が点々と見える。限りなく広く、そしてどこまでも続くパンパスの中に真っ直ぐに延びた一本道を、バスはヒタスラ走って行く。皆それぞれの思いを乗せて……。

第二十七章　審査の終了

久し振りに帰国した沖山は、神戸の技術部との打ち合わせを初め、昭和製鉄の渡辺部長への状況報告や、更なる協力のお願い等で席の暖まる暇もない。

また、森下建設にも次回の工事打ち合わせへの参加を丁重に依頼して歩いた。藤田課長の都合がよい時は、なるべく一緒に行って貰うが、彼も多忙なので、一人で行く事も多い。

一担当者としては、荷が重い時もあるが、今となってはそんなことも言っていられない。それ以外にも、通産省への入札保険の手続きや、輸出入銀行やプラント協会等に対する状況説明もあり、アッという間に一カ月が過ぎてしまった。

何回も出張して、膨大な費用が掛かるので、社内にも、本当に獲れるのかと、疑問視している者が多く、評判が悪いし肩身も狭い。

そんな沖山に、OSKの東京本社にいる平山氏から、新しい知らせが入ったのは、四月の末、連休に入る直前であった。

「沖山さん、連休中に呼び出しがあっても困ると思って、斎藤君に現地を当たらせたんですが、今朝テレックスがありましてね」

「そうですか。何か動きがありましたか？」

「五月の十日頃から、工事の打ち合わせをやりたいって言って来ましたよ」

「丁度いいじゃないですか」

「こちらも休みがあるので、その線で決めろと指示しといたんですよ」

「サースガ。それは有り難いですね。こちらの準備は万端ですよ」

「そうすか」

「早速技術サイドに連絡しておきますわ」

「沖山さん、何時行きます？　休み前に切符を抑えておこうと思ってね」

「そうですね。課長と相談して後ほどご連絡しますよ」

「現地では、工事の打ち合わせをやるんじゃ、いよいよ本命だと噂が出てるらしいですよ」

「そうですか。でも、未だ分かりませんよ。十里の道は九里行って半分と思え、って言うじゃないですか」

「第四コーナーを廻って、ホームストレッチというところですかね」

「そう。鞭を入れにゃあ。鼻の差でも先にゴールしたいですね」

「沖山騎手、低い姿勢で頑張って下さいよ」

「ハイ。低姿勢でね」


実際に現地工事の打ち合わせが始まったのは、五月十八日からであった。

今回の技術関係は、大田、前原のほか、森下建設の岸さんに参加してもらった。それに平山、沖山が加わって、毎日サンニコラスのＳＩＭ社の製鉄所での打ち合わせである。

相手側の出席者は、カイザー社のキンボールとＳＩＭ社工事部のメンデス課長の二人。奇妙なことに、キンボールはスペイン語が分からないし、メンデスは英語が話せない。打ち合わせは、山中重工が準備した英文の工事仕様書の説明が中心である。時折、メンデスからスペイン語で質問が出る。その都度、両方分かる平山さんが、スペイン語で解説するので、かなり時間が掛かってしまうが止むを得ない。

山中重工側が用意する建設機械や工具類は、よいとして、ＳＩＭ社に準備してもらう、電力、ガス、水道、蒸気等は、必要な容量や必要となる時期について、くどい程メンデス課長に念を押し、協力を依頼した。

そして、注文決定後、更に詳細な打ち合わせが必要となることを説明した。

キンボールは、工事は自分の範疇外との感じで、半ば第三者として殆ど聞き役にまわっていた。ただ、山中重工の周到な準備には、感心しているようで、その採点さえ出来ればよい、と思っているようであった。

毎日打ち合わせが終わると、ホテルで議事録を作り、翌朝ＳＩＭ社の秘書にタイプしてもらう。そして、その英文の議事録を平山さんが、スペイン語でメンデスに説明して、サインを貰う。それからその日の打ち合わせに入る訳だ。

膨大な工事量と一年半にわたる工事期間のため、打ち合わせにも存外時間が掛かった。それでも、無事に終了し、メンデスと日本側の出席者の間に少し仲間意識のようなものが出来てきたようで、打ち合わせ終了時には和やかな雰囲気の中で、互いに握手を交わすことが出来た。

四日間の打ち合わせを終えて、岸さんと技術者二人は、ブエノス近郊の建設会社と若干の擦り合わせを行い、実際に使われている建設機械等を見て一足先に、帰国して行った。

平山さんと沖山とは、製鉄所内での挨拶をしながら、ドイツ勢の動きを探ったが、さしたる変化もなさそうであった。ホセやヒメネスとも、いろいろ話をしたが、逆に水島や福山の原料ヤードのレイアウトや設備に関する資料が欲しいと、入手を依頼されたりした。

彼等の説明によると、この据付工事に関する打ち合わせが終わると、いよいよ審査の纏めに入るので、今は最終段階であり、あと二週間程で審査は完了する見込みであることが分かった。

審査が終了次第、コンサルタントとしては、直ちに七人委員会に正式な報告行うことになっており、責任者のロバーツは、既にその準備に入った様子であった。時期は恐らく六月の中頃と予想される。

ＳＩＭ本社で聞いたサミュエル常務の話では、正式な審査報告が出れば、速やかに委員会で最終決定を行い、選ばれた会社と契約交渉に入ろうと思っているとのことであった。

更に、沖山が挨拶に行って、イトメンの西川支店長経由で聞いた例の線からの話も殆ど同様であった。情勢は徐々に煮詰まってきたと見てよさそうである。

沖山は、現地工事打合せの概要とその後に調べた情勢と今後のスケジュールや見通し等を本社の藤田課長に報告した。出来る限り客観的に分析しているつもりだが、特に不安な点や盲点は見当たらないような気がする。

このまま、素直に進んで行くのだろうか。

六月に入ると、すっかり晩秋の涼しさである。ＳＩＭ社から審査に必要な全ての質疑は完了し、今は審査報告書を作成中なので、当分の間応札者の来訪は、ご遠慮願いたい、との申し入れがあった。沖山等はＳＩＭ社に立ち入りが難くなってしまった。

「沖山さん、こうなりゃシャーナイですよ。果報は寝て待て、ですな」

「そうですね。仕方ないから今週は、コンファブ等の現地業者を二、三廻りましょうかね」

「沖山さんは真面目だな。寝て待てってことは、大貫さんに一泡吹かせようってことですよ」

「なるほど、そうですね。人事を尽くしたんだから、天命を待つことにしましょうか」

「そうですよ。来るな、と言うことは、用があれば、向こうから呼び出しがあるっていうことですよ」

「用が無ければ、それまでですか」

「そう心配しなさんな。この際泰然自若、悠然とかまえて待ちましょうよ」

「なるほど、平山先輩の仰ることは、ごもっともです。じゃあ、この前の借りを返すとしましょうか、大貫さんに」

「一度ギャフンと言わせたいけど、彼氏は顔の割りに手固いからね」

然しながら、沖山は、審査の結果が気になってとてもゴルフをする気がしない。

その週は、ＯＳＫの事務所で、今までＳＩＭ社と交換した文書を整理する等して、時間を潰したりした。

翌週になると、じっとしていられないので、イトメンに出向き、西川支店長に何か情報がないか聞くことにした。

西川支店長によると、土曜日にベラーノ副社長とハンティングに行ったとかで、その時の話では、今週の水曜の午後と木曜日にコンサルタントから委員会に正式な報告が行われるとの事が決まったとのこと。

水曜日といえば、明後日ではないか。

西川氏は、従って十一日の木曜日の夜、彼の自宅に行く手筈になっていると言う。それを聞いて、沖山の顔に一瞬緊張感が走った。

「そうか、いよいよ決断が下るのか。思えば長い長い道程だったなあ」

と思うと同時に、神に祈りたい気持ちになった。

「沖山さん、心配することないですよ。今回は、非常に上手くいっているような感じだし、彼も楽観しているようですよ」

「そうですか。そうだと、嬉しいんですが……」

「勝負ですから、一応下駄を履くまで分かりませんがね。でも、ベラーノの話では、今回はフランコ社長が、後顧の憂いのない正しい判断を行う事を確固たる方針として再三委員会でも、公式の場でも言明しているので、第三者が横槍を入れることは出来ないだろうと言ってましたよ」

「そうですか。でも、何故かこの国らしくないですね」

「そりゃそうだ。こんな事は確かに珍しいな」

「それでは支店長、木曜の晩また宜しくお願いしますよ」

「そうね。金曜日の朝、またいらっしゃいな。確り聞いておくからね」


沖山は、ＯＳＫの事務所に帰り、平山氏にこの話を概略説明したところ、別の用事でサミュエル常務に会ってきた長沢支店長が、矢張り十日と十一日に正式な報告会が行われるとの情報を掴んできた。

「沖山さん、余り落ち着いてもいられませんね」

「委員会での報告の結果如何ですが、最終ネゴか契約の準備に、藤田さん等の出発準備をして貰うことになりそうですね」

「そうですね」

「今日のところは、ココまでの情報を東京へ流すことにしますよ。金曜日と言うことは、アチラの土曜日だから、良い話だったら、国際電話しましょうかな」

「そうね。先程の貴方の話では、横槍が入り難いんだから、我が軍を果たして一位に推してくれるかどうかですね」

「そうですね。それに、実際に操業する工場のトップがどういう意見を言うかですね」

「所長のホセですか。今更余り考えたってしょうがない、明鏡止水の心境ですな」


二人は、それぞれ自社の東京本社に今日現在得た情報を報告すべく、頭を捻りながらテレックス用紙に報告文を書き始めた。

丁度書き終えたところに、東京海上の駐在員の大脇さんから電話が入り、本日晩飯をご馳走するとの誘いが掛かった。


大脇さんも本件に関心を持っている一人で、受注が成功したら、工事の保険をやらせて欲しいと言ってきている。

沖山等としても、こんな地球の裏側で孤軍奮闘している好漢をみると、獲れたら是非とも一緒に仕事しましょう、と励ましたくなってしまう。

二人は、この誘いを渡りに船とばかりに、二つ返事でＯＫして薄暗い街に出て行った。

第二十八章　最終局面

六月の十日、十一日は、沖山も平山氏も全く落着かない心境だったが、別にすることもない。前日に東京から入った短いテレックスの意味をあれこれ詮索するばかりだった。

金曜日の朝、沖山は待ちかねたようにイトメンに向かった。

イトメンに着くなり沖山は、

「お早うございます」

支店長室へと入って行った。

「お早よう。沖山さんか、早いな」

「ええ、待ってなんかいられませんよ。いかがでしたか、昨晩の話は？」

「概ね良いようだよ。まあお座りなさい」

と、西川支店長は、ロッカーの背広からメモを取り出して、眼鏡を取り替えて説明を始めた。

「ええと、昨日はベラーノも上機嫌でね。審査の結果としては、山中重工さんがトップだそうだ」

「そうですか」

「二位はもちろんドイツだが、この二社が、合格点らしい。技術的には、日本のレイアウトが素晴らしいとの評価で、個々の機械は甲乙付けがたいが、全体のシステムとして、装置としての評価も日本が上位だそうだ」

「そうですか」

と、沖山はメモを取り始めた。

「そして、装置の各部分について、両者の比較が相当詳しく説明されたらしい。一部の機械には、ドイツの方が優れているものもあったそうだ。各委員からも活発な質問があって、ナカナカ充実した報告会のようで、中には、コンサルタントと異なった意見を言う者もいたみたいだ」

「なるほど」

「概ね、結論に近いところまで行ったが、二、三の疑問点について、更なる報告を待ってから、最終結論になるらしい」

「疑問点って何ですか？」

「主として、ランニングコストに関するデータが不足で、委員の質問に答えられなかったらしい。必要な操業人員とか、電気、油等の消費量、一回の操業時間の比較等を更に次回に報告せよ、との要請をしたとのことだ」

「なるほど、なかなか詳細なんですね」

「大勢は、日本有利であることは間違いないと言ってたよ」

「そうですか」

「但し、製鉄所長のホセが、機械の保守や壊れた時の修理については、日本勢に不安が残るとの意見を述べたらしい」

「そうですか」

「そしたら、フランコ社長が、機械の保守もさることながら、先ず機械の運転とか工場全体の操業はどうするつもりか、全部自力で出来るのか、とホセに質問をしたところ、運転開始の初期には若干の操業指導が必要ですと答えたらしい」

「なるほど」

「フランコ社長は、操業指導や保守点検等は、元々この入札範囲には含まれていないのだから、必要なら別途契約を結ぶ必要があるのではないか。何がどういう形で必要なのか、製鉄所として至急纏めるように、とホセに指示したとのことだ」

「なるほど、適切な指示ですね」

「そうだね。ベラーノの解説によれば、機械修理等の理由で、審査結果に異論を唱えるのを、やんわりと阻止したのだ、と言っていたよ」

「なるほど、鋭いですね。社長も」

「その上で、日本とドイツの両者に操業指導等の別途契約をする意思があるか、契約前に確認をしておけ、との指示も出たらしいよ」

「ははあ……。それで操業や保守の問題を審査の判定から切り離した訳ですね」

「ベラーノもそう言っていたよ。ひょっとすると、これは、サンニコラスに駐在しているG社グループの差し金かも知れない。それを察知して阻止したのかも知れないって」

「あっ、そうか。なるほど。それは、十分有り得る話ですね」

「多分、社長の読み筋だったんだろうね」

「一枚上手ですね。サースガ」

「それで、来週半ばに次の委員会をやるので、それまでに、コンサルタントと所長のホセがそれぞれの宿題を出すことになった由だ」

「そうですか」

「それに、次の委員会で結論を出すので、委員の諸君にも、もう一度報告書を精読して各自の意見を纏めておくように、との指示も出たそうだ」

「そうですか」

「その上で、商工省と中央銀行にＳＩＭ社としての正式な結論を報告して、その直後に契約の調印式を行う手筈だそうだ」

「と言うと、十七日に委員会として、再来週の初めに政府筋に報告、契約は、早くて今月末ということですね」

「そういうことになるかな」

と二人は、カレンダーを指差しながら、日程を予想して、

「沖山さん、いよいよ大詰めですな。もう一息ですよ」

「ウーン。色々貴重な情報を有り難うございました。早速、藤田課長に報告します」

「そう。彼にも来て貰うんだろ？」

「ええ、勿論です。早めに来て貰って陣頭指揮をして貰います」

「そうだろうね」

「また、次の委員会の後も宜しくお願いしますよ」

「来週ね」

「それと、この話の概要をＯＳＫにも喋っていいですか」

「まあ、しょうがないだろうね。但し、ニュースソースだけは、悟られないようにね。複数の話を総合して判断すると、って格好にしておいて下さいよ」

「ハイ、分かりました」

「まあ。ゆっくりコーヒーでも飲んだら……」

「はあ、戴きます」

「岸田参事官も心配してたから、後で話しておくよ」

「そうですか。お願いします」

「暇な時には、岸田さんのところにも顔を出しておきなさいよ。彼も暇なんだから」

「そうですね。でも麻雀に誘われちゃうと、断れないんでね。……」

「ハハハ……、それで逃げてるんだな」

「逃げてる訳ではないんですがね。当方も結構忙しいんですよ」

　暫く二人は雑談していたが、沖山は十分謝意を表して、イトメンの事務所を後にした。そして、一旦ホテルに戻って、西川支店長から聞いた話を出来るだけ正確にノートに書き留めて、頭も整理してみた。これから何を為すべきか。藤田課長にどのように報告すべきか、暫く考えて漸く考えが纏まった。

若し、SIM社から、操業指導の別途契約の意思確認の要求があったとき、すぐに承諾出来るように、昭和製鉄の了承を得る必要がある。それを、藤田課長に依頼せねばならない。更に、来週の委員会の結論を確認して、すぐ日本を発って貰わねばならない。

要請することは、その二点だ。それ以外は、得た情報を正確に伝えるだけである。


OSKの事務所に着いて、すぐ平山氏を昼飯に誘った。

「今日は、私が奢ります。クラリッジホテルでスパゲッティでも食いませんか」

「嬉しいじゃないですか」

「平山さん、サミュエルは、何か言ってませんでしたか?」

彼は、朝方支店長とサミュエルは、何か言って会ってきた筈である。

「上機嫌でしたが、今は未だ何も言える段階ではない、と言っていました。それ以外は色々鎌をかけてみたんですが……、分かりませんね」

沖山は、アチコチの情報を総合してみて、若干の想像を交えて推定すると、と言って、今朝得た情報の概略を、平山さんに話した。

情報を聞いて平山氏は、話が相当具体的であったので、かなり驚いたようだ。

極めて良い話だったが、喜ぶよりも寧ろ大変ショックだったようである。

同じ商社として、いや、本件のプライム商社として、殆ど情報が取れないのに、よそからこれ程詳しい情報が入るなんて……。

平山氏が、黙ったまま暫く考え込んでいるので、沖山も何も言わずに彼が口を開くのを待っていた。

恐らく、入札の順位が判明した一年前に情報が取れずに、当時内海常務に長沢支店長がひどく叱責されたことを、思い出しているに違いない。

今回の話は、外部に公表する訳でもないので、平山氏としては、支店長に上手く話をしておけばよいのだが、何時も肝心情報がライバル会社から入るようでは、話にならない。

同じ商社マンとしてのプライドがある。複雑な思いが胸の中を去来していた。そして、独言のように呟いた。

「参ったなあ。商社としてこの地で店を構える以上、主だった関係筋や取り引き先には、普段からのネットワークが必要だって言うことですね。それを痛感しますわ」

「……」

「今更、自社の悪口を言ったってしょうがないしな。要は個人のやる気の問題なんですよね。上が上だと、斎藤君だってあれで良いと思っちゃうんですよね」

「そんなつもりで、この話をしたんじゃないんですがね……」

「そりゃ、十分分かっていますよ、沖山さん。でも、参ったなあ」

「来週の水曜日にも一度、委員会があって、そこで結論が出るらしいですよ」

「水曜日ですか、十七日ですね」

「その時また、話を聞いてみますよ」

「そうですか」

「何れにせよ。今日の話の概要は、うちの藤田に報告しますので、ＯＳＫさんも本社の方に適当に連絡しておいて下さい」

「そうですね。情け無いな。でもご配慮には、深謝します。私も本社の古川課長と電話で話してみようかな。いま、東京は土曜日ですね。自宅に掛けても夜でないと捕まらないかな」


沖山は、状況報告を本社の藤田課長宛にテレックスした上で、土曜日の朝、つまり日本時間の土曜に夜、藤田の自宅に電話を入れて昭和製鉄への操業指導契約の打診と、藤田課長の早期出発を要請した。

藤田は、

「そうか、分かった。ご苦労さん。昭鉄には早速月曜日に行ってＯＫをとるよ。俺はこうなりゃ、火曜日にも発とうかな。水曜に着くだろ。遅くても木曜の朝にはそちらに着くようにしようか」

「はい、お願いします」

「何か欲しいもの、あるかい？」

「有り難うございます。何もありません」

「じゃあ、予定が決まったら連絡するよ」

「ハイ。お待ちしています」

月曜日の昼近くになって、サミュエルの秘書からＯＳＫに電話があって、午後に書類を取りに来いとの呼び出しがあった。

平山さんが受け取って来ると、それは本契約が締結された場合、それとは別に操業指導の契約と、機械の修理に関する契約を行う意思があるかの確認を求める手紙であった。一週間程度で返事をするよう、要求が書かれてあった。

平山さんの話では、これを渡す時サミュエルは、順調に進んでいるので最後まで頑張るように、それと来週の後半は、ブエノスアイレス市内に待機していてくれないか、との申し入れがあった由。

沖山も胸が弾む思いでそれを聞いた。

平山さんにも笑顔が戻ってきたようだ。

「沖山さん、この手紙をうちの本社経由でお宅に流しますが、宜しいですか?」

「はい、お願いします。私は、別途コメントを入れることにします」

「どうやら、沖山さんと乾杯出来そうになってきましたね」

「その時は、盛大に行きましょうね」

翌日、東京の藤田課長から、テレックスが入り、操業指導等の別途契約に関して、昭和製鉄は快諾してくれた由。従って、ＳＩＭ社の問い合わせに対しては、ＯＳＫと相談しながらＯＫの返事を現地にて作成するよう指示があった。

然し、藤田課長の出発は遅れそうで、ブエノス着は来週初めになりそうとのことだった。

そのテレックスを平山さんに見せて、

「ＳＩＭ社の手紙はＯＳＫさん宛だし、当方別途契約の意思のある旨の返書を出して戴けませんか。名文で」

「分かりました。昭鉄さんも協力的ですね。名文とはいきませんけどね。早速書いて、今日中にでも、届けておきましょう。確か、次の委員会が明日だから」

「そうですね。そうして戴くと有り難いですね」

「藤田さんの到着は、少し遅れそうですね。来週ですか」

「そうなんですよ。忙しいのかな」

平山さんは、三十分程で手紙を書き上げ、支店長のサインを貰って、すぐにサミュエルのところに提出する為事務所を出て行った。

第二十九章　契約内示

藤田課長が日本から着いたのは、二十一日の朝であった。少し肌寒いブエノスアイレス空港に出迎えた沖山に、藤田は開口一番、

「どうやら、上手く進んでいるようだな」

「ハイ。概要はテレックスの通りですが、後程詳しくお話しします。夜行便で眠れました？」

「まあな」


ホテルでシャワーを浴びた後、藤田は沖山を部屋に呼んで、

「ご苦労さん。色々大変だっただろうが、よう頑張ったな」

と労いの言葉を掛けてくれた。

「早速ですが、第二回目の委員会は一日遅れで、先週の木曜日にありまして、アームコ・カイザーがランニングコストの比較表を提示して説明したそうです。その結果、操業費全体でも、我が方が一位とのことです」

「そうか」

「当社案は、G社の約九十パーセントだそうです」

「なるほど」

「その説明が終わった後、別途契約の意思表示が両者から出ていることを確認して、今回の審査報告は終わったそうです」

「うん」

「報告が終了したので、今から審査に入るとの宣言がフランコ社長から出され、そこでコンサルタントは、退出させられて隣の部屋で待機だそうです」

「審議はＳＩＭ社だけで、ということか？」

「そうです。社長が司会を務め、皆に意見を言わせようと促したが、皆遠慮して初めは何も言わなかったようです」

「フーン」

「再三促されて、先ず技術担当常務のアントニオが、『報告によれば、結論は極めて明白で殆ど、議論の余地は無いように思う』と発言したそうです」

「ウン」

「続いてベラーノ副社長が、『私もそう思うが、実際に操業するホセ所長の意見を聞きたい』と彼の意見を求めたそうです」

「そうか」

「ホセは、『審査の結果は、まさにその通りで、異存はないが、我々は今まで欧米の機械しか知らなかったし、使った経験も無いので、時計やカメラと違って、初めて日本製の製鉄機械を使うという一抹の不安は拭えない』と述べたそうです」

「なるほど」

「そうしたら、サミュエル常務が、『使う方の立場は、分からないことはないが、その点は、応札者の資格審査の段階で議論すべきことで、この期に及んでそれだけの理由で拒否するのは、難しいのではないか』と述べると今度は、オルガノ会長が、『現実に最近の日本の鉄鋼業の発展は目覚ましいし、商工次官が見てきたように、年間数千万トンも生産している訳だから、サミュエル常務の言う通り、単に不安というだけで拒否するわけには行くまい』との意見を言ったそうです」

「そうか、なるほど」

「その後同様の議論が繰り返されて、『その不安な点は、操業指導の別途契約で補えるではないか』との意見が大勢を占めたので、ホセもそれ以上は、主張出来なかったそうです」

「そうか」

「その間、フランコ社長は殆ど発言せず、専ら聞き役に回り、皆の意見が集約するのを待っていたそうです」

「さすがだね」

「ほぼ意見が纏まったのを見計らって、『それでは、結論は、コレでよいか』とホセに確認して、決めたとのことです」

「そうか、まあ満場一致のようなものだね。よかったね」

「そうですね」

「その後、社長は、『商工省には、月曜日に俺とサミュエル常務とで説明する。その後に中央銀行には、サンチャーゴ副社長が説明に行ってくれ』との指示があって、更に『それをまって木曜か金曜にＯＳＫには口頭の内示を出すように。契約書のドラフトはすぐに作成に入れ』との指示をサミュエルにしたそうです」

「見事なもんだな」

「商工省の承認を取って、最終の融資条件を中央銀行と詰めて、二十九日の月曜にこの委員会で報告してくれ、との社長の指示があって、契約の調印は、多分三日の金曜日になるだろうと聞きました」

「そうか。日程をもう一度言ってくれ」

と藤田は確かめて、

「それにしても、確りした情報が入ったものだな。みんなイトメンの例の線からか？」

「そうです」

「そうか。ここまで来れば、もう間違いないだろ」

「そんな気がしますね。でも、ベラーノの話では、サンチャーゴ副社長は、『特に何も発言しなかったそうですが、彼はどうもドイツ勢と裏で繋がっているような気配がする』と言ってたそうですよ」

「フーン」

「ちょっと気になりますね。彼はベラーノのライバルだし、次期社長を狙っているそうですから」

「そうか」

「今頃、ドイツにも情報が流れているでしょうから、何か強烈な巻き返しがないとは限りませんしね」

「確かに勝負は下駄を履くまで分からないがね。そうビクビクすることもないだろ。このスケジュール通りに行くかどうか、すぐ分かるじゃないか」

「もう今週の話ですからね」

「おい、ところで平山さんもこのホテルにいるんだろ、呼んでみたら？」

「ハイ」


すぐ電話すると、平山氏もすぐ藤田課長の部屋に入ってきた。

「いや、遠路遥々よくいらっしゃいました。ご無沙汰しております」

「いや、久し振り。ご苦労さんです」

「お疲れでしょう。夜行便では眠れましたか？」

「結構込んでるんでビックリしましたよ。それより、どうにか乾杯出来そうなので、張り切って来ましたよ」

「漸く先が見えてきましたかね。何とかこのまま行って欲しいですね」

「九回のツーアウトまで来たんじゃないですか」

「そうですね。もうボチボチ昼ですが、今日は少し寒いけど、天気が好いのでドライブがてらに、ラプラタ河にでも行きませんか。アソコの土手添いの肉屋でロモ（ヒレ肉）でも食いましょうよ」

「ヨッシャ。そうしよう。俺は未だラプラタ河には行ったことないんだよ」

「そうでしたか」

「昔の『冒険ダン吉』って、確かラプラタ河だったよな」

「冒険ダン吉、か。懐かしいな」

翌日の月曜日の午後、平山氏はサミュエルの留守を承知で、秘書のアンナに日本製の折畳みの傘を手土産に渡し、その日彼が社長と共に商工省に行っていることを聞き出してきた。

また、水曜日には、中央銀行からＯＳＫに呼び出しがあり、今回の日本輸出入銀行の輸出借款の幾つかの点について質問があった。

支店長と同行した平山氏と藤田課長が一つ一つ質問に回答した。

半年据置き、半年賦、十年延払いという支払条件の第一回返済日の起算日の解釈をめぐって若干の議論があった。

特に問題は無かったが、後日の証として、平山氏は詳細な打ち合わせ議事録を、藤田課長と相談しながら夜九時まで掛かって、何度も書き直し作成して、翌日中央銀行に提出した。

同時に、サミュエル常務のアポイントを取って、前日の中央銀行との打ち合わせ内容の説明をしたところ、サミュエルも満足そうで、「早速このことを社長に報告する」と皆の労を労ってくれた。

藤田課長が、ＳＩＭ社としてはいつ頃最終決定するのか、と質問すると「もう間もなく」との返事であった。また、決定する前に政府の承認が必要なのか、との質問に対しては、

「承認という訳でなく、ＳＩＭ社の決定を商工省が追認する形であり、何等問題もない」

という返事が返って来た。恐らく、既に商工省のＯＫを取ったとみて良いだろう。

サミュエルとの話の後、中央銀行からの呼び出しもあったし、藤田課長も自分の眼で受注疑いなしとの確信を得たようである。

「沖山君、もう間違いないだろう。契約調印には、大浜部長にも同席してもらおうと思う。技術陣も苦労したんだから、彼をその代表として。どうだ？」

「それは、素晴らしいですね。是非そうして下さい」

「それじゃ、来週前半にこちらに着くように、俺の名前でテレックス書いてくれよ」

「ハイ、喜んで」

沖山も嬉々として、今週の状況説明と来ア要請の文を作って、藤田に見せた。

「ウン。これでいいや。最後に予定知らせ、と入れておけよ」

「ハイ」


金曜には、支店長と平山氏が大使館に状況報告に行ったりで、結構慌ただしい。その間、藤田と沖山は、イトメンの西川支店長を訪ねて、情報入手の御礼を言って、具体的な口銭の支払い方等について西川氏の意向を質した。上手く行きそうなので、誰もが上機嫌のようで、会話の間にも笑いが絶えない。

土曜日はＯＳＫの長沢支店長が、日曜日には、イトメンの西川支店長が藤田と沖山を、それぞれ立派なメンバーシップのゴルフ場に誘ってくれた。

こんなときのゴルフは、なかなか楽しい。ミスショットをしても、短いパットを外しても、全く腹が立たない。

グリーンが滅法速く、二メートルのパットを三メートルもオーバーしてしまう。

西川氏などは、その悪戯っぽい表情で、

「ここのグリーンは速いでしょ。日本から来た腕自慢の人は、ここに連れて来るんですよ。大抵スリーパットの連続で、そのうち大崩れするんですよ。ハハハ……」

と喜んでいる。

「我々は、腕なんか自慢してないですよ」

六月二十九日の月曜日、ＯＳＫの事務所で藤田、平山、沖山で雑談しながら待機していると昼近くになって、サミュエルの秘書から連絡が入り、午後三時にＳＩＭ社に来るよう呼び出しが、掛かった。

「三時に来て下さい、との電話です」

「いよいよ、来ましたか」

「皆で揃って行きましょうか」

「いや、未だどんな話か分からないし、取り敢えずこの三人で行きましょうか。先ずは腹拵えをして」

三時前にＳＩＭ社に着き、応接間に通されて待っていると、やがてサミュエルが入ってきた。一通りの挨拶を終えると、彼が切り出した。

「本日の委員会で、転炉プラントをＯＳＫ／山中重工に発注することに内定しましたので、非公式にお伝えします。契約書は、現在作成中なので、今のところ、七月三日金曜日の午後三時を予定しています。調印式には、貴社の方にも出席者等準備の都合もあろうかと存じまして、本日お知らせする次第です」

「そうですか。誠に有り難くお受け致します。ご高配に感謝申し上げます」

「但し、契約調印を以て正式発注と致しますので、本日の連絡はあくまで非公式です。未だ口外しないで戴きたいのです。日時等に関しても、変更があるかも知れませんので、その節はご了承下さい」

「了解しました」

「それと、諸般の事情により、対外的な発表は、当社が行いますので、それまで外部に漏れないよう十分注意して下さい」

「承知致しました」

「そんな訳で、本日はこれにてお引き取り願います」

とサミュエルも殆ど笑顔も見せず、握手だけをかわして、

「アスタルエゴ（また、後日）」

と言っただけであった。

三人は、それぞれの思いを胸に抱いて無言のまま、エレベーターを降り待たせてあった車に乗った。ドアを閉めるや否や、藤田が、

「とうとうやったね」

「やりましたね」

「未だ全然実感が湧いて来ませんね。僕は。本当に取れたんだろうか」

「やがてじわーっと来るのさ。それにしても長期戦だったね。よく頑張ったよ。みんな」

「失注したら会社で何と言われるかと、実は覚悟してたんですけど、ほっとしますね」

その時は、誰も後の皮肉な運命の展開を知る由もなかった。

第三十章　G社の巻き返し

その数日前、G社のケラー重役とサンニコラス駐在のウエーバーが、デュッセルドルフの中心にあるパークホテル最上階の公園を見下ろすティールームで向かい合っていた。

下を覗くと、コルネリウス広場に鮮やかな初夏の陽差しを浴びて、みそさざいに似た小鳥が数羽、虫を啄んでいるのが見えた。


サンチャーゴ副社長の話では、今回のフランコ社長の意志は極めて堅く、特に積極的な発言を控えているが、会議のリード振りからそれが窺えると言う。方針は、既に決まってしまい、今からの巻き返しは全く不可能とのことである。

殆ど諦めてはいるが、最後の手段として出来るとすれば、政治的な圧力しかない。

「まあ無理だろうが、ダメモトでやってみるか」

とケラー重役が口を開いた。

「もう時間も無いしね。何か良い手はありますかね？」

「俺も以前から調べてたんだが、今アルゼンチン政府が最も欲しがっているのは、鉄道の増設と油田開発に対する約十億ドルの借款なんだ」

「そうですか」

「交渉は大詰めに来ていて、借款の総額と金利で暗礁に乗り上げているようなんだ。ウチの会長とブンデスバンクの総裁は、同級生だし、会長も本件と絡めて一度彼に話してみてもいい、と言っているので、この際押してみるよ」

「どうせGグループとして、次の選挙資金を拠出するでしょうから、首相にも会長から状況説明をしておけば、十分でしょう」

「それもそうだな」

「それに、中央銀行総裁とサンチャゴ副社長の息子が共に、今ミュンヘン大学にGグループの奨学資金で留学中ですから」

「そうだったな。借款交渉の次の予定だが二、三日中にあるので、その前にウチの会長から中央銀行総裁にコンタクトして貰えると思う」

この話を要約すると、アルゼンチンの鉄道建設と油田開発に関し、ア国はドイツに約十億ドルの借款を要求している。その窓口がア国の中央銀行であり、ドイツ側がブンデスバンクである。ドイツはナチス残党の捜索に関して、ア国政府に積極的な協力を依頼しており、何等かの形で要求には、早めに決着させたいと思っている。

早ければ、今週のトップ会談で結論が出るかも知れない。

そして、どうせア国政府の要求を呑むなら、行き掛けの駄賃で、この転炉プラントも受注しようという作戦である。

「とにかく、もう遅すぎるかも知れないが、やるしかないですね」

「ウン。日本が特に政治的に動いている様子もないし、借款交渉でオンガニア大統領の希望を相当程度ドイツが呑めば、動いてくれるかもしれないぜ」

「元々日本は、政治的な動きなんか出来やしないさ。だから、大使館でパーティーなんかやったのさ。アルゼンチンとの関係では、日本とドイツでは歴史の厚みが違うよ」


「そうですよね。毎年アルゼンチンから上流階級の息子達が、二、三十人はドイツに留学に来てるし、ア国の科学技術者の半分はドイツの息が掛かってるんですからね」

「今回の革製品のメッセや今夜のパーティーにも、そんな連中が集まるわけだから……。それに今夜は、アルゼンチンの本当の大金持ちの、牧場主達も集まるぜ。彼等はドイツにもっと牛肉を売りたいんだよ。そうか。その線も使えるかも知れないな。肉を買い付ける話も。とにかく、俺は今からウチの会長を探して、会って来ることにするよ」

「ウン。私は、今夜のパーティーが終わったら、明日ブエノスアイレスに帰ります。まごまごしてると、SIM社はOSKに発注しちゃうと困りますから……」

「そうだね。やるだけやって駄目ならショウガナイよ。でも諦めるのは未だ早いぜ」

「そうですね。宜しくお願いします」


ケラー重役は、ウエーバーには言わなかったが、ここまで来たら最後の手段として、ア国の政商で政界の黒幕とも言われているメンデスに頼もうと決めていた。彼は、表向きは欧米の軍事産業や武器取引の仲介業者として政財界のトップにも顔が広く、重要な人事の際には時々彼の影響が噂されることもある大物である。

相当額の軍資金を覚悟しても、短時間でこの話を引っ繰り返せるのは、この男しかいない。会長の了解を取って、直ちに行動を起こさねばならない。

ケラー重役は、ウエーバーと別れるとホテルと背中合わせに建っているオペラハウスの前を横切って、急ぎ足で商工会議所の事務所へ向かった。会長を捕まえるつもりであった。

第三十一章　終局

その一

七月一日の水曜日には、神戸から大浜部長も到着した。三日に契約調印の予定とあって、その前に現地工事会社等と打ち合わせを行いたいが、サミュエルにきつく口止めされているので、その間何も動けない。

二日の午後から風雨が強くなり、夕方には嵐の様相である。天気予報では更に激しくなるとのことで、ＯＳＫも三時には全員を退社させ事務所を閉めることにした。

藤田、沖山も平山さんと一緒に、ずぶ濡れになってホテルに引き上げた。フロリダ通りの看板がアチコチで倒れ、傘に顔を隠すように前屈みで急ぐ人、その逆に長い髪の頭を濡れるにまかせて堂々と大股で帰る人、誰も脚元までずぶ濡れだ。

大浜部長は、どこか土産物店に寄ると言って一足先に帰っており、難を免れたようだ。

その夜は、仕方なしにホテルの食堂で、赤ワインを重ねながら、余り上手くない料理で気勢を上げるしか方法がなかった。それでも、「明日は盛大に行きましょう」と皆上機嫌で話題がアチコチに飛んで結構盛り上がった。

三日の朝、雨は大分小降りになったが、風は依然として強く、嵐は未だ収まっていないようだ。朝食を済まして、事務所に向かおうと、外の様子を窺っている四人に、ホテルのボーイが呆れて、「テンペスタ、テンペスタ（嵐）」と叫んで、「タクシーなんか来ないよ」と言うので、皆暫くロビーで待つことにした。十時過ぎになって、風が凪いで来たので四人は、歩いてOSKの事務所に着いた。丁度長沢支店長も着いたところで、

「凄い嵐だったですね。皆さん大丈夫でしたか。今、ホテルにお迎えに寄ったのですが、皆さん出たところだったので……。今、SIM社に連絡とってみますが、まあ、ゆっくりコーヒーでも飲んでて下さい。多分今日は、開店休業でしょうから」

「今日は、駄目でしょうかね。来週に延期ですかな」

「とにかくコンタクトしてみますよ」

暫くして戻って来た支店長が、

「未だ、SIM社は誰も出ませんね。ウチの女の子だって未だ来てませんからね。暫くお待ち下さい。平山君、悪いけどコーヒー入れてよ」

「ハイ。今お湯沸かしてます」

「ショウガナイな、これでは。自然の力には勝てませんよ」

とさすがにみな諦めムードである。

「もう雨が止んだようですから、ボチボチ皆出て来るでしょう」

昼前にサミュエルの秘書から電話があり、

「昨夜出張先から帰る予定であった社長が、未だ飛行機が飛ばずに帰れないので、本日の契約調印は、来週に延期します。日時等は、来週またご連絡します」と言ってきた。

「と、いうことです」

「社長はどこへ出張してるんだろう？」

「さあね。こうなりゃ、来週の月曜か火曜ですね」

「そうか。僕は、日曜に帰るつもりなんだが駄目だね」

と大浜部長。

「そうですね。折角、この為にお越し願ったのですから、延ばして戴くしかしょうがないですね」

「このまま、帰るわけにも行かないしね」

「皆さん、残念ですね。折角のお祝いがお預けになってしまって」

「でも、破談になったわけじゃないし、来週のお楽しみですよ」

翌日の土曜日は、一転して快晴となりゴルフのあと、支店長宅に招ばれて麻雀をしたり、久し振りに奥さんの手料理の日本食に舌鼓みを打ったりで、その後も一杯飲みながら夜遅くまで遊ばせて貰って皆上機嫌であった。

六日月曜日、四人は張り切って朝九時からＯＳＫの事務所で待機していたが、午前中はＳＩＭからは何の連絡もなく、皆一週遅れの日本の新聞を回し読みしていた。然し、沖山は、新聞に眼を通していたが、殆ど上の空で眼が同じ行を何回も往復していて、少しも記事が頭に入らなかった。

電話が鳴る度に、ＳＩＭからの連絡ではないかと耳を澄まして聞くが、その都度期待はずれに終わった。昼近くになって、サミュエルに接触を試みるが、只今会議中とのことで捕まらない。

午後になっても、同じ状態が続くので、皆はさすがにイライラしてきたようである。

「果報は寝て待て、と言うが、とても寝られないね」

と大浜部長がたまりかねて、口を開いた。

「どうしたのかな?」

と平山さんも訝っているが、待つしかない。沖山も少し嫌な予感がするが、それを口に出しては言えない。他の三人も同じ思いかも知れない。

五時前になって、やっとサミュエルの秘書から電話があり、明日の朝十時に来社されたいとのこと。一同、「なんだ、明日か」と力が抜ける感じだが、一方でホッとする思いだ。

七月七日（火）山中チームは、いよいよ調印式とのことで、ＯＳＫ事務所にて長沢支店長、平山課長、斎藤氏と共に、輸出営業の藤田課長と沖山に設計部長の大浜が、応接間に勢揃いして、九時前から待機している。

そこへ、サミュエルの秘書からの電話を斎藤氏が受けて、「先に事務的な詰めを行うので、二三人先行して来てくれ」とのこと。

取り敢えず、ＯＳＫの平山、斎藤、山中の藤田と沖山が先に行くことにした。

受付で来意を告げると、四人はすぐ応接室に通された。待つこと五、六分、サミュエル常務が入って来て、型通りの挨拶を済ませるが、彼の表情が心なしか少し堅いようだ。

皆が、ソファーに坐ると、彼が切り出した。

「誠に申し上げ難いことですが、今回の転炉プラントの入札に関しては、貴社に発注出来ないことをお知らせ致します」

「エッ！」

スペイン語の分かる平山、斎藤の両氏が同時に声を挙げ、「それはなぜでしょうか？」

と、顔色を変えて問い質した。

「理由は、私にも分からぬことですが、昨日最終的な決定が下されました」

「それで、ドイツメーカーに発注するということですか？」

「いや、それは未だ申し上げられません」

二人の顔色の変化と会話の徒ならぬ様より、事態を察した藤田と沖山は、

「どうしたのですか、平山さん」

「今回は、当方には発注出来ないと言うんです」

「どうして？」

「理由は、彼も正確には分からないが、とにかく昨日最終決定が為された、と言うんです」

「ドイツ勢ですか？」

「それは、未だ言えぬ、と言っています」

「ウーム」

さすが百戦錬磨の藤田も、唸り声を上げて考え込んでしまった。沖山も相当なショックで呆然自失の状態だ。

一番冷静な斎藤氏が「なにかあったんでしょうか？」と平山氏の顔を覗き込んだが、平山氏はそれを無視して、サミュエルに向かって、

「我々のプロポーザルは、技術的にも高い評価を受け、価格的にもベストと承っております」

「それは、その通りです。我々は、貴社のプロポーザルを高く評価しておりますし、入札後今日まで、貴社が最大限の協力をしてくれたことも、十分理解しております。その為、当社としても、貴社と共に仕事が出来ることを大変期待して、楽しみにしておりました。このような結果に相成り、誠に残念に思っております」

「何か、外交上の問題でもあったのでしょうか？」

「私は、ＳＩＭ社の役員ですから、外交上のことは存じません」

「我々グループは、日本政府共々、今回の入札が公正に行われることを信じて、参加致しました。また、

コレ以外にも、溶鉱炉や圧延機等の入札も並行して行われていますが、全て審査が公正に行われることが、前提です。

我々は、今回の入札結果を如何に受けとめ、それを日本の他の入札者に伝えたらよいのでしょうか。もう少し状況を詳しく教えて戴きたいのです」

「そうですね。私も今回の審査は公正に行われたと信じております。偶々、不幸にして貴社は落札出来ませんでしたが、これは、全く不運としか申し上げられません。状況については、私自身も十分承知していないので、後日も少し詳しい説明が出来ると存じます」

「最終決定と仰いましたが、もう一度審議して戴くチャンスはないのでしょうか？」

「それは、難しいでしょう」

「我々は、今突然承ったので、上司や関係者とも相談しなくては、直ちに断念する訳には参りません」

「ご事情は分かりますが、当方はこの決定をお知らせする立場ですから、今日はこれ以上申し上げることはありません」

平山さんは、いろいろ食い下がったが、如何ともし難く、このヤリトリを藤田と沖山に説明した。

暫くの間、重苦しい無言の状態が続いた。藤田は、やがて覚悟を決めたらしく、

「最終決定というのでは、もう今から引っくり返すのは、難しいかも知れませんね。悔しいけど、引き上げるとしましょうか」

「帰って、大使から外交上の問題を匂わせて、フランコ社長に掛け合って貰いましょうか」

平山さんも、そんなことが通るとは思わなかったが、そうでも言わずにはいられなかった。

「恐らく無駄でしょうね。負け犬の遠吠えにしかならんでしょうね」

「負け犬か、我々は」

沖山は、自分達が突然負け犬になってしまったことが、まだ信じられなかった。


四人は、それぞれの思いを胸に秘め、次の手立てさえ思いつかないまま、ＳＩＭ社を後にした。皆、押し黙ったままだった。

丁度一週間前、ベラーノ副社長からの委員会最終決定の朗報を、イトメンの西川支店長経由で聞いて後、調印スケジュールまで、すべてが順調に行っていたのに！　何があったのだろうか。

四人が、ＯＳＫの応接室に戻ると、待っていた大浜部長が、

「どうだった？　どうしたんだ、皆そんな顔して」

平山課長が、サミュエル常務との会話を要約して説明すると、

「エッ、ウッソー、どうして？　何かあったんですか？」

と、矢継ぎ早に質問を浴びせたが、平山さんの説明を一通り聞くと、皆また一様に黙り込んでしまった。

その時、受付嬢が藤田課長に伝言のメモを渡した。それは、「急ぎの話があるので、手が空きしだい来て欲しい」とイトメンの西川支店長からのものであった。

「沖山君、一緒に行こか。どうせ駄目な話だろうけど……」

と藤田は、メモを見せながら沖山を誘った。

藤田が立ち上がりかけると平山は、

「藤田さん、ダメモトで大使に社長のところに行って貰おうと思うんですが、お留守中にそれを我々で進めてもよろしいでしょうか？」

「お願いします。難しいと思いますが、当たってみて下さい。我々は、恐縮ですが例の線で話を聞いて来ます」

「分かりました」

と平山は、支店長室に入って行った。

その二

イトメンの西川支店長の話の概要は、次の通りであった。

昨夜九時前後に、ベラーノ副社長の秘書から西川さんの自宅に二度電話があったが、彼は、まだ帰宅していなかった由。その時の伝言では、「大変なことになった。未だ会社に拘束されているので、これ以上のことは言えないし、今夜は帰れない。明日午前中にまた、連絡する」とのことであった。

西川氏は、十一時頃帰宅しこの伝言を聞いたが、連絡は取れそうもなく、明日になれば、詳しい事が判るだろうと思って、気にはなったが、そのまま床についた。

今朝、空港に人を出迎えに行き、ホテルにチェックインさせて事務所に出ると、ベラーノから待ち構えたように電話があった。

先々週の委員会の決定の通り、先週の火曜には、商工省に報告して了承を得たし、水曜には中央銀行にも予定通り説明を終えた。

そして、三日の金曜日の午後三時に契約調印することも再確認された。すべて順調に進んでいた。

一日と二日は、南部のネグロ川上流に最近発見された石炭を、原料炭として使えないかと州知事より要請されて、フランコ社長は、自ら現場視察の出張に出掛けたとのこと。

二日の夜は、知事公舎でパーティーがあったが、夕方から嵐になり、それが金曜の午前中まで続いてしまったので、実際にブエノスアイレスに帰ったのは、金曜日の最終便であった。

一方金曜日の夕方、オンガニア大統領よりモレーノ商工大臣に電話があり、「転炉プラントの入札案件はどうなったか？」との質問があった。

商工大臣は、火曜日に聞いた報告を説明して、本日契約調印したことを告げた。

大統領は、

「そうか、ちょっと遅すぎたか」

「何か、あったのですか」

「ウン。ドイツ政府からマルク借款等で大幅譲歩の提案があってな、その条件としてこのプラントを発注してくれという申し入れがあったのだ」

「そうですか。もう一日早ければなんとかなったのですが……」

「そうか、惜しかったな。大幅な譲歩なんだがな」

大統領は一旦断念して、他の条件を逆提案しようと思ったようである。

その三十分後に、州知事から商工大臣に電話が入り、「原料炭として、ＳＩＭ社が使うことをフランコ社長が了承してくれたので、生産量アップが必要となりました。ついては、政府の開発資金援助の増額をお願い致したい」との要請があり、来週計画書を持参して説明に上京するという。

知事からフランコ社長を説得した経緯を聞いているうちに、社長が昨夜嵐のため飛行機が飛ばず、本日再度の交渉で漸く説得出来たこと。そして、先程ブエノスアイレスに帰って行ったことが判明した。頭の鋭いモレーノ大臣は、「然らば、例の日本との契約調印は、本日やっていないのではないか」との疑いが閃いた。

そして、早速サミュエル常務にコンタクトしてみると、案の定、調印が来週に延期することが判明したので、直ちにその旨大統領に報告した。

大統領はその報告をうけると、商工大臣に、

「それは有り難い。直ぐにフランコ社長に連絡して、明日の午後君と一緒にカサ・ロサーダ（大統領官邸）に来てくれないか」

との指示があった。

土曜日の午後、丁度ＯＳＫと山中チームがゴルフの後、支店長宅で麻雀等をして歓談している頃であった。

大統領が、商工大臣とフランコ社長を官邸に招んで話を始めた。

大統領が二人に要請した話は、概ね以下の通りであった。

「ここ数カ月政府は、ドイツ政府との間でマルク建てのアンタイドローン（ひも付でない借款）や、パタゴニア石油開発、鉄道建設等の借款交渉を行っている。

特に、石油開発に関しては、イギリスＢＰの牙城を崩したいので、ドイツは強い関心を持っている。そ

の為の権益を与える代わりに、政府は五億ドルのマルク借款を要求している。ほぼ、合意に近づいたが、金利のレートを今値切っているところだ。

昨日ドイツの政府筋より、非公式の申し入れがあって、「もし転炉プラントをＳＩＭ社が発注してくれるなら、借款の金利は当方の希望を呑む上、さらにロカ線（海岸沿いの鉄道）の建設資金も考慮するとの話があったのだ。非公式の話だが……」

「更に、向こう五年間、牛肉を合計三億ドルを買い付ける」という条件も付けてきた。

これは、もう呑まざるを得ないのだ。

昨日の夕刻、商工大臣に質すと、「もう本日契約調印は終了しました」と言うので、一旦は断念しかかったが、その後一昨日の嵐の為に調印が来週に延期されていたことが、判明した訳だ。

これも、多分神の思し召しだろうと思う。ついては、この際諸般の状況を勘案して、商工省の理解とＳＩＭ社の協力を頼みたい」と大統領が二人に要請した。

「なるほど、そういう事でしたか」

と商工大臣が、相槌を打った。が、ここまで来て、突如として話を急転回させようとするのは、裏で何か上手い話があるに違いないと感じたが、それをおくびにも出さずに尋ねた。

「その場合大統領閣下、ここまで来てドイツに変えて、日本に対する外交上の悪影響はありませんか」

「私も昨夜一晩考えたんだが、余り影響は無さそうに思うんだ」

「そうですか」

「だって、そうだろ。今まで日本からは随分移民を受け入れて来たが、近年皇太子殿下夫妻が来られた後、儀礼的な付き合い以外には、何もないのだ。特に経済的な案件は、単に彼等が国際入札に参加する際に、紐付のクレジットを認めてくれるだけさ」

「なるほど、そうですか」

「日本の宮本大使から積極的なアプローチなんか何もないぜ。それに貿易量も大したことないし、肉はおろか、革製品だって全く買ってくれないではないか」

「そうですね。その点は、商工省としても認めざるを得ませんね」

「将来だって、殆ど期待出来ないだろう」

「そうですね」

「我国は、矢張り欧州諸国との関係を第一に考えざるを得ないのだ」

「そういうことでしょうね」

「勿論私だって、最近の日本の目覚ましい経済発展は、知っているし注目もしている。将来は、新しい関係が構築されるだろう。然し如何せん日本は遠い国だ。その前にラテンアメリカの近隣諸国やヨーロッパとの関係を重視せざるを得ないのだ」

「仰る通りですね」

「フランコ社長、君にも色々言い分はあるだろうが、ここは黙って協力して欲しいのだ。どうかね」

協力と言っても実際には、殆ど強要に近く、大統領の顔は笑っているようだが、眼は鋭い。フランコ社長として、とても断れるものではなかった。

勿論、裏で何かの力が働いた事は、十分想像出来た。

「社長としての意見があれば、率直に申し上げたらどうか。別に何か希望があれば、商工省としても相談に乗るよ」

「そういう事情であれば、止むを得ませんね。大統領閣下のご指示に従います」

「そうか。そうしてくれると有り難い」

「ゴタゴタするといけないので、当社として早急に対処して、来週早々にも発注することに致しますが、それで宜しいでしょうか？」

「今日にでも非公式ルートでドイツに回答させて、全体を纏めることにしよう。その上でモレーノ大臣に、もう一度指示を出す。それまでに日本への発注準備をストップしてくれ」

「ハイ」

「ドイツへの内示は、こちらからの指示を待ってからにしてくれ。多少ネゴの駆け引きもあるしな」

「ハイ」

「但し日本が騒ぎ出しても困るので、出来るだけ早く結論を出したい。遅くとも九日の独立記念日までに全て決めるつもりだ」

「ハイ、分かりました」

「何か、希望はないか？」

「有り難うございます。今のところ特にございません。日本勢への対処の仕方については、今から考えますが、場合によっては、大臣のお知恵を借りるかも知れません。その節は宜しくお願いします」

「そうか、分かった」

フランコ社長としては少し残念ではあったが、大統領直々の要請とあっては、他に方法がないことは直感的に分かった。

「それまで、宜しく頼むよ。大臣もよく相談に乗ってやってくれたまえ」

「承知致しました」


官邸を辞して玄関口のところで、大臣はニヤリと笑って、

「運命の悪戯だね。あの嵐がなければ、今頃日本勢は、調印を終えて乾杯してるだろうに。多分神の思し召しの他にも、別の思し召しがあったかも知れないが、聞く訳にも行かないしね。それにしても、ドイツは相変わらず強引だな」

「そうですね。何か不思議な気がしますね。やはり縁が無かったのかな」

「そういうことだろうね。収拾が大変だと思うが、日本への断り方とドイツへの内示、契約を手際よくやってくれたまえ」

と言って車に乗り込むとすぐ走り去って行った。

後に残されたフランコ社長は、改めて運命の不思議さを痛感すると共に、本当に問題点がないかどうか、

また社内での処理方法と日本勢に対する対処の仕方を如何にするかについても、明日の日曜日にジックリ考える必要を感じた。

「そうだ。今日中にサミュエル常務に事情を説明して、明日ウチに呼んで相談しよう。その上で、月曜日に緊急の七人委員会の開催としようか」


日曜日にサミュエル常務を自宅に呼んで事情を説明した。サミュエルは、

「やはりそうでしたか。昨夜電話を戴いた時、そんな予感がしました」

「何か、聞いていたのか？」

「特に聞いていてはいませんでしたが、ドイツが何か裏で動いている気配は、感じてました。色々状況を聞いて来てましたから……」

「そうか。大統領の依頼じゃ、多少の無理筋でも断れないよな」

「そうですね。相当の政治資金が動いているでしょうし、これに逆らう訳にはいきませんね」

「そういうことだ。それにしても、あの嵐が運命の悪戯だったな」

「そうですね。本来なら、今頃とうに決着が付いてた筈ですからね」

「ウン。それで、明日十一時に七人委員会を開くことにする。委員会の進め方については、今俺の考えを説明するが、日本に対する断り方、ドイツとの契約の進め方に関しては、サミュエル常務、君に考えて貰いたい」

「ハイ。分かりました」

「オルガノ会長には、今夜私が電話で説明して事前に了解を取っておく。それと、現場を任せるホセ所長は、元々G社製の機械の方を買いたかったので異議はあるまいが、彼にも今夜説明しておく」

「なるほど。それで万全ですね」

「その筈だ。ベラーノ副社長やアントニオ常務などからは、寧ろ少し質問があったほうが委員会らしくて良いと思う」

「そうですね」

「大統領は、一両日中に決める意向なので、最終的な指示が、月曜にも商工大臣経由で来ると思う。契約書の準備を急がせてくれ」

「はい」

「それと、日本に対する断わり方は、よく考えて素早くやる必要がある。頼むよ」

「ハイ。分かりました」

それから暫くの間、二人は委員会の招集と進め方について、いろいろ作戦を練ったり、意見交換を行った。


そして、月曜日の十一時に緊急の七人委員会を招集した。

フランコ社長は、皆が席に着くのを待って、おもむろに口を開いて説明を始めた。

「全く唐突で申し訳ないが、政府筋の要望もこれあり、今回の転炉プラントの発注は、ドイツのG社にするので、皆さんの了承をお願い致したい」

　すると、ベラーノ副社長とアントニオ常務が同時に尋ねた。

「それは、如何してですか？　先日の説明では、商工省も我々の意向を歓迎してくれたと言っていたではないですか」

「その通りです。その後状況が変わったらしいのです」

「単に情勢が変わったと言うだけでは、納得し難いですね。これでは、コンサルタントや我々が長時間掛けてやってきたことは、何だったんですかね」

「その通りだと思います」

「これだけの大々的な国際入札だし、世界中が注目しているので、あくまで審査は公正でなくてはならないでしょう」

「事実上審査は公正に行われました。これは、その範囲内での決定と思います。そうだね、サミュエル常務」

「その通りです。審査の結果は、まだどこにも公表している訳ではありません」

「然し、嵐がなければ、先週の金曜日に調印していた筈じゃないですか」

「でも、実際は嵐があったのです」


　そして、暫くの間無言が続いた。

　ベラーノ副社長がよく観察してみると、オルガノ会長は、既に社長から説明を受けて了承しているとみえて、特に驚いた様子もない。

ホセは、元々ドイツ製の機械の方を推したかった訳だし、経理担当のサンチャーゴ常務は、別に異存はなさそうだ。

従って、既に大勢は決まっていると見てよい。

「政府筋の意向を無視して押し進めることも中々難しいようだし……」

とサミュエルが、言い掛けた時、商工大臣より社長に電話が入った。

別室で電話を聞いて戻って来た社長が、皆に大臣の意向として、再度次の趣旨説明を行った。

一、種々の異論もあろうが、ここは政府の意向を尊重して欲しい。

二、溶鉱炉や圧延機については、SIMの決定通りとし、政府は干渉しない。

三、昨日の懸案事項も解決したので、紛糾しない内に早急に、出来れば明日にでもドイツと契約を進めてくれ。

四、明日午前中に、日本勢にはその旨通告すべし。午後に日本大使の攻勢が始まるだろうから、場所を変えてその間にG社と契約を済ませること。

五、契約調印が完了するまで、役員を全員クラブハウスに拘束しておくように。

六、対応の窓口は、サミュエル常務とし、日本大使には丁重に対応しろ。方針変更の理由は、出来るだけぼかすように。特に外交上の問題は、「分からぬ」で通せ。

「以上が、大臣の意向です」と社長が付け加えると、最早誰も異議を挟む者はいなかった。

西川支店長の話は概ね以上の通りで、ベラーノ副社長としても、今度の事態の急転回は、全く予想外で、裏で相当な画策があったのは間違いない。これまで、全くそのような動きもなく、フランコ社長も知らなかったと思われる。

特に、全く予想もしなかった嵐の到来と、その直後の週末の間に、それも手の届かないところで急に決まってしまった事なので、手の打ちようがなかった、と釈明していた由。

支店長の話を聞き終わると、藤田も沖山もガックリ肩を落として、

「そうでしたか」

と言ったきり、暫くは言葉も出なかった。

沖山は悔しかった。唯、悔しかった。支店長が、何か慰めの言葉を幾つか口にしたが、二人とも上の空であった。

「日本に帰って、どんな経過説明をしたところで、クソミソに言われるだけだろうな。当分浮かばれまいな。それだけは、覚悟しておこう」等の思いが去来した。

暫くして、藤田が気を取り直したように、

「西川さん。この度は色々お世話になりました。また、改めてご挨拶に参りますが、今日は、これで失礼します」

と言って頭を下げた。そして沖山の方に向いて言った。

「沖山君、今夜は飲もうか」

「飲みましょう」


その夜は、大浜部長と平山氏を加え、四人で痛飲した。兎に角悔しかった。日本側でこのプラント入札に協力してくれた多くの人達に申し訳ない気持ち。この悪魔の悪戯のような経緯と結果を説明しても、全く空しさだけが残る無念さ。四人の思いは同じであった。

初めの内こそ、審査結果とか嵐とか、愚痴っぽい話も出たが、途中からは皆黙々と唯ウイスキーの杯を重ねていた。沖山は、かなり飲んだらしく、その後はどうしてホテルに戻ったのかも全く覚えていない。ホテルで眼を覚ましたのは、もう翌日の昼過ぎだった。


七月九日は、ヌエベ・デ・フリオと言ってこの国の独立記念日で祭日である。OSKの長沢支店長が、皆を慰めようと自宅のアパートに招待してくれた。そこは、サン・アントニオ通りに面しており、記念の軍事パレードが真下を通るとのこと。

四人とも、少しは冷静さを取り戻していて、話題は自然に今回の敗因分析となった。

「山中重工としては、精一杯戦ったと思うんだがね」と大浜部長。

「そうですよ。技術的にも、価格的にも負けたわけではないのですからね」と平山さん。

「私もこれほど当地で善戦したのを見たのは、初めてですよ」支店長も同意した。

「でも、結果は負けたからね。結局、文化の違いですかね、支店長、どう思われます？」

と、藤田課長が尋ねた。

「そうですね。私も断定的なことは言えませんが、この国は、ヨーロッパの文化圏なんでしょうね」

「そうですよね」

「民族、言語、宗教等全て、昔のローマ文明から続いていますからね。彼等の都はヨーロッパなんですよね」

「私もそう思いますね」と平山さんも同じ意見のようだ。

「上流階級同士は、ヨーロッパとも繋がってますからね。息子達は欧州の大学に行くし、嫁さんは、向こうの社交界で探して来るし、お互いに親戚ですからね」

「だから、休暇になると皆すぐに欧州に行くわけだ。金持ちは、スイス辺りにも家を持ってるしね」

「ナチスの残党だって、この国に隠れていたし……」

「その点、日本は、ファーイーストつまり極東の片田舎ってわけですね」

と大浜部長が頷いた。

「そう。基本的にはお呼びでなかったのだね。地球の真裏だものね。でも、この国に本当に入り込もうとしたら、最短でも三十年くらいは掛かりそうですね」

と、藤田課長も同意した。

「私もここに駐在していてナンですが、そんな気がしますね。今回また、つくづくそう感じましたね」

外では、ブラスバンドと小太鼓の賑やかな軍楽隊の行進が始まった。続いて騎兵隊、近衛兵、更にはミサイルを積んだ戦車部隊等の軍事パレードが、欝蒼としたジャカランダ並木の大通りを堂々と進んで行く。ビルの窓から人々が鈴なりになって、下を覗いて時折、大声で歓声を上げたりしている。支店長のアパートは、通りに面したビルの四階にあってよくパレードが見えた。

斎藤氏が、「この国の軍隊は、戦争はしたことないそうですが、行進は世界一と言われているそうですよ」とチャチを入れたので、思わず大笑いとなった。

小編成の飛行隊が、その間低空飛行で何度も通り過ぎて行く。

やがて、大統領がオープンカーに乗って姿を現すと歓声が一段と大きくなったが、共産主義の国と違って、群集には全く緊迫感とか緊張感がなく、あくまで陽気であるのが面白い。

「成程、世界一の行進だね。陽気なのがいいね」と大浜や藤田も一瞬でも気晴らしになったようだ。

沖山も暫く眺めていたが部屋に戻ると、また空しい気持ちになった。

「そうですか。歴史と文化の違いですか。所詮、我々は異端者だったのですね。異端者の挑戦でしたか」

「残念ながら、そういうことだろうね」

外では、未だ世界一の軍事パレードが賑やかに続いていた。

（完）

あとがき

日本の工業技術の幕開けともいえるトランジスターラジオの開発を、当時の日本人は、世界に誇りうる画期的な発明と思った。

当時の池田首相も訪欧時に、それを誇らしげに説明したところ、ドゴール大統領に「ナンダ彼は、ラジオのセールスマンか」と冷水を浴びせられた。それを聞いた時「負け惜しみを言って」と感じたが、後年になってよく考えてみると、一国の指導者として見識と高邁な政治哲学を持っていたドゴール大統領にとっては、小型ラジオの開発など採るに足りない小事であったことが納得出来た。


立場や考え方、価値観が違った時の物の見方について、この言は示唆に富んでいる。

その後も、日本の工業技術の開発には、この種の見解の違い、擦れ違いが時折見られる。


造船王国が暫く続いた後、昭和四十年代は、日本の重工業の海外進出が黎明期を迎えようとしていた。そして、それが種々の形で始まったのである。

当時の海外進出の第一線で働いた企業先兵達が、どのように未知の世界で戦いを挑んでいったのか。それは、遠い南の島やモンゴルの草原から、日本の相撲界に飛び込むのに似ているようでもある。

当時のそうした記事や記録が殆ど残されていないので、何かの形でそれを後世に伝えることは、若干の意義があるかもしれぬと思い、本稿を記した次第である。

日本のモノカルチュア、直球一本やりで全力投球するというやり方は、勝負の世界や、複雑な外交の世界では通用しないことが多い。その点では、現在の日本もその後殆ど進歩していないかもしれない。

国際ビジネスの世界でも同じことで、これからの日本人が、良い意味でズルさを身に付けて強かに生き抜く力をそなえることには、未だ多くの時間と経験が必要であろう。

日頃外国との仕事に無関心な人にも、スポーツの世界と同じように、日本人が自らの不器用さを背負って国際社会で戦っていることを理解して戴ければ誠に幸甚である。日本の外務省、スポーツ界ともども苦戦の連続である。

そして、テレビやスポーツ、演劇など昨今人気のある派手な仕事の他にも、若者が挑戦するに足る、面白くてやりがいのある充実した仕事が、しかも確りと地についた仕事が、沢山転がっていることを識って戴きたい。

特に国際ビジネスには、未知の世界や魅力的な文化の中で、ワクワクするようなスリルに満ちた仕事が出来るのだ。

辛い苦しい事も多いが、若い力で敢然と挑戦して貰いたいものである。

平成九年　九月

神戸にて
小津　丈夫

【著者紹介】

小津丈夫（おづ・たけお）

経済成長を支えた先駆者の挑戦

2023年4月30日発行

著　者　**小津丈夫**

発行者　**向田翔一**

発行所　株式会社 22 世紀アート
〒103-0007
東京都中央区日本橋浜町 3-23-1-5F
電話　03-5941-9774
Email: info@22art.net　ホームページ：www.22art.net

発売元　株式会社日興企画
〒104-0032
東京都中央区八丁堀 4-11-10 第 2SS ビル 6F
電話　03-6262-8127
Email: support@nikko-kikaku.com
ホームページ：https://nikko-kikaku.com/

印刷
製本　株式会社 PUBFUN

ISBN：978-4-88877-198-6